ールド

「ラジオをお聴きの皆さん，ゴースト・ハントの時間がやってまいりました……」幽霊屋敷訪問を実況中のリポーターが遭遇する怪異と凄惨きわまる結末が鬼気迫る表題作はじめ，川辺に建つ古い館を借りた画家親子を襲う“緑のもの”の恐怖を描いた「赤い館」，魔術師アレイスター・クロウリーをモデルにした怪人物をめぐって呪術戦が展開する「〝彼の者現れて後去るべし〟」など，M・R・ジェイムズ以来の英国怪奇小説の伝統を受け継ぎ，精妙な筆致による恐怖の描出でその頂点をきわめた怪談の名手H・R・ウェイクフィールドの傑作全18篇を収録。

ゴースト・ハント

H・R・ウェイクフィールド
鈴木克昌他訳

創元推理文庫

GHOST HUNT
and Other Ghost Stories

by

H. Russell Wakefield

目次

ゴースト・ハント

赤い館

ぼくはこの文書を強い義務感に駆られて書いている。なぜかというと、あの赤い館が魔所《デストラップ》であり、人の住居には使えないことを確信しているからであり――あの館には相応の住人がいる――そして家主が金銭欲に衝《つ》きうごかされて館を人に貸しつづける卑劣きわまりない悪党だからである。家主はあの館に危険があることを熟知している。ぼくたち一家の経験を記した手紙をぼくは家主に送った。けれどその手紙は黙殺された。そしてつい二日前、ぼくはあの忌まわしい館の広告が雑誌の『田園生活』に掲載されているのを眼にした。だから誰であれ赤い館をこれから借りる人はこの文書の写しとあまり喜ばしいとは言えないサー・ウィリアムの言葉を受け取ることになるはずである。悪党のウィルクスはそれに対して好きな処置を講ずればいいだろう。

館をはじめて訪れた時、ぼくはいかなる偏見も抱いていなかった。忙しすぎたぼくは館を下見することができなかった。だがとても感じが好いところだという妻の言葉があった。たいがいのことについてぼくは妻の言葉を重んじる。それに写真で館が中規模の豪華なアン女王時代風の建築物の好例であることを知っていた。まったく、それはぼくの理想とぴったり重なるように見えた。メアリーは庭は完璧だと言った。それに庭の向こうには川が流れていて、ティムのいい遊び場になると。ぼくは休日を切望していた。だから館に着いた時、ぼくはすこぶる機嫌がよかった。あれからぼくはあの時ほどの上機嫌を経験していない。

漠とした、そして微かな疑念は敷居をまたいで早々に感じた。ぼくは職業的な画家である。だから色相に関してはもちろん敏感である。その日はからりと晴れあがった日で、赤い館は隅々まで明るかった。けれどなんとはなしにそこには色の変調といったものがあった。薄い色のサングラスをかけているような感じとでも言ったらいいだろうか。もしかしたらそれは画家にしか分からないものだったかもしれないが。

奥から出てきたメアリーは予想より元気がなく見えた。一週間の田舎の生活が彼女の外見にもたらすはずの変化はどこにも見られなかった。

「どうだい、問題はないかい？」とぼくは尋ねた。

「ええ、何にもないわ」メアリーはそう答えた。ぼくは彼女がそう答えるのを一瞬、躊躇したような気がした。そうしてその時、暖炉の前の栗色の絨毯の上に緑色の小さな物が落ちていることに気がついた。ぼくはそれを拾いあげた。川底にあるような軟らかい泥の塊だった。

「ティムが持ちこんだみたいね」とメアリーが言った。「ほかにも幾つか見つけたわ。あの子はもちろんそんなことはしてないって言ってるけど」それからぼくたちは二人とも黙りこんだ。ぼくたちのあいだにはいつにない隔たりがあるように思われた。ぼくは昼食の前に煙草を一服しようと庭へでて、盛んに葉を茂らせた桑の樹の下に腰をおろした。

ぼくはメアリーに任せっきりにしたことについて考えていた。はたしてそれで良かったのだろうか。館にはもちろん不都合なところはなかった。けれどぼくは少し神経質なほうだし、家の持つ雰囲気や性格というものにはとても敏感だった。ある家は尾をパタパタと振る気のいい犬のように歓迎の意を表わして人を迎える。そしてたちまちのうちに寛《くつろ》がせ、自分の家にいるような気分にさせてくれる。ある家は陰気で警戒心が強く、敵意を持って人を迎え、内側に秘密を隠し持つ。そういう家は訪れた者を興味本位で他人の内情を嗅ぎまわっているような気分にさせる。最初にこの赤い館に足を踏みいれた時に覚えた敵意や、打ち解けない感じや、秘密めかした態度はかつて経験したことがないものだった。そう、しかし、もうどうしようもなかった。

とても残念なことではあったが。

ティムが外《おもて》から帰ってきた時、ちょうど昼食の銅鑼《どら》が鳴った。息子はとても元気そうだったが、何か気にかかることがあるのか表情が冴えなかった。けれどももともと話好きな四十歳と三十三歳と六と二分の一歳の三人が集まっていたわけだから、たちまちその場は賑やかになった。ぼくたちはお喋りに夢中になり、それまでの湿っぽさはあっという間に払拭された。そうしてムルソーを半分がた空《から》にし、さらにポートワインを一杯飲んだ時には、ぼくは自分が病気の驢《ろ》馬《ば》みたいに臆病だったと思いはじめていた。桑の樹の下のごく快適な椅子で眠るという、可能なかぎり理想に近い休暇のはじめ方をしようとした時もぼくはまだそう思っていた。けれど前日、ぼくは睡眠を充分にとっていた。うとうととはしたが馬鹿げたことにどうも誰かに見られているような気がしてならなかった。人に見られていても気にせず眠れるという者はそう多くないだろう。ぼくはなかなか深い眠りにつけなかった。仰向けに寝ていたので、葉叢《はむら》のすきまからちょうど二階の窓が見えた。そして寝返りを繰りかえしていたぼくはある時、はっとなって眼を覚ました。その窓から自分を凝視する顔を見たように思ったからである。その顔は窓に強く押しつけられていたせいか、ずいぶんのっぺりとして見えた——夢のつづきだ、ぼくはそう思った。けれどももう眠る気は失せていた。ぼくは庭がどんなふうになっているか調べてみることにした。庭は完全に塀に囲まれているように見えたが、それはいちばん奥の箇所を除いての話であることが分かった。塀のその部分には木戸があり、それを押し開け、右手につづく塀伝いに二、三ヤード行くと川に出た。木戸にティムの責任にされている緑色の軟泥の塊が幾つかついていることにぼくは気がついた。二本の七竈《ななかまど》の木立に遮《さえぎ》られたそのこぢんまりとした場所は涼しく閑寂《ひっそり》としていて、庭のほかの部分から孤立しているように見えた。そろそろティムのクリケットの練習時間だったが、それは結局、不意の来客のせいでとりやめになった。けれども彼らはとても楽しい客だった。訪れてきたのはサー・ウィリアム・プラウズとその夫人と娘の三人で、荘園館に住んでいるということだった。この人はいわゆる田園紳士《ローカルナッツ》と呼称される類の人物だなとぼくは判断を下した。お茶のあとぼくはサー・ウィリアムと一緒に散歩に出た。

「ぼくたちの前にはどういう人がここに住んでいたんですか?」ぼくは尋ねた。

「ポーカーという一家だったね」サー・ウィリアムは答えた。「二年くらい前だ」

「持ち主が住まないのはどうしてなんでしょうね、維持にそう費用がかかるという家でもないと思いますが」

どう答えるべきかと思案するように、サー・ウィリアムはやや間をおいた。

「川が近くにあるんで厭《いや》なんだと思うな、しかしわたしはそれを残念に思わないね。あの男はどうも虫が好かないのだ。それはそうと君はどのくらいあの館を借りる心算《つもり》なんだい」

「三月《みつき》ほどです」ぼくはそう答えた。「十月いっぱいです」

「なるほど、もし何かあったら喜んで手助けするよ。困ったことがあったら、すぐわたしのところへ来たらいい」サー・ウィリアムはその言葉を少し強調するように言った。

サー・ウィリアムはどんな種類の厄介事を思い浮かべているのだろうと、ぼくは不思議に思った。たぶん画家というものはしばしば気が変になるものだという、ごく一般的な見解に与《くみ》してそんなことを言ったのだろう、ぼくはそう思った。確かに失敗した作品をさまざまな方法で破棄するところを進んで人に見せようとは思わないが。ともあれぼくは卿の言葉に大いに感謝した。

ティムが川を好きでないらしいのは残念だった。息子は川にたいして神経質な態度をとった。ぼくは息子がその苦手意識を克服するのを少し手助けしてやることにした。もちろん生涯を通じていだく苦手意識は少ないに越したことはないからで、そういうものは子供の時分に慎重に対処すればしばしば回避できるものだからである。けれど去年フリントンにいた時は海をまったく恐がらなかったので、何だか不思議な気がした。

その日はもう何事もなかった――そう言ってさしつかえないと思う。夕食後、ぼくは庭の突きあたりまでぶらぶら歩いてみた。木戸を抜けて川をちょっと眺めてみようと思ったのである。手を戸の閂《かんぬき》に掛ける時、口笛が微かに聞こえた気がしてぼくはすぐに周囲を見まわした。けれど何も見えなかったので、外の道を歩いていた誰かが吹いたのだろうと結論を下した。しかしなぜかもうそれ以上散策しようという気はなくなっていて、結局、そこから館に引きかえした。

つぎの朝、目覚めた時、少し憂鬱な感じがした。寝室の隣の更衣室には饐《す》えたような匂いが漂っていた。ぼくはすぐに窓を開けはなった。窓を開けた時、右足が何かを踏みつけて転びそうになった。それは前に見た緑色の軟らかい泥だった。ティムがこの小部屋に入ったということは考えにくかった。些細なことではあったが、なんとなく苛立《いらだ》たしく思われた。一体全体この緑色をした川底の泥みたいなものは何なのだろう――？　その疑問は着替えているあいだぼくの頭を占領した。どうしてこんなところにあるのか……？　どうしてここにあるのだろう……？　何かから垂れたのか？　でもいったい何から？　ぼくは妻のことがとても好きだ――彼女はぼくが貧しかった頃に献身的にぼくを支えてくれた。いつもぼくを幸福にしてくれた。いつでも暖かく、誠実に。そして小さなティムを産んでくれた。ぼくは彼女を緑の泥から守ってやらなければならない――何だろう、これは？　どうしてぼくはこんなことを考えているのだろう？　その日は上天気だった。けれど朝食をとりながらもぼくは緑の泥の塊が室内に存在することの無理のない理由を考えだそうとしていた。しかしそんな理由を考えだすことはできなかった。

朝食のあと川に行って一緒にボートに乗ろうとティムを誘った。

「行かなくちゃいけないかな」ティムは不安の表情でそう尋ねた。

「いや、もちろん行かなくても構わないよ」少し苛立ちを覚えながらぼくは答えた。「でも、きっと面白いぞ」

「行かなかったら、弱虫になっちゃう？」

「いや、そんなことはないよ、ティム、でもいっぺんくらい試してみてもいいと思うけどな、おとうさんは」

「わかった、行くよ」と息子は答えた。

ティムは勇気のある子供だった。ボートに乗っているあいだじゅう最大限の努力を払ってずっと楽しそうな顔を作っていた。けれどその試みは最初から失敗していた。

当惑し動転して、ティムの子守に、息子が水を恐がる理由を何か知っているかと尋ねてみた。

「知らないです、旦那さま」と子守は答えた。「最初の日、坊っちゃまは海に行った時よくそうするように川まで走っていきました。でも突然泣きながら戻ってきたんです。水のなかにいるものを見て、それで恐くなって帰ってきたんじゃないかと思うんですけど」

その日の午後、ぼくたちは周囲を自動車でまわってみた。ぼくは自分が屋敷に戻るという考えをあまり喜んでいないことに気がついた。それに自分たちが何かの邪魔をしているという気がしてならなかったし、こうして館に帰っていくことで、またその何かの行動を邪魔しようとしているような気もした。

メアリーは頭痛を訴え、夕食のあとすぐ寝室に行った。ぼくは本を読むために書斎に向かった。

書斎のドアを閉めてすぐ見られているという不快な感覚をまた覚えた。その感覚はぼくの座右の書であり、読む際に集中を必要とするシジウィックの『論理の実証における言語の使用』の玩味を著しく妨げた。再三再四、ぼくは自分が部屋の暗い隅に視線を投げかけ、またひっきりなしに姿勢を変えていることに気がついた。時々ピシリという音が微かに聞こえた。樫の壁板が軋《きし》む音らしかった。しばらくするとそれでもぼくの心は落ちつきを取り戻し、本に集中することができるようになった。けれどその時だった。背中のすぐ後ろでとても柔らかい咳の音がした。冷たい視線が自分に注がれ、そのまま体を貫いているような感覚があった。けれどぼくは振りむかなかった。本から眼を離すことすらしなかった。ちょうどつぎのような件《くだり》に差しかかったところだった。「しかしながら、ソクラテスについて言われているさまざまな事実に関しても、また述べられたいかなる種類の事実に関しても、そこに必要性が見られるかどうかということが依然問題として残るだろう。必要性は決定性を持った因子である。ゆえに完全な記述と不完全な記述の差異は、抽象的思考においては完全に明瞭で疑問の余地のないものであるが、その差異にはあまり留意するべきではない。ある記述が充分に妥当であると見なしうる場合のみ、かつその妥当性がある目的と関連している場合のみ、記述の差異には意味が生じる。一個の人間としてのソクラテスに関する記述は貧弱なものと言わねばなるまいが、ソクラテスが死ぬか死なないかという控えめな質問をその目的とするために、それは明白な妥当性を得ていると言えるかもしれない」――ぼくの眼は自分のすぐ横の床に不意に現れたように見えた泥の塊に引きつけられた。それからその先にあるべつの塊、それからその先のもの。緑色の軟泥の塊はドアに向かって一直線につづいていた。一番近くに落ちているのを手に取ってみた。泥は水を一杯に含んでいた。ここで弱気になってはならないと無理矢理気力を絞《しぼ》りだした。何かが起こりそうで怖ろしくてたまらなかった。その何かは決して起こってはならなかった――けれど泥の塊はもう現れなかった。ぼくは立ち上がってゆっくりとあたりに気を配りながらドアまで行き、部屋の明かりをつけた。それから戻って読書用の電灯を消し、化粧室に入った。そして化粧室の椅子に腰をおろし、一連の出来事について思案を凝《こ》らしてみた。この館はきわめて問題のあるところだった。それを認めないふりをする段階はもう過ぎた。ぼくの気持ちは明日家族を連れて館を出ようという考えに傾いていた。しかしそれは百六十八ポンド無駄にすることを意味していた。それにぼくたちにはほかに行く場所がなかった。一連のことが自分にしか起こっていないという可能性は充分に考えられた。ぼくには半分スコットランド高地人の血が混じっている。気をしっかり持って、自制心を失わなければ、こういうことにも耐えることができるかもしれなかった。幽霊などといったものは主観に左右されるところもあるに違いない――幽霊の実体化には見る者の心の何かが関係しているのだ。身も蓋《ふた》もない言い方に聞こえるかもしれないが、ぼくはそれは事実だと思う。もしメアリーやティムや召使いが何も感じないのだとすれば、ぼくはあの胸の悪くなるような出来事に正面から立ち向かい、戦いぬくつもりだった。服を脱ぎながら、ぼくはさしあたっては何も行動を起こさず、様子を見ようという結論に辿りついた。その結論はしかし分別を弁《わきま》えないものだった。いまではそう思う。

ベッドでぼくはそういうものをすべて遠ざけようとしてみた。つまり話題を変える、といったふうに気持ちを切り替えたかったのだ。気分を切り替えたい時、ぼくがすることは決まっていて、それは目的もなくさまざまなものを創りだすことだった。ペンとインクと紙を使って創りだす物語、絵の具と筆とカンバスからは物とムード、そして酒や女や音楽からは我らが人生への憐憫。少なからぬ努力と、それゆえ脳の辺縁部で活動せざるを得なかった緑の泥にたいする不安とが奇妙に相俟《あいま》って、ぼくはその日読んだ新聞の記事のなかの栄光に満ちた言葉を思いだしていた。「ユーゲントベヴェーグング」、青少年運動という意味のその言葉がドイツ精神の表れとして重要な意味を持つのか、それとも張り子の虎めいたものなのかは何とも言えなかったが、その言葉の音節の多さ、厳めしい響きは、じつに少年少女たちの転倒したボーイスカウト精神を重々しく正当化しようとしていた。「馬鹿げたことだ――ソネット――駄作――下手糞な絵――一日」腑抜けの言い抜け、薄っぺらな厚顔、過去のない未来主義、喧《かまびす》しいポーズからポーズへの単なる移行。ふと気がつくとぼくは庭の外れにて、懸命に七竈の木の蔭に隠れようとしていた。どうしても木戸から眼を離すことができなかった。木戸が少しずつ開きはじめた。そしていままで想像すらしたことのなかったものが耐え難い緩慢さで木戸から入ってきた。木の蔭に隠れていることをそれが気づいているのをぼくは知っていた。つぎの瞬間、頭が破裂して、粉微塵になったような気がした。ぼくは震えながら眼を覚ました。暗闇のなか、ぼくの顔のほんの四、五インチ上に何かが浮かんでいる気がした。そしてそのものからポトリ、ポトリと何かが滴《したた》ってきた。隣にはメアリーが寝ていた。ぼくは叫びはしなかったと思う。ただ夜具を頭からかぶった。涙が勝手に流れだし、止まらなかった。時計が五時を打つまでぼくはそのままの姿勢で動かなかった。そして朝が来た。待ち望んだ頼もしい味方。鳥が啼《な》きはじめた。ぼくは眠りに落ちた。

翌朝、ぼくはほとんど虚脱状態だった。朝食のあと一人になる必要を感じたぼくはスケッチに行くふうを装って、庭に出た。その時、何かあったら来いというサー・ウィリアムの言葉が急に思いだされた。かれがどういうつもりでそんなことを言ったかは、もう考えるまでもなかった。ぼくは直ちにサー・ウィリアムに会おうと思った。メアリーもぼくと同様に何かに脅《おびや》かされているかどうか知りたかった。けれどもぼくは同時に躊躇《ためら》いも感じていた。もし彼女が何も感じていないとしたら、ぼくの質問は彼女の心に疑念を引き起こし、不安にさせるだけだろう。その時、ぼくは気がついた。脳がそんなことを考えるのに夢中になっていた時、手のほうも活動していたのである。手は写生帳にひじょうに奇妙な図案を描いていた。しかしぼくは自分の手がなかば勝手に動きつづけるままにまかせた。これは図案だろうか、それとも何かの形だろうか？　こんなものを一体どこで見たのだろうか？　そして不意にそれが前日の夢に出てきたものであることに気がついた。ぼくはページをちぎりとって、ばらばらに引き裂いた。サー・ウィリアムの住む荘園館に向かう時もぼくはまだ動揺していた。小径の両側には斑《ふ》のある草が高く生い茂っていた。風が吹くと草はさらさらと柔らかな音をたてた。正直なところを言うと、そのまま駅に向かって、やってきた列車に飛び乗ってどこかに行ってしまいたかった。きわめて純度の高い恐慌——何と不充分な表現だろう——そうした恐慌は男が女や子供を踏みつけにする原因になる。死はその時すべてを支配する。もちろんぼくがそのまま逃げださなかったのはメアリーやティムや召使いの存在があったからだ。けれど誰も咎《とが》め立てしないとしたらどうだろう？　そうしたらぼくはみんなを見捨てて、逃げだすだろうか？　いや、ぼくはそんなことをするつもりはなかった。なぜか？　それは卑しくも大英帝国に住む者ならばやってはならないことだからである。他のあらゆる民族から軽蔑され、尊敬される大英帝国。俗物として軽蔑されながら我らはかの屈強な民を征するために、驢馬の顎骨を手にした。では何のために尊敬されるのか？　バーケンヘッドの件によってである。いや、かの伯爵ではなく、女や子供を優先させて自らは船とともに海の藻屑と消える運命を受けいれ、勲章ひとつもらうことのなかった者たちの由《ゆえ》である（一八五二年、バーケンヘッド号沈没時の故事による）。ぼくはわざとそのようなひじょうに議論の余地のある愛国主義に思考を集中していた。屋敷に着くと、サー・ウィリアムはロンドンに出かけていて、夜にならなければ帰ってこないと告げられた。帰ってきたら電話をくれるように伝えてもらえるか？「ようございます、旦那さま」それからぼくはのろのろと赤い館に戻った。

昼食のあとぼくはメアリーを連れてドライヴに出かけた。とにかく汚らわしい家を離れたかったのだ。ティムは庭で遊びたいと言って一緒に来なかった。その後、起こったことを考えるとティムを館に残し、子守にまかせたことでぼくは非難されるべきかもしれない。けれどその時は一連の出来事には悪意は含まれていないと思っていたのだ。それにティムは何か見てもそれほど怯《おび》えないだろうという気が漠然としたのだ。赤い館にそういう常識的な判断が通用しないことには思い至らなかった。結局、昼間は何も見ず、何も聞かなかった。だから変わったことは起こらないだろうと考えたのだった。

メアリーはとても無口だった。彼女の顔や態度に現れた鬱屈や滲《にじ》みでる切迫感からぼくはしだいに確信を抱くようになった。ぼくの抱えていた問題は間違いなく彼女の問題でもあった。舌の先まで言葉が出そうになったが、ともかくサー・ウィリアムの話を聞いてからにすることにした。雲が低く垂れこめた暗い午後だった。自分の家に戻る時、ぼくの心は愴然《そうぜん》としていた。自分の家——何という我が家。

家に帰ったのは六時だった。エンジンを止め、メアリーを下ろしたちょうどそのとき庭から悲鳴が聞こえた。ぼくは庭に向かって走った。ティムが両手で涙を拭きながら芝生をふらふらと歩いていた。跡を追って子守もやってきた。転ぶ前にティムはもう一度悲鳴をあげた。ぼくはティムを抱えて、家のなかに運びいれ、客間のソファーに寝かせた。そしてその場はメアリーにまかせ、子守の手を引いて部屋をでた。血の気のない顔の子守は俯《うつむ》いて嗚咽《おえつ》していた。

「何があったんだ、一体何があったんだ？」ぼくは勢いこんで尋ねた。

「分からないんです、旦那さま、ただ、庭の道を歩いて、木戸を開けただけです。ティム坊っちゃんはちょっと前を歩いてました、それで先に木戸を抜けたんです、そしたら急に悲鳴をあげて」

「怖がるようなものが何かあったのか、お前も見たのか？」

「何も、何にも見ませんでした、旦那さま」

ぼくは二人のところへ戻った。ティムにあれこれと尋ねるのはもちろん差し控えたほうがよさそうだった。ティムは相変わらず啜《すす》り泣きをつづけていた。無理矢理喋らせても、筋の通った話はでてきそうになかった。けれどそれでもしばらくすると、少しは落ちつきを取り戻したように見えた。ティムはベッドのうえに起き直った。そうしてメアリーのほうを向いて、怯えた眼で彼女を見つめた。

「緑の猿はぼくをつれてかないよね、おかあさん、そうでしょ？」

「そうよ、もちろんよ、何も心配はいらないわ」メアリーが答えた。ティムは言い終わってまもなく眠りについた。メアリーとぼくは客間に戻った。メアリー自身ヒステリーを起こすぎりぎりのところにいるように見えた。

「トム、この家はどうなってるの？　わたし、怖いわ、ここに来てから、怖いことばかりだわ、あなたは何も見ないの？」

「見たよ、メアリー」ぼくは答えた。

「ああ、もっと早くそれを知りたかった、もしあなたに見えないんだったら、余計なことを言って心配させたくなかったの。ここに着いた日の夜、寝室に行こうとしたら男の人が先に入っていくのが見えたわ。もちろんそんな気がしただけだと自分に言い聞かせた。それに囁き声が聞こえるし、廊下の角を曲がる時、誰かが立っている気配がするわ。あなたが来る前の夜、わたしは突然目が覚めた。何かがわたしを窓のほうに行かせたがっていたわ、わたしは四つん這《ば》いで窓まで行って、ブラインドの隙間から外を覗いて見た。庭はぼーっと明るかった。それから急に誰かが芝生を走ってきた。男か女か分からなかったけど、その人は手を一杯に広げていたわ。その人の横を何か怖ろしいものが走っていた。両方とも庭の外れの木が生えているあたりで消えたわ。怖かった、どうしようもなく怖かった」

「召使いたちはどうなんだろう？」

「子守には何も見えないみたいだけど、ほかの人は見てるわ、それは確かよ。それにあの緑色の泥の塊。あれが一番厭《いや》だわ。ティムはいままではそんなに怖がってなかったのだけど、何度か変だと思って不安は感じてたみたいだけど」

「そうか」ぼくは言った。「これで解決すべき問題がはっきりした。ぼくは明日サー・ウィリアムに会うよ。これは希望でもあるけど、あの人の助言はかならず役に立つと思う。それから行く先を考えなきゃいけない。忌々《いまいま》しいな。いやお金のことだけじゃない、それも困ったことだけど。この騒ぎだ——腰を落ちつけて、静かに暮らしたかったのに。でも、あれこれ言ってもしょうがない。この碌《ろく》でもない家にいたら一週間後には間違いなく気が狂ってるだろう」

ちょうどそんなことを言っていた時、電話のベルが鳴った。それはサー・ウィリアムからで、明日の朝、十時半に喜んで会うということだった。

宵闇が落ちると、誰かに見られているという感覚が戻ってきた。それに待ち伏せされ、後をつけられ、謀《はかりごと》を企てられているような感覚。じっと息を潜め、敵意をもって狩りを行おうとしている者の気配。着替えていた時、地面をゆっくりと這う川霧に窓から洩れる光が映って絵のように見えることに気がついた。窓の数の分だけある絵は霧の動きにつれてつねに変化していた。たとえばぼくの部屋の窓のそれは三つの人影がこちらを見あげているように見えて気味が悪かった。霧に描かれた絵は催眠術的な効果をぼくにもたらしたに違いない。というのもそれら三つの人影が自分のほうに段々近づいてくるような気がして思わず後ずさっていたからである。ぼくはブラインドを下ろして急いで階下に降りた。夕食の時ぼくたちは、サー・ウィリアムの口から安心することが聞けなかったならば、二日後にロンドンへ戻り、これからの六週間を過ごす家が決まるまでホテルに逗留することを決めた。ベッドに行く前にティムのようすを見ようと、メアリーとぼくは子供用の寝室を覗いてみた。ティムの部屋は短い階段を昇りつめたところにあった。驚いたことに階段は何と緑色の軟泥に覆われていた。ドアの前は緑の泥で海のようだった。ぼくたちは自分たちの寝室で一緒に寝させるためにティムを抱いて階段を降りた。

赤い館に棲むものは明かりが消えるのを待っていた。明かりが消えた時、彼らは主たる武器である恐怖を携えてつぎつぎに部屋に忍びこんできた。ぼくたちを襲うために彼らは力を結集しようとしていた。一ヤードほど離れたところには妻が息子を抱いて横になっていた。だからぼくは戦わなければならなかった。ぼくは仰向けになってベッドの枠を握り、意志の力を振り絞って襲いかかってくるものたちを押し止めようとした。何時間か経った頃、ぼくは自分の優位を感じていた。高揚感が湧きあがった。けれどあと一時間ほどで夜が明けるという頃になって、彼らは本気で襲いかかってきた。ぼくには分かっていた。ぼくが這って窓まで行き、ブラインドの隙間から外を眺めることを望んでいるのだ。もし望むようにしたら、待っているのはおそらく凄惨な運命だった。ぼくは拷問に耐えるように歯をくいしばり、ベッドの枠を握りしめた。体中から汗が吹きでた。ベッドのまわりを彼らが取り囲んでぼくの顔を覗きこんでいるのがありありと分かった。頭のなかの声は執拗に主張した。「さあ、窓まで這って行かなくちゃ、そうしてブラインドの隙間から外を見なきゃな」想像のなかで自分がゆっくりと床を這って窓まで行き、ブラインドを引きあげるのが見えた。ぼくを見返すあれは一体誰なのだろう？力が尽きかけた頃、外の木立からまだ眠たげな鳥たちの囀《さえず》りが聞こえた。ブラインドが曙光でうっすらと明るくなったような気がした。ぼくが必死で刃向かっていた者たちはたちまちぼくを放りだし、どこかへ去っていった。精も根も尽き果てて、ぼくはそのまま眠りにおちた。

翌朝、メアリーからこの館に来てはじめてぐっすりと眠ったことを知らされたぼくは、少々複雑な思いを味わった。

十時半には荘園館に足を踏みいれていた。とても古く魅力的な屋敷だった。ぼくが入ると同時に屋敷は尻尾を振り、ぼくを歓迎した。サー・ウィリアムは書斎で待っていた。「たぶん訪ねてくるだろうと思ってたよ」かれは真面目な顔で言った。「何があったか話してくれたまえ」

ぼくは自分たちが経験したことを手短に伝えた。

「なるほど、いつも同じだ。毎回あの益体《やくたい》もない館はわたしに個人的な責任というものを自覚させてくれる。にもかかわらずわたしは適切に警告できないでいる。幽霊屋敷を人に賃貸するのはいまのところ犯罪にあたる行為とは見なされてないからな――そうなるべきだと思うのだが。しかし提訴はできない。それに実際問題としてあそこに十五年間住んだ老夫妻は何の問題もなく幸福に暮らしたからな。けれどとにかく赤い館について知っていることを君にも話しておこう。わたしはあの館を四十年間観察してきた。そうしていまではあれが仇敵だという思いがしきりなのだ。

このあたりの言い伝えでは、十八世紀末の二番目の持ち主が、妻が邪魔になったんで召使いに金をやって殺させようとしたということになっている——悪党のウィルクスの先祖だと思うんだが、いかにもの所業だね。

実際にかれらがどんな非道なことをしたかは分からない。けれど妻は夜が明ける寸前に館から飛びだして、川に身を投げたようだ。その後、夫は館を小さなハーレムに仕立てあげた。しかし問題が生じた。どの娘も一人また一人と夜明け直前に川まで走って身を投げてしまうのだ。そして最後には男自身がそうやって川に飛びこんで死んだ。その後の四十年間の記録はわたしの手元にはない。けれどこのあたりに伝わるところでは惨劇が何度となく繰りかえされたそうだ。それから長いあいだ館には誰も住まなかった。わたしがはじめてあの館のことを調べはじめた時、住んでいたのは二人の独身の兄弟だった。一人は銃で自殺した。彼が自殺したのはたぶん君がいま寝室として使っている部屋だ。兄弟のもう一人は例によって川で死んだ。あの家で最悪の部屋はさっきの話の哀れな妻が使っていたという部屋のようだ。そこはいま閉められている。知っているだろう、二階にある部屋だ。ウィルクスが何か言っていると思うが」

「ええ、確かに」ぼくは言った。「そこに貴重な文書を蔵《しま》ってあると言ってました」

「そう、ウィルクス自身も十年前に自分の身を守るためにそうせざるを得なかったのだ。それから人が死ぬ確率は低くなった。けれどこの四十年で二十人の人間が家か川で命を落としているし、六人の子供が川で溺れている。まあ事故ということになってるがね。最後の犠牲者は一九二四年に死んだパースオーヴァ卿の執事だ。執事は川まで走って飛びこむのを目撃されている。すぐに水から引きあげられたが、ショックで死んでいたよ。

二年前にあの館を借りた家族は一週間いただけで引っ越した。そしてウィルクスを訴えると脅した。けれど法律的な問題にはならないと言い返された。わたしは君に助言する、いや懇願するよ、あの家族のように館をすぐ出たほうがいい。経済的な損失は分かる、それにひじょうに不便な思いをしなきゃならんことも。しかしあの館は魔所だよ」

「そうします」とぼくは答えていた。「それから、訊くのを忘れていたのですが、うちの息子が何かを見てひどく怯えたんです、何か緑の猿がどうとか言ってましたが」

「息子さんがそんなことを。それだったら、一刻も早くあの館を出なくてはならない。さっき子供が死んだと言ったね。どの子も水際の葦の生えているあたりで溺れ死んでいるのが見つかったんだが、この辺りの連中はそれを『緑のもの』か『緑の死』——どちらかの名前で呼んでいて、それが子供にとってひじょうに危険だと堅く信じている」

「あなたも何か見ましたか？」ぼくは尋ねた。

「可能なかぎりあそこには近づかないことにしている」サー・ウィリアムはそう答えた。「けれど、君の前の借り手を訪ねた時のことだが、わたしたちが客間に入った時、何かが反対側のドアから出ていくのをはっきりと見た。あとは夢だな、奇妙に定期的に見る夢なんだが、わたしは水際に立ってるんだ。そうして川を見ている——周囲はいつも鈍《にぶ》い黄金色《きんいろ》の光で茫乎《ぼんやり》と明るい。やがて何かが上流から流れてくる。それはしきりに浮いたり沈んだりを繰りかえしている。わたしは強い不安に駆られながらもそれが何か知ろうとする。最初、わたしはそれが丸太だと思っている。けれどちょうど正面まで流れてきた時、それは急に川の流れに逆らって自分のほうに向かってくる。そうしてわたしはそれが丸太などではなく水死体だということに気がつくのだ。正視できないくらい腐乱した水死体だよ。それはやがて岸までくると、水から上がってわたしのほうへやってくる。ありがたいことにそこでいつも眼が覚める。時々考えるよ。いつかその時になっても眼が覚めないんじゃないかってね。そうしてその時自分の身に何か起こるんじゃないかとも思う。だがそれは神経の限度を超えてこの妙な一件に首を突っこんだ年寄りの愚かしい妄想だろう」

「じつにはっきりしました」ぼくは言った。「それに口では言えないくらい感謝しています。明日、ぼくたちは館を出ます。しかしこんな目にあう人がこれ以上出ないように、ぼくたちは何か手段を考えるべきじゃないですか、卑劣なウィルクスがあの館を貸せないようにするようにな」

「かならず、そうしよう、その件についてはいてはあらためて話したほうがよさそうだ、ともかく帰って荷造りをはじめたほうがいい」

サー・ウィリアムの人柄に感じいりながら、ぼくは赤い館に歩いて戻った。

ティムはすっかり元気になったようだった。けれどぼくはティムをできるかぎり、館から遠ざけておいたほうがいいと判断した。メアリーとメイドたちが昼食のあと荷造りをしているあいだ、ぼくはティムをつれて付近の野原を散歩することにした。ティムとぼくはぶらぶら歩いてのんびりと時間を潰《つぶ》した。ぼくたちが帰ったのは、空が暗くなって遠くで雷が鳴り、不穏な感じの風が西から吹きだした頃になってからだった。空模様からすると急がなければならなかった。館の隣の草地に着いたとき稲妻が暗い空を裂き、轟然《ごうぜん》と雨が降りはじめた。ぼくとティムは庭の戸を目指し走った。途中でぼくは解《ほど》けた靴紐を踏んで転んだ。ティムはそのまま走りつづけた。靴紐を結び直して立ちあがった時、庭の戸から何かが辷《すべ》るような動きで現れた。緑色で、ひょろりとしていて、背が高かった。それはこちらを振り返った。顔の位置にあったのは軟らかい緑の泥だった。ティムもそれを見た。ティムの口から絶望的な悲鳴が洩れた。そして川に向かって走りだした。人の形をしたものが追いかけた。ぼくが追いつく前にそれはティムに飛びかかった。ティムはもう一度悲鳴をあげ、それから川に飛びこんだ。その一瞬あと、ぼくは緑色の厭な匂いのする薄い膜を通り抜けて、ティムを追って川に飛びこんでいた。葦の茂みのなかでもがいているティムを見つけ、抱えて岸に戻った。ティムを腕に抱いたまま玄関に向かって走った。メアリーはその光景を寝室の窓から見ていた。メアリーのその時の顔をぼくは決して忘れることはないだろう。

九時には全員がロンドンのホテルにいた。赤い館の凶々《まがまが》しさはすでに幾らか薄れていた。館を後にする時、みんなを車に乗りこませたぼくは、戻ってドアを閉めようとした。ノブに手を掛けて半分ほど閉めた時、内側からドアが強い力で引っぱられた。大きな音をたててドアは閉まった。赤い館に棲むものはふたたび館を我がものとしたのである。

（西崎憲訳）

ポーナル教授の見損じ

医学博士J・C・ケアリーの覚書

十六年ほど前のある朝、わたしは郵便小包を受け取った。開封してみると、手紙と包みが入っていた。包みには、「本日より十五年後に開封、公表さるべし」と銘記されていた。手紙は次のような文面だった。

拝啓

ご面倒をかけて恐縮ですが、同封した文書の管理を貴方にゆだねることにしました。表書きに記したとおりに包みが解かれ、さらにそれが公になるように取り計らわれることを望みます。十ポンド紙幣を五枚同封してあります。このお金は貴方への謝礼ですが、公表する際に経費がかかった場合にはここから充当して下さい。貴方がこの小包を受け取るころ、私は姿を消していることでしょう。在中のものは、私の失踪の理由をある程度明らかにするでしょうが、その具体的な方法を探る手掛かりを与えるものではありません。

E・P

この奇妙な文書を受け取ったとき、わたしは少なからず驚いた。ポーナル教授（明白な理由から、わたしはすべての登場人物の名前を変えてある）といえば、ささいな病気で四、五回診療に当たったことがあるが、むろんそれは職業上のことだ。教授は恐ろしく頭の切れる人物で、その点は感じ入ったけれども、人となりは不愉快だった。辛辣《しんらつ》無比な毒舌の持ち主で、わたしといわずほかの誰といわず、ぎゅっと言わせて悦に入っていた。教授はこの世にたった一人として友というものを持たないようだった。まだしもわたしがということで、こんな役目が回ってきたのだろう、そう腑《ふ》に落としてみるしかなかった。

十五年間、わたしは包みを無事保管した。そうして、一年ほど前に開封した。その内容は、次のようなものだった。

私の生年月日などどうでもいい。なぜならわが人生は、十二歳半のおり、フランバラ校でヒューバート・モリスンと最初に顔を合わせた時をもって始まるからである。そうしてそれは、明日の午後六時四十五分に終わろうとしている。

人類の知の歴史において、私とモリスンのライバル関係ほど、かくも長く、かくも密接に、身も心も疲れ果てるほど続いたものがあったかどうか、私は疑わしく思う。そのあらましを記録にとどめておくことにする。フランバラ校でわれわれは同じ学年に編入された。口はばったい言い方だが、それは最優秀の新入生がふつう編入される学年よりさらに二つも上だった。最年少で十六歳以上のクラスに達するまで、どちらも毎学期ごとに進級した。モリスンが常にトップ、私はほんの二、三百点の差で二番だった。われわれはともにオックスフォードの奨学生となったが、ベーリアル学寮にいるあいだ、モリスンはやはり私を負かしつづけた。フランバラ校を卒業する際、校長が私を呼んで言ったことがある。いままでいろいろな生徒を預かってきたけれども、最も優れた頭脳の持ち主は君だと思う、と。もしそうなら、どうしてこれまでずっとモリスンにかなわなかったのでしょうか？　そう問うてみたい気がした。だが、私はそのときすでに知っていたように思う。その問いに対する答えを。

ともに応募した学内の賞では、ことごとくモリスンがほんの数点まさった。私の答案に感じ入ったある試験官が昼食に誘ってくれたときのことを思い出す。その人物はこう言った。

「ボーナル君。私がここへ来てこのかた、いちばん優秀な学生といえば、モリスンと君だね。なぜだかわかってるわけじゃないけれども、二つのことははっきり言えるな。一つは、モリスンがいつも君より上に来るっていうこと。二つ目は、頭自体の出来は君のほうが上だってことだ」

われわれは最優等の成績でオックスフォードを卒業した。そのころにはもう、次のような事実が痛いほどわかっていた。私のほうが頭がいいのに、モリスンの心のある要素はそれをものともせず、逆に押さえつけてしまう。それによって、私の本来の頭の良さは決まって骨抜きにされてしまうのだった。ただ、あるひとつの点を除いては。

二人ともチェスのとりこになった。たちどころに大学のクラスでは敵なしになったが、モリスンとの手合《てあい》ではずっと私のほうが上だった。

チェスは人生最大の楽しみだった。私は人間というものを憎み蔑んでいた。世の男どもは、賢くなるどころか、時代とともにだんだん馬鹿になっているように思われた。連中の馬鹿げた行為が、より多種多様に、より複雑になっていくことでそれがわかる。女はといえば、私にとっては存在しないも同然だった。いくらいろんな女がいたとて、もともとの出来が悪いのだから救いようがない。

だが、チェスは違った。それはわが人生を静め、このうえもない大いなる慰めをもたらす鎮痛剤だった。私はチェスに、恋人の情熱と信徒の謙譲の心を抱いていた。チェスこそゲームの王、これにまさるものはない。私見によれば、それは人間の知性が生み出した数少ない至高のものである。つねづね疑っているように、本当にチェスが人間の考案したものであるとすれば。

察するところ、モリスンの成功はいくぶんかはその社交の才に負うていた。何のてらいもなく人に自分が望むことをさせる、天賦の才をもっていた。「魅力的」という言葉に集約されるその才能は、疑いなく生来のものなのだろうが、私は自分がそんな才能の持ち主になりたいとはゆめゆめ思わなかった。

モリスンが好きだったのか、あるいはもっと突っ込んで言えば憎んでいたのか。そういう質問には、どちらでもないと答えることとしかできない。私はただ、モリスンという存在にあまりにも慣れ親しんでいたのだ。モリスンの成功は私を魅了した。時にはつかの間の激しい嫉妬の発作に見舞われることもあったが、ぐっとこらえ、おおむね抑えきった。

モリスンはオックスフォードで倫理学の特別研究員となった。私はといえば、イングランド中部のさる大学で同じような地位を得たけれども、またしてもモリスンよりやや劣ることは認めざるをえなかった。われわれは休暇のおりに会い、ロンドンのシティのクラブでチェスを指したものだった。どちらも目に見えて腕が上がったが、まだ私のほうが上手《うわて》だった。退屈な大学の職を十年ほど勤めあげたころには、生活にはまったく困らない十分な蓄えを得ていた。女との関わりをいっさい避ければ、驚くほど安あがりに暮らすことができる。世の男性諸氏がこんな重要かつ単純な真実に思い至らないとは、私はつねづね開いた口がふさがらない思いでいる。

歓喜と呼びうるほどの感情を人生において味わったことはほとんどないのだが、あのウォリックシャーのはきだめにおさらばしてロンドン行きの列車に乗り込んだときには、ああ解放されたという実感を心の底から味わった。あの馬鹿ども――私は学生を見下し、向こうは私を憎んでいたのだが――の頭に、教えてもすぐ抜ける初歩的な理論を詰め込む必要などもうなくなったのだ。

ロンドンに着くや、それまでもどうにもならなかった抗しがたい衝動にとらわれ、私はオックスフォードに向かった。モリスンはすでに所帯を持っていたので、家に泊まるのは辞退した。それでも毎日数時間いっしょに過ごした。モリスンが初等倫理学を詰め込もうとしている礼儀知らずの学生どもは、私が教えていた間抜けたちより多少はあか抜けて見えたが、頭の回転はあの馬鹿どもよりさらに鈍《にぶ》いようだった。その点では、モリスンをうらやむ気持ちはまるで起きなかった。一週間のつもりだったが、結局はオックスフォードに六週間いた。早く白黒をつけたくなったのだ。この国のチェスの指し手のうち、いちばん強いのが私で、モリスンは私には及ばないということに。なぜ私のほうが強いのか、それは慢心とは無縁だったからと言えるだろう。選ばれた知の高みにおいては、慢心が息づき、生き永らえることなどできないのだ。チェスの名人は、どんな手があるか感情にとらわれず冷静に見通し、それが成功するか否か盤面をぬかりなく眺めて判断する。自分は名手だ、それはわが身が知っている。あとはその事実を証明するのみ。ただそれだけのことなのだ。

モリスンを説得して六か月後に催される英国選手権に登録させると、私はロンドンのブルームズベリ地区に借りたアパートにとって返し、自分のチェスの完成をめざした。日夜根《こん》をつめて研究に打ち込み、一つの弱点を直すことに成功した。チェスを指す方のために、簡潔に記しておこう。こみいった最後の詰め手を読まなければならないとき、私はふと見損じをすることがあった。その弱点を完全に克服した。シティのクラブで数戦やってみて確信を得た。私はついに名人と呼ばれる域に達した、と。たまにクラブへ行くのを除けば、半年間ずっとひとりっきりで過ごした。人生でいちばん幸福な時だった。私は人間といっさい関わらない、完璧な自由を得た。三十二個の美しい象牙の駒を、端然とした盤の上で、心おきなくいつまでも動かしていた。

選手権が開かれる半月間、私はボーンマスに家を借りることにした。そして、モリスンを招待した。あの男をそばにおいておかなければと感じたのだ。モリスンは試合の前夜に到着した。

書斎に入ってきたとき、私は前にほのめかした嫉妬の発作に苦しめられた。それは抑えつけたが、その反動はいつもどおりで、自分がひどく劣っているような、ほとんどモリスンの奴隷と化しているような、なんともいえない嫌な気分を味わった。

モリスンは身長六フィート二インチだったが、私は五フィート一インチしかなかった。曇りのない目で見たところ、モリスンの顔はとても品があって美しかった。心はと言えば、非常に思慮深いところとむやみに軽はずみなところが同居していた。私の顔は性格を如実に表していた。痩せて骨張っており、血色は悪い。おまけに、嫌悪の情が内でとぐろを巻いているのが顔に出てしまうのだった。こと精神にかけては、口はばったいようだが私のほうが上だと心得ていた。だが、私が自分を表現しようとすると、どうしても火花の散るような残忍さがつきまとってしまう。それを味わった人々は、気分を害して遠ざかってしまうのが常だった。にもかかわらず、モリスンは別だった。ほかならぬ私の残忍さがモリスンを魅《ひ》きつけ、ときには心を奪いさえしたのだ。私と同じく、向こうも認めていたに違いない。われわれの運命の糸が、どこまでも縒《よ》り合わされていることを。

翌朝、選手権が行われる予定のホールに到着するや、私は二つの事実を知り、大いに気を好くしたものだった。一つは、くじのいたずらで決勝戦までモリスンと当たらないということ、もう一つは、優勝者はこのあとブダペストで開催される名人戦に駒を進められるということだった。

手短に試合の話を進めよう。名人の域に達したという私の確信は正しかった。われわれはどちらも相手をことごとく破り、互角のまま決勝戦で相対した。もっとも勝ちっぷりは私のほうが上で、まったく危なげがなかった。私は満腔《まんこう》の自信をもってこの勝負に臨んだ。序盤から優位に立ち、十五手目を指し終えたときには「勝った」と確信した。十六手目を指そうと手を伸ばしたとき、モリスンは奇妙な笑みを浮かべて私のほうを見やった。半ば見下し、半ば参ったというような。チェスを除くあらゆる試験で、死闘の果てにモリスンが自らの優越を証明したとき、しばしばお目にかかったあの笑いだった。それをまたしても見るはめになったのだ。私はにわかに指し手をためらった。また蛇に睨まれた蛙みたいな心地がした。むろんのこと、私は疲れていた。ここ二週間の緊張がこたえていたのだが、それはいままでと同様、どんな疲労よりもどこか深く激しいものがあった。私の頭脳は集中することを拒んだ。いままで念入りに読んできた長く微妙な手筋が、突然穴だらけのように思われてきた。持ち時間は刻々と尽きていく。私は必死に考えをまとめようと努めた。そして、ままよとばかりに一つの駒を動かした。モリスンの顔に驚きの色が浮かんだ。いまでもあの顔がまざまざとよみがえってくる。モリスンは一瞬、これは罠かと身構えたが、そうではないことを悟った。むろん、私の手に罠などなかったのだ。モリスンが駒を動かし、私は我に返った。一つの駒が取られ、負け試合になるのは明らかだった。ナイトを失ってから、私はついぞ見せたことのない読みの冴えを発揮して粘った。おかげでゲームは翌日に打ちかけになるまで長引き、いくぶんかは持ち直しさえした。だが、モリスンとともにホールを去るとき、私は知っていた。翌朝続きを指すことになるが、私を救えるのはただ奇跡のみであるということを。これだけは絶対に負かしたいと念願していたチェスの試合なのに、過去の幾多の試練の場と同じく、このままではまたしても後塵を拝することになってしまう。

モリスンとともに家路を急ぐにつれ、「奇跡のみ」という言葉が何かをほのめかすように頭の中で響きだした。何かほかに手立ては？……いや、これしかない。私は肚《はら》を固めた。今夜、モリスンを殺すのだ。私は完璧に調整された機械さながらに頭を巡らせ、どうすれば確実かつ安全に殺せるか、その手段を講じはじめた。

どうして一足飛びにそんな決断をしたか、信じがたく思われるかもしれない。ここでちょっと本筋から離れることをお許し願いたい。かねてよりの持論によれば、人間の心の中には、遠く関わりあってはいるが全く異なった二つの作用がある。私はそれを「表相」と「潜相」と呼んでいる。この名称は必ずしも満足なものではなく、代わりに「意識」と「潜在意識」という言葉が浮かんだこともある。しかしそれは、理論上の区別にすぎない。実際の私の心の「潜相」はと言えば、いままでもしばしばモリスンを亡き者にしようとしていた。私はそう確信するさらに、あの嫉妬の発作は、不当にも常に二番手に甘んじていた失望の然《しか》らしめるものである。はあったが、前兆でもあったのだ。おまえの「潜相」に潜んでいた意識がいつの日か刺激となって「表相」に伝わり、モリスンの殺害を企て、実行に移させてしまうぞという……。

二人で家に戻ると、私はまず寝室に行った。そうして、最も強く、効き目が早く、しかも無臭の睡眠薬を取ってきた。これは不眠に悩まされていたとき、ミュンヘンでドイツの医師が処方してくれたものだ。それから食堂でウィスキーソーダを二つ作り、モリスンのグラスにいやというほど睡眠薬を入れ、書斎にとって返した。私はすぐ飲むだろうと期待した。しかしながら、運はまだモスリンを見放さなかった。あいつは酒を脇に置いたまま一人で長広舌をはじめた。運命的なその夜の私の行動に、なんとなく虫が知らせるものがあったのだろう。

自分は本当に恵まれてきたと思う、仕事にも友人にも妻にも、とモリスンは言った。人生の矛盾や譲歩といったものは、ぐっと分別を働かせていればつけいるすきはないと思っているようだった。

「四か月ほど前、まるで理屈のつかない経験をしたんだ。自分はもうじき死ぬ、きっと死ぬ、そんな予感がして頭から離れないんだよ。僕は家内に言った。『もし僕があの世へ行くことになるのなら、メアリー、君も連れていきたい』ってね。ポーナル、君は絶対うんと言わないだろうけど、夫婦の仲ってのはそんなものなんだよ。もちろん、ひどい感傷主義だがね。で、そんなことを言うと、あいつは霊感が強い――迷信深いと言ってくれてもいいんだけど、そんな性分《たち》だからね、『とてもよく当たる千里眼がいるんです。見てもらいに行ってください』って言い出したんだ。僕は信じちゃいなかったが、それで家内の気がすむなら、それに千里眼って人種はどんなものかひやかす気持ちもあって出かけた。それは風変わりで陰気なご婦人で、ちょっと面食らったね。僕を遠くからじっと見つめたかと思ったら、こんなご託宣だ。『すべては運命《さだめ》でございます。かの人がかの行いを為《な》すのも……』僕はいろいろ質問をくりだしたんだけど、それきり貝になったままさ。君も思うだろ？　二ギニーだと、こんなどうとでもとれるご託宣になるんだろうな、って」

そう言うと、モリスンはグラスを飲み干した。ほどなく続けざまにあくびを始め、寝室へ行った。部屋に入るとき、ちょっと足がもつれた。ドアを閉める際、モリスンはこう言った。「おやすみ、ボーナル。ブダペスト行きの切符が二枚あればなあ。何か手立てはないかね」

三十分後、私はモリスンの寝室に入った。あいつは薬で体の自由が利かなくなるまでに、どうにか服を脱いだようだった。私は窓を閉め、ガス栓をひねって部屋を出た。それから一時間、あの運命のゲームを並べ直してみた。見失ってしまった正しい手筋はすぐにわかった。一時間経った。私は濡れたタオルで顔を覆い、部屋に引き返した。モリスンは、死んでいた。ガス栓を閉め、窓という窓を開けてガスが抜けるまで待った。そうして自分の寝室へ行き、ついぞ味わったことのない静かな眠りに落ちた。ただ、妙に鮮明な夢は見たけれども……。夢はめったに見ないほうだし、あんなにはっきりしたまことしやかな夢など見たことがなかった。それはばかばかしい夢で、モリスンがオックスフォードの暗いひと気のない道を走っているのだった。家に着くや、扉をこぶしで叩きながら「メアリー！　メアリー！」と声高に叫んだ。そして、階段から転がり落ちた。私は目覚めた。同じ夢はその後もときおり見た。そのたびに、何かしらいやな感じが残った。

翌日の出来事は快いものではなかった。いまもありありと心に残っているが、それは最大限の努力を要する厳しい試練となった。私は細心の注意を払ってふるまわなければならなかった。朝、金切り声を上げながら部屋に飛び込んできた女中をだましたり、まぬけな田舎巡査やうぬぼれの強い田舎医者を欺《あざむ》いたり、そんな道化芝居をおおむねもっともらしくやりおおせた。ここ数年モリスンは心臓の具合が悪かったから、主治医をつけるべきだった、私は首尾よくそうほのめかした。当然ながらモリスンの妻に電報を打つ必要があった。細君は午後に到着した。それやこれやで、安閑と過ごすわけにはいかなかったが、結局万事うまくいった。死因審問の評決は「自然死」と出た。一両日後、私は英国のチェスのチャンピオン及び名人戦の代表に選ばれたという通知を受けた。メダルやら何やらをもらったが、それは海へ投げ込んでしまった。

ブダペストの名人戦までは四か月あった。私は全くひとりっきりで過ごし、自分のチェスの完成を期した。そうしてついに、絶対の確信をもって「我こそチェスの王者なり」と言えるようになった。私のようにめきめきと一直線に力を伸ばした例は、チェスの歴史においても空前のことだったに相違ない。さて、この期間に、ささいではあるが奇妙な出来事があったことを覚えている。ある晩、難解な局面の指し手をずっと考えていた私は、気疲れを感じてちょっと散歩に出た。戻ってみると、一つの駒が動いていた。その手は私が苦労して解こうとしていた手筋の完璧な解答となっていた。誰か部屋にいたのかとアパートの女主人に問うてみたが、首を横に振るばかりだった。そのことはそれきり考えないようにした。

ブダペストの名人戦トーナメントは、おそらくは過去にない規模のものだった。世界じゅうから名だたる選手がこぞって参集していた。ほとんど無名の私は、世界の強豪と順々に連日戦うという大変な試練に直面することになったが、絶対に勝てるという自信があった。連中は私など恐るるに足りぬと思っていただろうが、私のほうも呑んでかかっていた。チェスの愛好家向けに書くのであれば、どうしてそんなに自信があったのか、戦術を交えて根拠を説明するところだ。だが、ここではこう申すにとどめる。これまでに指されたありとあらゆる局面における、難解きわまる変化や全く新しい手筋を、私はついに解き切ったのだ、と。私はチェスの歴史の百年先に進んでいた。

一回戦の相手は、偉大なロシアの名手オスヴェンスキーだった。顔を合わせるや、どうしてこんな奴とやるのかといった顔で私を見た。まるで予期しない相手だったという感じで私の名前を復唱する。私は横柄な態度に接したときによく用いる一瞥をくれてやった。ロシア人は態度を改めた。対局に入った。白番の私は、クイーン側ビショップの先のポーンを開戦手《ギャンビット》にするという、最も難解な布局をした。オスヴェンスキーは教科書どおりに受け、十手目までは定跡どおりに進んだ。そして十一手目、私はナイトを切った。このトーナメントにおいて、私は相手を驚愕させる手をいろいろ放ったが、それはその皮切りだった。オスヴェンスキーはちらりと探るような目で私を見た。激しい動揺が募っているのがわかった。チェスの選手というものは、分《ぶ》が悪くなって極度に根をつめるとみな似たようなそぶりを見せはじめる。いらついたような身ぶり、対局時計にくれるあわただしい視線、ひっきりなしの身じろぎ、などなど。私の相手もまったくそのとおりで、内心の驚きと狼狽をさらけ出していた。

時が刻む。ロシアの名手の額から汗が噴き出す。私はすっかり得意な気分でいた。だがそのとき、ふと光景がいやな感じになった。私は部屋を見回してみた。視線は戸口で止まった。目と目が合った。モリスンが、ゆっくりと入ってくるのが見えた。「やあ、いたな」というふうにちらっと私に目をやると、卓のほうへふらふらと歩み寄ってくる。そうして、対局者の椅子の後ろに立った。最初は幻覚だと思った。ここ数か月ひどく根をつめてきたから、そんなものが見えたに違いない。そう信じていたから驚いた。オスヴェンスキーは不安げに、後ろにちらちらと目をやるのだ。モリスンは肩ごしにロシア人の手を取ると、一つの駒へと導いた。そして、独特のちょっと小手を返すようなしぐさで駒を置いた。それは、私が恐れていた手だった。実際の試合で発見されることは絶対にないと思っていたのだが……。モリスンは、先に記した奇妙な笑みを浮かべて私を見た。肚《はら》をくくった私は、あらんかぎりの意志の力を結集した。それから四時間に及ぶゲームは、名人戦の中でも未曾有の戦いだったと思う。オスヴェンスキーの動揺は激しく、唇まで真っ白、いまにも倒れそうだった。だが、その背後にいる怪《け》の者――モリスン――は、一手また一手、駒へと手を導いていく。一時間、二時間、全く互角のまま時が流れていった。そして六十四手目、私は投了した。オスヴェンスキーはすぐさま気を失った。いささか皮肉なことに、本大会における最高の試合に勝ったという理由で、オスヴェンスキーは最優秀選手賞を受けた。ゲームが終わるや、モリスンは踵《きびす》を返し、ゆっくりと部屋を出てドアの向こうに消えた。

その晩、夕食を終えて部屋に引き上げると、私はさきほどの場面についてとっくりと考えてみた。あげくに、こう腑に落とした。まず、モリスンが現れたように見えたのは、全くの私の幻覚にすぎない。さらに、相手がちらちらと後ろを見ていたのは、その精神感応によるものである、と。精神感応なんて迷信じみた世迷《よま》い言だ、たいていの方はそう思われることだろう。

だが、極限の緊張下にあった私の精神内容が、オスヴェンスキーのそれと通じ合ったと見なすのは、十分批判に耐えうる説ではないかと思われる。これからは極力、席を立ったり部屋を歩いたりして、こんな感応が起こらないようにしよう。私はそう心に決めた。

初日の結果から、翌日は二人目、ドイツの王者ゼルッと対戦することになった。比較的気分は落ち着いていた。黒番の私は、今度はルイ・ロペス（十六世紀スペインの同名の僧侶が分析した布局定跡）で防御した。そして七手目、第二の驚天動地の手を放った。ドイツ人の顔に驚愕と動転の色が浮かぶのを見て、再び満足感を味わった。私は席を立ち、ほかの試合を見ながらあちこち歩いた。ややあって、ひとわたり部屋を見回してみた。動揺のあまり両手を髪にうずめてひっきりなしに梳《と》かしているゼルッ、その頭ごしに、またしても見えた、モリスンが入ってくるのが……。あいつは、対局者の背後に立った。

その後の十二日間について、くだくだしく書く必要はないだろう。同じ話の繰り返しになるからだ。私はすべての試合に負けた。だが、どの試合でも確証は得られた。私がこの世で最も優れたチェスの指し手であるということの。どの対局者もチェスを楽しんではいなかった。その勝利は完全無欠と称賛されたが、私にこう語ったのは一人にとどまらなかった。「憶えているのは序盤の一手目だけで、あとは記憶がないんだ。それに、ひどい鬱状態で、気分が悪くて参ったよ」誰もが何かを畏れるごとくうさん臭そうに私を見ていた。誰も相席になろうとはしなかった。見物客もそうで、部屋はごったがえしていたというのに、私の卓では油を売らず、そそくさと不安げに立ち去っていった。

ロンドンに戻ったときには、神経がぼろぼろになっていた。だが、確かめておかねばならないことがあった。私はシティのクラブへ行き、会員とチェスを指しはじめた。ほどなく入ってきた、モリスンが……。私は席を辞して家路についた。知ろうとしていた答えを知ってしまった。モリスンは必ず現れるのだ。もう、チェスは指せない。

自殺への思いはいやましに募った。それはすでに兆していた。それから三か月間というもの、私はこの手記を綴るかたわら、ブダペストでの試合を注解することに専念した。対局者は例外なく、どこにも穴のない完璧な戦いをしていた。その手筋は、チェスの歴史を繙《ひもと》いても見いだせない、深遠かつ複雑なものだった。まさしく人智を超えていた。私も、人智の限界ともいえる前例のない戦いをしていた。わが意志の強さは称賛に値するのではないかと思う。最短の試合でも五十四手まで続いたのだから。それも、この世の者ならぬモリスンを相手に。私の失策といえば、長時間に及ぶ恐るべき緊張のもとに犯した、ほんのささいなものだったのだから。下されるべき評価は自明だが、試合の記録は後世の人々にゆだねることにしよう。ともあれ、私は戦ったのだ。最後の最後まで、モリスンと雌雄を決しようと。

後悔はない。モリスンを亡きものにしたのは、肯《うべ》なわれるべき正当な行為だ。モリスンの生涯は酬《むく》われていた。あのいささか皮肉な瞬間、自分はずっと恵まれてきたと語ったように。だがそれは、本来は私にふさわしいものだったのだ。モリスンのほうが頭が良いと私が認めていたのなら、その幸運もむべなるかなと諦めていたことだろう。しかし、耐えがたいことに、私のほうが優れた人間であったにもかかわらず、常にモリスンには劣る者と決めつけられる。かくして、正義は制裁を要求したのだ。ブダペストにおいて、私の「見損じ」は明らかとなった。だが、それを見越すのは不可能だっただろう。ともあれ、ありのまま、あのゲームの記録をわが生涯のよすがとして遺すことにしよう。モリスンを殺さなければ、あのような見事なゲームを戦うこともなかっただろう。なぜなら、私を打ち負かそうとするモリスンに応えて、私も力を奮い立たせたのだから。

姿を消す計画は、入念に練った。昨夜、寝室でまたしてもモリスンを見た。もうあいつにはこりごりだ。失踪は明日になるだろう。私は石頭の陪審員どもに好奇の目で見られたくはない。おめでたい検死官や牧師たちからたわごとを並べられるのも願い下げだ。私の死体は絶対に発見されないだろう。ついさっき、チェスの駒と盤を壊した。なんぴとたりとも触れさせぬように。壊しているうち、涙があふれてきた。この私が泣くなんて、ついぞなかったことだ。来た。あいつが入って来た……モリスンだ。

医学博士J・C・ケアリーによる追記

ここで手記は唐突に終わっている。この記録を活字にすべく取り計らわなければという義務感はあったが、もしそうできたとしても真実と受け止められることはまずないだろう。わたし自身はチェスをやらないが、患者にポーランド人の名手がおり、ワルシャワに帰るまでにいい友人になった。わたしはその人物に手記とゲームの記録を送ることにした。手記については意見を、記録については批評を得るためである。およそ三か月後、第一の手紙を受け取った。
それは、次のような文面だった。

妙な話なんだよ。君が送ってくれた資料に目を通したあと、僕はちょっと調べ物をしてみたんだ。結果を報告することにしよう。英国選手権の過去の出場者のなかに、君の言う教授の名前はなかった。それに、その年ブダペストで名人戦なんて行われていないんだ。これまでにあそこで開かれた選手権も当たってみたけど、ここにも教授の名前は見当たらなかった。ということから判断すると、どうやら教授は筋金入りの冗談好きか、さもなくば頭がおかしいと考えざるをえないね。そんなわけで、文書は全部君に送り返そうとしたんだけど、そのときふと好奇心に駆られて、この冗談好きか頭のおかしい人物はどんな流儀のチェスを指したか見てみようと思ったんだ。ゲームの記録をほんの少し読んだだけでわかった。まじめに言うよ。これは一人のチェスの名人による、人智が成し遂げた数少ない至高の勝利である、と。こんな試合が実際に戦われていたなんて信じられないよ。君はチェスに暗いんだから、僕の言葉を額面どおりに受け取ってもらいたいんだけど、本当に教授がこんなゲームをやったとすれば、世界に誇る偉大な天才、極めつきの名人だね。しかも、教授は負けた。もしそのとおりだとしたら、相手はたぶん、この世の者じゃないんだろう。記すところによれば、教授はすべての試合に負けた。でも、この世ならぬ者を相手にしたその奮闘ぶりは信じがたいほど見事だ。僕は教授の霊に大いに敬意を表するね。ゲームの記録がすべてを物語っている。至高にして究極のゲームだ。それにこの状況、殺人、苦しみ、自殺……まったく思うだに恐ろしい。果たして実際にあったことなんだろうか？　この秘められた……うーん、どう形容していいかわからないけど、この憎悪に満ちた手記を注意深く読んでいくと、「ああ、これはほんとにあった話だぞ」とひらめくものがあるような気がするんだ。それとも天才の夢想なんだろうか？　さっきも書いたけど、とにかくぞっとさせられたよ。人の心はあやふやで、どんなぎらぎらした恐ろしい思いが埋まっていて、不意に浮かんでくるかわからないんだからね！　知ってのとおり、僕はチェスの選手だけど、本職は数学と哲学だ。抽象の世界の住人だから、心はいつも何かにとり憑《つ》かれている。頭にとり憑いた考えが離れず、ときどき抑えが利かなくなることがあるんだ。ほどほどにしておかないと、この種の思考は果てしなく遠くへ心を連れていってしまう。来た道をすぐ引き返して、日常のことに立ち戻らないとね。うまい表現じゃないけど。別の言い方をすれば、このような思考は人の心に潜む仄暗《ほのぐら》い境界領域へ導いていってしまうんだ。僕自身立ち入りたくない領域にね。未知の土地に聳《そび》える山々の峰が、ぼんやりとだけど差し招いているように見える。ある意味ではそこは遠いけれども、ある意味ではそれはついそこにあるんだ。どうやら引き返したほうがよさそうだね！

絶大な力を持つ教示を吸収しつくすまで、僕はゲームを研究した。教授がたぶんそう感じたように、自分が世界で最も偉大なチェスの指し手になったような気がしている。今度ポーランドのウーチで名人トーナメントがある。じゃあ、また。試合が終わったらまた書くよ。

サージ

医学博士J・C・ケアリー記す

三か月後、わたしはサージから第二の手紙を受け取った。

わが友へ

とても興奮した状態で書いている。僕は不運だ。僕は……いや、とにかく話そう。僕は鼻唄まじりでウーチに乗り込んだ。なぜなら、そこで人生の目的が達成されるはずだから。僕は名人のなかの名人になるに違いない。なのにどうして、いまはこんなに悲惨な状態なのか。まあ話を聞いてくれ。

一回戦の相手は、キューバの名手プリマベラだった。白番の僕は、あのまぼろしの名人戦で教授がやったのと同じ序盤の戦いをした。すべてうまくいった。僕は十手目を指した。プリマベラは長考に沈んだ。僕は部屋を見回してみた。長身で人あたりのよさそうな見知らぬ男が、大きな自在扉から入ってくるのが見えた。こちらの卓へ近づいてくる。最初はべつだんどうとも思わなかったが、ゆくりなく例の教授の話を思い出した。身震いがした。見知らぬ男は対局者の背後に至ると、僕のほうを見やった。教授の物語に書かれていた、あの表情で。次の瞬間、プリマベラは指した。僕は手を伸ばし、例のナイトを捨て駒にする鬼手を放った。でも、その手……駒を動かした手。それは、僕の手じゃなかったんだ。水を浴びたような、全身を縛《いまし》められたような心地がした。男は肩越しに手を伸ばし、プリマベラの手を駒へと導いた。そして、完璧な応手を指した。対局者は顔面蒼白で、後ろをちらちら振り返っていたが、やがてこう口を開いた。

「気分が悪いんです。投了します」

「いや」僕は答えた。「僕も同じです。このゲームはいけません。引き分けにしましょう」

そう言って手を伸ばし、握手した。今度はまぎれもない僕自身の手で。見知らぬ男は、姿を消していた。

僕は急いでホテルに戻ると、あの天才のゲームの記録を火に投じた。それはしばらく原形をとどめていた。まるで燃えないものであるかのように。やがて、部屋の灯りが薄暗くなったかと思うと、扉近くの壁に、二つの影が現れた。影はしだいに大きくなり、部屋いっぱいに広がった。そのとき、不意に大きな炎が立ちのぼり、煙突高く轟音がこだました。炎は長く燃え続けるかのように見えたが、やがてふっつりと静まった。火も消えた。

僕は気づいた。ゲームの子細をすべて忘れてしまっていることに。一つの手さえ思い出せない。記憶は全く消え去っていた。僕ははっきりと悟った。自分が解放されたことを。もうごめんだ。夢にあのゲームが出て来ないことを祈るよ！

サージ

（倉阪鬼一郎訳）

ケルン

「一緒に行きたいのはやまやまなんだが、どうも踵《かかと》を労《いたわ》ってやったほうがよさそうなんだ。旅行の残りの日程をちゃんと消化したいからね」ウェランドはそう言った。

「もちろんだよ」シーブライトがうなずいた。「行くつもりだとしたら大馬鹿者だろう。けど、あの森の上の銀色の斜面の佇《たたず》まいがどうにも魅力的でね。子供の頃からずっと高い山と、足跡がついてない斜面が好きなんだよ。登って下りるまで四時間かそこらかな。それ以上かかるとは思えない。それでも土地の人間に一緒に行ってもらったほうがいいだろう——ブルードンみたいな山の手軽な登りでも、最短ルートを見つけ損なうってのはありがちなもんだから」

「ふむ、われらが亭主殿を呼んで、手筈を調えてくれるか訊いてみよう」

シーブライトは呼び鈴の紐を引いた。ややあって亭主が姿を現した。宿の主《あるじ》は血色のよい短軀の低地人で、愛想が好く、血の巡りがのんびりしているので、結果として世間とじつに折りあいよくやっていた。

「レドルさん」シーブライトは言った。「明日、ブルードンに登るつもりなんだが、ウェランド君が踵を傷めていてね。連れが必要なんだ。村に一緒に行ってくれる者が誰かいないかな」

「村の者は行かないと思います」主はそう答えた。

「そりゃ、どうしてだ？　ぼくはそんなに人気がないかね？」

亭主のレドルはしばらく黙って、もぞもぞと重心を一方の足から他方に移しかえた。「違います。村の連中は雪が積もっているあいだはブルードンには登らないんです」

「何で登らないんだ？」

「いやあ、そういうことになってるんです。何があっても森の上には行かない。それに雪があるあいだはそもそも大抵の者は山へは行きたがらない」

「でも、どうしてなんだ。手軽で簡単そうじゃないか。いざ登ってみるときついってことか？」

「いや、違うんです。自分はこのあたりの生まれじゃないんで、土地っ子のように何でも知ってるわけじゃない。けど、何かの理由があって、雪が積もっているあいだは、日無し森より上には行かないんです」

「日無し森ってのは中腹にあるあの大きい雑木林のことか？」ウェランドが口をはさんだ。

「そうです、じつは村の者は森の上の斜面に雪がある時は、何かがうろついてるって思ってるんです」

「で、堆石標《ケルン》の後ろに隠れてて、何も知らない登山者の不意をつく？」シーブライトが笑いながら主の言葉を引き継いだ。

「そうです」レドル氏は驚いた顔で答えた。「それが村の者の考えてることとです」

「たまげたな」シーブライトは言った。「村の連中は自分の目で確かめたのかな？」

「みんなこの話になると黙りこくってしまうんですよ。水を向けてもむっつりとした顔で話題を変えてしまう。けど、何かの跡を見たとかいう話はあるらしい。古くからある村の秘密みたいなものかもしれません」

「子供を泣かせる民間伝承の典型的な例だ」ウェランドは言った。「たぶん雪の上に鮮やかな足跡があるんだろう。もちろんそれは徘徊する魔物じみた存在がつけたものだ。雪が消える、足跡が消える、すると魔物も消える」

「さて、レドルさん」シーブライトが口を挟んだ。「きみはもっとまともなはずだ。明日、一緒にきて、迷惑この上ないお化けを片付けるのに力を貸してくれないか」

「お供できないと思います」亭主のレドル氏は言った。

「何だって、まさかきみも与太話を信じてるわけじゃないだろうね」

「信じてるってわけじゃないです。けどこういうことに関しちゃ、わたしはいつも安全策をとるんですよ。わたしがあなただったら、やっぱりそういうふうにしますがね」

「そんなのは願いさげだよ。ぼくはブルードンに登る。たとえ黒い雪が降ったとしてもね」

「お好きなように。でも、どっちにしてもガイドがいればと思うことはないでしょう。道は簡単に見つかります。迷うほうが難しい。望遠鏡を見てもらっていいですか。道筋を教えます。村の道の三番目の角を右に曲がります――日無し道です――その道を行くと樫の木が群れているところに着きます。それから生け垣に沿って門のあるところまで行きます。で、そこからまっすぐ行くと森です。森には道が一本つづいているのでそれを登っていくとケルンに簡単に辿《たど》りつけます。ところでもう失礼しなくては。あなたがたの夕食を作らないといけない」

パット・シーブライトとレナード・ウェランドは、財物の所有量の差と同様に気質においても大きな差があった。けれどこれまでふたりはたがいのために命まで投げうってきたも同様だったし、そうすることはどちらにとっても自分に与えられた特権だと考えてきた。もし必要が生じたならば、実際どちらもそれを行動に移すことを瞬時もためらわなかっただろう。二十年間にわたって、ふたりは堅固な友人関係を維持してきた。パットは父親の株式仲買の会社で、難なく年間一万ポンドの収入を得ていた。レナードは小さな学校の助教師として、国庫から二百五十ポンドほどの給金をもらっていた。ふたりの所得税申告書の記載額の圧倒的な差にかかわらず、その事実が友情を曇らせることはなかったし、パットはレナードに一ペニーも貸したことはなかった。パットがやったのはレナードを説き伏せてかれのために少々事情不明瞭な投機を少々出所不明瞭な五十ポンドで行うことを了承させたことだけだった。時折のその投機は、魔法めいた流儀で成功し、毎年レナードの銀行口座にはちょっとした額の喜ばしい収益が振りこまれるのだった。知性に関して言えばレナードに比べるとパットは子供同然だった。けれども人生における実務面ではパットのほうが教える側だった。ふたりはたがいを補完しあっていた。パットは進取の気性に富み、好奇心旺盛だったが、レナードが刺激し活気づけてやらなかったら、栄養失調で死んでいたはずだった。

ふたりとも相手と離れている時は完全には幸福ではなかった。感傷的なことを言うのはぞっとしないという双方の性格が、その事実を認めるのを妨げてきたが。たがいにたいする親愛の情は婦人への愛を超えるほどで、もしふたりが同じ婦人に恋して、昔から友情の天敵だと考えられてきた事態に直面せざるを得なくなったら、結局はどちらも彼女を独身のままにしておくか、第三者の手に安んじて委ねたはずだった。そういう競争は本質的に調和を乱す厭《いと》わしいものだという確信を持って。どちらも心の奥でそれぞれが結婚することを恐れていて、けれども、紙巻き煙草を買うにも躊躇しなければならないほど貧乏で、毎年三人ほどしか新たな女に会わないレナードに関しては、そういう不測の事態はどう考えても起こりそうになかった（後々、そういう心配をする必要はどちらにもないことが判明したが）。ふたりは休日をつねに一緒に過ごし、今回の場合はクリスマス休暇を湖沼《こしょう》地帯の山歩きで過ごした。

ふたりに与えられた時間はほぼ終わっていた。三日以内によく目立つパットの車でロンドンに戻ることになっていたのである。その夜の夕食の時に影を落としていたのはその事実だった。ふたりともそのことを憂鬱に思い、口にもした。パットは不合理な気鬱にたいするいつもの確実な解毒剤として、レドル氏のシャンパンを一瓶、それに月並なポートを大きなグラスで二杯貰った。しかしながら、薬はいつものような効果を完全には発揮しなかった——影は消えなかった。

「興味深い話だよ、ブルードンと雪に関するこいつは」ウェランドは言った。「少し事情が違えば説明するのは簡単なんだがな。このうさんくさいお化け先生は、雪崩《なだれ》の擬人化したものなのかもしれない。けどブルードンで雪崩が起きたことは氷河期が終わってからはないと思う。しかもそれにボースウェイトの善き者らの伝承的記憶だってそこまでは長くつづかないだろう。しかしブルードンでさえも暴風雪《ブリザード》は歓迎すべきものではなかったのかもしれないな。ひとりで行っても支障はないってほんとうに思ってるのか?」

「もちろんだとも」シーブライトは答えた。「とにかく、天気が崩れたら行かないよ。レドルさん、晴雨計はどんな感じだい?」

「安定してますよ、十分だ。空のようすから考えると明日は雨は降らないでしょう。雲はあるだろうが」

ふたりは早めにベッドに入った。ウェランドはすぐに寝てしまった。しかしかれの眠りは繰りかえされる夢によって何度も乱されることになった。夢はじつに馬鹿げたものだった。それは月下の光景で、自分は望遠鏡でケルンのあたりを覗いていた。ケルンは雪の上に濃い影を落としていた。そしてその影は動きはじめた。動きながら形を変え、何かの動物がうずくまっているような形に変わった。どんな弾みがあろうとケルンの影がそういうふうに見えるはずはなかった。燃えるようなあのふたつの点は目なのだろうか? 毎回その疑問に答えが出る前に――答えを出すことを強いる理由が何かあったのだ――切迫したその疑問の答えが明らかになる前に、いつも目が覚めた。「今度こそ、こんな夢は見ない」とウェランドは自分に言い聞かせた。けれど、一瞬後には、高まる不安と嫌悪感を覚えながら形の不定なその謎めいた影を凝視しているのだった。それが五回か六回繰りかえされたときかれは身を起こした。自分に甘い人間は、とかれは心のなかで言った。こいつを神経のせいにするかもしれない。正直な人間だったらアルコールだと言うだろうが。しかしこれは一体どうしたものか。足音を忍ばせて一階に下りてケルンに望遠鏡を向け、夜にうろつくものなんかいないとこの冴えきった頭に納得させたらどうだろう。ウェランドはそう考えた。そうしたら自分の無意識――まあ、何と呼ぶにせよ――そいつは確信するだろう、そういううんざりするような代物なんていないこと、ブルードンの尾根で、形が変わったり何やらするなんてことは現実ではないことを。

滲《にじ》んだ月の輻《や》が薄い雲を貫いて尾根まで達していた。夢のおおよそは事実に即していると言えた。ともかくここに望遠鏡があり、あちらにブルードンがあった。かれは望遠鏡に目をあてケルンに向けた。それからそれを一旦テーブルに戻し、両の目を擦《こす》り、ふたたび手に取って今度はたっぷり二十秒ほど集中して覗いた。けれどそれからまた外した。そしてウェランドは思案顔でのろのろと部屋に戻ってベッドに入った。

「もちろん、もう少ししゃんとすべきだ」かれは独り言を言った。「だから眠れないんだ。だから望遠鏡で在りもしないものを色々見てしまうんだ。ポートワインを二杯飲むのはもうやめだ。けどそうはいっても――」ウェランドはもう一度下に行って望遠鏡を見たい、確かめたいという欲求につかのま捕らわれた――腕時計を見た――五時――眠くはなかった。しかし結局起きる時間まで本を読むことにした。集中力を促進するようなもの、たとえばブラッドリーの『真理と実在』だ。一度うとうとすると、やはりケルンの輪郭が漠と現れ、腹立たしいことに影も現れた。ウェランドは急いで気持ちを引き締め、眼前の一行一行をゆっくりと脳に刻みこんだ。

レドルル氏の予言通り、雨こそ降らなかったものの空は曇りがちで晴雨計の数値は高かった。

シーブライトは出発が十二時半だと告げた。二時頃には森に着く、頂上には三時半頃——ちょうど夕闇が落ちはじめる頃に到着するだろう、けれど森を下りるくらいの光は十分あるはずだ、五時にはもう宿屋に戻っているだろう。

「で、レナード、きみは登っているぼくを望遠鏡で追うことができる」シーブライトは言った。「それに安全を願ってお祈りを唱えることもできる。さて、レドルさん、ぼくと一緒に行くつもりはほんとにないんだね」

「ないです、すみません。でも、こういう提案はどうでしょう。予定を変えませんか。湿地で鴨を撃つってのはどうでしょう」

「ぼくはあの忌まわしい山に登るつもりだよ」当てつけるようにシーブライトは言った。「迷信深い土地っ子たちの目を開かせてやることにしたんだ。連中は二インチばかり雪が積もったあのささやかな山に登るのが危険な試練だと思いこんで、吹聴もしてるわけだが、それが間違いだってことを教えてやるつもりだ。田舎のお化けの鼻を摘《つま》んでやるよ——もし現れたらの話だがね。さあ、そのためにはもう出発しなくては」

「そりゃけっこうですな」宿の亭主は答えた。「では幸運がありますように」

シーブライトは十二時半ちょうどに出発し、ウェランドは友人のがっしりと逞しい体が大股で村の通りを遠ざかっていくのを見送った。三番目の角を右に曲がる時、シーブライトは振り返って手を振った。

ウェランドは一時に昼食をとり、それから望遠鏡が置いてある席の近くにすわった。そしてもう一度ブラッドリー教授の深みのある、けれど独特の考察に集中しようとした。しかしやはり大きな成功を収めることはできなかった。体が安定することに抵抗しているようだった。体は神経組織と結託して陰謀を巡らし、そわそわしろ、ばたばたしろとウェランドに強《し》いた。かれは繰り返し時計を出して時間を確かめ、欠伸《あくび》をし、煙草に火を点け、姿勢を変えた。そしてその傾向はより著しく、より露骨になっていった――ほかをすべて追い払ってしまったようだった――抵抗しようと試みるだけで妙に消耗するような気がした。

やがてウェランドは読書を諦め、望遠鏡を手に取った。かれは望遠鏡で森とケルンのあいだの斜面を嘗《な》めるように確かめた。雪の上にあるあれは足跡でないとしたら何だろう？　村の者たちがレドルを――よそ者をからかっているということはいかにもありそうだった。あの跡はすごくはっきりしてる。大きいということだろうか？　ウェランドはまた時計を見た――あと五分で二時。パットはいつ姿を現してもおかしくなかった。けれど小さな望遠鏡でずっとこうやっているのはひどく難儀だった。ああ、現れた。森から出たシーブライトが立ち止まるのをウェランドは見た――シーブライトは足跡を眺めていた――足跡でなければほかの何かを――かれはそう思った。シーブライトは三十秒ほどそうやって雪の上の跡を見おろし、それから着実な足取りで登りはじめた。ウェランドは肉眼でもその姿を追えることに気がつき、望遠鏡を置いた。ちょうどその時レドル氏が談話室に入ってきた。「どのくらいまで行きましたか？」宿の主人は尋ねた。

「あと二十分くらいで頂上に着くはずだ」

レドル氏は落ち着かないらしかった。「ケルンのあたりは少しばかり靄《もや》が出てる、そうじゃないですか」

「ああ、雲が下りてきてる。天気の変わり目なんだろう、たぶん」

「そうですか。わたしはもう少し台所にいないといけない。手間じゃなかったら、シーブライトさんが森に戻ってきた時、教えてくれますか」

「お安い御用だ」ウェランドは少し硬い表情でそう答えた。

「ただの取り越し苦労ですな」主は言った。「何も面倒が起こらなかったら」そうしてレドル氏は出ていった。

ケルンを目指して着実に登っていく黒い点をウェランドは見守った。ケルンまでほんの百ヤードばかりになった頃、かれはまた望遠鏡を目にあてがった。数分後、ウェランドはシーブライトがケルンに到達し、手で表面を叩き、それから宿屋のほうに向かって高く掲げた右手を振るのを見た。それからかれは急いで斜面を下りはじめた。ウェランドは本能的に手を振りかえし、それから自分の間抜けさに笑みを浮かべた。そして望遠鏡を目から離しかけたが、その瞬間体に緊張が走り、望遠鏡はまた目にきつく押しあてられた。そののち望遠鏡はふたたび顔から外され、ハンカチで前後のレンズが拭かれてからもう一度目にあてられた。やがてウェランドの体が棒を飲んだように強ばり、それから震えだした。望遠鏡は手から落ち、床に転がった。それからかれは猛然と談話室を飛びだし、さらに玄関のドアから飛びだし、そのまま村の道を走った。

その光景を見ていたのは老いたエルム夫人だけだった。夫人は家のドアの前で敷物《ラグ》を叩いて埃を払っているところだった。帽子もかぶらずに、片足を引き摺りながら走る姿を見た刹那、そして顔に浮かぶ妙な表情を目にした刹那、夫人の顎は垂れ、ラグは手から落ちた。一瞬の後、ウェランドの姿は登り坂の道に折れて見えなくなり、その後の数分間、彼女の口は開きっぱなしだった。

エルム夫人の脳の働きはテンポにおいてきわめて緩やかに《ラルゴ》を超えることは決してなく、それに届くことすら稀だった。けれども、彼女は自分がいましがた目にした見付けない光景に、特別な意味があるように感じた。夫人は台所に行き、何をすべきかという問題と格闘した。それからショールを頭に巻きつけ、外に出て早足で兎と巣穴亭に向かい、そこで主のレドル氏を見つけた。主は鶏の消化器官を扱《しご》いているところだった。

「レドルさん」エルム夫人はそう言ったが言葉がうまくつづかず、しばらくショールをいじっていた。

「何だ、何かあったのかい？」調理の手を止めて、亭主は尋ねた。

「それがねえ」エルム夫人は言った。「ここに泊まっている若い人のひとりを見かけて、上靴のまま帽子もなしで走ってってね、日無し道に曲がったんだよ。あんたに言ったほうがいいと思って」

レドル氏はしばらくエルム夫人の顔を見返していた。それから夫人の横を通りすぎて談話室に行き、しばらく部屋を見まわしていた。テーブルの下から望遠鏡の端が覗いていた。レドル氏はそれを拾いあげ、目にあてて夕光に縁取られたブルードンの頂きを見た。それから急いで談話室を出て、玄関から飛びだして村の道を走った。

幸運なことに、レドル氏はこの地区の法と秩序の代理人であるラム巡査に出くわした。レドル氏は巡査の腕を摑んだ。「どうもブルードンでまずいことが起こってるようなんだ。うちの若いお客さんに何かあったらしい」

その言葉を聞くとラム巡査の目の表情が厳しくなった。しかしレドル氏の顔にある何かがそうさせたのだろうか、あるいは鈍《にぶ》い機械装置みたいなかれの想像力に油を差す記憶、しばしば繰りかえされてその度に巡査を当惑させる記憶がそうさせたのだろうか、ともかく何かがこういう場合に自然にされる質問をどこかに追いやった。巡査はただこう言った。「医者が往診に出てないか一緒に見にいこう」

ふたりは「R・フォード医学博士、内科、外科」と刻まれた真鍮のプレートが掲げられた家まで走った。医師は往診に出ておらず、ふたりにいくつか質問をした。けれど医師の持ち前の懐疑主義もまたある記憶によって薄められていて、やがて鞄と帽子とコートと懐中電灯の支度をしたフォード医師とふたりは連れだって出発した。少し経った頃には、三人は医師が持つ懐中電灯の照らすぼんやりとした道筋を、そして宵闇の斜面を、喘ぎ声だけ発しながら登っていた。そして日無し森を抜ける道の最後の曲がり角に辿りついた時、医師が何かにつまずいた。

「では説明してください、巡査。死体を発見した時のことを正確に」と検死官は言った。

「えー」ラム巡査は口を開いた。「シーブライトさんは仰向けに横たわっていました。腕を投げだすような感じで。ウェランドさんのほうは六ヤードほど離れた場所にいて、俯《うつぶ》せに倒れていました――横たわるというよりは屈んでいるという感じで――けれど顔は雪に埋まっていました。ふたりともずいぶん勢いよく倒れたようでした」

「ほかの人間の足跡がないか探してみましたか？」

「はい」

「何か見つかりましたか？」

「いいえ」

「シーブライトさんの登りの足跡、それに森まで下りる足跡は確認したんですね。けれどほかの足跡は見なかった？」

「ほかには見ませんでした」

つぎの証人はフォード医師だった。

「フォード先生」検死官は言った。「検死はあなたが行ったと聞いているのですが」

「そうです」

「検死から分かったことをここで話していただけますか」

「どちらも強壮で健康な若者でした。肉体的な障害はありませんでした。ふたりの体には広範囲に及ぶ創傷や打撲などが見られました。ウェランド氏の腕は折れていて、それらの傷はひじょうに強い力で叩きつけられたことを証明しています」

「その創傷は死の原因になるほどだったのですか?」

「いいえ、それはまったく考えられません」

「ではなぜふたりの若者が死んだか、その理由を挙げられますか?」

「率直に言うと、わたしにはできません。想像できるのは、何かの極度のショック、たとえば突発的な恐怖といったものが、ふたりに心臓麻痺を起こさせたかもしれないということだけです。想像できるというのは、可能性としてはある、というくらいの意味ですが。けれどふたりの死に関して説得力のある見解は出せません。似た例はいままでありませんでした」

「レドル氏はまだ在廷していますか?」検死官が尋ねた。

レドル氏はまだいた。かれは証人席に戻った。

「レドルさん、わたしの理解するところによると、シーブライト氏はこのブルードンへの登山にあたって、ウェランド氏を同行してはいなかったのですね?」

「はい、ウェランドさんは踵を傷めていました」

「ではかれが突然友人のもとに駆けつけたことにはずいぶんびっくりしたでしょうね」

「はい、びっくりしました」

「ウェランドさんの行動の理由を説明できますか」

「できません。でもウェランドさんは望遠鏡で友人のことをずっと見ていたと思います」

「はて、それが今回のことに何か関係がありますか?」

レドル氏はしばらく黙って、言葉を探していた。

「何も関係ないと言うべきでしょうな、たぶん。ただ言ってみただけです」

検死官はとんとんと指で机を叩いた。廷内にほかの音はなかった。外から鞭の音と車輪がゆっくり回る音が聞こえてきた。

「はてさて」ようやく検死官は言った。「本件はじつに不満足なもののように見えます。わたしにできるのはふたりの若者の御両親に深甚なる哀悼の言葉を捧げることだけです」――検死官は喪に服している四人の出席者に向かって頭を下げた。「しかし同時に希望を述べておきます。この大変謎めいた悲劇的な件に、いつかさらなる光が当たればいいと思います。とはいえ、ここで死因審問を閉廷することにわたしは異議を見いだせません」評決は未決になった。

ラム巡査の後から法廷を出たレドル氏は、兎と巣穴亭で喉を湿らせていかないかと巡査を誘った。ラム巡査は異議は唱えなかった。談話室に席を占めて、白鑞《しろめ》のマグを前にするとレドル氏は言った。「死因審問であんたは、真実を告げるという誓いを破ったな。そうじゃないか？ラムさん」

巡査はマグを置き、亭主に用心深い視線を送った。「どうしてかね」巡査は言った。「何でそんなふうに思うんだ？」

「あんたがブルードンに登るのを望遠鏡で見てたんだ。あのかわいそうなふたりの若者を見つけた日の翌朝に」

巡査は居心地悪そうなようすで、すわったまま尻の置き所を探った。

「もし、知ってることを話したら、もうその話はしないでくれるか？　それについては黙っていてくれるか？」ラム巡査はようやくそう言った。

「そうするよ」

「さあて」ラム氏は話しはじめた。「あんたがくる一年か二年前だった。森でロンドンからきた男が死体で見つかった。それでその時、おれは見たもののことを全部喋った。そうしたら本部長はおれをレンドルまで呼びだして質問を山ほどしてから言った。『ボースウェイトじゃずいぶん強烈なエールを造ってるみたいだな』って」

「何か面白がらせるようなことを言ったのか？」

「ロンドンの男の足跡を追うようにべつの足跡がつづいてたって言ったんだ」

「どんな足跡だったんだ？」

「足跡がどんなだったか言うつもりはない。そんな気になれない――あれについて喋る気はないんだ。けどこれだけは言ってもいい。あの足跡を残したのは何であれ、たまに手足を四本全部使ったように見えた。足だけじゃなくって」

「しゃがんだりしたってことか」

「まあね」巡査は答えた。

「足跡についてだが」宿の主が言った。「あんたはシーブライトさんの足跡は登った時のも下った時のも見分けられた」

「ああ、見分けられた」

「シーブライトさんは何かに気づいたかと思うかね。つまりべつの足跡についてってことだが」

「そうだな、登る時はとても着実だった。けど二百ヤードくらい下りたとき立ちどまって、まわりを見たと思う。それは誰が見てもはっきりしてる。で、それから走りはじめた」

「走りはじめた？　走った？」

「それも読み取るのは簡単だった。歩幅がぐんと広くなって、足跡も深くなってたから。それで森の上あたりまで走りつづけた——おれたちが死体を見つけた場所だ。そうしてそこに辿りついた時、ウェランドさんのほうもちょうどやってきた。シーブライトさんはそこで走るのを止《よ》して、ふたりはその場所で何かに立ち向かった——そうだな——何か分からないが立ち向かわなきゃならんものに」

「なるほど、確かにふたりはそうしたんだろうな」レドル氏は納得したような口振りで言った。

「それが真相だと思う。ふたりは一緒に立ち向かった」

兎と巣穴亭にしばらく沈黙が落ちた。

「ブルードンの雪はもう溶けてるんじゃないか？」ようやく巡査が言った。

「ああ」レドル氏は答えた。「夕飯の時に望遠鏡で見たんだが、ケルンのまわりに最後まで残ってた一切れも溶けてたな」

（西崎憲訳）

ゴースト・ハント

ラジオをお聴きのみなさん、いかがお過ごしでしょうか、こちらはトニー・ウェルドンです。ゴースト・ハントの第三回目の時間がやってまいりました。どうやら今回は以前の二回を上回る収穫が期待できそうな雲行きです。わたしたちの準備はすっかり整っておりまして、あとは幽霊の出現を待つばかりになっております。今宵、同行いただくのはパリからお越しいただいたミニョン教授です。教授は世界的に名を知られた心霊現象研究の大家で、わたしは教授と一緒に仕事ができることを誇りに思っております。

わたしたちはいま三階建ての中規模のジョージ朝様式の屋敷のなかにおります。場所はロンドン近郊です。わたしたちがこの屋敷を選ぶにあたってはもちろん理由がありました。この屋敷にはほんとうに恐ろしい来歴があるのです。記録によりますと、この屋敷が建てられた時からいままで、屋敷のなかで、もしくは屋敷を出て自殺した人間の数はなんと三十人にも及ぶそうです。記録に残されていない者を入れれば、あるいはそれ以上になるかもしれません。一八九三年から数えると八人の人間が自殺しています。この屋敷を建てて最初に住んだのはロンドンの富裕な商人で、きわめて評判の悪い人物でした。大食家で、大酒呑みで、ほかにもさまざまな悪癖を持ち、また夫としても最悪でありました。かれの妻は残虐な仕打ちと背信にできるかぎり耐えたあげく、二階の一番大きな寝室に接した化粧部屋で首を吊りました。それが恐ろしい連鎖反応のはじまりでした。

屋敷のなかで、あるいは屋敷を出て自殺した、とわたしは言いました。なぜそんなふうに言ったかと申しますと、ある者は銃で自分を撃ち、ある者は首をくくる一方、九人にも及ぶ人物がじつに奇妙なことをしているのです。かれらは夜ベッドから急に起きあがり、庭を百ヤードほど走って、川に身を投げました。最後の一人は秋の明け方近い頃そうやって庭を走るのを目撃されています。その人物は大変な速さで走りながら、まるで大勢で走っているかのように、誰かに向かって呼びかけていたそうです。この屋敷の持ち主はここには人が住みたがらないだろうと言いました。そして差配はもう台帳にこの屋敷を載せていないとも言っています。家主はこの屋敷に住むつもりはないそうです。その理由は山ほどある、家主はわたしたちにそう言いました。その理由がいかなるものか、かれはわたしたちには語りませんでした。家主はわたしたちがいわば虚心にこの屋敷に臨むことを希望しているようです。またこうも言っております。もし教授の判断がかんばしいものでなかったら、自分は屋敷を取り壊して新しく建て直すと。言うまでもないと思いますが、この屋敷は度重なる不幸のために魔所《デストラップ》のレッテルを貼られているのです。

さてこれだけ説明すれば充分でしょう。この屋敷は探索する価値が大いにあるとわたしは確信しています。しかしそうは言っても、何らかの現象あるいは幽霊について報告できると保証することはできません。どうもそうしたものには、この種のことが試みられる日はお休みをとるという厄介な癖があるようなのです。

さて、では本題に入りましょう。わたしはいまサテンウッドの上等なテーブルの前にすわっております。テーブルは一階の広い居間の真ん中を少しはずれたところに置かれています。ほかの家具はみんな白いカヴァーに覆われています。壁は明るい色の樫材《かし》です。屋敷の電気はずっと止められています。ですからわたしはあまり明るいとは言えない懐中電灯をそばにおいてこうして話しているわけです。教授が屋敷を探索するあいだ、わたしはマイクロフォンとともにこの場に留まるつもりです。教授は気が散るのでマイクロフォンは持ちません。自ら言うところによれば、この種の調査を行うとき教授はいつも独り言を言う癖があるのだそうです。しかし何か報告すべきことを発見したらすぐ戻ってくることになっています。いや、今夜は期待できそうですな。それでは教授が調査をはじめる前にみなさんにご挨拶をしたいと言っておられます。ミニヨン教授の英語はわたしなどのそれよりもずっと立派であると申し添えておきましょう。では教授、どうぞ。

聴取者のみなさん、わたしがミニヨンです。この屋敷は何と言っていいか、そう、疑いなくここは邪《よこしま》なものを受胎している。それは人間に深甚なる影響を及ぼします。じつにこれは大変なものです、大変なものです。この屋敷は邪なもののうちにどっぷりと浸っている。忌《い》まわしい過去からの投射もまた凄まじいかぎりだ。この屋敷は取り壊さなければなりません。わたしは確信をもって断言します。しかしこの力がわたしの友人ウェルドン君に何か影響を与え

ると は思いません。少なくともわたしに及ぼしているようには。かれは霊能者ではないし、わたしのように霊的な力を持っているわけでもないですから。さて我々ははたして幽霊や霊魂といったものを見ることができるでしょうか？　残念ながらそれについては何とも申せません。だがそれはここにいるし、それに相当邪悪でもあります。それは確かです。わたしはそれらの存在を感じることができます。そしてここには危険があります。わたしはすぐそれを知ることになるでしょう。では懐中電灯で足下を照らしながら調査をはじめることにいたします。すぐ戻ってきて、みなさんに何を見たか報告いたしましょう。何もなくともとりあえずは戻ってくるつもりです。それでもおそらくわたしは感化され、苦痛を感じていると思いますが。とはいえ、どうか忘れないでください。我々は深みにいる霊に向かって呼びかけることができる。しかしはたして魂のほうは求めに応じて姿を現すでしょうか。いずれにせよ、それはすぐに知れることでしょう。

聴取者のみなさん、この調査を成功させることができる人物がいるとすれば、まさしくそれはミニヨン教授であります。教授の簡潔な言葉はわたしのくだくだしい話より遙かに深い印象を与えたことと思います。ただいまのお話はまさしく自分の専門について語る専門家のそれでした。しかしながら個人的なことを申しますならば、この深閑《ひっそり》とした広間にすわっていると、教授のおっしゃったことはあまり耳に心地よいものとは申せませんでしたな。いや、実際そうなのです。教授はこの場所はわたしには影響を与えないとおっしゃいましたが、それはやや実態と違うようです。この場所はどうも心躍る場所とは言えません。みなさんにもそれは分かると思います。わたしは無論、霊能者ではありません。けれどもわたしは確かにこの屋敷がわたしたちにいて欲しくないと思っていることを、また怒っていることを感じています。そうしてわたしたちを追い払うか、または、えー、何らかの手段をとりたいと思っていることも感じます。玄関から入ったときわたしはすぐそのことに気づきました。敵意のある視線のなかを歩くようなそんな感じでした。わたしは冗談を言っているわけではありません。また、みなさんの期待をいたずらに盛りあげようというつもりでもありません。

いや、ここはじつに静かです、ラジオをお聴きのみなさん。わたしはいま部屋のなかをあちらこちらと見まわしております。懐中電灯の光は幾つか奇妙な影を作りだしています。ドアの脇の壁にもひとつそんなのがあります。けれどもあれはアダム様式の大きな本棚の影だと私はじつは知っております。なぜかと申しますと、わたしは入ってきてすぐに塵《ちり》避けカヴァーを少しめくってみたからです。ひじょうに立派な本棚ですな、あれは。しかしわたしがこうして喋っているのをみなさんが聞いていると考えると奇妙な感じがします。あなた方に同道していただければよかったですな。家主は壁のなかで走りまわる鼠の音が聞こえるだろうと言ってました。そう、確かに聞こえます。音から判断すると、どうもおそろしく大きな鼠のようだ。マイクを通して聞こえるんじゃないかな、たぶん聞こえると思いますが。

ふむ、ほかに何が見えるか言うべきでしょうな。しかし残念ながらほかにはほとんど言うべきことはありません。まあ、部屋のなかに蝙蝠《こうもり》が一匹いることくらいです、変わったことと言えば。察するところ、あれは鳥ではなくやはり蝙蝠でしょうね。いや姿を見たわけではありません。ちょうどいまも見えましたが、そいつが飛ぶと壁に影が映るのです。顔のすぐ前を飛んだので風が顔にきました。蝙蝠のことを多く知っているわけではないですが、わたしは蝙蝠というものは冬眠するものだと思っていました。もしかしたらこいつは不眠症に苦しんでいるのかもしれませんね。ああ、また蝙蝠です。今度は顔に触っていきました。おや、上の部屋で教授が歩きまわる音が聞こえます。しかしこの音はみなさんの耳までは届かないかもしれませんな。でも少し耳を澄ましてみてください。

　みなさん、いまの音が聞こえましたか？　教授は椅子か何かを倒したに違いありません――音からするとずいぶん重い椅子のようだ。教授ははたして何か見つけたでしょうか。ああ、また蝙蝠だ。どうもこいつはわたしのことが気に入ったようです。わたしの前を飛ぶ時はいつも羽で顔を触っていきます。しかしいささか臭うものですな、蝙蝠というものは。思うにあまり体を洗ったりはしないのでしょう。この部屋にいる一匹は腐ったような臭いがします。ああ、どうやら教授は何か倒したらしいです。なぜかと言うと、天井に小さな染みができたからです。たぶん花瓶でも倒したのでしょう。おや、みなさん、いまのピシリという音が聞こえましたか？　おそらく聞こえたと思います。どうやら樫材が乾燥して軋《きし》んだ音のようです。しかしこんな静かな部屋で聞くとずいぶんと大きな音に聞こえるものです。おや何かがいまわたしの靴の上を駆けていきました。たぶん鼠でしょう。わたしは鼠が大嫌いです。もちろんたいがいの人はそうでしょうが。天井の染みはずいぶん大きくなりました。ドアを開けて、教授に大丈夫かどうか訊いたほうがよさそうですね。みなさんの耳にわたしの叫ぶ声とそれに応えるミニョン教授の声が届くと思います。では失礼して。

教授。教授。

返事がありませんな。教授は少し耳が遠いようです。しかしまあ大丈夫でしょう。調査をしている時の教授は気持ちを乱されるのが嫌いということなので、もう一度呼ぶことは差し控えます。一、二分すわって待つことにいたしましょう。聴取者のみなさんが退屈なさっていないかと、わたしは少々気を揉《も》んでおります。わたしは退屈などしていません。いや、それどころか——おや、教授が咳をしていますね。あの咳の音が聞こえますか、みなさん。ずいぶん小さく嗄《しゃが》れた咳ではありませんか。何だかまるで——もしかしたら教授はこっそりと二階から下りてきて、わたしを驚かそうとしているのかもしれません。いや、みなさん、どうもこの屋敷はわたしの神経に少しばかり影響を与えているようです。まあ、ほんの少しですが。こんなところに住みたいとは思いません。まったく大きすぎる。あっちへ行け、この汚い蝙蝠め、まったく、なんて臭いだ。

みなさん、少し耳を澄ましてください。

鼠の動きまわる音が聞こえますか？　あの音から察するとラグビーでもやっているんでしょうか。みなさんの耳にも聞こえるでしょうか。しかしこの屋敷から出られたら嬉しいでしょうな。わたしにはこの屋敷で自殺した人たちのことが簡単に想像できます。みんな自分に向かってこんなことを言っていたのでしょう——結局、あらためて考えてみると、生きることなんて大したことじゃない、そうじゃないか？　働いて、あれこれと気を遣って、年とって、友だちが死んでゆくのを見て、ああ、もうたくさんだ、川にとびこんで、きれいさっぱりかたをつけちまおう。

いやはや、どうもわたしは気が滅入っているようです、まったく。この益体《やくたい》もない屋敷のせいですな。前の二軒の屋敷にはまったく何も感じなかったのに、この屋敷にはどうも調子が狂うというか――教授は咳をする以外に何かしているのでしょうか、どうしてあんな咳をするのかわたしにはまったく分かりません、なぜかと言うと――あっち へ行け、こいつめ、何でおれをそんなに苦しめるんだ、こんちくしょうめ、こんちくしょうめ。

みなさん、話しかけられる相手がいてわたしは嬉しく思います。しかしみなさんが応えてくだされぱもっといいのですが。わたしは自分の声を聞くのにうんざりしはじめています。長いこと部屋で一人で喋りつづけたら、誰でも想像力過多になるものです。みなさんはそんな経験がありませんか？　誰かが返事をしたような気になったことが。

ほらほら。

ああ、たぶん聞こえなかったでしょうね、ほらほらとは言いましたが、もちろん本当に聞こえたわけではないのです。わたしの頭のなかで聞こえたんですから。そんな気がしただけです。誰か何か言ったのです。誰か何か言ったのです。まったく変ですね。笑ったのはわたしです、もちろん。わたしはもちろんと言ってばかりですね。もちろんわたしは言っていますよ。さて、みなさん、わたしはみなさんを退屈させているのではとても心配しています。わたしはそうじゃないんですがね、わたしはそうじゃないんですよ。いままでのところ幽霊はまだ姿を現していません。教授に運が向かないかぎりは無理かもしれません。

ほらほら、みなさんの耳にも届いたでしょう。樫材というものはまったく大きな音をたてるものです。きっとみなさんも耳にしたことでしょう。何にもないよりましですな、はっはっは、教授、教授、うわあ、なんて谺《こだま》だ。

さてラジオをお聴きのみなさん、わたしは少しのあいだだけお喋りをやめようと思っています。みなさんもきっと気を悪くなさらないと思います。何が聞こえるか一緒に耳を澄ましてみましょう……

あの音が聞こえましたか？　正確に何の音かわたしには分かりません、正確には。みなさんの耳にも届いたでしょうか。確信はありませんが、屋敷全体が少し揺れて、窓が鳴ったような気がします。でも、もう一回あんなことがあるとは思えません。話をつづけましょう。人はこの屋敷の雰囲気にどのくらい長いあいだ耐えられるものでしょうか。ここは間違いなく神経を参らせるところです。

おや、染みがまた大きくなってきた。先ほどの天井の染みです。いまにも滴《したた》ってきそうだ。だいぶ膨らんでいます。まもなく滴りはじめるでしょう。無色じゃありませんな、どうやらあれは。教授は大丈夫でしょうか。何が大丈夫かというと、もしかして髪粉の仕度用の小部屋か何かに迷いこんで出られなくなったのではないかと思ったのです。この屋敷にはやけにそういう部屋が多いですからね――まあ、そんなことはみなさんが知るはずのないことですが。おや、わたしはみなさんに影が動いたと申しあげなくてはなりません。ああ、いや、どうもそれは勘違いかな。電灯の位置を少しずらしてしまったのかもしれない。影は奇妙な模様になっています。みなさんもこれを見るときっとそう思うでしょう。ひとつは手足を広げて俯《うつぶ》せに倒れている死体を連想させる。まったく大した連想をするもんですなわたしは。じつは伯母がガス自殺しましてね。おやどうしてこんなことを言ってるんだろう、台本に載ってないのに。

教授、教授。

あの縮れ髭の爺はいったいどこへ行ったんだ。わたしは家主にこの屋敷を取り壊すよう忠告するつもりです、断固としてそう忠告します。そうしたらみんなどこへ行くのだろう。もう少し経ったらわたしは二階に上がって、教授がどうしているか様子をみなければなりません。そう、伯母さんのことを話してたんだった……

分かりますか、みなさん。まだこの屋敷にいなきゃならないとしたら、わたしは完全に気が変になってしまうでしょう。ほんとうにそうです、間違いなく、それもすぐにです。あっというまに。間違いありません、ここは人を消耗させる、そうです、ここは人を消耗させる。わたしはそれをよく理解しています。二度は言いません。みなさんを退屈させているのではないかと心配です。もしわたしがみなさんだったら、ラジオのスイッチを切ってしまいます、切りますよ、わたしは。ほかにどんな番組があるんだろう？　ほんとうにそう思ってるんです。スイッチを切れったら。おや、みなさん、滴《しずく》が落ちはじめました、ポツ、ポツ、ポツ、ポツ、ポツ。

ひとつ手で受けてみます……

うわあ。

教授。教授。教授。いま、階段を上っております、教授はどの部屋にいるのでしょうか、左でしょうか、右でしょうか、左でしょうか、右でしょうか、左だな、きっと。入ってみましょう。

いやあ、これはみなさん、こんばんは。あなた方は教授をどうしちゃったんですか？　教授が死んだことは知ってますよ。手についた血は教授のですが、見えますか。教授をどうしちゃったんですか？　ちょっと場所を空けてください、みなさん、失礼、教授をどうしちゃったんですか？　おや、わたしに歌って欲しいんですか、ラーララー。

スイッチを切れったら、くそやろう。

こりゃしかし何とも傑作じゃないですか、はっはっはっはっ、わたしはいま笑っていますね、みなさん。

ああ、これは教授であるはずがない。教授の髭は赤くなかった。あまりくっつかないでくれよ、くっつくなって言ってるだろう。いったいおれに何をさせたいんだ、川へ行かせたいんだろう、そうじゃないのか、はっはっは、いますぐかい？　君たちも一緒にくるかい？　だったらこいよ、川へ行こう。さあ、川へ行こう。

（西崎憲訳）

湿ったシーツ

「ロバート、あなたいったいどれだけ借金があるの？」

「うーん、知らんなあ。まあ、ほんのちょっとだよ」

「あなたらしいわねえ。さあ、言いなさいよ！」

「うーんその……八百ポンドくらい」

「八百ポンド！　いったいどうするのよ、働いて返す当てでもあるの？」

「いや、急には思いつかんが……」

「ねえ、サミュエル叔父さんは助けてくれないかしら」

「叔父さんに頼む気はしないなあ」

「あなたがお金にかけては能なしだって、叔父さんに気づかれるからでしょ？　遺言状を書きかえられるかもしれませんものねえ」

「そうおっしゃりたけりゃどうぞ。いつもながらおやさしい言い方で」

「叔父さんはいくつでしたっけ。いつも忘れるんだけど」

「七十五か六」

「お達者なの？」

「いや、心臓はだいぶガタが来てるんだ。ずいぶん養生はしてるみたいだけど」

「じゃあ、こっちへ泊まりに来てもらったらどう？　一度も来たことがないんだから。そして、あの御老体をうんとちやほやしてやるの。そしたら、いくらかでも引き出せないかどうかわかるでしょ？　そうだわ、こうしちゃいられないわ。あなた、まだ賭けなんかやってるの？」

「うん、このごろ調子が出てきたんだ」

「んもう、いったい先月いくら負けたと思ってるのよ！」

「なあアガサ、そんなにガミガミ言わんでくれよ。うんざりだよ」

「じゃあ、叔父さんに頼んでね。泊まりに来てって」

「やれやれ、わかったよ」

このほほえましい、いささか所帯じみた会話は、ロバート・ステイシーとそのつれあいのアガサ・ヘンリエッタ・ステイシーのあいだで交わされた。場所はサセックス州ハーロックスの近郊、カーデュー邸のモーニング・ルームである。それはいかにも彼ら夫婦らしい会話だった。ロバートはぼんやりしていて倹約心がなく、どうにも立場が弱い。いっぽうのアガサは、そんな夫をバカにしていて、強い。彼女がなぜロバートと結婚したかというと、当時彼がかなり裕福な男だったからだ。少しだけれどもとても感じのいい土地を持っており、将来の見通しは洋々たるものがあるように見えた。しかし、土地はあるにはあったが、全部抵当に入っていた。洋々たる見通しとやらがどんなものであるかは、彼の経済状態がめろめろになるにつれてはっきりした。彼は月並みで愚かなやり方で金を使いまくった。今度のレースはこれが勝つという愚かな確信、どうみてももうかりそうにない商売に投機してみる愚かな自信、そうして、個人的な愚かなぜいたく。それやこれやであらかた使い果たしてしまった。風貌はというと、ときには〝貴族的〟と称される長くて犬に似た顔、うしろに撫でつけた髪、無格好なからだ、そうして、ぶきっちょで無骨な手……。ロバートはもう四十歳になっていた。

くだんのサミュエル叔父が死ねば、見通しは現実のものになるだろう。遺産として十五万ポンド、それにサリー州フラムレーの邸宅が彼に遺されることになっていた。それは見映えのしない古い家だったが、広くて豪勢な調度がしつらえられており、ずいぶんと快適だった。サミュエル叔父は、甥っ子がお金にかけては能なしでぴいぴいしているなんて、これっぽっちも知らなかった。叔父さんは何も知らないんだから、遺産はもらえるだろう。どうやらロバートにとっては、叔父の耳に入っていないということが唯一の頼みの綱らしかった。耳に入ればえらいことになるだろう。なにしろサミュエル叔父ときたら、自分が築きあげた財産をたいそう誇りに思っている。金を使い果たしちまうなんて、あの馬鹿者、まったく集中力に欠けておる――そう決めつけられてしまうことだろう。すでに、御老体がアガサを嫌っているという厄介な事情もあった。叔父ばかりでなく、たいていの者がアガサを好いてはいなかった。なぜロバートが結婚したかというと、アガサがなんとなく「そろそろ身をかためる頃だわ」という気分になっているように見えたからだ。彼女はかわいくも美人でもなかったが、器量のいい女たちより点を稼いでしまった。小さくて吊り上がった緑色の目は、いつもじいっと熱心に何かを観察しているように見える。そんな瞳が、血の気はないけれども彫りの深い顔に据え付けられているものだから、いやがうえにも注意をひいた。他の顔の造りは、芯の強さと勝ち気な性分を示していた。しかし、あのきらっと光る少し落ち着きのない瞳には、ときには冷ややかな悪意が、いつもは貪欲なエゴイズムがうかがわれるのだった。小柄でやせていたが、健康には十二分に気をつかっており、頑健そのものだった。酒も煙草もやらないが、健康のためにあれこれ考えるのはやめなかった。彼女はただ単に財産目当てで結婚した。しかし、よりによってロバートを選ぶなんて、判断がまずかった。彼女はそれを痛切に思い知った。金持ちの結婚相手なら他にもたくさんいたのに……。アガサはまだ三十二歳だった。

ロバートは最初のうち、経済状態がぐしゃぐしゃになっていることを隠そうとした。だが、アガサの勘はあまりにも鋭すぎた。鬼のようにやいのやいのと問いつめられ、今度は彼自身がぐしゃぐしゃになって、あらいざらい吐いてしまった。それからというもの、ときたま弱々しいむだな抵抗をするのを除けば、話をする時にはすっかり従順になってしまった。

アガサには一つ泣きどころがあった。娘のエリザベスだ。彼女は娘に獰猛《どうもう》なネコ科の動物のような愛情を示した。キスする時なんて、まるでヒョウが幼獣をなめるかのようだった。お高くとまっていたので隣人からは嫌われていた。しかし彼らは、彼女の舌鋒《ぜっぽう》を恐れて何も言わなかった。アガサは、ポーランド人の女優とワルシャワで仕事をしていた英国人のあいだにできた娘だった。両親《ふたおや》ともにとうの昔に亡くなっており、一年につき二百ポンドが遺贈されていた。これ以外に彼女は全くの無一物だった。

冒頭の愉快な会話のあと、彼女は机に向かい、手紙を書きはじめた。そのあいだロバートは、請け合ってしまった叔父を招待する計画について思案をめぐらせていた。どうにも厄介だ。御老体はアガサを嫌っているし、頑固一徹だし、おまけに心気症の気味もある。待てよ、そうなると、ふところ具合が心もとないことをほのめかすのは賢明だろうか？ たぶん、そうじゃないだろう。でもなあ、どうにかしてすぐにでも金をつかまないことには。銀行のヤツ、「これ以上借りをお増やしにならないほうがよろしゅうございませんか」なんて慇懃《いんぎん》にほのめかしやがった。まったくなあ、いくらかでも当座の金をつかまんことには……。

「なあ、アガサ」彼はやっと口を開いた。「叔父さんをここに呼ぶには、いろいろと難儀なことがあるんだがねえ」

「いろいろって、その一つはじいさんがあたしを毛嫌いしてるってことね。だいじょうぶ、きっと取り入ってみせるから。あの人、絵に目がないんでしょ？」

「うん」

「じゃあねえ、アーサー・ウェルビー卿に引き会わせるつもりだって、叔父さんに言ってよ」

「誰だいそりゃ」

「有名な美術評論家。ギルビーさんちで会ったの」

「でも、来てくれるかなあ」

「絶対来るわ。彼ったらねえ、絵の講釈をしているふりをして、ときどきちらっちらっともの憂げにあたしのほうを見たりするのよ。お美しいとかなんとかほめてるあいだ、手はずっとあたしの膝の上に置きっぱなし。絵のなかの女と比べたりなんかして。それから、こう言ったの。

『ぜひぜひ、またお会いしたいものですね。心からお待ちしています』大丈夫、呼ばれたらきっと来るわ。ギルビーさんちにもうひと月いるの。さあ、ここへいらっしゃいよ。あたしの言うことを手紙に書きなさい」

ロバートはそのとおりにした。どうしてあんな暴君みたいなヤツにぺこぺこせにゃならんのか、むらむらと怒りが湧いたが、たしかにあいつ知恵が回るなあ、くやしいけど大したもんだ、などという気持ちとまたしてもごっちゃになってしまった。叔父さんにお越し願うには、やっぱりあの手紙だなあ……。

事は思惑どおりに運び、三日後、承諾の手紙が来た。それによると、一月四日の金曜日、午後五時半ごろに車で到着、月曜日まで滞在するらしい。アーサー卿に会わせると期待させたのが功を奏したのは明らかだった。叔父は必要な物の一覧表を付けてきた。ヴィシー水だの、リヴィタのパンだの、こまごまとした商品名がずらずら並んでいた。おまけに、ベッドで使う毛布の枚数まで指定してきた。

こんな叔父のぜいたくではないがわがままな注文を満たすために、ロバートは金をかき集めた。アガサは彼に次のような状況を作るようにと言った。経済状態は盤石至極《しごく》ですが、いまはちょっと手元不如意なんですよ。倹約しているように見えるのは、必要に迫られてのことじゃなくて、つましく賢明に暮らしているんです。前に買った株——むろん全くの作りごとだが——が天井まで上がってブローカーが売れと言うまで、つましく暮らしているわけなんです。この架空の株の話をデッチあげるのは、〝しゃべるあやつり人形〟とでもいうべきロバートにとっては大事業だった。夫婦はそれからずいぶんと熱心に練習に打ち込んだ。ちょっとややこしいけれど筋は通っているぺてんを練ることに、アガサはいかにも彼女らしい喜びをおぼえた。さりながら、ロバートにくだんのせりふを完璧に暗記させるのは、かなりいらいらさせられることだった。彼女は成功のためにわが道を押し進んできたものだ。他の男、いや女も含めて、まわりの人間を使い回したり、疲れさせたり、いいように利用したり、バカにしたりしながら。

アーサー卿から丁重な手紙が来た。「土曜日の晩餐のお招き、慎しんでお受けいたします」と書き添えられていた。サミュエル叔父は金曜日の五時半きっかりに到着した。神経質で身体も弱っているが、全然ボケていないし舌鋒も鋭い老人が仲間に加わったわけだ。叔父はアガサに向かっていささかていねいすぎるほどのあいさつをした。が、すぐにそっぽを向いてしまった。ロバートに対しては、少しばかりやさしくて柔らかな感じだった。叔父が言った。「わしは長旅で疲れた。晩ごはんになるまで横にならせてもらえんかの」叔父は翌日にアーサー卿に会えることを、たいそう喜んでいるように見えた。

アガサはロバートに、彼女が口火を切るまで財政の実情を明かさないようにと言い含めてあった。晩餐のあいだ、彼女は完璧な演技をした。叔父をうやうやしくもてなし、心から喜ばせたいと願っているように見えた。ロバートがとっても好きで、満ち足りていて、落ち着き払った主婦という役どころを見事に演じ切った。叔父はそんなはずはなかろうというふうに、ときおり彼女に鋭い一瞥《いちべつ》をくれた。しかし、上等の軽いシェリー酒をいくらか、とびきりのシャンパンをボトル半分ちょっと、赤ぶどう酒をグラス二杯、という具合に酒が回ると、すっかり上機嫌になってべらべらしゃべりだした。叔父は老人によくある夜ふかし御法度主義者ではないようで、こんなことを言った。「わしゃいつも十時半に寝るんじゃが、夜ふかしをする大事な理由があるときはべつじゃのう。アーサー卿とご一緒させていただくのは、まあ大事な理由になるじゃろうな」それでアガサは、十時十五分に叔父の部屋を見に行った。暖房は大丈夫、ヴィシー水もある。彼女は八分ほどそこにいた。そのあいだ、ずっと内側から鍵をかけていた。

時間どおり、叔父は十時半きっかりに床についた。翌朝はベッドで朝食をとり、十一時になるまで階下に姿を見せなかった。ゆうべは熟睡できなんだ。ちょっと寒気《さむけ》がするわい。叔父は怒りっぽく、いらだたしげで、具合が悪そうな感じだった。しかし、今夜はアーサー卿に会えると思うと、身体の気がかりなんぞ吹き飛んでしまった。昼食を終えたら元気が戻り、気分もすっかり落ち着いた。午後にはちょっとドライブし、それから部屋にひきこもって、秘蔵の絵の写真を入念に整理したり、アーサー卿に訊こうと思っている質問の一覧表を作ったり、なんだかんだ熱心にやりだした。

叔父は偉大なるアーサー卿に衷心よりのあいさつをした。そして、晩餐のあいだずっと、しつこいほどに注意を引こうとした。高名な美術評論家は、せいぜいがんばって叔父の絵にたいそう興味をそそられたように見せかけた。絵のほとんどは世に知られないフランドル派の画家の作品というふれこみだったが、信憑性は大いに疑わしかった。アーサー卿にしてみれば、今宵の女主人役とひそひそ話をしたり、ふわふわしたほめ言葉をかけたりするほうがずいぶんとありがたかった。アガサは最初のうち、小むずかしい高尚なおしゃべりに退屈しきっていたが、アーサー卿が言った次の言葉には心をひかれた。「芸術にせっせと精を出すのは、せんじつめれば金がほしいからなんですよ。ほかの理由なんて大嘘もいいところです！」おくびにも出さなかったが、アーサー卿は叔父が二流の絵にのぼせあがっていることにうんざりしはじめていた。それにひきかえ、アガサのちっちゃな獣のような緑色の瞳はなんと魅力的であることか。しばらくして、彼はまた一席ぶちはじめた。「老人は若者に道を譲るべきなんです。さらに言いますと、創作しようという衝動が全然なくなっても、ゆめゆめ評論家になんぞなっちゃいけません。絵で表現できることを全部やりつくしたら、沈黙を守っていればいいんです。若者を縛りつけようと残り少ない生気を使ったりするのは、まあやめにすることですな」そんなことを言って、そっと右膝をアガサの左膝に触れ合わせた。アーサー卿の言うことは間違ってないわ、とアガサは思った。老人を攻撃されたというのに、叔父が愚かにも同感の意を示したのはお笑いだった。彼女は考えた。「絵かきでもだれでも、みんな同じだわ。老人は若者に道を譲ればいいのよ。さっさとお金を払うか死ぬかすればいいんだわ。それで万々歳。世の中お金がすべてなんだから」彼女はすっかり落ち着き、うっとりするような、いやに楽観的な気分になった。そうして、アーサー卿の右膝に左膝を軽く打ちつけた。

ロバートはほとんど何もしゃべらなかった。というのは、会話を盛りあげるための知識や教養をまったく持ち合わせていなかったからだ。どうあっても月曜の朝にはまた小切手を金に換えなきゃならんなあ、そんなことばかり考えていた。彼は食ったり飲んだり、ときおり髪をうしろへなでつけたりしていた。アーサー卿が帰ったあと、サミュエル叔父はちょっとだけだがいつもより長く起きていた。そのあいだにアガサは、折りを見てベッドへ駆け寄り、お望みの物が全部そろっていることを確認した。そうして、また八分ほど部屋にいた。内側から鍵をかけたまま。

「いつ例のことをしゃべろうかねえ」客が床についたあと、ロバートが言った。

「たぶん明日の午後ね。あたしが合図するから」

翌朝八時ごろ、メイドが来て言った。「ウォルトン様は具合がお悪いようで、奥様に来てもらいたいとおっしゃってます」アガサはすぐに着がえて部屋へ行った。

「悪寒がひどくなったようじゃ。やれやれ、どうにも震えが止まらん。きっと熱があるじゃろう。のう、アガサさんよ、わしのシーツはたしかに二晩とも湿っておったぞ」

「まあ、叔父さま、そんなはずありませんわ。あたしがちゃんと乾かしたんですもの。ちょっと湯たんぽを拝見」彼女はベッドに手を入れ、抜いた。「これですわ。湯たんぽからお湯が洩れているんです。そこらじゅうあちこち濡れてますもの。洗い立てのが要りますわね。でもおかわいそうに、言ってくだされればあたしたちのをお貸ししましたのに」

「湯洩れなんぞ、これまでいっぺんもせんかった」

「べつのシーツを持ってきます。お医者さまを呼びましょうか?」

「必ず呼ぶんじゃ」叔父はいらいらと怒ったように言った。「わしのように心臓が弱っておる者には、悪寒は大敵じゃ。すぐに医者をよこしてくれ」

「大至急電話します」

だが、彼女はそのとおりにせず、真っ先にロバートの部屋へ行った。「あのじいさん、病気よ」

「病気だって！　いったいどうしちゃったんだい？」ロバートはなにやら興奮したように言った。

「ひどい悪寒がするって言うのよ。これからプリチャード先生に電話するところ」

「二十ポンドもかかるけどなあ」

「だって呼ばなきゃならないんだから。じいさんなら払えるでしょ」

医者は患者の病状について、何もはっきりしたことを言えなかった。「熱は三十八度ほどあります。私の見立てによりますと、右側の肺に何か悪いきざしがあるようなんですが、まあそう診断するのは早計でしょう」

しかし、午後にふたたび往診に来たときには、確信をもってこう診断を下した。「肺炎にかかっておられます。非常に深刻な事態です。ことに患者さんの歳と病歴を考えますと。つききりの看護が必要ですから、昼番と夜番と二人、すぐに手配してまいりましょう」

医者が去ると、夫婦はちらちらっと目を見あわせた。「ことによると、例の話をする必要はなくなるんじゃないかねえ」ロバートはそうほのめかした。どういうことに思い至ったのか、半分尻尾が見えていた。

「あなたねえ、じいさんといっしょにいる時は、前よりちゃんとふるまったほうがいいわよ」

アガサは軽蔑したように答えた。「遺言状を書きかえる時間なら十分あるんだから」

叔父にはそうするだけの時間はあったかもしれない。さりながら、叔父に残された時間はそんなわずかなものだった。なぜなら、あくる日の午後にはもう人事不省に陥ってしまったからだ。懸命に病魔と戦っていたが、弱々しい抵抗でしかなかった。火曜日の昼下がり、アガサは昼番の看護婦をしばらくのあいだ下がらせた。暖炉のそばでヴォーグを読みながら、今度お嫁に行くときはこんな衣装もいいわねえ、などとあれこれ考えていた。叔父は一昼夜も意識をなくしたままだった。と、そのとき不意に、ベッドで衣ずれの音がした。彼女はそちらを見やった。サミュエル叔父が起き上がり、彼女のほうをじっと見つめている。（なんて恐ろしい顔なの！）じろっ、じろっとひとわたり睨《ね》めつけると、叔父は気味の悪いしゃがれた声でささやいた。「アガサ、わしのシーツは湿っておったぞ」そうして、あおむけに倒れて、死んだ。

二か月後、夫妻はフラムレーの邸宅に入った。ロバートはそりゃあもう有頂天で、これからはまっとうにやります云々といやになるほど大仰に請け合った。そして、小づかいは決められた額を守ると約束した。

アガサは水を得た魚のようだった。彼女には管理者や豪邸の女主人という役どころをこなす天性の素質があった。しばらくのあいだ、彼女はロバートのやることをたいがい大目に見ていた。かくして夫婦の和と呼べば呼べそうな関係が生まれた。だが、転居して半月後、アガサは思い知らされた。サミュエル叔父とまだ縁が切れていないということを。夕方の六時ごろ、彼女は奥方用の部屋で座って手紙を書いていた。と、知らず知らず、何を書こうとしているのか、だんだん筋が見えなくなってきた。頭がすっかりあやふやになった。ペンを置き、背後をちらと見やった。そうして、思わず机のへりを握りしめた。叔父が入口に立っていた。彼女をじっと見つめている。目をそらし、ふたたび見ると、影はもう消えていた。

「ただの錯覚だわ」そう思うことにした。

さりながら、次の日も……夕ぐれどきに庭を散歩していると、花壇の向こうにぼうっと影が立っているのが見えた。あたりは薄暗かったが、それが誰であるか、はっきりとわかった。彼女は踵《きびす》を返して家に戻った。さらに翌日も……、寝室のそばの通路、その突き当たりから、叔父の奇妙な影がじっと見つめているのに気づいた。そんな経験はついぞなかったが、アガサは胆がすわっていた。こんなまぼろしなど無視して、なるたけ気にするまいと肚《はら》を決めた。この家《や》の者は誰も影など見ていないようだ。始終うしろに気をつけているなんて、まったくやりつけないことだった。そんなことをやってはみたが、彼女はいつも伏目がちでいるようになってしまった。

彼女とロバートは、幸運を祝して、友人を招き盛大な週末パーティを催すことにした。火曜日、週末の客にそなえて、アガサは洗濯物置場へ点検に行った。客が大勢来たらシーツが足りなくなるかもしれない。晩ごはんをすませたあと、最上階にある置場へ上がっていった。となりは洗濯室で、メイドの一人が仕事をしていた。そして……不意に彼女は気づいた。はっきりと悟った。ついうしろに、まさに背後に、あの影が立ったことを。

それからまもなくのこと、洗濯室にいたメイドは、ずしっという音を聞いた。一瞬顔をあげたが、またしばらく仕事を続けた。しかし、何かあったのかと気になり、洗濯物置場へ見に行くことにした。扉を開き、中を覗いた。驚愕の色が顔をよぎった。彼女はかがんで何かをつかみあげた。そして、やおら金切声をあげはじめた。

検死官はいつものように、こりゃあいままで見たうちでいちばん厄介な仏さんだわいと思った。死因審問で彼が見立てたところによると、床から数フィートの高さにある棚の上に紙に包まれて保管されていたシーツが、棚からすべり落ちた拍子にステイシー夫人にぶち当たって昏倒させ、しかるのちに、頭のまわりでぐるぐるといわば波のように大きくうねって窒息させた……とまあ、そういうことだった。そんなことが本当に起こり得るのかどうか、彼には判断がつきかねた。検死官は最初に死体を発見したメイドに不審を抱き、念入りに厳しく問いつめた。しかし彼女は同じことを答えるばかりで、べつだん怪しいところはなさそうだった。

「でも、一つ大事なことがございますんで……」訊問のあと、彼女は付け加えた。「たぶん、最前《さいぜん》も申し上げたと思いますが、そのう、シーツがぜんぶ湿っておりましたんで……」

検死官はいらだたしげに答えた。「シーツが湿っていただって？　それがいったいどうして大事なことなんだ！」

（倉阪鬼一郎訳）

〝彼の者現れて後去るべし〟

エドワード・ベーラミーは机に向かって腰を降ろし、厖大《ぼうだい》な書類を束ねた紐を解くと、欠伸《あくび》をして窓の外を眺めた。

燦然たる夕暮れ時で、リンカンズ・イン法学院の石造りの建物《ビルディング》からの眺望は長閑《のどか》で落ち着いていた。窓の真下では、電動芝刈り機がロンドン一の見事な芝生を刈り取りながら〝ぽっぽっ〟と小さな音をたてている。あたりには、遠くキングズウェイとホールバンの喧噪がくぐもったように微かに漂っている。向かいの木の上ではものうげな一羽の鳩が羽根を立てて頭を擦りつけており、他にも二羽が——一羽は恥ずかしそうに逃げ回りながら、もう一羽はその後をしつこく追い回しながら——尾を広げて芝生の上を歩いていた。「奇妙な求愛の儀式もあるものだ」とベーラミーは思った。「やれ楽しそうに。それに比べてこの訴訟書類に目を通す仕事の味気無いこと!」

恋にうつつを抜かしている小鳥たちがもしもベーラミー氏を見返したとしたら、強固な意志と信頼感に溢れた両の瞳に気づいたことだろう。いかにも温厚篤実で頭のきれそうな印象を与える顔ではあったが、意志が固そうだというだけではっきりした特徴がなく、その両の瞳だけが目立っているのだった。その顔だちを思い出に刻み込んだ女性はかつていなかったし、顔面の深い皺《しわ》もより高度な想像力の行使によって刻まれたものであり、女性のせいでできたのではなかった。

三十九歳の誕生日を前にして、刑事裁判の世界で最も才気縦横の下級法廷弁護士という比類のない地位に彼は昇り詰めていた。だが、揺るぎのない高潔さと、完全無欠な良識と、申し分のない健康と、疲れを知らぬ勤勉の組み合わせであるエドワード・ベーラミーという人物を語るのに、それはあまりに皮相な形容句だった。彼は謙虚な人柄だったから、自分の成功はもっぱらその〝申し分のない健康〟に起因すると考えていた。ロンドンの王立裁判所という狭苦しい論争の場で人生の多くを過す人間にはおいそれと要求できない物の見方である。そして彼は過去十四日間のうち九日間を裁判所内で過したのだった。だがその結果は大勝利だった。控訴院はジェイムズ・ストック氏の動機についての彼の見解を支持し、絞首刑の代わりに十年の懲役刑の判決を下したのである。だから彼は疲労困憊していた――それなのに目の前には途方もない量の書類の山なのだ！　彼が難題に取り組む決意を固めるのに成功しかけたちょうどその時、電話のベルが鳴った。

ものうげに受話器を取り上げた途端、彼の表情が明るくなった。

「その声は忘れないよ。元気かい、やあフィリップだろう？　おや、どうしたんだい？　うん、別に用事はないよ。いいとも！　八時にブルックスの店だね。承知したとも！」

ではフィリップは彼の存在を忘れてはいなかったのだ。彼は疑問に思い始めていたのだ。彼はフラントンとの奇妙な交友を回想した。それはオックスフォード大学の一学期の最初の朝、二人とも不安げに大学の中庭を散歩していた時に始まったのだった。二人の交友に関して言えば、そもそも交友が始まったこと自体が全く予想外だった。何故なら、表面的には二人に共通するところなど何ひとつなかったのだ。イートン・カレッジのクリケットの名打者だったフィリップは一種の派手好みで、大方の抗しえない個人的魅力を持ち、莫大な財産の相続人でもあった。彼の方は、奨学金を頼みにこころもとない生活を送ることを余儀なくされた、無骨で内気で無口な、無名グラマー・スクールの卒業生の典型だった。普通なら、二人は卒業して別の世界へと身を投じていたことだろう。と言うのも、経済的要素ひとつとってみても、二人の進路はオックスフォードでの学生生活の最初から最後まで冷酷に隔てられていたであろうから。二人は用務員と共通するところがなかった以上にお互いに共通するところがなかっただろう。それだのに、二人は学期の期間中、ほとんど毎日のように多くの時間を一緒に過した。彼は休暇ごとにしばらくフラントン邸に逗留した。そしてそこで、伝統的な嗜好と密接に結びつき、莫大な富をもってのみ確保することの可能な、多くの優美で洗練された生活習慣を初めて目《ま》の当たりにしたのだった。どうしてそんなことになったのだろうか？　とどのつまり彼はフィリップに尋ねたものだった。

「何故かと言えば」と彼は応えた。「君は最高の頭脳の持ち主であり、僕の頭脳は二流ないし三流だからさ。僕はいつもあまりに簡単に物を手に入れてきた。君は大概の物を手に入れるのに苦労を重ねてきた。この故に君は最高の人格を手に入れ、僕は手に入れることができなかった。親愛なるテディ君、僕は自らを恥じらいつつ君に対して敬意の念を抱いているんだ。それだけのことで、僕はいつも君の後について回ってるのさ。君は他の誰よりも信頼できるような気がするんだ。君は僕より優れていると同時に僕の至らない所を補ってくれる。いずれにせよ、たまたまこうなっただけさ。どうして気にするんだい？　過ぎたるは猶《なお》及ばざるが如しで、とやかく考え過ぎると興醒めなものだぜ」

やがて戦争が勃発したのだが――文明の防衛行為さえも否応なく微妙な社会的差別を伴った。フィリップは騎兵将校に任ぜられ（どう頭を捻《ひね》ってみても、英国社会の上流階級に於ける騎兵の特権的役割についてベーラミーには合点がいかなかった）、彼自身は歩兵連隊で兵役に就き、生来の思慮分別と任務を遂行する不屈の体力によって少佐の地位まで昇進し、殊勲章と将校の階級章と名誉の負傷の副木《そえぎ》とを手に入れたのだった。フィリップはメソポタミアに転戦し毒ガス弾を浴び、結局傷病兵として除隊になった。彼は右肺に重傷を負い、一九一七年から一九二四年までの間、アリゾナの農場で療養生活を送った。

彼らは――戦時色の濃い、慌しくぶっきらぼうな、死の不安のつきまとった内容の手紙を時おり交し合ったが、何故かその文通は疎遠で途絶えがちになり、最後にはかなり戦前に近い状態になってしまった。だからベーラミーは、ひょっこりと元気のない手紙をフィリップから受け取っていたとはいえ、彼が英国に戻っていることをたまたま伝え聞いた時にも、せいぜいちょっぴり落胆した程度だった。

だが電話越しに聞く彼の声には昔と少しも変わらない友情と好意がこもっており――それだけではなく――何となく陰気な響きがあった。

約束の時間にセイント・ジェイムズ街に着くと、フィリップも少し遅れて現れた。

「やあ、テディ」と彼は言った。「君が何を考えているか判ってるよ。あんな態度でいたなんて、我ながら浅はかで不愉快な奴だったと思ってるさ。でも、説明がつかないわけでもないんだ」

ベーラミーはフィリップと話をしているうちに理窟では割り切れない嬉しさですぐに胸がいっぱいになってしまい、小さな憤りも雲散霧消してしまった。それでもベーラミーは気取られないようにじっと彼を観察した。彼は疲れて老《ふ》けているように見え——無理をしているようで——何か重大な悩み事があるようだった。

「ねえフィリップ君」と彼は言った。「そんな説明をする必要はないさ。考えてもみろよ、八年ぶりなんだぜ！」

「まず最初に料理を注文するとしよう」とフィリップは言った。「何でも好きな物を取ってくれ。僕は、酒以外はあんまり要らないや」それから彼はベーラミーのために手頃な軽食を選び、自分自身には蟹のソース仕立てのアスパラガス添えを選んだ。だが、彼はあっという間にマティーニを二杯飲み干してしまった。しかも——ベーラミーは気づいていたが——それは五時半を過ぎてから最初に注文した酒ではなかった。(何か心配事があるのだ)

しばらくの間、会話は肩肘張った古臭い思い出話に終始していた。と、出し抜けにフィリップが言い放った。「もう話さずにはいられないよ。君は僕にとってたった一人の、心から信頼できる親友だ。僕を助けてくれるね、いいだろう?」

「フィリップ君」ベーラミーはほろりとなって言った。「僕はいつもそうだったし、これからもそうだが、君が僕に力を貸して欲しいのなら、どんな時でもどんな事でも辞さないつもりさ――判ってるだろう」

「そうだね、では僕の話を打ち明けよう。まず尋ねるが、オスカー・クリントンと呼ばれる男について聞いたことがあるかい?」

「その名前なら思い出せそうだ。記憶の中で、あの一八九〇年代と何となく結びついている。恍惚と薔薇、アブサン酒と気取りのあの時代さ。まてよ、オスカーはもう一人いたぞ。確か、僕の携わった事件に彼の名前が忽然と現れたんだ。悪党だったような印象があるな」

「そいつだ」とフィリップは言った。「奴は僕と一緒に三ヵ月にわたってフラントン邸に滞在していたんだ」

「ほう、どうしてだい?」ベーラミーは語気鋭く言った。

「ねえ、テディ。人間は多少とも肺に障害を抱えていると精神まで影響されるのさ――もっとも悪い方にばかりとは限らないがね。僕の知る限りこれは真実で、僕の精神は影響を被《こうむ》ったんだ。アリゾナは退屈だが、それなりに愛すべき、何もない、昔ながらの土地だった。もっとも離れなければならなかったがね。知ってのとおり、僕はいつも懐疑論者だった。思い出すに、それもかなり凝《こ》り固まった方だったね。とにかく、あの太古の荒涼とした土地が肺病に汚された僕の精神の働きを回復させてくれたんだ。僕は飽かずに空をじっと見上げていたものだ。片方の肺が二つ分の仕事をしていて、しかもそれがあまり巧く機能していないとなると、人間は時間と空間と死後の世界という漠たる謎に正面から対決させられるのさ」

エドワードは、フィリップがいかに極度の緊張感に耐えながら生きていたかを理解した。だが、フィリップの感情をいわばしっかりとコントロールしてやることもできるように感じた。彼はだんだん状況を把握してきたように感じられ、その把握したものを失うまいと思った。

「さて」グラスに酒を注ぎながらフィリップは続けた。「英国に戻ってきた頃、僕は不安が嵩《こう》ずるあまり精神に異常をきたし、ほとんど喋ることも考えることもできないありさまだった。僕は狂気を自覚した。穢《けが》れていたのだ——精神的にね。自分が発狂してしまうように感じられ、そんな姿を知人の誰かに見られるのは耐えられなかった——そんな訳で僕は愚かにも君のもとを訪ねなかったのだ。君の恨みも晴れたろう！　僕がどんなに憂鬱症に責め苛まれたことか！　口では言い表わせないくらいさ、テディ。僕は自殺しようと決意した。というか、気違い染みた欲望に駆られて死後の世界がどんな所か知りたくなったのだ。そんな頃、クリントンと出会ったのさ。ある日のこと、僕は急立《せきた》てられるようにしてロンドンへやって来た。喧噪と群衆という儚《はかな》い気休めを求める一心だった。多分、幾らか酔っ払っていたのだと思う。と言うのも、僕が入って行ったのはソーホー区の〝コレイジン〟という名前の、いわばクラブのような所だったからだ。玄関番は僕を追い払おうとした。だが僕が彼を押しのけると、誰かがやって来てテーブルまで案内してくれた。それがクリントンだったのだ。

さて、奴に強力な催眠術の能力が備わっているのは間違いない。奴が口を開いたとたん、僕は急に気分が安らいだように感じて、自分のことをあらいざらい打ち明け始めたのだ。僕はむやみやたら一時間も喋り続けた。そして奴があまりにも好感の持てる巧みな接し方をしたため、僕は別れるにしのびなくなってしまった。奴は精神の――あるいは霊魂の――呼び方は何でも勝手だが――異常な状態を見極める不思議な力を持っていたのだ。そのうち奴の姿形を説明しようと思うが――この広い世界じゅうの誰にも似ていないのは確かだ。

さて、とどのつまり、その翌日奴は僕の郷里のフラントン邸にやって来て滞在することになった。今では奴の動機が全く金目当てだったことを僕は承知している。それでも、やはり、奴は僕を自殺から救ってくれたのだし、かなりな程度まで僕の心に安らぎを取り戻させてくれたのだった。

これ程までに抗し難い魅力を持った才気縦横の論客がいたとは、僕にはそれまで夢想だにできなかった。正体が何であれ、奴は詩人であると同時に卓越した哲学者であり、吃驚《びっくり》するくらい多芸で博学だった。そしてまた、お好みとあらば魅力的な物腰で人の心をすっかり虜《とりこ》にしてしまうのだ。少なくとも僕の場合は――しばらくの間だが――奴の虜で、しかも毎週二十ポンドかそれ以上の金を無心されていたのにそうだった。

そんなある日のこと、執事が僕のところへやって来て込み上げる怒りを抑えながら囁いた。こんな告げ口をする以上それも無理からぬことで、彼の話では三人の女中《メイド》のうち二人が妊娠しており、もう一人も、彼女の寝室に無理矢理何度も押し入ろうとしたクリントンの卑劣ぶりについて――涙で顔を濡らしながら――ヒステリックに訴えたというのだ。

さて、テディ。そんなことはよくある話さ。だが、そうした行為はとうてい正当化できるものではないし、滞在先の田舎娘の無知につけこんで三人も誘惑するなんて、卑劣で許し難い悪行だと僕は思った。

他人の品行についてとやかく口にすべきではない。だが、僕には食い物にされたこの健康な娘たちに対する個人的責任があった——ねえテディ、僕がどんな気持ちだったか判ってくれるね。

この件についてクリントンと話をしなければならず、その晩、僕は話をした。奴はおよそ厚顔無恥な男だった。傲慢に人を見下したようににやりと嗤《わら》うと、僕がそうした封建的な、性的に旧式な考え方に与《くみ》せざるをえないのもよく理解できると言ったのだ。無論、この件に関して僕がもっぱら問題にしているのは、彼女たちの立場に対して僕が持っている主人としての初夜権を奴に侵犯されたことだと暗に言ったのだ。奴にしてみれば、素晴らしい天才の胤《たね》を可能な限り広範にばらまくことが自分の使命なのであり、奴の子供を宿すことは誰にとってもこの上ない名誉と考えるべきなのだった。奴は、自分で知る限りでは現存する七十四人の、おそらくはもっと大勢の子供たちの父親であり——人類の未来にとっては多ければ多いほど良いのだった。だが勿論——僕の既得権にも敬意を表し——僕が使用人の女中《メイド》たちとセックスすることは構わないし——もっと多くの女性を相手にしても構わないと——今後については理解をもって約束したのだった。

まだ奴の支配下にあったものの、このまことしやかな公言には論理よりも欲望が勝っているように僕には思えた。そこでその翌日、僕は口実を作ってロンドンへ出掛けた。僕は家を出る時に郵便物を受け取り、上京する車中でそれらに目を通した。一通は馴染みの洋服の仕立屋からの三頁にわたる生地の分類目録だった。それほど服装に凝る方ではなかったので、その仰々しさに戸惑いを覚え、僕は仕立屋を訪問してみた。なんとクリントンは、僕の負担で自分が洋服を注文するのを認める旨の僕の私信を捏造《ねつぞう》していたのだった。それで気前よく目録一式が提供されたのだ。

その時僕はふと思い立ち、銀行に行って過去三ヵ月の間に正確には幾らクリントンに金を貸したのか調べてみた。四二〇ポンドだった。こうした発見が――順に積み重なり――その結果、僕はクリントンとの関係を再考した。お終《しま》いにした方が良いと急に思えてきた。僕は時代遅れで頭の回転も悪く、けしからぬ不労増加資産の所有者かもしれないが、難解な教義の実践と瞑想が、個人としては最低水準の品性を必ずしも伴うものだとは思えなかった。要するに、僕は目が覚めたのだった。

僕は、クリントンのことをこれまでに会ったなかで最も非凡な人間だとまだ思っていた。その思いは今日でも変わらない――それより、そんな魔力を持つ仲間を相手にするのは自分には荷が重過ぎると感じたのだ。

僕は家に帰ると奴にそう告げた。奴は極めて愛想がよく、丁重で物分かりもよく、同情的だった。その翌朝、奴は僕の額に手を触れながら何かの呪文を唱えた後で家を出て行った。奴がいなくなってとても寂しかった。悪人であることは承知していたが、奴はそうした類の人間だった。

暇を出したりはしないし、予定される人口増加のための費用は自分が負担すると――その趣旨に沿った僕の遺言補足書も用意してあるのだ――奴の子供の将来の母親たちに一旦約束してやると、彼女たちはかなり笑顔を取り戻した。それどころか、彼女たちが仕事をしながら口ずさむ慈善団体の宣伝歌《アンセム》の節回しがしょっちゅう僕の周りで聞えるようになった。実際、もしも身を任せた結果が事前にわかっていたら、三人めの純潔な女中《メイド》もそんなに涙ながらに潔白ぶりを見せはしなかっただろうと、僕は不謹慎な考えを抱いたほどだった。結局、一対の男の赤ん坊が生まれ、甲高い泣き声で彼女たちの聖歌と合唱するようになったが――地元民たちはその顔だちを見て慇懃《いんぎん》にも僕を信用したのだった。その小僧どもは鋭い陰険な目つきをしており、彼らが思春期の年齢に達する頃、東サリー州の出生率が顕著な――魔術的なまでの上昇ぶりを示し始めたとしても僕は決して驚かないだろう。

ああ、テディ、君と話しているとどんなにか気持ちが落ち着くことだろう、胸のつかえがすっかり治まるようだ！　憂《う》さが晴れるような気さえする。まるで僕の草臥《くたび》れた貧弱な脳髄をキュレットで掻き取って貰ったみたいにね。もう顔を逸らさずに立ち向かうことができると思う。

さて、次の一ヵ月間、僕はうつらうつら眠っては書物を読み、また眠っては書物を読み、ようやく二つの肺が再び稼働しているのを感じられるまでになった。何回かは君に手紙を書きかけたのだが、そうした昏睡状態と回復感の確信との繰り返しだったので、何事も先に延ばしていたのだ。僕は仰向けに休み、祝福すべき治癒の過程を自分の体内で心地良く静かに進行させることで満足していた。

そんなある日のこと、僕は友人の一人、メルローズから一通の手紙を受け取った。オックスフォード大学時代にクライスト学寮で一緒だった男だ。彼は僕が戦前に参加していたクラブ、〝汝が往古の謎《ミステリー》〟研究会の幹事だった。月に一回集まって——メリー・セレスト号事件、マククラクラン事件等々の——過去の有名なミステリーについて、興味本位ながら学術的熱意をもって討論するクラブだが、まあ、そのあたりの事情はどうでもいい。なんとメルローズの手紙には、クリントンが会員になりたがっており、しかも僕の友人だという事実を強調していると書いてあったのだ。クリントンについては不確かな噂を耳にしていたので、メルローズはそれを少し気にしていた。貴兄は、クリントンを会員として受け入れるに相応しい人物と考えるだろうか？

さて、僕は何と答えるべきだったろう？　一面では、奴は僕の家を種馬の飼育場もどきに使用し、恥知らずにも僕の名前を騙《かた》り、僕にたかっていたという事実がある。別の一面では、奴は天才であり、往古の謎《ミステリー》については奴以外の世界じゅうの人間全部を合わせた以上に詳しいという事実がある。だが、僕はすぐに腹を決めた。奴を推薦することはできなかった。それから一週間後、僕はクリントンから一通の手紙を——好感の持てる、もっともな内容の手紙を受け取った。手紙によると、実際にそうしたのだが、僕は往古の謎《ミステリー》研究会の幹事にきっと助言を与えた筈で——おそらく自分を僕の友人たちと引き合わせるに相応しい人物と見做さなかったことに奴は気づいていた。当然ながら自分はがっかりした云々の内容だった。

一体どうして判ったのだろう？　僕は不思議だった——僕が反対したことばかりでなく、反対したその理由までどうして？

そこで僕はメルローズに尋ねてみた。すると彼が言うには、彼はこの件については誰にも口外せず、選任候補者のリストからクリントンの名前をこっそり除いておいただけなのだった。だから誰にも気づかれる筈はなかった。だがそれ以上にクリントンの何と狡猾だったことか！一週間後、僕はクリントンからもう一通の手紙を受け取った。一月ほど英国を留守にするという内容だった。奴は奇妙な小さな型紙のようなものを同封してきた。紙の上に図案を描きその輪郭に沿って鋏《はさみ》で紙を切り抜いた、獣のような姿のものだった。こんな風なね！」

そう言って彼はテーブルクロスの上に素早くスケッチした。

確かにあまりぞっとしないなとベーラミーは思った。それは、見たところ何かを追いかけるような格好で身を屈めている姿だった。そいつが身に纏《まと》っている長い衣《ローブ》は盛り上がって頭の上でふくらんでいるように見えた。両腕は長く――長過ぎるくらいで――先の尖った湾曲した爪を地面に立てていた。そいつの顔は全く人間とは言えず、そいつの表情は凶暴で悪意に満ちていた。獲物を襲う猛獣だった。その両眼は血のように赤く限りなく邪悪で、黒い醜い顔の中で両眼だけが野獣のように爛々《らんらん》と輝いているのだった。それにその下品な長い両腕――それに摑まれたらと思うといい気持ちはしなかった。彼は、フィリップがそんなに絵が上手だったとは知らなかった。彼は居住《いずま》いを正して煙草に火を点けると、闘志を奮い起こした。彼は初めて理解したのだ。ああ、あのフィリップが容易ならない窮地に立っているのだ！　テーブルクロスの上に描かれたのは獣染みた小さなスケッチ絵に過ぎなかった。それが今、彼に仕返ししようとしているのだ。

「クリントンが僕に話したことがあった」とフィリップは続けた。「こいつは最も強力なシンボルで、僕も神秘学を研究すればこいつがこの上なく重宝なものだと判る筈だとね。こいつを額に押し当てながら、同時にある呪文を唱えなければならないんだ。ところがテディ、ふと気づくと僕はそうしているじゃないか。今でも思い出すが、そいつを額に貼りつけてその呪文を繰り返している自分に気づいた時、僕は驚きと苛立ちのあまり身を切られたような気がしたよ」

「どんな内容の呪文だったんだい？」とベーラミーは尋ねた。

「何と、それが不思議なことにね」とフィリップは言った。「思い出せないのさ。しかも、呪文の書いてあった紙切れと型紙の両方とも翌朝にはなくなっていたんだ。紙入れに挟んでおいた記憶があるのに、跡かたもなく消えてしまったのさ。それでね、テディ、それ以来事態が変わったんだ」彼はグラスに酒を注いでそれを飲み干し、煙草に火を点けてからすぐにその火を灰皿で揉み消し、また別の煙草に火を点けた。

「僕はだんだん気になってきた。幽霊に取り憑かれていると言ったら、おそらく言葉としては強過ぎ――大げさ過ぎる。こんな風なんだ。その同じ晩の十二時頃、僕は書斎で読書に疲れ、眠い眼で部屋の中をちらりと見回した。するとその時、書棚のひとつが奇妙な説明のつかない影を落としているのに気づいたのだ。まるで書棚の後ろに何かが隠れていて、それはその何かの影みたいだった。僕は立ち上がって近づいてみた。だがそれは四角い形をしたただの書棚の影で、僕はほっとしたのだった。僕は寝室に引き取った。

階段の踊り場で電灯を点けた時、僕は大型の置時計《グランドファーザークロック》から同じ形の影が生じているのに気づいた。僕は何事もなく眠りに就いた。だが、ふと気づくと僕は窓から外をじっと見つめていた。しかも木立の間から邸内の車道の上にあの影が伸びているのだった。最初、見えていたのはそいつのこれくらいの部分だった」そう言いながら彼はテーブルクロスの上に描いたスケッチに線を引いた。「六分の一くらいかな。さて、それからは単純な話だ。夜ごとその影が大きくなってきたのさ。今ではほとんど全部見えるんだ。しかもそれは思いがけなくいろんな場所に現れるんだ。昨日の晩はオランダ式庭園へと開くドアの横の壁の上に出た。次にはどこで見ることになるのか決して判らないのさ」

「それでこの状態がどれくらい続いているの？」とベーラミーは尋ねた。

「明日で一ヵ月になるかな。君の口ぶりだと僕の頭がおかしくなったと思っているみたいだね。多分、そうなんだろう」

「いや、君は僕と同様に正気さ。ところで、どうしてフラントン邸を離れてロンドンに出てこなかったんだね？」

「そしてクラブの寝室の壁の上にあれを見ろと言うのかい！　試してみたさ、テディ。でも、何をやっても駄目なんだ。滑稽な話だろう？　でも、僕にとっては笑い話じゃないんだ」

「君はいつもこんなに小食だったかしら？」とベーラミーは尋ねた。

「君は奥床しいから『それにこんなに酒を飲んだかな？』とは付け加えないんだね。そうだな。

消化不良というより酒の飲み過ぎだね。だがアルコール中毒の初期症状ではないぜ。近頃はあまり空腹感がないだけのことさ」

ベーラミーは数多《あまた》の絶望的な裁判で彼を勝利に導いてくれたあの負けん気が密かに心の中に湧き上がってくるのを感じた。彼にはスコットランド高地出身の曾祖母がおり、彼女から物事を明確に思い描く想像力を受け継いでいた。そしてそれによって彼は人間の心の動きを速やかに確実に読み取る力を獲得していたのだった。だからその時、もしも自分がフィリップと同じ苦境に立っていたらどんな気持ちがするか、彼はすぐに察した。

「それが何であれ、フィリップ」と彼は言った。「今は僕たち二人だ」

「それじゃ信じてくれるんだね」とフィリップは言った。「時々自分でも信じられなくなるのさ。ムクドリが囀《さえず》り、バスがウォータールー広場をガタゴト走っている日差しの明るい朝にはね——そんな時、どうしてこんな事が有り得るだろう？　だが夜になると有り得ることを思い知らされるんだ」

「さて」ベーラミーはそう言ってひと呼吸置いた。「冷静かつ緻密に検討してみよう。その絵の描かれた型紙をクリントンから送りつけられて以来、その写しを影絵で見るようになったんだね。ところで僕はこの点を取り上げたいんだが——君はちらっと言ってたね——彼は並はずれた催眠術の力を持っていたんだね。メスメリズムを研究していたのかな？」

「奴はありとあらゆる忌まわしい事を研究したと思うよ」とフィリップは言った。

「それじゃ可能性はあるな」

「そうだ」とフィリップは頷いた。「その可能性はあるよ。だとしたら僕は戦うぞ、テディ。君が一緒にいてくれるからにはね。だが、君に心の病が治せるだろうか？」

「そんなむし返しはもうやめだ」とベーラミーは答えた。「一人の人間がしたことなら別の一人が元に戻せるものだ――その別の一人は君の前にいるさ」

「テディ」とフィリップは言った。「今夜フラントン邸に来てくれないか？」

「いいとも」とベーラミーは言った。「だが、どうしてだい？」

「というのも、今夜の十二時に僕は書斎の窓から外を覗き、そして客間の外の敷石の上に影が揺れているのを見ることになると思うのだが、その時に君に一緒にいて貰いたいのさ」

「どうして今夜はこちらで夜を明かさないんだい？」

「何故かというと、僕は解決したいんだよ。僕の頭がおかしいのか、それとも――来てくれるね？」

「君が本当に今夜帰るつもりなら、僕も一緒に行くよ」

「さて、九時十五分までにここへ来るように既に車を手配してあるんだ」とフィリップは言った。「君が旅支度できるように一緒に君の下宿に行こう。そうすれば僕たちは十時半までにフラントン邸に着くだろう」彼は急にさっと視線を上げると、肩をすぼめ、何かに集中するように目を細く狭めた。その瞬間、ブルックス・クラブの食堂ではたまたま人声が途絶えていた。一瞬、電灯が暗くなったから、発電所で切替作業をしているに違いなかった。ベーラミーは、ゆらゆら揺れる小さな不快な映像を誰かの手で脳髄のずっと奥の方に焼きつけられているような気がした。そして、一種いかがわしげな猜疑心に満ちた声音が不意に彼の耳の中で囁いたのだった。「彼《か》の者現れて後去るべし！」

夜の闇を抜けて疾走する車の中で、二人はほとんど言葉を交さなかった。フィリップは居眠りし、ベーラミーは考えるのに忙しかったのだ。彼の立てた仮説によれば、フィリップは頭がおかしいわけでも、おかしくなりかけているわけでもなく、正常心を失っているのだった。彼はいつも極めてものに感じやすく神経質だったし、精神的緊張に対しては過敏で過激な反応を示した——それにこうして一人暮らしでろくな食事も摂っていないとなると——事態は彼にとって最悪だった。

それにこのクリントンという輩《やから》。噂によれば彼は邪悪な力を持つ男だった。だからこうした人物の催眠術の影響力を過小評価するのは道理に反していた。奴は獲物を見つけたのだ。

「クリントンはいつ英国に帰るのかな？」と彼は尋ねた。

「予定どおりだとすると、今頃はもう帰っているだろうな」フィリップは眠たげに言った。「彼はどこを根城にしているんだい？」

「大英博物館の近くで間借りして暮してるのさ。だが六時以降はたいていコレイジン・クラブで見つかる筈だ。シャフツベリー大通りのちょっと先のラーン街にあるクラブさ。奇妙な会員のいる奇妙な溜まり場だよ」

ベーラミーはそれをメモに書き取った。

「彼は君が僕の友人だと知ってるかな？」

「いや、知らないと思う。奴が知っている道理がないもの」

「ますます好都合だ」とベーラミーは言った。

「どうしてだい？」とフィリップは尋ねた。

「彼に交際を求めるつもりだからさ」

「おい、用心してくれよ、テディ。奴は犯罪を隠蔽する不思議な能力を持っているうえに危険人物だ。それに、君には僕みたいに厄介な事態に陥ってもらいたくないんだ」

「気をつけるよ」とベーラミーは言った。

　十分後、彼らは正門を抜けてフラントン邸内の私道に入った。するとフィリップは落ち着きなく周囲をちらちらと見回したり、楡の木々が影を投げかけているあたりをじっと見つめたりし始めた。しんと静まりかえり、雲のない空に半月の昇った晩だった。彼らは十一時十五分前きっかりに館に着いた。彼らはオランダ式庭園から大庭園まで見下ろす二階の書斎に上がった。フラントン邸は可愛らしい小庭園と大庭園を備えた典型的なジョージ朝様式の館だけれど、神経質な人間が一人で住むには広過ぎるし寂し過ぎるなとベーラミーは思った。

　執事がサンドイッチと酒を持って上がって来た。ベーラミーの感じでは、執事は二人が到着してほっとしているようだった。フィリップは食べ物をがつがつたいらげ始め、生《き》のウィスキーを二杯も飲み干した。彼は腕時計から目を離さず、壁の上に注意の目を怠らなかった。

「明る過ぎて影ができる筈のない時でさえ、テディ、あれは現れるんだ」

「おいおい」と言われた方は応えた。「僕が一緒なんだ。お互いに浮き足立たないようにしよう。あれが現れたとしても、永久に消えてなくなるまで僕は君の側を離れないよ」そして彼は何とかフィリップを別の話題に誘おうとした。フィリップはしばらく平静を取り戻していたようだったが、突然身を固くして一点を凝視し始めた。「あそこだ」と彼は叫んだ。「見えたぞ！」

「落ち着くんだ、フィリップ！」とベーラミーは厳しい口調で言った。「どこなんだ！」

「ずっと下の方だ」彼は小声で言うと窓に向かってそろそろと近づいていった。最初に窓辺に辿り着いたのはベーラミーで彼は下を覗いてみた。彼は一目見ただけでそれが何であるかを理解し、歯をぐっと嚙みしめた。

傍らでフィリップが身震いしながら激しい息遣いをしているのが聞えた。

「あそこだ」とフィリップは言った。「しかも、遂に完全な姿になったぞ！」

「さあ、フィリップ」とベーラミーは言った。「下へ降りるんだ。僕が先に外へ出よう。そして二人であの幽霊ときっぱりけりを付けてやるんだ」

彼らは階段を降りて客間に入った。ベーラミーは電灯を点けてフランス窓まで素早く歩み寄ると、留め金をあけにかかった。ちょっとの間、彼はぎこちなく手探りしていた。

「僕にやらせてくれ」そう言ってフィリップが留め金に手を伸ばすとすぐに窓が開き、彼は外に足を踏み出した。

「戻るんだ、フィリップ！」とベーラミーは叫んだ。彼がそう言うのと同時に電灯が暗くなり、焦げ臭いような空気が勢いよく吹き込んできて室内に充満し、窓がガチャンと閉まった。そのあとベーラミーはガラス越しに見た。フィリップが急に両手を翳《かざ》すと何か大きな真っ黒いものが壁から覆い被さってきて彼をすっぽりと包んでしまったのだ。そいつに包まれたまま彼はしばらく身もだえているようだった。ベーラミーは窓を必死に押し開けようとした。その一方で、彼の魂は今にも自分を押しつぶしてしまいそうに思われるその強大な邪悪な力に懸命に抵抗していた。やがて彼はフィリップが恐ろしい力で叩き付けられるのを見た。そしてその頭が敷石にぶつかる鈍《にぶ》い嫌な音を聞いたのだった。

その後で窓が開き、ベーラミーは外に飛び出した。外は芳《かぐわ》しい香のする静かな夜だった。

フラントン氏の死因は激しい心臓発作だと確信しますと医師は死因審問で申し述べた——毒ガスから回復できなかったのですな、こうした発作はいつ起こっても不思議はないのです、と彼は言った。

「では、本件に関して不審な情況はないのですね？」と検死官は尋ねた。

医師は口ごもった。「それが、一つあるのです」彼はためらいがちに言った。「フラントン氏の両眼の瞳孔なのですが——そのう、単純に陪審に申し上げますと——丸い形ではなく、つり上がってしまって半月状を呈しており——ある意味では猫の眼の瞳孔にそっくりなのです」

「説明できますか？」と検死官は尋ねた。

「いいえ、似たような症例は見たことがありません」と医師は答えた。「ですが、死因については先程述べたとおりだと確信しています」

当然のことにベーラミーも目撃者として召喚されていたが、彼にはほとんど話すべきことがなかった。

＊

こうした一連の出来事の後、朝の十一時頃ベーラミーは自室からコレイジン・クラブを電話で呼び出し、クリントン氏が帰国していることを支配人から聞いた。その少し後で彼はスローン地区の電話番号を調べ、ソーラン氏と大学連合《ユナイテッド・ユニヴァーシティズ》クラブで昼食を共にすることを取り決めた。それから彼は細心の努力を払ってレックス対ティップウィンクル戦の勝ち目を予測した。

だが彼はすぐに部屋の中を落ち着かなく行ったり来たりし始めた。お前はフィリップを見殺しにしたのだと、含み笑いしながら嘲る悪魔の声を追い払うことができなかったのだ。それは事実ではなかったが、胸に突き刺さり彼を苦しめた。だが、ゲームはまだ終わった訳ではないのだ。フィリップを救うことはできなかったにしても、復讐は可能かもしれなかった。ソーラン氏なら何と言うか彼は知りたかった。

当の人物は喫煙室で彼を待っているところだった。ソーラン氏は見てくれからして一風変わっていた。身の丈僅か五フィート二インチの小体軀で、巨大な頭の広々とした額には一対の前頭葉がはちきれんばかりにおさまっていた。全体は白髪まじりのふさふさとした濃い髪の毛で覆われていた。瞼の下できょろきょろと動く小さな両眼、元気よく反《そ》りかえった小さな鼻、そして唇の薄い議論好きの口からはおよそ奇妙な、耳に突き刺さるように甲高いよく通る声が発せられた。これが、現存する最も偉大なオリエント学者にして神秘主義者であり、その昔のケンブリッジ大学数学優等試験首席合格者にしてヨーロッパ中に名高い哲学者であり、卓越した魅力的な人柄をもって世界的に認められている人物の簡単な肖像画だった。彼はスローン・スクエアのチェスター・テラスでひとつがいの三毛猫と家政婦だけを相手に一人暮らしをしていた。

彼は数多の専門分野のひとつについておよそ六年に一度ずつ大家に相応しい学術論文を刊行し、それ以外は真剣な思索に値すると自分で見做した対象だけに専念するという因業《いんごう》な決意で人付きあいを避け、例えばチェスのゲーム、バッハの音楽、ヴァン・ゴッホの絵画、ハウスマンの詩篇、そしてP・G・ウッドハウスとオースティン・フリーマンの短篇小説等を相手にしていた。

彼はベーラミーに全幅の信頼を置いていた。ベーラミーはかつて著作権の訴訟でかなりな額の損害賠償金を彼のために獲得してやったことがあったのだ。その賠償金は動物愛護協会に寄付されることになった。

「さて、私で何かお力になれることがありますかな、ベーラミーさん？」二人が席に着くとソーラン氏は声高に言った。

「まず第一に、オスカー・クリントンと呼ばれる男について聞いたことがありますか？　第二に、型紙に描いた絵を敵に送る習慣について聞いたことがありますか？」

ソーラン氏は最初の質問に笑みを浮かべかけたが、二番めの質問を聞いて真顔に戻った。

「ええ」と彼は言った。「両方とも聞いたことがあります。ですが、両方とも些《いささ》かも関わりを持たぬようご忠告しますぞ」

「残念ながら」とベーラミーは答えた。「私は既に両方とも関わりを持ってしまいました。二晩前に私の親友が亡くなり――それもかなり突然でした。彼の亡くなった様子についてはおおいご説明します。ですが、まず最初にクリントンについてお聞かせ下さい」

「あなたが彼のことをほとんど知らないという事実が彼の特性を示しています」とソーラン氏は答えた。「つまり、彼は世界中で最も危険で強大な知力を持つ人間の一人であるにもかかわらず、近頃ではまるで知られていないのです。世に喧伝された〝九〇年代の放蕩者〟の多くは仲間以外に害を及ぼしませんでした――彼らは内輪で恥を賛美し合っていたに過ぎなかったのです。ところがクリントンは一人で一家をなしていました。彼はかつてそうだったように――疑いなく今も――完全なる風俗の壊乱者です。そしてかつてもそうだったように、疑いなく今も自分の趣味的な快楽に耽《ふけ》っています。彼は英国を離れ――求めに応じて――東方に旅立ちました。チベットの僧院で数年を、その後もっと評判の良くない場所で更に数年を過し――彼の経歴は私の書斎のファイルに余す所なく詳記されています――やがて大雑把に魔術と称してさしつかえないものにその極めて強靭な知性を注ぎました。どうやらベーラミーさん、大雑把に魔術と称してさしつかえないものは厳然として存在するらしいのです。クリントンは生まれながらに強力な催眠能力を持った高度な心霊術士です。やがて彼は世に知られていない秘密教団――悪魔主義者《サタニスト》――に加わり、結局司祭長に昇り詰めました。その後彼は我々が文明と称するものに復帰し、それ以来あちこちの国の市民の有力者たちに〝支持〟されてきました。どうやら、彼は極めて巧妙で独特の方法を用いて無垢の小市民から――たいてい婦人から――金を搾《しぼ》り取るのが得意らしいのです。まだ仕返しに失敗したことがないのが彼の自慢のひとつです。あの男はカリフォルニアに蔓延する森林火災にも増して、容赦なく撲滅されるべき存在です。まあ、オスカー・クリントンを手短にざっと説明しますとこんな所です。さて、例の型紙についてお話ししましょう」

＊

二時間後、ベーラミーは帰るために立ち上がった。「彼の著作ならかなりお貸しできますよ」とソーラン氏は言った。「私の持っていないものもリーリィの店で手に入れることができます。毎週水曜日と金曜日の四時から六時までの間、私の所へおいでなさい。必要と思われることはすべてご教示しましょう。その間、私は彼から目を離さないでいます。ですが、どうかベーラミーさん、条件が整うまで決定的な行動は慎んで下さい。法曹界があなたの偉大な才能を早まって失うことにでもなったら遺憾ですからな」

「どうもありがとうございます」とベーラミーは言った。「今や成否はすべてあなたのご協力次第です。そして私はこの件に決着をつけたいのです――何らかの決着がつくとしたらですが」

人格と順応性を最も厳密に試されるその職業において、ベーラミー事務所の職員プランク氏の右に出る者はいなかった。彼は同業者の用いる種々の卑劣なごまかしのひとつたりとも実行しなかった。彼の年収は一二五〇ポンドに達し、その事実に内国税務署当局は強い疑いを持ったが立証することは全く不可能だった。彼はベーラミー氏に対して個人的にかなりの、経済的にはこの上ない好意を抱いていた。それ故、一九二一年六月十二日の午後四時、今後三ヵ月間訴訟事件を引き受けないようにとベーラミー氏から通告されたプランク氏が突然顎をがっくりと落として地殻変動が生じ、多くの地震記録器が激しい揺れを記録したのも驚くには当たらなかった。「だがね」と彼の紳士《か》は続けた。「この小切手を見ればきっと承諾してもらえると思うよ」

プランク氏は小切手の数字をつくづく眺めて承諾した。

「休暇を取られるんですか、先生？」と彼は尋ねた。

「そうとも言えないが」とベーラミーは答えた。「だが、うるさく質問されたらそんな説明を仄《ほの》めかしておけばいいよ」

「分かりました、先生」

それから深夜に至るまで短い休憩を一回挟んだだけで、ベーラミーはエキゾチックな装丁の山のような書物を読み耽った。彼は時おり便箋にメモを取った。時計が十二時を告げると彼はベッドに入って『カイ・ルンの巾着袋』（イギリス作家アーネスト・ブラマの空想上の中国を舞台にしたファンタジイ小説集）を読み始め、やがて眠気を催して電灯を消した。

翌朝の八時には彼は再びエキゾチックな装丁の書物を脇目も振らずに読み耽っており、時おり便箋にメモを取っていた。

三週間後、しばらくの暇乞《いとまご》いをしようとする彼にソーラン氏が感想を述べた。「あなたは優秀な生徒です。弁論によって、思いどおりに人を納得させるはったりのきかせ方を身に付けていたのでしょう。しかも、あなたの持つ霊的能力は成功を十分に可能ならしめるものです。いざ出発、成功あれ！　私はいつでもあなたのために戦っています。彼は今夜九時に例の所にいるでしょう」

その時刻の十五分過ぎ、ベーラミーはコレイジン・クラブの玄関番に、ベーラミーという者が会いたがっているとクリントン氏に伝えてくれるよう頼んでいた。

職員は二分後に再び姿を現し、彼を階下に案内した。そこは暴力的で無神経な装飾の施された、けばけばしく派手な地下室で——後ほど彼は気付いたのだが、それは等閑視された天才の作品で、その人は肝硬変をなおざりにして死亡したのだった。彼は、誰かが一人で腰を降ろしている一隅のテーブルまで案内された。

ベーラミーはオスカー・クリントンの第一印象を終生鮮明に記憶していた。立ち上がってベーラミーを迎えたので、クリントンが巨大な体躯の持ち主で——少なくとも身長六フィート五インチはあり、がっしりした胴体で——一流レスラーのような身体つきをしているのが見てとれた。その身体のてっぺんには角ばった大きな頭が乗っていた。顔は色白だったが雀斑《そばかす》があり、唇は部厚く張り出し、ことに下唇がひどく突き出していた。髪は短く刈り込まれていたが、油で固めた巻き毛が一房、額に垂れて眉に掛かっていた。だがベーラミーに最も強い印象を与えたのは、人の心を見抜くような鋭い非情な両眼で——濡れた片方の眼からは涙がじくじくと滴《したた》っているようだった。

　ベーラミーは〝腹をくくった〟——彼は特異な能力者を目の前にしているのだった。

「さあてと」クリントンは響きの良い美しい声で母音を伸ばし気味にして言った。「察するところ、警視庁《スコットランド・ヤード》の関係者ですな。何の御用でしょう？」

「いえ」ベーラミーは無理に笑顔を作りながら言った。「私はその尊敬すべき機関とは全く何の関係もありません」

「当て推量をお許し下さい」とクリントンは言った。「ですが、いくらか波乱に富んだ経歴を積むうちに、多少は礼儀をわきまえた警察当局の訪問を不意に受けたことが幾度もありましてね。では、あなたのご用件は？」

「実は、別段用件はないのです」とベーラミーは言った。「ただ単に私が昔からあなたの著作の熱烈な崇拝者だったというだけのことです。私に言わせれば、我らの同時代の最も想像力豊かな著作のね。あなたがこのクラブに入って行くのを見かけたと友人の一人からたまたま話に聞き、どうしても我慢ができず、ちょっとだけでも話し相手になって貰おうと無躾《ぶしつけ》にも押しかけて来たのです」

　クリントンは彼をまじまじと見つめた。あまり落ち着かない様子だった。

「君には好奇心をそそられるな」彼はようやく口を開いた。「何故か教えてやろう。私は自分の出会う人物が敵味方のいずれであるのか、通常はある独自の方法によってはっきりと見抜くことができるのだ。君の場合このテストは失敗だった。それが、言ってみれば好奇心をそそるのだ。それがさまざまな連想を呼ぶのだ。君は東方に旅した経験があるかな?」

「いいえ」とベーラミーは言った。

「では東方の神秘を研究したこともないのかな?」

「全くありません。そんなことよりご安心ください。私はただ単にあなたの慎しい崇拝者として現れたに過ぎないのです。勿論、あなたに敵がいるのも十分に理解しています——偉大な人物なら誰でもそうなのですから。それは傑出していることの特権的不利益なのです。だからこそあなたが偉大な人間であることが知れるのです」

「おそらく」とクリントンは言った。「私の左眼からしつこく涙が出てくることに当惑しているのだろう。今日の午後、ヘロインをやや大量に注射したのが原因なのだ。私がありとあらゆる麻薬を用いていることを言っておいた方が良いだろう。だが、私は麻薬の奴隷ではない。思索を集中したいと欲する時にヘロインを投与するのだ。ところで——私の著作に対してそうして称賛を公言するからには——最も君の賛同を得た著作がどれなのか教えてくれるか?」

「それは難しい質問です」とベーラミーは言った。「けれども、私は『ダルシマーを持つ乙女』(ダルシマーは打弦楽器の一種)を素晴らしいと思いました」

クリントンは人を見下したように嗤った。

「価値はあるが」と彼は言った。「未完成だ。私があれを書いたのはチュニスでベドウィン族の十四歳の少女と同棲していた時のことだ。ベドウィン族の女は生まれながらにしてある能力を備えていてね」――ところで、彼は自作の話題に戻る前に極めて卑猥な口調になった。『ハムドンナの歌集』で自分の頂点に達したというのが私自身の見解だ。ハムドンナは魅力的な伴侶で、イタリア紳士とペルシャ女の狂宴の落し子だった。彼女は私が出会った女性の中でも、最も生まれついての――最も際立った淫乱な心の持ち主だった。彼女はほとんど調教を要しなかった。だが、私を裏切り、その直後に死んだのだ」

「その歌集は最高です」ベーラミーはそう言うと、その一節をすらすらと暗誦し始めた。

クリントンは熱心に聞き入った。「君の詩を暗誦する能力はかなりのものだ」と彼は言った。「酒を一杯振る舞わせてくれるかな？　一杯注文するところだったのだ」

「お相手しますが一つ条件があります――二杯とも私に支払わせてください――この機会を祝してね」

「お好きなように」クリントンはそう言うと、奇妙な彫刻の施された大きな翡翠《ひすい》の指輪を塡めた親指でテーブルを軽く叩いた。ウィスキーのせいだったかもしれないし、急激な精神の緊張のせいだったかもしれないし、あるいはその両方の組み合わせのせいだったかもしれない。ベーラミーは今、壁画の装飾をあらためてかなり冷静な気持ちで見つめられるようになったのだった。それらの歪み捩れた平塗りの板切れが、何と微妙に悪魔の嘲笑を暗示していることか！

「これらのパネル画のテーマは私がヴァリンに与えたものだ」とクリントンは言った。「これらは黒ミサにおける祭壇の印象を表現したつもりのものだ。だが彼は酔っ払って最初のインスピレーションを失ってしまい、荘厳な儀式を正しく表現することができなかったのだ」

ベーラミーは自分の考えをあまりにも簡単に読み取られてしまい、たじろいだ。

「私も同じことを考えていました」と彼は答えた。「不運にも世間から葬り去られたお仲間は、その死をさほど真面目に悼むに足る仕事をしなかったのだなとね」

クリントンは彼をじろりと睨むと、じくじくしている方の眼を拭《ぬぐ》った。

「私には意図的にこうして幾らか極端な物言いをする癖がある。相手に印象づけるためではなく、相手がどんな印象を持ったのか見極めるのが目的なのだ。君が嫌悪感を顕《あらわ》にしていたとしたら、我々の親交を深めるのは無益なことだと判断していただろう。私は一生を通して自分自身の掟に従って生きてきた。私は自分自身が一人別個の存在であり、それだからこそ官憲はいつも私に対して多大な関心を示してきたのだ。おそらく、集団の規律や因襲を決して当て嵌めることのできない人間であると自覚している。私は知られる限りの麻薬を含む、いわゆる〝悪徳〟なるものの全てを試してみた。だが、常に目論見を持ってのことだ。ただ意味もなく乱痴気騒ぎをするのは私の趣味ではない。君が極めて好意的に言及してくれた私の芸術は、常に第一級であらねばならない。それは時として、黒人女と褥《しとね》を共にすることや、また阿片や大麻を用いることを私に要求する。時には厳しい禁欲を要求することもある。言っておくがね君、過去にしばしばそうしたことがあったように、明日にでも再びそうした指示があったとしたら、私は何の苦労もなく、未来永劫、酒も麻薬も女も絶った完璧な禁欲生活を送ることができるだろう。換言すれば、それらの徹底的な実地体験を経て、私は自分の精神を完全に抑制することができるようになったのだ。こんなことが公言できる人間が何人いるだろう？　だが、その抑制する力を確立して初めて人間は人生の教えを理解できるのだ。優れた知力を有する男は――そんな女はいないのだが――こうした実験に尻込みしてはいけない。美徳は勿論、悪徳の教示してくれる教訓も含めてすべてを学び取ろうと努めるべきなのだ。そうすれば、自己の個性を伸ばし発展させることが可能となるだろう。だが、常に自分自身の完全な支配者でいなければならない。やがて彼は予想もしていなかった多くの報酬を得ることになるだろう。そして多くの神秘が彼の前に解き明かされるだろう。多分いつの日か、私は自分に解き明かされた神秘の一端を君にお見せしよう」

「〝道徳〟と称せられるものを顧みることは全くないのですか？」とベーラミーは尋ねた。

「全くない。私は金が欲しければ君の懐から盗むだろう。君の妻が欲しければ――君に妻がいたらの話だが――彼女を誘惑するだろう。もしも誰かが私の邪魔をしたら――彼の身には何かが起きるのだ。君はこのことを肝《きも》に銘じておかねばならない――私は自慢している訳ではないのだからね――はっきりした目的がない場合や、動機が不適当と思われる場合には私は何もしない。私にとって、〝不適当〟は〝不必要〟と同義語だ。私は不必要なことはしないのだ」

「どうして復讐が必要なのですか？」とベーラミーは尋ねた。

「もっともな質問だ。そう、一つには私の残酷趣味がある――私の未発表の作品の一つは過度のサディズムを擁護するものだ。それから、その他の人間に対する警告でもある。最後に、それは私という存在を正当化することだからだ。どれも立派な理由さ。君は私の『悪魔はかく語りき』を気に入ったかね？」

「傑作です」とベーラミーは答えた。「完成された散文体です。しかしながら、勿論、その魔術的重要性は私の貧弱な理解力の遠く及ばないものです」

「いやあ君、その言葉が同じように真理として当て嵌まらない人間は、このヨーロッパにたった一人しかいないさ」

「それは誰ですか？」

クリントンは敵意を抱くように両眼を細めた。

「そいつの名はソーランだ」と彼は言った。「そのうちに、おそらく――」そう言って彼は口を噤《つぐ》んだ。「ところで、良ければこれから私の体験談の一部をご披露しよう」

＊

一時間後、長談議は終わりに近づいた。「ところでベーラミー君、君は何を生業《なりわい》としているのだね？」

「法廷弁護士です」

「やあ、それでは司法関係者なのだね？」

「私としては」とベーラミーは苦笑しながら言った。「忘れて貰えると有り難いのですが」

「もしも十ポンド貸してくれたら」とクリントンは答えた。「その一助となるだろうがね。札入れを置き忘れて来たのだよ――自分のこととなるとしばしば無頓着になる一例さ――それにご婦人を一人待たせていてね。恩に着るよ。きっと、また会うだろうからさ」

「ちょうどご提案しようと思っていたところですが、今週中のいつか夕食をご一緒しませんか？」

「今日は火曜日だな」とクリントンは言った。「木曜日ではどうかね？」

「結構です、八時に焼網亭《グリディロン》でお会いできますか？」

「そこに行くとしよう」クリントンはそう言って眼を拭った。「お休み」

＊

「フラントンの身に何が起こったのか、これで理解できました」その翌日の晩、ベーラミーはソーラン氏に言った。「私はこれまで彼以上に人の心を捕えて離さない雄弁家と会ったことがありません。彼には邪悪な魅力があります。もしも彼の自称することの半分でも真実だとしたら、彼は六十年間に人生を十回も生きたことになります」

「ある意味で」とソーラン氏は言った。「彼は現存する人間の中で最高の知性なのです。彼はまた驚くほど芝居がかったセンスの持ち主であり、極めて有害です。だが、彼は無防備だ。木曜日には彼に勧めてもっと別の話をさせなさい。彼はあなたを手軽な獲物だと思い込むでしょう。その晩をできるだけ利用しなければなりません――かなり不快な思いをするかもしれませんが――彼は決して最初から気を許さないのですから」

＊

「愉快でもあるし安心もしたよ」クリントンは木曜日の晩の十時十五分にベーラミーの部屋でそう言った。「君が猥褻性に対して闊達《かったつ》で正しい認識を持っていることが分かってね」

彼は嗅ぎ煙草入れを取り出した。それは精巧な出来栄えの小さな逸品で、蓋の上に言うに言われぬ下品なデザインがエナメル細工で施されており、彼はその中から白い粉を一撮《つま》み取り出すと掌に載せて吸い込んだ。

「どうやら」とベーラミーは言った。「あなたの魔術の体験知識は私には到底理解のできないことばかりです」

「ああ、できないとも、到底な」とクリントンは答えた。「だが、ちょっとした実験によって秘伝の研究が私にもたらしてくれた力がどんなものかお見せすることは可能だ。反対側を向いて窓の外を眺めながら、私が話しかけるまでじっと静かにしているんだ」

雲の垂れ込めた晩だった。南西の方角で雲が休みなく次から次へと形を変化させており――嵐のやって来る前触れだった。キングズウェイの往来の散漫な喧噪の音が高まり、やがて突風が唸《うな》りを上げるにつれて小さくなった。ベーラミーは脳裏に奇妙な光景が浮かんでいるのに気づいた。広大な寂寥たる雪原と樅《もみ》の低木林の生えた丘で、その林を抜けて誰かがこちらに走って来るのだった。ほどなくその人物は立ち止まって振り返った。とその時、（以前見たことのある奇怪な姿をした）もうひとつの人影が林の中から現れたのだった。すると追いかけられているように見える人影は、雪の中を蹌踉《よろ》めきながらまた走り始めた。だが奇怪な姿はその雪の上を辷《すべ》るように軽々と速やかに進んでいくようで、獲物に追いつきそうだった。やがて前方の人影はそこで立ち往生してしまったように見えた。その人は倒れ込んでまた起き上がり、追手と向かい合った。奇怪な姿は素早く近づくと、跪《ひざまず》いて嘆願している前方の人影に向かっておぞましくも身を躍らせて飛びついた。一瞬、二つの人影は一つに混じり合って見えた……

「さて」とクリントンが言った。「感想は如何かな？」

ベーラミーはウィスキーソーダをグラスに注いでぐいと飲み干した。

「極めて印象的です」と彼は答えた。「途方もない恐怖を感じました」

「君がたった今かなり悲惨な最期を遂げるところを目撃した人物は、かつて私に仇《あだ》をなしたのだ。彼の遺体はノルウェーの辺境で発見された。彼がどうしてそんな所に身を隠そうとしたのかはちょっと理解に苦しむがね」

「因果関係があるのですか？」無理に笑顔を作りながらベーラミーは尋ねた。

クリントンは白い粉をもう一撮み吸った。

「ことによると単なる偶然の一致かもしれない」と彼は答えた。「さて、私はもう行かなければならん。アメリカ流に言うと〝デートの約束〟があるのだ。ちょっと色っぽくて好き者の娘とね。何とか金を少しばかり都合して貰えないかな？」

クリントンが帰ると、ベーラミーは熱い湯につかって身体を念入りにごしごしと洗い、熱心に歯を磨き、少しは身が清められた気分になった。彼はベッドの中で読書しようとしたが、彼とジェイコブズ氏の『夜警』（「猿の手」で有名なイギリスの大衆小説作家W・W・ジェイコブズの短篇小説集）との間に割り込むようにして、凶々しく執拗な幻想が走馬灯のように去来するのだった。彼は再び身支度を整えて外出し、明け方まで往来をほっつき歩いた。

そんな事のあった少し後、ソーラン氏はクラブの喫煙室でたまたま他人の会話を小耳に挟んだ。

「ベーラミーがどうなってしまったのか理解に苦しむよ」と一人が言った。「仕事もしないであのとんでもない好色漢のクリントンといつもつるんでいるんだぜ」

「どこか変わってるんだよ、多分ね」もう一人が欠伸をしながら言った。「おそらく助平な性《た》質《ち》なのさ」

「諸君が話題にしているのは小生の友人、エドワード・ベーラミー氏のことですかな？」とソーラン氏は尋ねた。

「そのとおりさ」と一人が言った。

「彼が何か評判を落とすような事をしたと直接知っているのですか？」

「いや、今のところはね」ともう一人が言った。

「あるいは非常識なことでも？」

「そのうちお耳に入れることになりますよ」と最初の一人が言った。

「いいですかな」とソーラン氏は言った。「彼がちっとも変わっていないことは小生が保証しますぞ」そう言い残して彼は立ち去った。

「いけ好かない爺さんだな」と最初の一人が言った。

「かえって気になってきたよ」ともう一人が言った。「奴さん、何か知ってるようだな。僕はベーラミーが好きなんだ。今度彼と会ったら、軽々しく名を挙げて噂したことを詫びておこう。それにしても、あのクリントンの野郎！――」

＊

「もはや否も応もありませんぞ。今日聞きこんで来たのですが、奴はいまやいつ立ち退きを通告されることになるかもしれないのです。やり通す覚悟はできていますか？」

「奴は悪魔の化身です」とベーラミーは言った。「過去一ヵ月の間私がどんな思いをしながら事を運んできたかあなたはご存知ないのだ！」

「それはよく判っていますとも」とソーラン氏は言った。「奴はあなたをすっかり信用していると思いますか？」

「奴は私の意見など全く取り合わないと思います。ただし、欲しがった時にはいつも金を貸し与えてきましたがね。勿論、私はやり通すつもりです。金曜の晩にしましょう。私は何をしなければならないのですか？　正確に説明してください。あなたがいなかったら、私はとうの昔にほうり投げていたと思います」

「ねえベーラミーさん、あなたは信じられないくらいうまくやってきました。固い決意でここまでやり遂げてきたのですから、その意気で仕事は成就するでしょう。さて、あなたのしなければならない事はこうです。完璧に覚え込むのですぞ」

「二人で奴の下宿にちょうど十一時頃着くように段どりをつけます。店を出る五分前に電話を入れましょう」

「私は自分の受け持つ仕事にかかっているでしょう」とソーラン氏は言った。

＊

金曜日の晩、クリントンはカフェ・ロイヤルの店で上機嫌だった。

「君が気に入ったよ、なあベーラミー君」と彼は評した。「単にポルノグラフィに対する洗練された嗜好を持ち、かなりの額の金を貸してくれたからではなく、もっと微妙な理由があるのだ。初めて会った時、私が君のことを怪訝《けげん》に思ったのを覚えているだろう。ところが、今でもそうなのだ。何か霊的な力が君をとり巻いているのだ。君がそれに気づいていると言うつもりはない。だが、何か極めて強力な霊気が君に働きかけているのだ。我々は気が置けない友人同士だが、時おりその力が私に対して敵意を持っているように感じられてね。それはともかく、折りに触れてはお互い愉快にやってきたな」

「それに」とベーラミーは言った。「これからもずっとそうだといいですね。あなたとこんなにご懇意にさせていただいたのは、誠にもってこの上なく名誉なことでした。あなたのおっしゃるその不思議な力について言えば、私は全く自覚しておりませんし、敵意については――いやはや、過去一ヵ月の間に私が敵というのとは少々違うと信じて貰えたと思うのですが」

「そうとも、ベーラミー君」とクリントンは答えた。「君は好感の持てる気前の良い相手だった。それでも、君には謎めいた側面があるのさ。今夜は何をするのかな？」

「あなたのご意向次第です」とベーラミーは言った。

「ちょっと私の下宿に寄ってみないかね」とクリントンは言った。「ウィスキーのボトル持参でね。また別の簡単な実験を見せてやろう。君はもう十分に練習を積んだから成功するだろう」

「実はちょうどそれを期待していたのです」ベーラミーは興奮して言った。「すぐにウィスキーを注文します」彼はしばらく食堂の外に出てソーラン氏と電話で一言二言言葉を交した。やがて彼は食堂に戻って支払いを済ませ、二人は車に同乗して出掛けた。

クリントンの下宿は大英博物館から百ヤードばかり離れた薄汚い通りに面していた。さえない陰気な部屋で、必要最低限の物と数冊の書物しか置いてなかった。

クリントンがドアの鍵を取り出した時刻は十一時きっかりだった。それと正確に同じ時刻にソーラン氏は自宅の書斎から続く奇妙な小部屋のドアを開いた。

それから彼は大机の引き出しを開けると、簡素な白いベラム装の大部な書物を取り出した。彼はテーブルに腰を降ろして一風変わった手続きに取りかかった。書物の末尾に付いている紙挟み《ホールダー》からくしゃくしゃになった透写紙のようなものを一枚取り出すと、時おりその四折判の書物を参照しながらその紙の上にある表象《シンボル》を描いていったのだ。そしてその間、聞き慣れない言葉で一連の短い引用句を繰り返し呟くのだった。この儀式のために彼がペンを浸しているインクはくすんだ暗赤色だった。

やがて小部屋の雰囲気は張りつめたものになり、危機的な緊張感で満たされた。表象《シンボル》が完成するとソーラン氏は緊張して身を固くした。彼の眼は昏睡状態《トランス》に入っている人の眼だった。

＊

「まず最初に酒だ、ベーラミー君」とクリントンは言った。

ベーラミーは栓を抜いて酒をグラスに二つ注いだ。クリントンは自分のグラスを飲み干した。彼はあまり落ち着かない様子だった。

「今夜は誰か私の敵が私の邪魔をしようとしている」と彼は言った。「その力を強く感ずるのだ。それはともかく、簡単な実験に取りかかろう。窓の近くへ椅子を引き寄せなさい。そして私が話しかけるまで周りを見るではないぞ」

ベーラミーは命令されたとおりにして、通りの向かい側の建物の真暗な正面をじっと見つめた。不意に眼の前の壁が次から次へとくるくる回りながら空に消えていった。そしてふと気づくと、彼は仄かな明りに照らされた細長い部屋の中を覗き込んでいた。目が薄暗がりに慣れるにつれて、数名の人影が横になっているのが見えてきた。寝椅子に休んでいるのは明らかだった。やがて部屋の真ん中で炎がひとつ燃え上がったかと思うと、あちらでもこちらでも燃え上がって炎の輪ができあがった。それに囲まれて人影のひとつがゆっくりと立ち上がり、振り返ってベーラミーをじっと見つめた。そしてその傲慢そうな邪悪な顔が次第に大きくなり、眩しさと熱さと一緒に真正面から彼の顔に向かってぐっと迫ってきたのだった。彼は両手を翳してその炎の脅威を押し返そうとした。――すると向かいの家の壁が見え、クリントンが「大丈夫か？」と話しかけているのだった。

「あなたの力に肝を潰しました！」とベーラミーは言った。「私が見たあの人物は誰ですか？」

「君が見たのはこの私だ」そう言ってクリントンはにやりと嗤った。「三度めの生まれ変わりのな。紀元前一七五〇年頃には、世界中でただ一人、私だけがあの極めて重要な業を執り行なうことができたのだ。酒をもう一杯くれ」

ベーラミーは立ち上がった。(予定の時間だ！) 不意に、彼は強い安心感が全身に漲《みなぎ》るのを感じた。漠然とした恐怖感も消え失せた。何か有無を言わさぬ力が彼の魂に沁み入ってくるのだ。それで彼は、予定の時刻に約束していた助っ人が応援にやって来たことを知った。彼は武者震いし、覚悟を決め、士気の高揚を感じた。

彼はグラスに酒を注ぎながらクリントンに背を向けていた。そこで彼は一瞬の隙を突いて小さな丸薬をクリントンのグラスに落とした。丸薬は小さな箒星《ほうきぼし》のようにシューッと泡をたてて落下し、消えてしまった。

「さらに多くの愉快な晩を祈って乾杯」とクリントンは言った。「君は肝の据わった男だよ、ベーラミー」と叫んで彼はグラスを唇に運んだ。「君の見た光景には悪魔だって仰天して不思議はないのだ！」

「不安を感じないのはあなたを信頼しているからです」とベーラミーは答えた。

「なんとこいつは強い酒だ」クリントンはそう言ってグラスをじっと覗き込んだ。

「いつもと同じですよ」ベーラミーはそう言ってにっこりした。「聞きたいことがあるのです。私の知り合いに長年東洋に行っていた男がいるのですが、その男が、型紙を切り取って色を塗り、それを敵に送りつけるという東洋のある部族のことを話してくれたのです。似たような話を何か聞いたことがありますか？」

クリントンは急にグラスをテーブルの上に取り落とした。彼はしばらく返事に詰まっていたが、居心地悪そうに椅子に坐り直した。

「君のその友人は何という男だ？」既に少し不明瞭になった声で彼は尋ねた。

「ボンドと呼ばれる男です」とベーラミーは言った。

「うん、私もそういう魔術のやり方について聞いたことがある。実は、私も型紙を切り取ることができるのだ」

「へえー、どうやるんですか？　それを見たら興味をそそられるだろうな」

クリントンは両眼を瞬いて大きく頷いた。

「ひとつお目にかけよう」と彼は言った。「だが危険だから用心に用心を重ねるんだぞ。あの大机の一番下の引き出しを開けるとボール紙が見つかるからそれを持って来るのだ。それから書き物机の上に鋏が、書類整理箱の上にクレヨンが二本ある」ベーラミーはそれらを彼のところへ持って来た。

「さて」とクリントンは言った。「この術は、言ってるとおり危険なものだ。もしも酔払っていなかったらやろうとしなかっただろう。それにしても、どうして私は酔払っているのだろう？」彼は椅子にそり返って目の上に片手を翳した。それから居住いを正すと、鋏を持って想像もできない器用さで紙を丸く切り抜き始めた。それから彼は色鉛筆で印を幾つかつけた。

こうした所作の最終的結果はベーラミーにとって初めて見るものではなかった。

「ほらできたぞ」とクリントンは言った。「こいつはな、ベーラミー君、潜在的には世界中で最も有害な紙片なのだ。どうか暖炉に持って行って燃やして灰にしてくれないかね？」

ベーラミーは紙切れを燃やして灰にした。

クリントンは両の掌にがくりと頭を落とした。

「もう一杯やりますか」とベーラミーは尋ねた。

「参ったな、もういい」クリントンはそう言うと欠伸《あくび》をしながら椅子の中で身体をぐらつかせた。やがて彼はもう一度頭をがくりと落とした。ベーラミーは近くに行って彼を揺すった。一瞬、彼はクリントンのコートのポケットの上を右手で探った。

「起きたまえ」と彼は言った。「私は知りたいんだ。何があの紙片を実際に有害なものにするんだ？」

クリントンは彼をぼんやり見上げると、やがて少しばかり気力を奮い起こした。

「君は是非とも知りたい、そうなんだな？」

「そうだ」とベーラミーは言った。「教えるんだ」

「六つの単語を繰り返すだけでいいのさ」とクリントンは言った。「だが、私は喋らないだろうよ」不意に彼の両眼は部屋の一隅を食い入るように見つめて動かなくなった。

「あれは何だ?」彼は出し抜けに尋ねた。「そこだ! そこだ! そこだよ! その隅だ」ベーラミーは再び霊的な力の存在を感じた。部屋の空気が二つに裂けて火花が飛び散っているようだった。

「あれはな、クリントン」と彼は言った。「お前が殺害したフィリップ・フラントンの霊魂さ」彼はそう言うなり、椅子からよろよろ立ち上がろうとしているクリントンに飛びかかった。彼はクリントンを捕まえ、その額に小さな紙片をぎゅっと押しつけた。

「さあ、クリントン」と彼は叫んだ。「あの呪文を唱えるんだ!」

するとクリントンは顔を醜く引き攣《つ》らせながら立ち上がった。両眼は今にも顔から飛び出しそうで、瞳孔は大きく開いて湾曲し、唇は泡を吹いていた。彼は急に両手を頭上に伸ばし、苦しげな声で叫んだ。

「彼の者現れて後去るべし《ヒー・カムス・アンド・ヒー・パセス・バイ》!」

そして彼は床にばたんと倒れた。

ベーラミーがドアに近づくと同時に電灯が暗くなり、熱風が窓から吹き込んだ。そして部屋の隅の壁の上から影がひとつ伸び始めた。それを見て、彼の全身に寒気が走った。影はどんどん大きくなって床の上の人の身体に覆い被さっていった。ベーラミーが最後に振り返って見ると、ちょうど影が人の身体に触れようとするところだった。彼は身震いし、ドアを開けて素早く閉め、階段を駆け降りて戸外の闇に姿を消した。

(鈴木克昌訳)

〝彼の者、詩人《うたびと》なれば……〟

チェルトナム氏はいささか俗塵に倦《う》んでいるが、人当たりはいい男だった。もうかれこれ六十もの出版シーズンを経てきたヴェテランである。九月のある穏やかな昼下がり、ややガタは来ているが感じのいいウィロビー・コートのオフィスの椅子に座り、チェルトナム氏は昼食をともにしたアメリカ人の同業者が話していた警句めいた言葉を物憂げに思い返していた。「アメリカの作家連中は、こんなジョークを言ってる。『さて、バラバ（民衆の要求でキリストの代わりに放免された盗賊）は出版業者だった』ってね」チェルトナム氏は思った。「もしそうなら、ここいらの作家はこぞって出版業者の放免を求めてわめき立てにくるはずだ。これまでわたしが出版してきた本の四分の三は、わたしがいなければ絶対に世に出ていなかっただろう。わが直感と主導力があったればこそ、企画が成ったんだ。わたしは本の産婆役であり、乳をやる乳母でもあった。わたしがいたからこそ、きれいな仕上がりになったんだ。たいていの場合は、遺憾ながら本が売れないことを認めざるをえず、やむなく売れ残りをゾッキ本に回したりしなければならない。それでも、生殖に始まってゆりかごから墓場まで、こんなに何やかやと仕事をやっているのに、わたしの報酬たるや本当に微々たるものなのだ。なのに、自分で何もかもやったみたいな顔をしている怠惰な恩知らずどもは、こんな慈善家を、うわ前を掠《かす》め取る盗っ人扱いするとは！」義憤の色を芥子《けし》の花のように目にさっと散らすと、チェルトナム氏は校正刷に戻った。ややあって、電話が鳴った。「ご面会です。その、カトウさんという方が、原稿の件でと」「そうか、通してくれ」チェルトナム氏は達観したように答えた。まもなくドアが開き、珍しい異国の容貌をした男が入ってきた。小さい足をエナメル革のブーツと白いスパッツで包んでいる。司祭のローブみたいにだらりとした黒い上着から覗いているのは、四インチ長くしたニッカーボッカー。その上に、ずんぐりむっくりした体がはみ出るように乗っている。さらにその上に、アーモンド型の目が瞬きをする無表情な黄色い顔があった。右手は山高帽子を、左手は何かの包みをつかんでいる。不意の客は、チェルトナム氏が勧めた椅子に座ったまま口を開かなかった。「さて、カトウさん。どういうご用件で？」出版業者はたずねた。カトウ氏はすぐさま左手を上げ、きれいに綴《と》じられた原稿をテーブルの上に置いた。背表紙の二つの綴じ糸のあいだには、日本語と思われる言葉が記されていた。「一冊分の原稿です。多くの詩の読者に注目してもらいたいと思いまして」カトウ氏は抑揚に乏しい早口で言った。

チェルトナム氏は原稿を取り上げた。「これを出版してほしいということですな」見たところ、たくさんの短い詩で成る原稿だった。「よくある駄作だぞ」と内心思った。以前にもこういった東洋人に会ったことがある。連中は自国のあまり有名でない作品を選び、コツコツと長い時間をかけて入念かつ馬鹿正直に英語に翻訳して、オリジナル作品だとだましてつかませようとしたものだ。

「いいですか、カトウさん」チェルトナム氏は言った。「詩を発表して妻子を養うよりは、ジンジャーエールを一ダース密造して業者へ売るほうが楽なんです。もし詩人が、夢想したものや視《み》たヴィジョンを忍耐強い公衆に押しつけようとするのなら、その代金を支払わなければなりません。公平なやり方はそれしかないのです。支払うべき費用は、紙代や印刷代、それに出版業者への報酬です。この報酬とは、私見を言わせていただければ、一冊の本を準備するための時間や苦労に対して与えられるものです。そういった製作費を負担するおつもりはありますか？」

「もちろんそのつもりです」カトウ氏は答えた。「わたしが望む、詩人としての名声のためですから」

「いいでしょう」出版業者は言った。「ですが、まず第一に、その作品が出版に値すると、わたしが得心しなければなりません。わたしの基準は高いですよ。その基準に達していることがわかったならば、見積を出して、出版計画を提案させていただきます。決定は一週間以内に出します。では、そういうことで」

カトウ氏は立ち上がって握手すると、山高帽子をつかみ、扉のほうへ歩いていった。この短い面談のあいだ、チェルトナム氏はいやにぶっきらぼうで辛辣だったが、これはまったくくつろげなかったからだ。おそらく眠気のせいだろうが、カトウ氏の体の輪郭が妙にぼやけて揺れているように見えた。カトウ氏が歩み去るとき、小さな日本人の影がうしろについて歩いているような気がした。二人の小柄な東洋人が扉のほうへ部屋を横切っていったかのようだった。しかし、太陽はずっとウィロビー・コートに影を投げかけることをやめていたのだ。その晩、チェルトナム氏は原稿を自宅に持ち帰り、夕食後にざっと読みはじめた。原稿には『彼《か》の者、詩人《うたびと》なれば、精一杯詩《うた》う』というタイトルが付されていた。これはただちにチェルトナム氏を喜ばせた。フレッカー（一八八四―一九一五。英国の詩人・劇作家）の傑作『ダマスカスの門』からの引用であることに気づいたからだ。チェルトナム氏はその詩を、優美さと繊細さの極みで、韻律も言葉もこのうえなく美しいと考えていた。そんなわけで、カトウ氏がそのタイトルを選んだことは、すぐさま出版業者の共感を得たのだった。

次の一時間のあいだに、チェルトナム氏は出版業に携わってきた人生のなかでもめったにない瞬間を味わった。掌中《しょうちゅう》に天から与えられたものがあり、それは自分の名とともに不朽のものとなるだろうという予感を得たのだ。美しい原稿にしたためられた詩は完璧だった。よき審美眼がもたらす奇蹟のごときものによって、繊細で洗練された実りの秋を思わせるイメージが、英語の慣用句に見事に伝えられていた。それは詩人の言葉であると同時に、まぎれもない慣用句でもあるのだった。あの東洋の詩人は、実人生に控えめに肩をすぼめながら、自らの思いをこうして紡いでいたのだ。練達にして完璧な詩に接したチェルトナム氏は、喜びに全身がぞわぞわと顫《ふる》える思いだった。輝かしい展望が脳の中に押し寄せてきた。「詩とジンジャーエールのたとえはよくできていると思うけど、いつも正しいとはかぎらない。現に、ブルックやハウスマンやメースフィールドの詩集はベストセラーになったじゃないか」チェルトナム氏の頭の中で、輪転機が気前のいい音を立てて回りつづけた。二千、五千、三万、十万！　初めの十篇の詩を読み返すと、心が決まった。文学賞の受賞は確実だろう。批評家や書評家や書店に校正刷を送ればいい。テーブルの上には、傑作が載っているのだから。チェルトナム氏は興奮しながら床に就いた。本の皮算用のせいか、切れぎれにしか眠れなかった。四、五回、小さな東洋人の顔が現れ、嘆願するように目を覗きこんだ。その顔はだんだん膨れあがり、ついには裂けてしまった。その瞬間、何かが脳をピシッと打ち、目を覚ました。日本人の顔はみな似たり寄ったりに見えるが、この差し出がましい訪問者は、記憶に残っているカトウ氏ではなかった。

翌朝、急いでオフィスへ行くと、チェルトナム氏は次のようなわりと率直な文書を口述した。

拝啓

貴殿の詩を拝読しました。成功を得るに足る内容と独創性があると存じます。ゆえに、冒険を試みることにしました。製作費の全額を貴殿に負担していただくつもりはありません。

ともに冒険を試みることを提案させていただきたいと存じます。千五百部につき二百ポンドになる見込みの製作費を分担するのです。そのうえで、貯まった収益はいかなる額であれ分配することとします。五十ポンドから始める広告費も分担しましょう。この計画にご賛同が得られたなら、契約書を作成し、署名をしていただきます。お返事をいただければ幸いです。

敬具

チャールズ・チェルトナム

それから終日、べたっと仕事をした。ただし、ときどき詩集を取り上げて、わが点が甘すぎなかったことを確認して胸をなでおろした。読むたびに、チェルトナム氏の自信は深まっていった。

翌朝、カトウ氏から電話があった。提案を受け入れる、そして、明日の午後五時に訪ねるという話だった。

当日の午前中、チェルトナム氏はかなり微妙な言い回しの契約書を作成することに費やした。カトウ氏が五時十五分に着いたとき、契約書はできていた。根を詰めて働いた出版業者は、小柄な男が部屋に入ってきたとき、ひどい眠気を感じていた。そのせいで、またしてもばかげたまぼろしを見た。カトウ氏の影が一緒について入ってきたような気がしたのだ。

「さて」自らを鼓舞して、チェルトナム氏は言った。「あなたの詩を読んで、楽しい夜を過ごしました。実に見事な作品だと思います。一緒に詩集を作り、出版することを楽しみにしています。契約書を用意しましたので……」チェルトナム氏はちらりと机を見た。「これをあなたに……」眠気に打ち勝たなければと思った。契約書の向こう側から、小さな薄い手のようなものが覆いかぶさってきたように見えたからだ。それを払いのけると、チェルトナム氏はひと呼吸置いてから続けた。「……おあらためいただきたいと。ですが、まずは主たる条文を読ませていただきましょう」

「お願いします」カトウ氏は言った。

チェルトナム氏は、初めの一節をはっきりしない早口で読みはじめた。「契約書であります。チャールズ・チェルトナム、以下、出版者と称す、と、F・ゴネサラ、以下……ゴネサラ？」あいまいな表情で復唱すると、チェルトナム氏は笑みを浮かべて顔を上げた。「いったいどうしてこんな間違いをしでかしてしまったのでしょう。肝心なお名前を……」そこでまた言葉を切った。カトウ氏の顔色がすぐれなかったからだ。目を見開き、両手を激しく顫わせる。そして、異国の言葉でぶつぶつと独り言をつぶやいていた。

「申し訳ありません」カトウ氏は小声で言った。「契約書の残りを読んでください」チェルトナム氏は機械的に急いで読んだ。カトウ氏がちっとも聞いていず、早く帰りたそうな様子だったからだ。読み終えると、カトウ氏は契約書をつかみ、ほとんど走るようにして部屋から出ていった。立ち上がるとき、出版業者は見た。あるいは、見たような気がした。カトウ氏と一緒に影も立ち上がり、急いで部屋から出ていくのを。

契約書は翌日戻ってきた。「OKです。J・カトウ」という簡潔な附箋が貼ってあった。

それからは、チェルトナム氏は大変に忙しくなった。詩集は蠟染《バティク》め布装の美しい小体《こてい》なものとし、値段は六ポンド七シリングに決めた。

いくつかの詩をタイプで印字し、幾人かの見知り越しの影響力のある文芸批評家に送って評価を仰いだ。ほかにもやるべきことはたくさんあった。だが、チェルトナム氏は熟練の出版業者だ。その晩までに、本の製作に関するあらゆる段取りをつけてしまった。

少ない人数の部下たちが帰宅したあとも、チェルトナム氏はずいぶん遅くまで働いていた。

オフィスを出る少し前、マネージャーの管理下に置かれていた見積書を見るために一階へ下りる機会があった。自室に戻ると、小さな影が机に覆いかぶさるようにしているのが見えた。一瞬ののち、影は消えた。

幻覚を見るなんて、ついぞないことだった。いささか物思いに耽《ふけ》りながら、ウエストミンスターの住居へ歩いて帰宅した。「たぶん、働きすぎなんだろう」チェルトナム氏はそう独りごちた。

それからの数日間は、きわめて申し分なく進んだ。カトウ氏は契約書にまったく異議なく署名してくれた。影響力のある文芸評論家たちは、だれもかれも大いに熱狂し、この著者についてわかっていることをすべて知りたがった。それによって、チェルトナム氏はある課題に思い至った。カトウ氏を神秘的な謎の人物とし、興味をかきたてるようにするか、それともありふれたやり方で、著者のデータを事細かに提示するか。

まずは、カトウ氏が経歴に関するどんな事実を提示するか、見ておくことにした。売名の宣伝に関しては、大事だとは思っているのだが嫌悪の情もある。そのあたりの葛藤をぐっと抑えて、チェルトナム氏はカトウ氏に型通りの手紙を書いた。

そして、こんな返信を受け取った。

チャールズ・チェルトナム様

おゆるしください。わたしは、言ってみれば中産階級の日本紳士でして、かたちのうえは米関係の仕事ということになっています。そんなわけで、興味をかきたてるような宣伝の役にはまったく立ちません。

J・カトウ

その署名の下には、いくつかの日本語が記されていた。この書状を読んだチェルトナム氏は、カトウ氏を謎の人物とすることに決めた。同時に、いまに始まったことではないが、創造する心というものの信じがたい働きについて思いを巡らせた。あの傑作ぞろいの『彼の者、詩人なれば、精一杯詩う』の作者が、いったいどうして「おゆるしください」とか「かたちのうえは米関係の仕事」などと書けるのだろうか。このことについては、それきり考えるのをやめた。

チェルトナム氏は、いい感じの装飾が施された手書きの追伸はどういう意味だろうかと思った。

所属するクラブへ昼食に行くとき、その手紙を持参した。大英博物館の極東部門のサンダースという男がたいてい顔を出しているからだ。そのおりもサンダースは、喫煙室でウイットや皮肉を飛ばしながらたいそう声高にしゃべっていた。

出版業者が差し出した手紙に、サンダースはぞんざいな一瞥《いちべつ》をくれた。だが、それは注意を引いたようだった。「気色の悪い予言者だね、きみの友人は」サンダースは言った。「でも、出版業にほんのちょっと手を染めるだけで、ひどく自殺したくなってくるものだと、わたしはつねづね思ってるがね」

「出版業者なんてのは、サキソフォンのうしろで一緒に動いてるあごひげみたいなもんだ」チェルトナム氏は答えた。「だから、死に関する安っぽくてたちの悪い冗談の肴《さかな》にされるのは、神も哀れにおぼしめしてやめにしてくれるだろうよ。で、その日本語はどういう意味なんだい。教えてくれよ」

「なら、教えるがね」サンダースは答えた。「署名のあとに続いていた言葉は、こう読めるんだ。『J・カトウは二月十三日に死ぬであろう！』」

いきなり不意打ちを食らった。

「どういうことだ？」チェルトナム氏はうわずった声で答えた。「そんな馬鹿げたことがあるか？」

オフィスへ歩いて戻るとき、チェルトナム氏は詩集に対する熱意がいささか薄れだしていることに初めて気づいた。ぼんやりとした不安を感じた。穏やかで黄金色《きん》に輝く海の沖へと泳ぎだした者が、初めて敵意のある強い流れに引き寄せられたときに感じるような不安だった。

それから半月間の経験は、チェルトナム氏を安心させてはくれなかった。この期間に、何度かオフィスで遅くまで残業しなければならない機会があったが、嫌な感じは徐々に募っていった。口実をもうけて、マネージャーを帰らせないようにしようかとも思った。だが、チェルトナム氏は思いやりのある経営者だった。郊外の住人が遅くまで残業になるとどんな難儀をするかわかっていた。ひどく嫌な感じがするのは、暗くなると視野の端に何かいるようになるからだった。一度も鮮明にとらえたことはない。それは決まって視野の縁の部分にいた。しかし、小さな暗い人影であることは、不愉快な感じとともに伝わってきた。

契約書や見積書に没頭しているとき、だしぬけに目を上げてそれを視野にとらえようとした。だが、それの動きのほうがほんの少し早すぎるのが常だった。チェルトナム氏はできるだけ耐えていたが、その後、かつて異常心理学に関する論文を出版したことがある高名な神経の専門家に診てもらうことにした。

解離性の症状について述べたところ、厳しい検査にかけられた。「そうですねえ」検査が終わってから、専門家は言った。「申し上げられることは、いつまでも独り身で、言ってみれば『居職《いじょく》の頭脳労働者』であること――あなたはいやと言うほどあてはまっていますが、それが原因ではないかと。ま、気の迷いでしょうな。もし目の隅っこに小さな暗い人影が見えるというなら、ほらあそこですとわたしに示してみせることができるはずです。でも、腑《ふ》に落ちない話ですね。率直に聞かせてください、何か思い当たるふしはありますか?」

出版業者は複雑な思いでその意見を聞いた。そして、答える前にひと呼吸置いた。この現象が現れたのは、ある詩集を引き受けたことと奇妙に響き合っているなどと言うのは、診立てをただややこしくさせるだけのように思われた。そんなわけで、チェルトナム氏は率直とは言いがたい口調で、そんな思い当たるふしはないと答えた。

「では、現象が消えたら教えてください。実際、とても興味深く思っていますので。それから、オフィスにあまり長くいすぎないように」医師は言った。いまなお複雑な思いにとらわれていたチェルトナム氏は、カトウ氏とその作品に対する情熱が徐々に失せつつあることに気づいた。

良書を心から愛する、誠実でひたむきな人間にとって、このように不合理な嫌悪の情を催すのは遺憾なことだった。なんと言っても、あれが天才の仕事であるのは明らかだし、出版業者の観点から見れば生涯で最良の本なのだから。

いちばんいいのは、本を早く出してしまうことだ。あまりにも長くあの本について考えすぎていた。そう思った拍子に、ゲラ刷が遅れていることを思い出した。印刷屋に電話したところ、その代表者が面会にやってきた。「初校ゲラは明日必ずお持ちしますので。でも、その、ちょっとした問題がございまして」印刷屋は妙にへりくだったあいまいな目でちらりと見た。

「どんな問題でしょうか。機械の故障とか？」出版業者はたずねた。

「ちょっと話を作ったように聞こえるかもしれませんが、お伝えできることはこれだけなんです」印刷屋は言った。「植字室に詰めている者たちは残業の連続になっていますが、みんな小柄な黒い髪の男が見えるって言うんですよ。その、はっきりと見えるわけじゃないんですが、いることはわかると。で、それが植字工たちを悩ませておりまして」

「それは、現実の人間という意味でしょうか」チェルトナム氏は抑揚に乏しい口調でたずねた。

「それがですねえ……連中はどうもそう思っていないようなんです。馬鹿げてると思われるかもしれません。おそらくは『ありえねえ』とか言われるようなことなんでしょうが、遅れの原因としてはそれしか思い当たりませんで。連中はいろいろ気にしすぎるもので、ちっともはかがいかないんです。ともあれ、申し上げたとおり、明日には必ず」

印刷屋が帰ったあと、チェルトナム氏は座ったまま壁をじっと見つめ、しばらくテーブルを指でトントンとたたいていた。それから、専属のタイピストに電話し、カトウ氏に宛てた手紙を口述した。本のゲラがあがってくるから、明日お越し願えないか。そのおりに、ゲラを見る勘どころを説明したいという内容だった。そのあとは、医者の勧めに従い、早めに帰宅した。

カトウ氏は三時半ちょうどに到着した。出版業者はその姿を見るなり驚いた。すっかり萎《しお》れて疲れきっているように見えたからだ。やつれた虚ろな表情で、まったく眠っていず、恐怖に憑かれたような目をしていた。

チェルトナム氏はゲラの進行がゆっくりしていたことをわびはじめたが、カトウ氏は見るからに関心がなさそうだった。「刊行日は二月十三日になります」と言ったところで、チェルトナム氏は息を入れた。そう言明するまで、刊行日のことは厳密に考えていなかった。どうして二月十三日とはっきり言ったりしたのだろう。その日付は、なんとなく知っているような気がした。以前、何かべつのからみで聞いたことがあるように思われた。

「わかりました」カトウ氏は物憂げに答えた。

「失礼ながら、あまり健康そうにはお見受けしません」チェルトナム氏は言った。「本については何も心配なさらないように。経費はこれっぽっちも必要ありませんので。万事、満足のいく進行を見せています。必ずや、あなたはびっくりするほど好意的に取り上げられることになるでしょう」

「そのことは心配していないんです」カトウ氏は言った。そして、言葉を切り、憔悴した目でじっと相手の顔を見た。チェルトナム氏は思った。(心の底から同情を求めているみたいだな。

そういう感情を少しでも示したのは、わたしが初めてだからか)

だしぬけにカトウ氏の表情が変わった。さっと振り向き、恐怖の色を顔いちめんに浮かべる。

「今日はこれで」カトウ氏ははっきりしない口調で言った。「神経の調子がよくないみたいなんで」苦しげな様子で立ち上がると、カトウ氏は部屋から出ていった。

出版業者は思った。「何かしないかぎり、これがカトウ氏の名を刻《こく》した最初で最後の本になってしまうだろう。まったく腑に落ちない話だ。もしわたしが作者なら、本になるという興奮でわくわくするはずだ。なのに、あの人は本を闇に葬ろうとしているように思われる。カトウ氏はいままで扱ったなかでいちばん御しやすい作者だ。詩人はたいてい悪魔みたいなもので、心底ばかげた細かいところを取り上げては不平を鳴らし、わたしの仕事がどういうものか思い出させてくれようとする。なのに、あの人は作者の鑑《かがみ》だよ」

印刷屋は約束を果たし、ゲラは翌朝届いた。それは校正のためにただちに著者のもとへ送られ、翌朝戻されてきた。「なんという素早い仕事ぶりだ」チェルトナム氏は驚いた。ほかの仕事を片付けると、ゲラを取り上げてあらためはじめた。ほどなく、チェルトナム氏は人生最大の驚きを味わった。急いでやった仕事なので、ゲラはたぶん間違いだらけだろうと印刷屋は注意を促していた。まさに最初の詩のタイトルから間違っているのに気づいた。「Cherry」の「r」が一つしかない。なのに、カトウ氏は赤字を入れていなかった。出版業者はゲラの誤植を調べた。最初から最後まで、単純な修正で済むところはまったくなかった。ざっとチェックしただけなのに数多くの間違いがあり、なかにはひどく馬鹿げたものもあった。ゲラを置くと、チェルトナム氏は椅子の背に身をゆだねた。一つの謎に直面していた。さまざまな思いが頭の中を通り過ぎていく。しだいに、バラバラだったいくつかのパズルのピースが結びつき、統合されるようになってきた。「あいつのせいだ、邪魔したのはだれかわからないがな」チェルトナム氏は独りごちた。「こりゃあ、また夜なべ仕事になるぞ」ペンを執り、初校の赤字を入れているうちに、もうおなじみになったあの奇妙な眠気にまたしても取り憑かれた。そして……。

時計が八時を打つ音で目覚めた。「なんてことだ。二時間半も眠ってしまった。そのあいだ、この忌ま忌ましい仕事は一行たりとも進まず……」チェルトナム氏はそこでさっと立ち上がった。なぜなら、最初の詩のタイトル、その上の余白に、「r」が一つ加えられていたからだ。さらに、詩の本文は形容詞が一つ省かれ、繊細な異国風の手書き文字でべつの言葉に置き換えられていた。むろん、それはチェルトナム氏の筆跡ではなかった。急いでページをあらためてみた。ほとんどのページになにがしかの変更や修正が入っていた。うち見たところ、それらの赤字は完璧に正しかった。表紙に戻ってみると、カトウ氏の名前がきれいに消され、代わりに「F・ゴネサラ」と記されていた。チェルトナム氏は顫えあがった。そういうことかと思い当たった。帽子とコートをつかむと、部屋から階段へと逃げた。ちょうど一階に着いたとき、視野の端を小柄な黒い人影がかすめ、階上の踊り場に消えた。

チェルトナム氏は、ここぞというときには意志を強く持てる人物だった。それから数週間は、心が禁断の小道をさまよったりしないようにしていた。製本屋で奇妙な出来事があったときも、断固として動じなかった。絶対にオフィスに長居して忙しく仕事をしたりしないようにした。

いつもの習慣に反して、いくつかの原稿を自宅に持ち帰り、眠くなるまでベッドの中で読んだ。『彼の者、詩人なれば』の出版に関する計画と準備は、ついにすべて完了した。広告のスペースを取り、書評用の見本を送り、取引先に品物を供給した。あとは刊行日の二月十三日を待つばかりとなった。二月十二日は、とても穏やかに過ごした。ビジネスは上々だった。その手で生み出した最新のベストセラー、ヴェラ・ド・ヴィア嬢の『熱烈な欲望』はまさに熱烈に売れていた。何も思いわずらうことはなかった。チェルトナム氏は腹八分目の食事をし、控えめにお酒を飲んだ。だから、その晩の出来事になおさら説明がつかなくなった。チェルトナム氏が人生で最も恐ろしい悪夢に見舞われたのは、酒食が過ぎたせいではなかったのだ。

初めのうち、チェルトナム氏は壁にもたれて立っているようだった。とても静かで暗い部屋だった。悪意のある力が、わが命令に従えとわしづかみにしていて、まったく身動きが取れない。チェルトナム氏はひどく気分が悪くなり、その部屋を出ていきたくなった。恐ろしいものが近づいていることがわかった。それを見なくても済むようにと心から願った。しだいに目が暗闇に慣れてくると、部屋のおぼろげな輪郭を見分けられるようになった。そして、一条《ひとすじ》の月光が幽《かす》かに注ぎこんできた。どこかの寝室にいることがわかった。見下ろすベッドの上には、だれかが身じろぎもせずに横たわっている。目の前で何か嫌なことが起ころうとしていた。チェルトナム氏は見えない縛《いまし》めを解こうとした。しかし、それは容赦がないままだった。月あかりによって、部屋にはカーペットがないことがわかった。擦り切れた床の表面が、月光にぼんやりと照らされている。チェルトナム氏は見た。床板がゆっくりと迫《せ》り上がってくる。再び、見えない縛めを解こうとした。床板は着実に、人目を盗むかのように持ち上がってくる。そして、だしぬけに下から何かが躍り出た。這《は》い出てきたものは、床の上でうずくまった。チェルトナム氏は激しく顫えた。その何かは、人間、もしくはかつては人間だったものだった。一瞬、動きを止めたかと思うと、それはまたベッドのほうへぬそぬそと這いずりだした。胸が悪くなるような死臭が部屋に満ちる。ひざがガクガクし、上体が揺れた。その「何か」は裸で、土気色をしていた。腐りつつある唇から、血がドクドクと流れ出ている。チェルトナム氏は床に取りすがった。そして、ぞっとするような努力をして顔を背けた——ふと気がつくと、カーペットに爪を立てていた。自分の小さな鉄製のベッドのそばで、汗びっしょりになってべそをかいていた。吐き気を催すような体験で疲れきったチェルトナム氏は、もう一度眠りに就こうとはしなかった。あとはひと晩じゅうディケンズの『ピックウィッククラブ遺文録』を読んで過ごした。

翌朝、オフィスに出ると、ほどなく電話が鳴った。

「ウォルシュ警部が見えました」

「通してくれ」と答えたチェルトナム氏は、どんな理由で警察が来たのだろうかとしばし考えた。『熱烈な欲望』の作者が表現の自由の許容範囲を超えてしまったのだろうか。一連の作品を自分ではまったく読んでいないが、マネージャーの話によると最新作はいままでのより刺激的ではないそうだから安心していたのだが……。ドアがノックされ、大柄で押し出しがよく、毛深くて赤ら顔の男が入ってきた。「おはようございます」警部は言った。「カトウという人の件でうかがいました。氏についてあなたがご存じの情報は、どんなことでもお聞かせ願えればと」

「けさ、カトウさんの本を出版したばかりですが」チェルトナム氏は答えた。「個人的な事柄については、申し訳ありませんがほんとに何一つ知らないのです。で、カトウさんが何か面倒なことに巻き込まれたのでしょうか」

「たしかに、面倒なことに巻き込まれたと言えるかもしれません」と、警部。「カトウ氏はけさ、ベッドで殺されているのを発見されたのですから」

出版業者は驚いて立ち上がった。

「殺されたですって！　いったいだれに」

「ええ、それが……とても奇妙な事件でしてねえ。凶器として用いられたのは一冊の本――おそらくカトウ自身の著作と思われるものなんです。だれがやったにせよ、馬鹿力の男ですよ。なにせ、本を顔にたたき下ろしたせいで、見られたもんじゃありませんでした。しかも、それで終わりじゃなかったんです。部下の一人が、床板が一枚ゆるんでいることに気づきました。持ち上げてみると、下には屍体があったんです。かなり腐敗しており、喉が切られていました。この男も日本人でした。どうやら何か仲たがいがあったようです。カトウがこの男を殺し、べつのやつがカトウを殺したんです。こちらへうかがったのは、このカトウという男について何一つわからなかったからでして。あなたから届いた何通かの手紙を除けば、この国に友人や知り合いがいた形跡はまったくありませんでした。日本大使館の人々も、カトウについては何も知らないと」

「そうですね……わたしはただ仕事のうえでしか付き合いがなかったんですが、カトウについては何か謎めいたことがあったと確信しています。なぜなら、カトウはあの本の作者ではなく、書いたふりをしていたという結論に至った次第で」

「どういうことでしょう」警部はたずねた。

「あの本はきわめて繊細で美しい詩の集成です」出版業者は答えた。「カトウに接した経験によれば、あの人には絶対書けないと思います。さらに言えば、カトウはいつも神経質で落ち着かない様子をしていました」

「カトウが書いたのではない、とは断言できないかもしれませんよ」ウォルシュ警部は言った。「あなたの手紙を除けば、カトウの部屋で発見された書類は詩ばかりだったんですから。たくさんありました。いくつか持ってきましたので、そうおっしゃるなら検分して、謎の解明にお役立てください。それから、恐れ入りますが、同行して身元の確認をしていただかなければならないのです」

「わたしがやらなければならないのですか?」チェルトナム氏は問うた。

「まことに恐れ入ります。カトウについて何か知っていると思われるのはあなただけなので、死因審問にも呼ばれることでしょう」

「わかりました。この文書に目を通したら、電話しますので」

「痛み入ります」警部はそう答えて部屋を出ていった。

チェルトナム氏が真っ先に行ったのは、マネージャーを呼びにやることだった。

「ディクスン、わたしは『彼の者、詩人なれば』を回収することに決めた」

「えっ、でも……」

「この件に『でも』はないんだよ。取引先や書評家などにはわたしから説明しておこう。きみは急いで本を回収してくれ。まだそんなには出回っていないし、書評家が詩の論評をやっつけ仕事でやることはないからね」

ある詩集をめぐるささやかな奇妙な謎を憶えている方もいるだろう。その詩集にはべつのタイトルが付されていたが、一、二の新聞で絶賛されたにもかかわらず、どうも公刊に付された形跡はまったくなかった。何冊かは実在しており、さる蒐集家が手放すことに同意したときは、馬鹿にならない売値がついたものだ。

チェルトナム氏は手元にある本をすべて破棄した。おそらくそれは一時《いっとき》の激情に駆られた不必要な行いだったが、そうするしかないと思ったのだ。本の回収に関する段取りをすべて整えると、警部から預かったバッグの中身に向かい合った。警部が言ったとおり、それは「詩」だったが、長年培ってきた厳しい鑑識眼に照らせば、最も弱々しく陳腐な、凡庸きわまりないくずだった。「わたしが望む、詩人としての名声のためですから」文書の山をバッグの中に押しこむとき、そんな言葉が甦ってきた。F・ゴネサラとは何者か、腑に落ちたように思われた。チェルトナム氏は肩をすくめ、タクシーでカトウのアパートに向かった。それはブルームズベリ（二十世紀初頭には作家や出版業者の中心地区と目されていた）のよくある通りにあった。

警部が待っていた。

「いかがでしたか？」と問う。

「ウォルシュさん」チェルトナム氏は答えた。「お時間があれば、ある物語をお話しします。お信じにならないような話かもしれないのですが、もし万一それで得心がいくのであれば、今回の事件に関する無駄な作業を大幅に省くことができるでしょう。ともあれ、ぞっとするような試練を乗り越えることにしましょうか」

「いつでもお聞かせください。では、ご案内します」警部は出版業者を先導して廊下を進み、ドアを開けた。二人は部屋に入った。予期していたとおり、それは見憶えのある部屋だった。ベッドを見ると、赤いしみのあるシートが掛けられていた。夢の中と同じように、チェルトナム氏は顫えた。そして、警部は身をかがめ、シートを開けた。

（倉阪鬼一郎訳）

目隠し遊び

「ありがたい、あの田吾作《たごさく》どんはちゃんと道を知ってたらしい」コート氏はひとりごちた。「『最初に右へ曲がって、次に左。黒い門がある……』と。ウェンドヴァーのあの頓馬《とんま》め、六マイルも遠廻りをさせやがって。あんな手合いはこの寒さで凍えて死んじまうといいんだ。イングランドじゃ珍しい寒さだからな、実際――死人の眼にのっけた銭みたいに冷えやがる」

目ざす場所に辿《たど》り着いた頃には、日も暮れかけていた。コート氏の自動車《くるま》は、がしがしに凍りついた路を走っていた。『最初に右』――ここだろう。次に左――ここだな……すると黒い門があった。自動車を降りて門をあけ、曲がりくねった狭い車道を注意して登った。曲がり目にさしかかるたびに、ヘッドライトで用心深く前方をうかがった。あの生垣は刈り込まないといかんな、とかれは思った……それからこの道は石を敷き直さないと――穴ぼこだらけだ。雨の夜なんかに登るのはしんどいぞ、こりゃ――まあ多少物入りかも知れないがな。

自動車は急坂にさしかかり、大きなカーヴを描いて右に曲がった。やがて左右の高垣が忽然《こつぜん》と途切れ、ローン屋敷の正面に出た。コート氏は自動車を降りると、寒さに手をこすったり足踏みしたりしながら、まわりを見廻した。

ローン屋敷はチルターン丘陵の中腹にすっぽりと嵌《は》めこまれたように立っている。不動産屋の台詞《せりふ》じゃないが、「眺望絶佳」なところである。時代物の建物だな、とコート氏は思った。否、むしろ時代時代を物語っていると言うべきか——対になったジョージアン式の煉瓦の煙突が、アン女王式建築の左正面と角突《つのつ》き合っている風だ。一番手前の煙突の台に一七〇三とあるのが目に留まった。この翼全体が後からの建て増しらしい。「でっかい屋敷だな。これで七千ポンドは安すぎる。どうしてなのかな。それにしてもこの家の窓は、眉毛みたいな飾りはあるし、何だか人を睨みつけているみたいだなあ」

かれは振り返って「眺望」をとくとたしかめた。壮大な赤い落日の光が、樹々をおおう氷晶のマントのうえにきらめいて、うつり変わる微妙な光彩に染めている。アイルズベリ峡谷は、次第に深まる霧の白無垢の下にうとうとと微睡《まどろ》んでいる。あたりの山々の頂には靄《もや》がまるい形にかぶさり、そのまわりを銀色や薔薇色の雑木林が囲んでいて、靄の中に夕陽が赫々《かくかく》と燃えるさまは、ちょうど巨《おお》きな焔の眼玉が浮いて出たようである。

「夢の世界みたいだ」とコート氏は思った。「妙だなあ。夕陽のあたっているところが、みんな眼玉みたいに見える。そいつがどれもこれも僕を見つめているみたいだ。あの山といい、窓といい！　しかしこの霧の様子じゃ帰りは時間がかかりそうだ。内部《なか》をざっと見ておくか。もっとも、どうもこの家は虫が好かん気がする——なぜだろう。ポツンと離れていて寂しいからかな」

やがて彼方此方《かなたこなた》のいくつもの目は、瞬いて、それきり閉じてしまった。暗くなった。コート氏はポケットから鍵を取り出し、玄関の上り段をのぼって、どっしりした樫《かし》の扉の鍵穴にさした。次の瞬間、文目《あやめ》もわかぬ暗闇に鼻を突っ込んだ。扉が背後でギイッ、バタンと閉まる。さてここが、不動産屋の言う「御殿のような腰板張りの広間」にちがいない。ともかく、マッチを擦《す》って明りのスイッチをさがさないと――ポケットをゴソゴソさぐったが、はて、マッチがない。もう一度さがしてみたが、出てこない。しばらく考えて、「自動車のシートに置いてきたんだ」と結論した。「取って来よう。扉はこの真後ろだったな」

振り返り、手さぐりで戸口に戻ろうとした途端、何かスッとわきを掠《かす》めていったような気がして、思わずギクリとした。両手を伸ばしてみた――椅子の背に手が触れた。手ざわりで錦織りの椅子だとわかった。そこから左の方に歩いていくと壁に突きあたった。向きを変えて、椅子の前に戻り、そのまままっすぐ行くと、また壁だった。かれは椅子のところに戻って坐り込み、もう一度ポケットというポケットをさぐった。今度はさっきよりも念入りに、徹底的に。なに、慌てることはないさ。扉はそのうち見つかるに決まってるんだから。ちょっと落ち着いて考えてみるかな。この部屋に入ってきた時はまっすぐ前に歩いて来たんだ。三ヤードくらいかな。ところが、戻る時にまっすぐ戻らなかった。この椅子にぶつかったからだ。ということは、扉は椅子より少し右の方か左の方にあるはずだ。片方ずつためしてみよう。

まず左に向かって行った。すると狭い廊下の中に入ってしまった。腕を伸ばすと左右の壁に手がとどいた。よし、それじゃ右だ。行くと、壁に突きあたった。手さぐりで壁をつたっていくと、何かがまたスッと横をすりぬけたような気がした。「ここは蝙蝠《こうもり》がいるのかな?」そのうち、いつの間にか椅子の前に戻っていた。

レイチェルがこのざまを見たら、さぞ笑うだろうな。ぜったいどこかにこぼれマッチの一本くらいあるはずなんだが……コートを脱いで、ひとつひとつのポケットの縫目をさわってみた。背広とチョッキも同じようにしてたしかめた。それから服を着直した。よし、もう一ぺんだ。壁をつたってずっと行ってみよう――やってみると狭い廊下に入った。

いきなりかれは闇に向かって右手を突き出した。何かがフッと顔にさわったような感じがしたのだ。

「あの蝙蝠にはちょっと閉口だな。それと、このろくでもない部屋にも」かれは内心で思った。「神経質な性質《たち》の人間だったら、うろたえちまって大騒ぎだろうな。こういう場合はそれが一番いけないんだが」――ああ、またあの椅子だ。「じゃあ今度は向こう側の壁だ」ところがその壁は、行けども行けども果てしなく続いているように思われたので、後戻りして例の椅子を見つけ、また腰かけた。あきらめたように口笛を一節《ひとふし》吹くと――なんという反響だろう！　かれの吹いたメロディは、まるで脅しつけるような強烈な響きになってはね返ってきた。脅しつけるような――神経質な人間なら、怖気《おじけ》づいてこんな形容をするところだろう。さて、今度はまた左の方へ行ってみないと。

立ちあがろうとした時、冷たい空気がフッと顔に吹きかかった。「誰かいるのか？」かれは意識して抑えた声で言った――わめきたてる必要はないのだから。無論、返事はなかった。管理人はいないのだし、返事をする者がいるわけはない。さて、もう一度よく考えてみよう。入ってきた時には、まっすぐ前に進んだ。そのあと後ろにさがろうとして少し斜めの方へ外《そ》れたにちがいない。ということは――駄目だ。頭がこんぐらがってきた。

その時、列車の汽笛が聞こえたので、かれはほっとした。ウェンドヴァーからアイルズベリに行く列車は、玄関から見て、向かって斜め左の方を通っている。だから扉はあのへんだ――と指差して立ちあがり、手さぐりで前に進んだ。すると狭い廊下に入ってしまった。それじゃ、もとに戻って今度は右だ……そちらの方へ行ってみると、何かがわきをすりぬけたような気がした。それでかれは椅子のところに戻って来て、錦織りの背凭《もた》れを指でカリカリ引っ搔いた。

「迷路なんて、これに比べりゃ子供だましだな」と思った。それから、低い声でつぶやいた。

「畜生、このいまいましい家め!」言ってしまってから、馬鹿なことをしたと気づいた――これじゃ、大声でわめくのとかわりはない。とにかく扉をさがしても無駄であることはハッキリした。扉は見つからない――見つけられないのだ。明日の朝、日が射すまで椅子に坐っていよう。そう思って腰をおろした。

なんだか、いやに静かだな――両手が自然とまたポケットの中をさぐりはじめた。どこか左の方から聞こえてくる、あのヒソヒソ声みたいなもの――あれがなかったら静寂そのものだ。あれがなければ――一体何の音だろう? 管理人はいないはずなのに。首をかしげ、耳を澄まして聞くと、まるで人が幾人も寄りかたまってささやき合う声のようだった。まあ古い家というのは妙な音がするものだが――。しかし、何たる馬鹿げた話だろう? 椅子から扉までは三、四ヤードしか離れていないはずだ。それは間違いない。左か右にちょっと行けば良いはずなのだ。よし、もう一度左の方へ行ってみよう。

立ちあがると、何かがフッと頰をかすめた。

「誰かいるのか？」今度は思わず叫んでしまった。「今おれにさわったやつは誰だ？　ささやいているのは誰だ？　扉はどこなんだ？」ああ、こんな大声でわめくなんて、おれは何て神経質な阿呆なんだろう。でも、もしかすると外の誰かが声を聞きつけたかも知れない……かれはまた手さぐりで前に進んだ。壁に手がさわった。指先を触れながらつたっていくと、曲がり目に来た。

扉だ、扉だ、ちがいない！――気がつくと狭い廊下の中にいた。ふり向いて駆け戻った。その時――思い出したぞ！　札入れに紙マッチを入れてあったんだ！　そいつをすっかり忘れてこのていたらくとは、おれは何て救いがたい阿呆なんだろう。

あった、よしよし――ところが手が震えて、マッチを指の間から落としてしまった。膝をついて床の上をさがし始めた。「ちょうどこのあたりだ。遠くに行ったはずはないから」

すると、何か氷のように冷たく、じっとりしたものが額に押しつけられた。かれはそれをつかまえようとして、目の前の暗闇にとびこんだが、何もない。跳びあがって棒立ちになり、涙をぼろぼろ流して泣き叫んだ。「誰がいるんだ？　助けてくれ！　助けてくれ！」それから両手を広げてそこら中を走り廻った。しまいに、何かにつまずいた。椅子だ――何かがスッとわきを通った。かれはたまらずワーッと悲鳴をあげて部屋中を駆け廻った。と、その叫び声が突然、面を張りつけるように強烈にはね返ってきた。狭い廊下に踏み込んだのだ。

＊

「で、ラントさん」検死官が言った。「屋敷の方角から悲鳴が聞こえたというんだね？　なぜ様子を見に行ってみなかったのかね？」

「日が暮れてからお屋敷に近寄るものはいねえよ」とラント氏は答えた。

「ふむ。何かあの家にまつわるくだらん迷信があることは知ってる。だが質問の答えになってらんね。いいかね、叫び声がしたんだよ。明らかに助けを呼んでいる声だ。それなのになぜ行って様子を見なかったのかね？　なぜ逃げたのかね？」

「日が暮れてからお屋敷に近寄るものはいねえよ」とラント氏は言った。

「はぐらかさんでくれ。いいかね、医師の話じゃ、コート氏はある種の発作に襲われたにちがいない——だがすぐに助けが来れば一命を取りとめたかも知れんというんだよ。なにかね、たとえそれを知っていても、それでもあんたはそんな意気地のない真似をしたというのかね？」

ラント氏は俯向《うつむ》いて床を見、帽子を指でいじくりながら、言った。

「日が暮れてからお屋敷に近寄るものはいねえよ」

（南條竹則訳）

見上げてごらん

あの男は一体何だって、年中上をじっと見つめていたんだろう？　それにパッカード氏は何故《なぜ》あんなにそのことを気にしたんだろう？

パッカード氏がブリオニ島へ来たのは、読書と静養のため、そして出来る限り人間社会と没交渉でいたいためだった。医者の命令だ！　ところが、ここへ来ると、彼はこの雌鶏《めんどり》のような目をした小男のいやに目につく奇癖に気をとられ、ほとんどそれが強迫観念になっていたのだ。問題の小男は、人好きのする容姿ではなかった。出張《でば》った額は禿げ上がっていて、鼻は奇天烈《きてれつ》に突き出し、鼻の左右の皮膚はピンと張りつめていて、今にも張り裂けそうに思える。長くて唇の薄い口はいつも少し開《あ》いており、先の尖《とが》った顎鬚《あごひげ》は、髪の毛と同様、もじゃもじゃで五月蠅《うるさ》かった。男は常にがっしりした身体つきの田舎者と一緒だった――こちらはさながら南国の近衛兵といった風《ふう》つきで、動作の鈍《のろ》い、赤ら顔の巨漢だったが、結構なだんまり術の達人と見えて、この男の口からは一言も言葉が発せられることはなかった。しかし、まあ！　メニューを何と穴のあくほど見ていることだろう！

パッカード氏は地位の高い公務員だった。そして俗人の通念とは裏腹《うらはら》に、公務員も時として働き過ぎることがあるのだ。昼食に間に合うギリギリの時間に登庁し、午餐《おひる》をゆったりしたためると、またギリギリの時間に役所へ戻って、二、三通の手紙に署名し、帰りの汽車に乗る――そんなことは新聞が、新聞の経営者たちが広めたおとぎ話にすぎない。連中は総じて閑人《ひまじん》だからだ。というのも、かれらのすべきことといえば、考えを世に宣伝し、他人《ひと》を雇ってその考えを実行させることだけなのだから。考えなら誰にでも持てる。それを実行するのが仕事である。パッカード氏には考えがあった。おおむねまことに賢明で立派な考えであり、それを実行しなければならなかったから、仕事をする羽目《はめ》になり――しまいには過労と神経衰弱の虞《おそ》れ、専門医のつよい勧告、そして三ヵ月の休暇ということに相成った次第である。

六月のブリオニ島を奨《すす》められたのは、あの穏やかな緑の島がちょうど観光の休閑期で、陽の光が一杯にあふれているからだった。紫の色も鮮やかな、暖かく塩辛い海から優しいそよ風が吹く。七つのショートホールからなるゴルフコースは値段も手頃だ。アドリア海に澄まし込んでぽつりと浮かんでいるこの島は、身体のどこが悪いというわけではないが、働き過ぎでくたびれている五十二歳の独身男に、すみやかな回復のためのあらゆる便宜、あらゆる機会を与えてくれた。少なくとも最初のうちはそうだったのだが、それもこの奇妙な二人組に目を惹《ひ》かれるまでの間だった。

二人のうち片方は何もしゃべらず、ひたすら胃袋を満たしていた。もう一人もやはり無口で、ずっと上を見つめていた。パッカード氏は気になるあまり、しなくても良い計算をして、その角度を三十五度と見積もった。この男に初めて目をとめた時、パッカード氏も思わず三十五度くらいの角度で上を見上げた――食堂の硫黄色をした裸の壁に、どんな面白い物があるのだろ

う と思って。だが、そこには何もなかった。それでもこの小男は、魚を食べ、グラスを空《から》にする間も、たえまなく上を見つめていたのだ。連れのたくましい無産市民《プロレタリア》は、まったく気にもせぬ様子だった。パッカード氏はつられて、もう一度上を向いたが、剝《む》きだしの硫黄の壁があるだけだった。彼はやがて気づいた。あの男はもうよほど以前から、あんな癖がついているにちがいない、と。というのも、上を向いてばかりいたのでは、食事をするのはひどく難しいにちがいないが、男はナイフやフォークや匙《さじ》を実に器用に操って、難点を克服していたからである。もっとも、彼の食欲は、その体格と同様に細いようだった。

専門医の命令はまことに厳しく、妥協のないものだったので、パッカード氏は自分の神経のことを本気で心配した。あの男の上を見つめる馬鹿げた仕草も、ことによると妄想の所産ではないか、と思ったほどだ——ぞっとしない考えである——しかし、それは杞憂《きゆう》にすぎないと知って、安心した。この時期ブリオニ島を訪れているわずかな遊客の中には、あの雌鶏の目をした男の奇妙な振舞いに首をかしげる者が他にもいたからである。

それにしても、何と不釣り合いな二人組だろう！　それに、あのがっしりした田舎者は上を見やることもないし、相棒の癖を直そうともしない——これは何故なんだろう？　まあいい、こちらもあの男を見習って、自分とは何の関わりもなく、病気の治療にもならないことは無視しよう。

あの男が上を見たければ、見るがいいのだ。かくて、パッカード氏は一方《ひとかた》ならぬ努力をして、視線をよそに向けた。それでも、あの二人組への好奇心はじりじりと彼を攻め立て、追い払うことが出来なかった。あの二人の境遇、間柄といったこともあるが——何よりも、あの小さい奴がどうして上を見つめているのかだ。そんなことばかり考えていては、神経障害の回復が遅れるばかりなので、彼は入念な計画を立てて、二人を避けた。食事の時間を変え、部屋の中にあの二人がいれば、べつの部屋に入ったし、二人がこちらへ向かって来れば、まわれ右をして引き返した。こうした方法により、ある程度は心の中からかれらを追い払うことが出来たが、ひそかな穿鑿《せんさく》の欲求は消えなかった。

しかしながら、ブリオニ島の太陽と空気と静穏は急速に彼を癒《いや》し、彼はふたたび八時間続けて眠れるようになったし、二十年来絶《た》えてないほど食欲が湧いた。誰かがいつも自分の背後《うしろ》に立っているという妄想——こいつは実に苛々《いらいら》する症状だ——は、有難いことにふっつりと熄《や》んだ。おかげで、早くもホワイトホール（ロンドンの官庁街）の飾り気はないが居心地良い仕事場を、なつかしく思い浮かべるようになった。そこには封筒の束や重要な機密書類が整然とピラミッドのように積み上げられている。彼は毎日きっかり一時になると、クラブへぶらぶら歩いて行って、入念に料理を選んださささやかな昼食をとり、それから、たぶんレントンとチェスを一番指《さ》して、噂話をし、またぶらぶらと歩いて内務省へ戻る。そこではいくつかの事柄を決定し、国会での質問を考えたりするのだが、こうした仕事をするとちょっとばかり偉くなったような気がして、役所の整然とした組織や秩序ある体制は、彼の気質にぴったりと合っていた。

八月に休暇をとるのは許される贅沢と思われたが、今は六月だというのに、夢見るような、快適な深緑の島でなまけて閑《ひま》をつぶすとは尋常ではない——寸刻たりとも無駄に延ばしてはならないことだった。あと一、二週間頑張って、解放の時が来るまで日《ひ》にちを数えて暮らそう――怠惰とぶらぶら歩きと、不釣り合いな二人組に関する不安で曖昧な想像から解放されるまで。その二人のうちの一人は年中上を向いて、見えざる物を凝視しており、もう一人はまったく口を利かないが、いつも傍らについているのだ。

出発する前の晩、六時頃に、パッカード氏は常盤槲《ときわがし》の林を抜けて海水浴場までそぞろ歩き、ベンチに腰を下ろした。そこからは、影に覆われて暗くなりまさるイストリア海岸の瀬戸が見渡された。暗くなるのは、雲の軍団がゆっくりと隊伍を整えつつ白雲石山脈の上に昇って、険《けわ》しい眉でトリエステを見下ろしているからだった。太陽はそれに抵抗し、まだ打ち負かされてはいなくて、進み行く軍勢に赤と黄の矢を射かけていた。そのながめにはある種の暗い崇高さがあり、悠揚《ゆうよう》と移り変わる雲の形にパッカード氏は我を忘れて見入った。そのため、少し甲高い繊細な声がこう言った時、彼はハッと驚いて、ベンチから立ちかけたのだった。

「こういう景色を見て、神の存在が証明されると考えた人間もおりますな」

パッカード氏は半分眠っていたにちがいない。見ると、自分の傍らに、同じベンチに、あの謎めいた二人組がいつの間にか坐っていたのだった。小男が彼の隣りに坐り、あの田舎者は――向こう側に坐って――パイプをふかしながら、海をながめていた。パッカード氏は虚をつかれて癪《しゃく》にさわったが、礼儀正しい性質《たち》だったし、潜在的な好奇心があったので、口の先に出かかった辛辣でけんもほろろな言葉を抑えた。そのかわり、冷淡にこう言った。

「この景色と関わりのある神格といえば、間違いなく雨神ユピテルでしょうな。トリエステはもうじきあの嵐の恩恵をたっぷりとうけるでしょうし、一時間もすれば、我々の番が来るでしょう」

「あなたの口ぶりからすると」と小男は言った。「懐疑的なお心の方と見えますな」

(「そうだとしても、おまえに何の関係がある？」)とパッカード氏は思った。「私には」と彼は言った。「美しいものはすべて、あなたのおっしゃる〝神〟の御業《みわざ》だと考える理由がわからない——そういう意味では、懐疑論者です。というのも、闘牛だの戦場だので目にする、あまりぞっとしない光景の責任は誰がとるんです？　あなたが二元論者だとおっしゃるなら別ですが」

「私は二元論者かも知れませんよ」小男は今、荘厳に進み行く雲の大海に溺れて消えかかっている夕陽を見上げて、言った。

「ところで」とパッカード氏は言った。「もうそろそろ悪魔の出番ですよ。ここらの嵐は冗談事じゃありませんからね」

「私は悪魔の存在を信じる理由があると思っています」小男はそう言いながら、色の褪《さ》めたパナマ帽を取って、そばの地面に置いた。この時、例の田舎者は鋭い目つきでチラリとこちらを見ると、パイプを長靴にあてて中身を出し、アルミニウムの箱から新しい煙草をとって詰めはじめた。

「いや、まさしく」パッカード氏は好奇心をつのらせて、こたえた。「私も悪魔の存在を論理的に演繹《えんえき》したことがあります。しかし、どうやらあなたの方が、悪魔を近くから御覧になっているようですな」

「そうとも」小男は近づく嵐の縁《へり》を見ながら言った。「そう言ってかまわんと思いますがね。その話を聞きたいですか？」

「もちろんです」とパッカード氏は言った。

「そいつは嬉しい。時々人に話すと気が晴れますんでね。ゴーントリー館《ホール》という名前に聞きおぼえがありますか？」

「ゴーントリー館？」パッカード氏は自信がなさそうに繰り返した。「どこかで聞いたような気もしますが」

「有名な屋敷で公開されていたが、一九〇四年に火事で焼け落ちたんです。私はその晩、あそこにいたんですよ」

「ああ、思い出しました」とパッカード氏が言った。「チューダー朝中期の建物で、レスターの近くでしたね。長廊下がとくに有名でした。あそこには何か言い伝えがあったんじゃありませんか？」

「そうです」小男はこたえた。「それだけ思い出せるというのは、大した記憶力だ」

「いや、あの時代について興味がありましたのでね。昔々、今のように忙しくなかった頃のことですが」

「私はジャック・ゴーントリーと同期でオックスフォードに上がりました。学寮も一緒で――オリエルでした」小男は目を細めて、忙しく視線を動かしながら、空模様をながめていた。

「あの頃、私は神秘玄妙なものに大そう興味を惹かれていました。今にして思えば、いささか格好をつけていたんですな——危険な気取りでしたがね。ゴーントリー館にまつわる奇妙な話があることを知って、ジャックにそれを教えてもらおうと決意したんです。あまり感心した企《たくら》みじゃありませんが、私は若くて愚かだったし、十分に罰を受けました。私達は大の仲良しとなり、ある晩チャンスがめぐって来ました。ある夜、あれは一八九六年十一月の末でしたが、ジャックは外で食事をしたあと、少々遅い時間に私の部屋へ上がって来たんです。少し酔っていて、まだ酒が飲みたそうでした。私は彼にたっぷり飲ませてから、しまいに話題をゴーントリー館のことに持って行きました。

『馬鹿馬鹿しいと言うかもしれないが』とジャックは言いました。『僕の家族は今日、ロンドンへ毎年恒例の旅に出たところだ』

『どういう意味だい——毎年恒例の旅って？』

私はそう尋ねました。彼はしばらく返事をしませんでした。二つの相反する衝動に駆られて迷っているのがわかりました——自分の一族にとり憑いた妄想のことを話して、胸のうちをすっきりさせたいという思いと、義務を守って口をとざしていなければならぬという思いです。そこで私はウィスキー・ソーダをもう一杯作ってやりました。彼はそれを一息に飲み干すと、酔いがまわって饒舌になりました。こいつは気を晴らすために、思いきり無分別なことをしそうだな、と私は思いました——私の話は退屈じゃありませんか？」

「いいえ、少しも」パッカード氏は相手を安心させた。

「さて、そのうちにジャックは突然、打ち明けたんです。『大晦日《おおみそか》の晩、あの家には誰もいちゃいけないんだ』

『どうしてだい？』

『その晩はお化けが歩きまわるからさ。ありていに言うと、ここ三百年、ゴーントリーで大晦日の晩を過ごした人間はいないことになっている。それがあまりあからさまにならないように、毎年十一月の最後の週に家を空《あ》けるんだ。こんなことはすべて根も葉もないたわごとなのかもしれない――僕は時々そう思う。ともかく、これは君に言うべきじゃなかったが、少し酔っ払ってるから、もっと話して聞かせよう』

私は自分のやったことが少し恥ずかしくなって来て、もうしゃべるなという言葉が舌の先に出かかっていました。けれども、それを言いませんでした。

『大晦日の晩、あそこには誰もいてはいけないんだが、翌朝早く、執事のキャロウが――キャロウ家はわが家に代々仕えているんだ――家にやって来て、窓を全部次々に開けては、また閉《た》める――御苦労な仕事だよ。ただ、窓のうちの一枚だけ、南翼の二階中央の窓だけは開け閉てをしないで、長廊下にある白い絹の旗をこの窓から掲げて、うんとゆっくり、三べん振らなければいけない。それから――それから何をするか、教えてやろうか？』

『いいや』と私は言いました。聞いてはいけないことを聞いているので、これ以上話をさせたら、うんと後悔することがわかっていたからです。『もうやめたまえ。君の話は全部忘れる』

そう言うと、彼は酔いが醒《さ》めたようでした。『うん。そうしてくれ』と言って立ち上がり、部屋を出て行きました。それっきり、二度とこの話題には触れませんでした。

私はオックスフォードにいた四年間、夏休みの半分をゴーントリー館で過ごしました。あそこは実に美しい家で、場所も素晴らしいし、庭は文句のつけどころがありません。しかし、あなたは憶えていらっしゃるのだから、説明する必要はないでしょう。ジョン・ゴーントリー卿夫妻は、人々の暮らしが呑気だった時代の素敵な生き残りで——ああいうタイプの人間は、アメリカから現代風の水道設備が入って来てこの方、いなくなりました。あの人達はどちらかというとのんびりして影が薄い方で、礼儀作法は先祖伝来の遺産でした。かれらが土地の農奴達に接する恵み深い態度は、封建制度というものにも社会と調和する何ものかがあることを、はっきりと示していました。しかし、今はあの人達も塵《ちり》に返ってしまいました。私はあの古い屋敷が大好きになりました。あの長い美しい夏の日々、あそこの雰囲気はいとも平穏無事で、どっしりとしていましたから、冬に奇妙な魔法がかかろうとはとても信じられませんでした——あの屋敷がまどろむのを止《や》め、おそろしい悪意を持って目醒めようなどとは。屋敷の内では、誰もあの話をしませんでしたが、私の目はひとりでに、南翼中央の例の窓の方へさまよって行くことがよくありました。そうです、私はいつの間にか上を見ていることがよくありました——ただ、それだけのことでした。少なくとも、私はそう思っていたんです。ところが、ある晩のこと、食後の散歩をしている時、ふと例の窓を見上げたところ、一瞬何か白い物がそこにはためいて、すぐに消えてしまったような気がしました。しかし、あれは私の心の投影だったのかも知れません。

そのうちボーア戦争が始まると、ジャックは義勇農騎兵と共に出征して、モダー河で殺されました。年老《としと》った両親はそれに衝撃をうけて、すっかり人との交わりを絶ち、一九〇三年の初め頃、二、三日のうちに相次いで亡くなりました。その間、私はゴーントリー館とはまったく音信を絶っていましたが、ある日、通りで差配人のテラーとパッタリ出くわし、一緒に昼食をとりました。テラーが言うには、あの屋敷はレルフという成り上がりの家族に貸しているということです。若旦那のレルフは北部でチェーン・ショップを経営している億万長者の息子で、品の悪い小娘と結婚しました。テラーはこういう町育ちの成金輩をまったく軽蔑していて、あんな連中がゴーントリーに住むのは冒瀆《ぼうとく》であって、我慢がならないと思っていました。

『しかし、あいつらも長くはいないかも知れない』とテラーは言いました。『なにしろ、あの阿呆どもは館で大晦日の晩を過ごすと言ってるからね』

『何だって！』と私は叫びました。

『そうなんだ』とテラーは言いました。『あいつら、すごく楽しみにしてるよ。おれは警告するのが義務だと思って言ってやったんだが、放っておきゃあ良かった。おれがその話をしたら、あの酒場女のレルフ夫人は――白粉《おしろい》を塗ったくったペキニーズみたいな顔の女だが――両手で膝を打って、言ったよ。私、幽霊が大好きよとね――これっぽっちも信じてはいないけれども、そういうことならハウス・パーティーを開いて、来る人みんなに――人でなくても――新年おめでとうを言いましょう、とね。あなた方は三百年続いた決まりを破ろうとしているんです、とおれは注意したが、〝じゃあ、もう破る潮時だわ〟とあの女は言うんだ。それで、おれは肩をすくめて、あきらめた。連中の幸運を祈るよ』

『それにしても』と私は言いました。『そんな面白い話は、久方《ひさかた》ぶりで聞いたね』

『ふん、そう思うんなら、パーティーの客になったらどうだね？』テラーは笑いながら言いました。

『そんなこと、できるかい？　知り合いでもないのに』

『いや、平気さ。連中は貴族に弱いからね』

私は『駄目だ』と思いきり言おうとしましたが、その瞬間、強烈な誘惑にとらわれました。この愚か者たちは、古くから伝わる漠然とした有名な謎を試しにかけようとしているんです。千載一遇のチャンスではありませんか。危険ですって？　ええ、もしかすると危険かも知れません が、あの古い館はいつも私に好意を持ってくれているようでした。神秘玄妙の研究者を自任する私が、素晴らしい調査の機会を与えられたのです。これを見逃したら、けして自分を許せないでしょうし、自尊心を持つことも出来ないでしょう。私の気持ちは、ある程度お察しいただけるだろうと思います」

「ええ、本当に」とパッカード氏は答えた。「私だって同じことをしたでしょう、あなたがなさったように」

「そうです。私は行くことに決めたんです」

小男がこう言った時、パッカード氏は、田舎者がこちらをチラと見やったのに気づいた。視線が合ったが、男は何かを伝えたがっているようだった。警告だったのだろうか？

「そうです」と小男は語りつづけた。「私は行くことにしたんです。招待してもらう件は、テラーが段取りをつけてくれました。そして私は今から二十三年前の大晦日の晩、五時半頃、レスター駅に着きました。トラップ馬車に乗って、薄汚れた家並の間を東へ走り出したとたんに、何か神経が苛々するのを感じましたが、その苛々はゴーントリー館へ近づくにつれて次第につのって来ました。悪天候の晩で風がひどく吹きつけ、みぞれが降っていました。馬車が先へ進めば進むほど、来なければよかったという思いが強まりました。ゴーントリー館の影響力が伝わって来て、追い返そうとしているのを感じました。一つの懸念《けねん》がなければ、私は駅に取って返していたでしょう。懸念というのは他でもありません。もしも私が怖気《おじけ》づいて、しかも何も起こらなかったら――その噂は世間に広まり、面白くないことになるでしょう。

それでも、あの家に着いた時、敷居を越えるには精一杯の決断力をふり絞らなくてはなりませんでした。あの屋敷は、それまではいつも親しげに迎えてくれるようでしたが、今は不機嫌で、まるきり敵意を持っているようでした。私は自分が裏切り者になったような――無二の親友の名を騙《かた》っているところを、その当人に見つけられたような気がしました。恐怖に襲われ、神経が乱れていたので、パーティーにどんな面々がいたかも気がつきませんでした。我々はたしか十人で、女五人と男五人、みんな若い者のようで、騒々しく、下品でした――あの騒々しさから察するに、連中は私が到着するまでに野蛮なカクテルをしこたま飲んでいたのだと思いました。しかし、やがてわかったのは、連中も私と同じくらい恐怖に駆られ、取り乱しているということでした。家は不気味なリズムで動悸《どうき》を打っているように思われました。まるで、この家の呼び出した大風が途方《とほう》もない烈風となって、家に叩きつけているかのようでした。私はあの日来たことによってこの家の激しい敵意を買い、家は立ち去れと冷厳に命じていました。私は昔泊まった東翼の部屋をあてがわれましたが、着替えのためにそこへ上がろうとした時、ほとんど実体化した力が、部屋へ入るのを阻《はば》もうとしているようでした。私は潮の流れに逆らうように、その力を押し切って行かねばなりませんでした。

夕食は食堂ではなく大広間でとることに決まっていました——何故かは知りません。大広間のまわりにはバルコニーがあり、バルコニーのドアは例の有名な長廊下に通じていました。着席した時、私には全員がひどい精神的沈滞に陥っていることがわかりました。かれらが飲んだ酒は、かれらを脅《おびや》かしている力への感覚を鈍《にぶ》らせるどころか、それに対する抵抗力を弱めただけでした。ところで、嵐はもう来ますかね？」

「十分かそこらで来るでしょう」とパッカード氏は答えた。「今まで保《も》ったのが驚きですね。我々のために毒を蓄えているんでしょう」

「それなら、何とかおしまいまで話せるかも知れませんな。私はあの食事の間、一言でも口を利いたかどうか、憶えていません。しかし、これだけは知っています。私はひどく緊張していて、部屋から逃げ出したくなるのをこらえるために、椅子を握りしめていなければなりませんでした。女達はヒステリーを起こす寸前で、男は興奮し、むやみに酒をあおっていました。そして時が経つにつれて、全員の口から、恐ろしい、わけのわからぬつぶやき声が洩れて来ました。私の右隣りに坐っていた女は——高くてかすれた声の女でしたが——いきなりシャンパンのグラスを飲み干して、顎や頸《くび》に酒をこぼしながら、『ねえ、一体いつ始まるの?』と叫びました。それから、大声でヒステリックに笑い出しました。我々はテーブルから動きませんでした。十時半頃から、レルフはしきりに立ち上がって鈴《りん》を鳴らしましたが、召使いは誰も来ませんでした。『あの忌々しい奴隷どもは、どこへ行っちまったんだ?』彼はそのたびにそう叫んで、よろよろとテーブルに戻り、杯を満たしました。十一時半頃から、私はもう自分を抑えることが出来なくなってきました。部屋には煙草の煙が立ちこめ、渦巻いて奇怪な模様をつくっていました。圧迫感はもはや耐え難くなり、私は突然我慢の力が尽きて大広間からとび出し、自分の部屋へ駆け上がると、寝床で縮み上がっていました。大広間に置いて来た連中の、狂った、しどろもどろの声がまだ聞こえて来ましたが、やがて大きな鐘が鳴り響きました。一つ、二つ、三つ——鐘は立てつづけにわんわんと鳴ったので、嫌らしい乱れた響きはほとんど一つながりの音のように聞こえました。まるで殺人者が私の頭脳《あたま》に槌《つち》を打ち込んでいるかのようでした。鐘の音は不意に止んで、階下《した》からは何も聞こえなくなりましたが、そのあと、女の甲高い、つんざくような悲鳴が上がりました。『あそこを見て!』そして家中の明かりが消えました。

さて、私はそのあと、手探りで懐中電灯を探しました。しまいに見つけましたが、あの時もし懐中電灯が見つからなかったら、もっと苦しんでいただろうと思います。私はよろよろと階段を下りて、大広間へ戻り、電灯でテーブルの上を照らしました。そこにいた連中はみんな硬直したように椅子に坐っていて、上を見上げ、長廊下へ通じるドアをじっと見つめていました。

私は一人一人の顔をのぞき込みました。かれらの目は大きく見開いていましたが、斜視《やぶにらみ》のように寄っていました。頭は肩のうしろにのけぞって、口を大きく開き、唇に泡を吹いていました。それから、私は懐中電灯の光を上に、長廊下へ行くドアの方に向けたんです。すると、そこには——そこには——」

雲の軍団はこちらに迫り、もう頭上に覆いかかっていた。二条《ふたすじ》の靄《もや》が角《つの》のようにその先に突き出していた。小男が「そこには——そこには——」と叫んだ時、片方の角からもう片方へ、目も眩《くら》むばかりの閃光が走り、燃え上がって渦を巻く触手が三人に襲いかかった——少なくとも、パッカード氏にはそのように見えて、何とも恐ろしかったのである。その直後に轟《とどろ》いたつんざくような雷鳴は、あたり四方に反響《こだま》を投げつけた。それから、嵐が今まさに荒れ狂わんとして、攻撃のために猛進して来た。すると、小男はぴょんと立ち上がり、両腕を頭の上に振り上げて、苦しみ悶《もだ》えるように叫んだ。「あすこを見ろ！　あすこを見ろ！」パッカード氏は男に近寄ったが、例の田舎者がとっさに彼の肩をつかんだ。「あいつはおれにまかせてくれ！」田舎者は雷が鳴る中で、叫んだ。「どうすれば良いか、わかってる！」そう言って小男をうしろから推して行った。

パッカード氏は雨の降るのもかまわず、二人の後姿を見つめていた。小男は恐ろしい規則正しさで、両腕を振り上げて絶叫した。「あすこを見ろ！」やがて二人は角を曲がって見えなくなり、金切り声も次第にかすかになった。パッカード氏も一瞬空を見上げていたが、新たな閃光が海に突き刺さると正気に戻り、外套の襟を立てて、篠突《しのつ》く雨の中をホテルに向かって走り出した。

（南條竹則訳）

中心人物

数週間前のこと、ランドン博士——ポーウィッチ州立精神病院所属、ヨーロッパでも指折りの法廷精神科医——が、わたしに一巻の文書を手渡して言った。

「これ、君が面白がるんじゃないかと思ってね。今夜読んで、あした病院へ昼を食べに来なさい。聞きたいことがあったら教えよう」

そう言うと、博士はドライバーを取り出し、一番ホールのティーに向かった。

精神異常についてわたしが感じるのは、恐怖ばかりではない。何か魅了されるような感じも同じくらい抱いている。病的だと言われるかもしれないが、いたしかたない。動物園の爬虫類の檻《おり》についても、同様の抗しがたい嫌悪と渇望の情を抱いている。わたしは蛇が大嫌いで、考えただけでも背筋がゾクゾクするほどなのだが、動物園へ行くたび、あの忌まわしいものどもがいる檻にどうしても足が向いてしまうのだ。

わたしは本編の物語と関わりがあるわけではない。旧友の博士はなぜわたしにあの文書をゆだねたのか、それを説明するために、わが芳しからぬ性向に触れてみたにすぎない。博士は前に一度、ウェリントン・スコット師によって書かれた奇妙な文書を与えてくれたことがある。わたしはそれを「第三車両」と題して発表し、まことにささやかなわが愛読者には感銘をもたらしたようだ。また何かこの種のものがあったら見せてあげよう、博士はそう約束してくれていた。

その晩食事をすませると、わたしは文書を開いた。それは手書きの原稿で、流麗だが乱れがちな筆跡で綴られていた。次のように……。


私はいつも変わった子供だと言われていた。無口で、夢見がちで、うちとけない子だと。これは父母の記憶をもたないことにいくぶん原因があったと思う。どちらも二つになる前に流感で死んだ。両親の写真をくりかえし眺めているうち、我知らず絶望の涙があふれてきたことを憶えている。

私は父の妹の手で育てられた。叔母は仕方がないから誠実にやろうという態度で私の世話をした。気立てのいい親切な婦人ではあったが、私に対してことさらな愛情をもっているわけではなかったからだ。叔母にとって私は、大きな重荷、ほとんど厄介に近いものだったに違いない。そんなわけで、きわめて重要な人格形成期のあいだ、私は真の愛というものをまったく知らなかった。乳母たちは、世話のしがいのない子供だと思っただろう。そうしてそれをまったく隠そうとはしなかった。

八つあまりのころ、叔母といっしょにオックスフォード通りを歩いていたとき、私の目は玩具屋のウィンドーの中のものに引きつけられた。それはちっぽけな劇場の模型だった。すっかり魅せられて模型を見つめていた私は、やがて叔母に向かって言った。

「おばさん、ぼく……あれがほしい。ねえ買って？」

「今度ね」先を急いでいた叔母は答えた。

「やだ、いま買って……」

それからわがままを通すまで、私はその場を動こうとはしなかった。興奮に震えながら子供部屋で模型の包みをほどいた。その日から人生の方向が一変した。なぜなら、想像する心をすっかり奪われてしまうものを見つけたから。

父は芝居の常連だった。劇場の模型がなぜ抗しがたい力で私を支配したのか、父の遺伝と考えるのが唯一の説明らしい説明である。あの小さな劇場を包みから取り出した日から、私は心に浮かぶすべてのものを劇に見立てるようになった。ほかの玩具が欲しいとはこれっぽっちも思わなかった。読書によって得たものは、劇場のささやかな舞台にことごとく移し替えた。熱心に外国語を学んだが、それはひとえに諸国の劇文学を読むためだった。

前にも言ったように、叔母は心やさしい婦人で、富にもすこぶる恵まれていた。私が劇場の模型に強く心を奪われていることを知った叔母は、いままで見たこともないすばらしい型のものを手に入れてくれた。それには回り舞台やとても手の込んだ照明まで備わっていた。劇場の一座は「ハムレット」と「マクベス」の完璧な配役を含む二百名で成り立っており、衣装や最新の舞台装置もついていた。登場人物のなかには、叔母がたいそうお気に入りの「ピーター・パン」の配役も完璧に揃っていた。だが、実を言うと、「ジュリアス・シーザー」を演じるために、絵の具を塗ってローマ人もどきのものにしてしまった。バリーの傑作を演じてみるのは、どういうわけだかしりごみさせられたのだ。

劇場遊びに倦《う》むと、白昼夢を見る——おおむね夕方だったが——妙な性癖があった。そんな気分に陥っているときは、舞台の登場人物たちが生き生きと心に顕《た》ち現れ、絶えることなく次々にかたわらをすれ違いながら漂っていった。そしてとうとう夢うつつめいた状態になり、意識を失ってしまったものだった。

ある日、そんな状態から目覚めると、舞台の下手前方に、男が二人、そのあいだに女が一人、三つの人形が置いてあった。どうしたことか、この光景を見ると、不安な、何か胸苦しいような気分になった。私はあわててその場を離れ、部屋の向こう端で本を読もうとした。だが、不安な気分は去らず、汗が噴き出してきた。劇場のほうへ戻らなければ、ほどなくそう感じた。

いまでもあの瞬間をまざまざと憶えている。驚いたことに、真ん中の女の人形が倒れていたのだ。さらに、残りの二つは、まるで動いて遠ざかったかのように見えた。

その後三週間は何事もなかった。だが、再び似たような夢うつつの状態になり、ふと気がつくと、小さな三つの人形は前と寸分も違わない配置になっていた。前回と同様、部屋の向こう端へ行き、聞き耳を立てた。何も聞こえない。しかし、劇場のところへ戻ってみると、またしても同じ現象が起きていた。「主観」「客観」などという言葉は、むろん私にはなじみのないものだった。ただ、目がどこか変なのではと悩んだことを記憶している。

この謎めいた現象が定期的に起きていたのであれば、あれほど悩まされることもなかっただろう。次に起きるのはいつか、翌日か、一週間のうちか、ひと月か、私にはまるでわからなかった。家庭教師の女性に話をしてみることも考えたが、作り話だと思われるのは疑いのないところだった。劇場は車輪つきだったので、その後夜には部屋へ模型を押していくようになった。そして、小さな三つの人形を置き、真ん中の人形が倒れたことを告げるコトッという幽《かす》かな音を聞こうと試みた。しかし、いつもぐっすり寝入ってしまい、脳のなかで何か凄まじい音が響いて目を覚ますのが常だった。そして、灯りをつけてみると、真ん中の人形が舞台にうつ伏せに倒れており、残りの二つは離れ離れになっていた。

昼は取り憑かれ、夜は心をかき乱される。そんな状態が、ほどなく極度に想像力に富む子供の精神の活力を蝕《むしば》んだのは、容易に想像がつくところである。十一歳のおり、私は神経衰弱に罹《かか》った。医者が言うには、小さな子供より働き過ぎの中年男性によくある症状だということだった。そんな事情で、私は家庭教師とともに地方の田舎家へ静養にやらされた。怠惰だが好人物で、外国語が大の得意の家庭教師は、私一人で存分に思うとおりにやらせてくれた。

劇場の模型が家に置き去りにされたことは言うまでもない。私は模型がないのを寂しいとは思わなかった。玩具みたいなもので習得できることに興味を抱く段階は、すでに卒業していたからだ。私は熱心に読書をした。読んだのは主に戯曲や劇作術の本だった。その結果、一年後に病気が完治しロンドンに戻るころには、演劇理論と、優れた専門家たちはないがしろにしなかっただろう実践術についての知識を身につけていた。その点ではきわめて早熟な例だったが、ほかの点では、現代語についての知識を除けば奥手だった。私は十三歳半でイートン校へ行くことになっていた。怠惰な家庭教師は、おかげで生徒を入学試験に合格させるべく働かなければならなくなった。試験の時が至り、私はどうにか受かることができた。

学校で過ごした四年間は、好ましいものでも嫌悪すべきものでもなかった。以前と同様、誰ともつきあわなかったが、幸いにもそうすることを許された。私がいたことなど、同期の学生たちは記憶にすらとどめていないだろう。なぜなら、私は運動がまったく駄目で、学校で勉強するのが性に合っており、社交においてはまるで取るに足りない存在だったからだ。しかしその四年のあいだに、私は三十もの劇作の想を得て筋を略述し、着実に盛り上がっていく何万行にも及ぶ会話を執筆した。その時点でさえ、私は長短の文章の模範となるものを展開させていた。それは美学上満足できるものであることはもちろん、不自然さをまったく感じさせず、手を入れたいとは一度も感じないほどの出来だった。

叔母と乳母を除けば、私は女とまったく関わりを持たなかった。しかしながら、女が男のもつ知性に徹頭徹尾背を向ける際の――女は必ずと言っていいほどそうするのだが――心の働きについては、直観でわかっていた。以来しばしばこの種の出来事の味気ない記録を読むにつけ、自分の洞察力に驚かされた。わずかな洞察力は多くの経験に匹敵するのである。

イートン校を卒業してまもなく、叔母が亡くなった。財産はすべて私に託された。大学へ行くことはきっぱりと拒み、それからの二年間は、舞台上演術についての最新の成果を学びつつ、ヨーロッパやアメリカを旅して過ごした。そして、ロンドンに戻り、ハムステッドに相続しただだっ広いがらんとした家に落ち着いたころには、学ばねばならないすべてのことを吸収しつくしていた。

私は成年に達した。最初に手掛けたのは、「鷦鷯亭《みそさざい》」なる小体《こてい》ながら完璧にしつらえられた劇場を家に建て増しし、そこで舞台上演術に関する創意に富む革命的な理論を試してみることだった。それを文書に記録することを思い立った私は、くだんのテーマについて一連のエッセイを書き、最初の部分を高名な週刊誌に送ってみた。編集者は続きも全部活字にしてくれた。私のエッセイは広範囲にわたる注目を獲得し、活発で好意的な誌上の論争を巻き起こした。おかげで私は、演劇に携わるあらゆる分野の著名人たちの知遇を得た。まさしくそれは名誉の坩堝《るつぼ》と言えた。

劇を書きたいという欲求が募ってきた。先に記したが、すでに学生時代から粗削りながらあまたの筋を作り、その後さらに多くの下書きをしていた。そのなかから、取り組んで仕上げるべきものを一つ選ばなければならなくなった。驚きかつ苛立ったことに、私が選んだのは三角関係の劇だった。微妙さに欠けるわけではなく、月並みも免れていたが、きわめて独創的な上演理論の然《しか》らしめるものとしては、それは貧弱な器と言うしかなかった。だが、いたしかたない。わが心はいかなる拒否をも受けつけようとはしなかった。

劇は「中心人物」と題された。主要な登場人物は、二人の男と一人の女である。片方の男は、女を身も世もなく恋している。だが、女はもう片方の男を熱愛している。一方くだんの男はといえば、女をまったく気にかけていない。恋の好敵手となることを拒み、最愛の人を痛切に悩ませている男、これに激しく執拗な憎悪を抱いている捨てられた求婚者が、しだいにどんな思いを募らせていくか、筋の眼目はそこにあった。男の感情は邪道に陥り、その結果、女への愛情はほとんど失せてしまった。この複雑な感情の豹変については、入念に抑制された胸苦しいまでの会話の切迫感によって、まことらしく説得力のあるものになったと思う。

幕切れは、芝居がかっているけれども十分に必然性のあるものだった。ある日、三人が一緒にいたとき、女を愛していた男が拳銃を抜き、心底嫌うようになっていたもう一人の男を撃つ。だが、女は愛する男を救おうと身を投げ出し、撃たれて死ぬ。

これは私が書きたい劇ではなかった。少なくとも、私のある部分は書きたくなかった。いや実際、その部分は劇を再び取り上げるのを喜んでやめたことだろう。だが、劇を書きたくないという気持ちは、残りの部分の強い力で抑えられてしまった。

私は劇作を続けた。登場人物はわずかに三人だった。私は真に迫った等身大の人形を三つ創った。それから数週間というもの、演技の一部始終を事細かに練り上げた。

ついに、山場の死の場面に至った。私は正確に三つの人形を配置した。と、そのとき、不安で嫌な感じが走った。後ずさりし、人形を見つめ、なぜだろうかと考えた。長い間心に埋もれていた、忘失の記憶がよみがえってきた。暗闇のなかで、小さな木製の人形が倒れる前触れの幽かな音にくりかえし聞き耳を立てていた幼い少年……。私はあわてて劇場から離れ、そのまましばらく動揺いちじるしい状態で佇《たたず》んでいた。そうして、数年前と同じように、抗しがたい衝動によって劇場へと引き戻された。私は予期し恐れていたものを見た。真ん中の人形——あの女——が倒れていたのだ。今度は仰向けに。そして、二人の男は、離れ離れになっていた。

気を失った私は、捜しにきた執事が正気づかせてくれるまで、意識を回復しなかった。

それから二日間というもの、心の声は「もうこんな不愉快な劇はやめにしよう」と執拗に叫びつづけた。私はたえまなく援軍を送って戦ったが、結局その声は屈服へと鞭で追い立てられてしまった。奇妙な強制の力が、完璧で仮借のない支配を確立した。私はもう抵抗しなかった。いや実のところ、その力にへつらい、命令に唯々《いい》諾々《だくだく》と従いはじめた。

しかしながら、一つのささやかな勝利も得た。何度も何度も、私は誘惑に耐えたのだ。舞台の下手前方にあの三つの人形を置いて入口のほうへひそかに去り、扉を細目に開けたまま、コトッと人形が倒れる音をもっとはっきり聞き取ろうという、そんな誘惑に。そう、私は耐えることに成功したのである。

名のある俳優を使うのは、結局断念した。そこで私は、三人のまったく世に知られていない人物を選んだ。別々に偶然出会ったのだが、どの場合も、もうこれ以上役者を探す必要がないとたちどころにわかった。それほど完璧に、三人は演じなければならない役どころにうってつけだったのだ。のみならず、外見においても、つねづね思い描いていた像と奇妙なまでに合致していた。

マリー・ソルターを演じるのは、フリーダ・モートリイだった。フリーダの顔は、三分の二はきれいだがありふれており、残りの三分の一は優美にして一風変わっていた。額、鼻、口、あご、それらは形がよく、魅力たっぷりだったが、可愛い娘にはたいてい備わっているたぐいのものだっただろう。だが、フリーダはとても魅力的で意外な目の持ち主だった。抜いて手入れをした眉毛は、巧妙な曲線を描くひとひらの優雅な紐めいたものとなっていた。そのために、漆黒の濃いまつげと眉のあいだが膨らみ、瞳はあざやかに、瞼《まぶた》はまぎれもない蒙古《もうこ》人ふうの弧となっていた。その結果フリーダの目は、猫のような、ちょっとすねたみたいな、蠱惑《こわく》的なものとなった。しかし、言い過ぎのうらみがなくもないが、あるいは目が疵《きず》に等しいとも言えた。十人の男がいれば、フリーダの目はそのうち九人を心から虜《とりこ》にさせた。だが、残る十番目の男は関心を示さず、強くはねつけることさえあった。

フリーダは知的好奇心を欠いていたが、容貌にふさわしい激しい気性を持ち合わせていた。女優が激しい気性だと言えば、ふつうは独りよがりのうぬぼれも気難しさも人一倍ということだが、フリーダの場合は、たいそう柔軟で思いやりのある感情となって表れていた。私見によれば、フリーダは純粋に女らしい知性の最高の例だった。型にはまった道徳感覚とは無縁だが、自分本位の自己犠牲については優れた能力があった。あらゆることを楽しむために、小事を捨てて我慢したものだ。聖書の教えを旨とするモラリストたちをいつも当惑させる、ある種の自己放棄のエゴイズムをフリーダは持ち合わせていた。

ヒロインが報われない愛情を抱いているロデリック・フェントン役には、レナード・ウェストブルックを選んだ。これは本質的に下劣な男だった。うぬぼれが強く、わがままで情がなかった。だが、それは役どころになんと完璧に適していたことか。飛び抜けた美男ではないが、豹のように健康で頑強で敏捷だった。私はこの男をすこぶる嫌悪し、それは増すばかりだったが、ウェストブルックはまさしくフェントンそのものだった。

恋人役はトレヴァーによって演じられた。

三人はひと月間私とともに過ごし、演技の細かいところをつぶさに練り上げた。あるおり、フリーダが書斎に血の気のない顔で震えながら飛び込んで来た。そして、こう叫んだ。

「レオ、あの劇場、幽霊が出るの？」

私は目を瞠《みは》った。

「だって、幽霊としか……」フリーダは続けた。「ついさっき、舞台へ台本を取りに戻ったの。だいぶ暗かったけど、三つの人形がひとかたまりになってるのが見えたわ。それで、そのなかの一つが、突然倒れたの。ぞっとしたわ！」

私はこう示唆することでフリーダを安心させようとした。君が見たと思ったものは、ただ単に自分の心の投影に過ぎない。あまりにも劇に心を奪われたために、一日じゅう稽古しているものをそのまま幻覚として見てしまったのだ、と。だが、自分自身を安心させることはできなかった。意志の力を結集しようと何度も空しい努力をした。そして、この悪夢の劇に取り組むことを金輪際やめようと心に決めた。私は劇を忌み嫌い恐れるようになっていた。しかしながら、上演されるのを見たいという気持ちもなお強かった。精神が責め苛《さいな》まれ、二つに引き裂かれるかのようだった。

その後ある日、私はフリーダとウェストブルックの会話を偶然立ち聞きし、興奮とそれを上回る恐怖でいっぱいになった。なぜなら、知ってしまったからだ。三人が劇の筋を実生活でも再現していることを。トレヴァーはフリーダを熱烈に愛しているが、フリーダはウェストブルックにすっかり心を奪われていた。しかしウェストブルックは、先に述べた十番目の男で、まったく関心を寄せていなかった。

それから、不意に、私は真実を悟った。三人の人物、それは私のものだった。私が想像し、生み出したものだったのだ。私の脳のなかにしか存在していなかった。三人は私が創った登場人物だった。私が具体化したのだ。それで腑《ふ》に落ちる。なぜ過去も素性も何ひとつわからなかったのか。誰も聞いたことがなかったのか。来歴も友人も係累もなかったのか。どうしてあれほどの確信をもって雇ったのか。それは、あの三人は私の脳が生んだ子供たちだったからだ。フリーダの腫《は》れぼったい猫のような蒙古人ふうの目、それは私の心のなかで生まれ形づくられていたのだ。ウェストブルックを激しく忌み嫌うあまり、顔を合わせるのも耐えがたいほどだったが、あの男をそんな下劣な人間に創り上げたのは、他ならぬ私だったのである。そして、トレヴァーは……トレヴァーは！　正気でないと思われるだろうか。そうかもしれない。だが、たしかにこれは現実だという確信を拭い去ることはできなかった。

以上のことを知るや、私はただちに稽古を中止した。あいつらは演じているのではなく、生きているのだ。その演技はしだいに激しさを増し、興奮と緊張がどこまでも高まっていた。私にはわかった。三人はやがて私の介入なしに完璧に至るだろう。あいつらを創造した時点で、その演技が完璧に達することは、あらかじめ容赦なく運命づけられていたのだ。

私はこの時正常ではなかった。正常に戻る見込みはあったのだろうか。劇を忌み嫌い、また愛するほど、意識はいつもあの奇妙な三人組へと傾いていった。脳は混乱の極みだった。あいつらはそのなかを荒々しく動き回った。小さな三つの木製の人形、それは私が創ったものなのか。想像の子供たち、それに血と肉を与え、情熱を吹き込んだのは私だったのか。ああ、正常に戻る見込みは……正常に戻るには？

時が経つにつれ、トレヴァー……そう、トレヴァーの不機嫌は募り、フリーダの苦痛は増していった。私にはわかった、三人が山場に向かっていることが。ウェストブルックは私がつくった悪党らしくふるまっていた。フリーダは愛慕の情を隠しきれず、ウェストブルックをうんざりさせた。あいつはそれをはっきりと態度に出した。トレヴァーはそんなウェストブルックに敵意のまなざしを送っていた。二人はもう会話を交わす仲ではなかった。

すでにリージェンシー劇場を借り、初日の日どりも決めてあった。幕開け公演の前の一週間は私の劇場ではいっさい稽古をせず、本稽古を一回だけリージェンシーで行うことにした。だが、私の子供たちは従わず、毎日劇場で演じる場面の稽古を際限なく繰り返した。そして、舞台でへとへとになったとき、私は会話の断片を耳にした。それはいったん使おうと考えてやめた台詞だった。

ついに本稽古の時が来た。みんな気を尖らせていらいらしていた。ウェストブルックでさえ、いつもの横柄で皮肉っぽいあいつではなかった。トレヴァーは酒を飲み通しで、フリーダはといえば、にらんでいたとおり麻薬を用いていた。舞台は、誰も見たことがないようなこの上もなくすばらしい出来栄えだった。幕切れが近づくにつれ、激情をかろうじて抑えている重苦しい雰囲気になった。トレヴァーは、内なる憎悪によって拷問を受けているような顔つきになっていた。フリーダはヒステリーを起こす寸前だった。

徐々に緊張が高まり、山場に至った。トレヴァーはポケットから拳銃を取り出し、わが身に向ける前に、その敵ウェストブルックに狙いをつけた。その時のトレヴァーの顔は、狂気じみて引き攣《つ》っていた。それからトレヴァーは、何か役にない台詞を口走った。これは……これは、いったいどうしたことだ！　こんな台詞、私は知らない。

「フリーダ、逃げろ！　弾が入ってるぞ」

トレヴァーは撃った。ウェストブルックは叫び声を上げ、肩に手をやった。だが、トレヴァーが再び引き金を引いたとき、フリーダが腕を投げ出し、ウェストブルックの前へ身を躍らせた。そして、音を立てて倒れた。弾丸が心臓を貫いたのだ。フリーダが倒れたのは、あの人形が何度も何度も倒れた、まさにその場所だった……。わかっている。私はトレヴァーの特徴を一度も描写しなかった。なぜなら、トレヴァーは……トレヴァーは……だった……トレヴァーは…………

ここで原稿は終わっていた。インクの染みや点や撥《は》ねが、奇妙な模様となって余白を覆っていた。

「さて、と」

翌日の昼食の際、わたしはランドンに言った。

「ゆうべ読んだけど、いったい何だい、あの気味の悪いとりとめのない話は」

「たぶん、察しがついたと思うけど」

「いっこうに」

「えっ……ああそうか、君は当時アフリカにいたんだね。要するに、あれはトレヴァー事件の翻案なんだよ」

「トレヴァー事件？」

「レオ・トレヴァーだよ」ランドンは語った。「才能のある若い劇作家で、役者もやっていた。フリーダ・モートリイ嬢とウェストブルックが演じる、自分も出演するはずだった芝居に取り組んでいるうち、ちょうど物語が綴《つづ》っているような事態に二人を巻き込むようになってしまった。その結果、トレヴァーは酒びたりになって堕落した。そしてとうとう、拳銃を撃ってウェストブルックに傷を負わせ、助けようとしたモートリイ嬢を殺してしまった。その悲劇の衝撃がトレヴァーを狂気に駆り立てたというわけだ」

「でも、誰があの話を……」

「もちろん、トレヴァーさ」ランドンは答えた。「事件のショックは、言ってみれば、演じ手から書き手を分離する結果になった。トレヴァーは自分の悲劇を劇にしたんだ。おかげで、あの男が書いた物語は事実と絵空事の奇妙な混合物になっている。トレヴァーはいまこの病院にいるんだ。特別検査でブロードムア収容所から送られて来てね。例の物語をだいたい一週間に一度の割りで清書している。残りの時間はといえば、壁に三つの人の絵を描いて過ごしているんだ。絵が描けたら、部屋の向こう側まで抜き足で歩いて行って、肩ごしにちらっと振り返る。やがて、またそっと壁へ戻り、真ん中の女の絵を消す。そんなことを長いあいだするがままにされているもので、あの男は心から幸福……いや、幸福そうに見えるよ」

「治る見込みは？」

「ないね。これ以上悪くもならないだろうけど。あと四十年生きるかもしれない」

「事件からはどのくらい経ってるんだ？」

「十五年」

「とすると、五十五年間も、絵を描いてはそのうちの一つを消し……」

「あの男にとっては、それがいちばん幸福だろうね。もっとも、これは矛盾するようだけど、ふつうの人間は、やっぱりいわゆる狂人よりも幸福なんだよ」

ランドンはそう答えた。


（倉阪鬼一郎訳）

通路《アレイ》

「さて、感想は如何かな」ジョゼフ・カミングズ氏が尋ねた。

当然のことながら、他に返事のしようはなかった。

「確かに魅力的だとも、ジョー君」アーサー・ヴェリングが言った。

「申し分ないじゃないか」というのがウィリアム・カーモイズの発言だった。

「いいんじゃないか」ホイットニー・パリサーの返事はちょっと素っ気なかった。「それにしても、さっきからずっと見物のしどおしで喉が乾いてしまったよ。一杯やろうじゃないか」

チーザムの西方数マイルにある、ジョーの〝別荘〟、〝ロニングズ邸〟への入居祝いの席でのことだった。ジョーは〝ロニングズ邸〟の仔細について友人たちにはいたく秘密めかしていたが、事あるごとに口をすべらせてしまうところが無邪気というか、微笑ましかった。

その土曜日の晩にジョーと一緒に車でやって来た三人は気の置けない親友たちで、三人とも、今回のことは極めて重要な行事であり、からかいの言辞を口にするなどもってのほかだと釘を刺されていた。

ジョーは株式相場の仲買人としてかなりの成功を収め、ブリッジの名手としても英国で十本の指に数えられていた。そんな彼は、数ヵ月前まで〝地方《カントリー》〟というと——反射的に引用符で括《くく》った上で――ティー・グラウンドが盛り土され、芝の刈り込まれたところには色付きの旗がブリキの缶に挿されて立っている一帯のことだと考えていた。しかも彼の印象では、そこでは週末になるといつも雨が降っているのだった。そんな折り、医者に初期の高血圧症だと診断され〝もっと新鮮な空気と運動を〟、そしてたとえ最終的には避けえないにせよ、血管の破裂を早めないための、その他一般的な予防策をアドバイスされたのだった。

アドバイスに彼は不満だらけで従おうとしなかったが、諦めて受け入れ、達観するに至ったことは、その時の彼の姿を見れば明らかで、腕組みをして柔和な笑みを浮かべ、自分の所有する五エーカーの土地を見渡しながら自然体を装っていた。彼は身長五フィート七インチで、ちょっと腹を突き出し、揺るぎもせずに立っていた。顔つきは何となく鯉に似ており、抜け目なさそうでいて愛嬌があった。

ジョーには何でもしゃにむにやってのける能力があることをカーモイズは認めた。ジョーが選んだのは、都合のよい州の中でも最適の土地であり、〝ロニングズ邸〟はどこから見ても住居とするのに相応しい設計に思えたからだ。原型である古い石造りの農家と東に向かって張り出した新しい二階建ての翼棟は巧みに蟻継ぎで接合されていた。庭園は見事な芝生と樹木と草花を備え、九月下旬のその夕方、チルターンの丘陵地帯の高地まで見晴らす景色は物哀しくも悠然とした美しさだった。もちろんジョー君は専門家に向かって頷いて小切手にサインしただけのことだったが、称賛に値する金の使い方であることは確かだった。

「気に入ってもらえて嬉しいよ」当のご本人はそう言うと、母親が初めての子供に向けるような眼差しで周囲をうっとりと眺めた。「寒くなってきたな。着替える前に一杯やろうじゃないか」

確かに夕暮れ時の微風がアフガン犬のバッカの尻尾から蝿を払い落し、夏に貸与された期間が終了間近なことを無愛想に告げていた。

「とんでもなく安い値段で手に入れたんだ」シェリー酒を注ぎながら、ジョーが勝ち誇ったような大声で言った。「一風変わった話なんだが、夕食を摂《と》りながら披露するよ」

「なるほど」カーモイズは思案深げに言った。「旧友に食事と酒をもてなしてもらうのは大歓迎だが、他に何か気のきいた話はないのかね」

「明日はバーカムステッドでプレイしようと思うんだ」とジョーは続けた。「晴雨計も晴れを指しているし、天気がいいぞ。さあ、部屋に案内しよう」

カーモイズの部屋は古い建物部分の二階だった。彼はパリサーが部屋に落ち着くのを見に、ジョーと一緒に三階に上った。三階までは階段を二上りだった。最初の階段を上ったところに小さな踊り場があり、そこに穴ぼこだらけで色の剝げ落ちたドアがあった。ドアは一見して古めかしく頑丈そうで、てっぺんと底の部分を差し錠で留めて厳重に戸締りされていた。カーモイズはそのドアがどこへ続いているのか何となく気になった。

「あのドアのことだったら、後で教えるよ」カーモイズの視線に気づいてジョーが言った。

「ヴェリングと僕は新しい方の棟で寝るから」彼はあたふたと部屋を出て行った。

「奴さんはずいぶん熱心に聞かせたがっているようだが、不動産取引の話なんざほどほどにしてもらいたいな」部屋の中を見廻して少し眉をひそめながらパリサーが言った。「大袈裟なお追従を並べたてて声を嗄《か》らさなくちゃいけないようなら、一目散でいつもの仕事部屋に避難するよ――それに、この家はあまり好きになれないしね」

「好きになれないって」びっくりしてカーモイズが言った。「どうしてさ、何か問題があるのかい？」

「はっきりした理由はないんだ。相手が犬でも猫でも人間でも――役者は特にそうだが、すべての相手と相性がいいわけじゃないだろう。好きになれない家もあるのさ。雰囲気というか、場所の霊みたいなものを感じないか」

「そんなことはないと思うがね」

「そうか、僕は感じるのさ。仕事でへとへとに疲れているときに特にね。つまらない芝居を仕上げようと頑張っているのに、ロイスときたら、他人を、それもうんざりするような連中を大勢家へ呼んでね――今週はいまいましいカクテルパーティーを三度も開いた上に、毎晩外食ときた！　神経衰弱で痩せる思いだよ」

「週末を静かに過ごせば回復するさ」

「それはどうかな。この家に足を踏み入れた瞬間、どういうわけか、邪悪な家だという気がしたんだ。さて、着替えなくてはね」

カーモイズは階段を下りて自室へ向かった。彼はパリサーとは生涯を通じてのつき合いで、彼の成功に心から安堵していた。というのもパリサーには資産が何もない上、劇作家は運任せで当てにならない職業だったからだ。だが、パリサーは〝成功した〟。そして自分の成功譚を普遍的教訓のお手本として吹聴し過ぎるきらいはあったものの、先の大戦以来もっとも機知に富んだコメディのうちの二作を彼が書き上げたのは間違いなかった。その作品は機知に富んでいて、しかも少し意地のわるいところがあった。だが、彼には尊大なところは微塵もなかった。とても興奮しやすく気紛れな性格で、どうかすると極端に〝神経質〟になったが、カーモイズはすっかり慣れっこになっていた。だからもしもパリサーが急にその些細な欠点を放り棄ててしまったら、カーモイズにとって彼はまるで別人のような面白みのない人間に感じられたことだろう。

カーモイズは彼のカナダ人の細君とはほとんどつき合いがなかった。そのお高くとまった冷淡な美人は、有名人の知遇を得るには有名人を利用すべきだという信条の持ち主で、実際にその一人と結婚してこのろくでもない格言を実践する立場にあった。三十五歳を前にして、彼女はそのいやらしい駆け引きの秘訣を会得し尽くし、パリサーの生活にかなりの負担を強いていたが、彼女の完璧な肉体の前に彼はいつも決まって膝を屈するのだった。

カーモイズは、パリサーがひどく神経質で落ち着きのない精神状態になっていることに車中から気付いていた。カーモイズその人はかなり高位の文官職にあり、年齢は四十九歳――パリサーより一歳年上で、目立たないけれど如何にも頼もしそうな容姿だった。彼は、学校を卒業してからもなおギリシャ語やラテン語の著作に親しむ能力と志向の持ち主であり、そうした人にしばしば特徴的なことだが、自ら女性嫌いを以て任じていた。

部屋の中では電気ストーブが全開になっており、好みからすると暑すぎたのでスイッチを切って窓を開けた。すると、柳の木立沿いに六十フィート程の私道を門までまっすぐ見通すことができた。門の先は林間の小径《こみち》だった。風が強くなっており、さまざまな速さと高さの雲が西方からせわしなく流れていた。ほとんど暮れかけていたが、まだわずかばかり明るさが残っており、彼はとりとめもなくあたりを見廻していた視線をふと門のところで止めた。門の傍らに誰かが立っているように見えたのだ。館を窺っているようだった。

その人影は身じろぎもしなかった。カーモイズは、その人物が意味もなく覗いているのを何となく怪訝《けげん》に思った。彼は着替えながら時折りちらりと私道を見下ろしたが、夕闇が濃くなるにつれ、そこに見えるものが生き物だと思い込んだのは正しかったのだろうかと疑問に感じ始めた。それほどぴくりとも動かなかったのだ。

入浴から戻ると夜になっていた。ジョーのお気に入りのシェリー酒をもう二杯飲んだところで一座の空気は陽気で華やいだものとなった。そして、当主とその非の打ちどころのない所領の永遠なる繁栄を祝って乾杯した後、ジョーは満面に笑みを浮かべながら心からの謝意を表明して話し始めた。

「さて、白状すると、この家は二束三文で手に入れたんだ。退屈させるつもりはないが、売買契約にまつわるちょっとした逸話があってね。株式仲買所の会員仲間のトリンシングという男が、このグレナ・パーヴァという小さな村周辺の地所の大半を所有しているという噂だった。ある日、彼と昼食を共にしているときに、ロンドンの近郊に土地を探していることをたまたま話題にしたんだ。彼は、一瞬、何だそんなことかとでも言うような目つきをしてから、口を開いた。『少しばかり風変わりだが瀟洒《しょうしゃ》な家を手に入れてね。君にうってつけだよ。何年間も空き家だったんで手入れがおろそかになっているんだが、そんなことに煩わされていられなくてさ。その家に金をつぎ込むには資産が必要だし、増築しなければならないのはまず確実だしね。家賃はほんの気持ちだけでいいから、好きな期間だけ貸そうじゃないか。何なら買ったらいい。僕の家まではほんの数マイルの距離だし、君を隣人として歓迎するよ』

是非、見せてもらいたいと僕はその場で言った。

『いつでもご随意に』と彼は言った。『ところで僕の責任だから話しておくけれど、近隣ではその家について奇妙な噂めいたものが喧伝されているんだ。幽霊屋敷と思われているとは言わないが、詳《つまび》らかな内容はともかく、その家についてはある種の偏見があるんだ。多分、すべて他愛もない話だろうが、はっきりしたことは僕も知らないんだ。いずれにせよ、君に伝えておくのはひとえに公正を期するためだよ。まったくくだらない話だと、きっと君も同意してくれるだろうが、使用人については苦労するかもしれないな』

僕は、いわゆる〝幽霊〟屋敷で、それも三軒で寝た経験があるが、その時ほどぐっすり休めたことはなかったし、くだらない話だというのにも同意見で、召使いに関しては心配ご無用だと言ってやったよ。

さて、ここへやって来てみると、ちらっと見ただけで、立地条件の良さが気に入ってしまってね。それでクレメンスとジャイルズを雇い、家の修理と増築の計画を立てて実行に移したんだ。それから、はっきり言えることは、この家は構造上こそ健全だけれど——トリンシングが注意したように、近寄り難い外観だからそんな評判が立つのも尤もだ。いや、可能性はあるな——目配せする必要はないよ、アーサー、君の言いたいことはわかる」

「君に向かって目配せしたのさ」

「この評判はね」とジョーは続けた。「似たような評判のあるたいていの家と同じで、断言するが、不便《インコンビニエンス》さに加えて無知《ディスアビリティーズ》が原因しているに過ぎないのさ」彼はこの多音節の単語の朗々たる響きに酔っているようだった。

「第一、意外に少なくて済んだんだ——この家にかけさせられた金がね」

「幽霊たちはつつましいという訳だね、と言うか、彼らは金でかたをつけることができるのかな」とパリサーが言った。

「察しがいいじゃないか。庭はジャングルみたいだったし、排水設備は先史時代並みだった。立木にびっしり囲まれていて陰気な感じだったし、眺めも邪魔されていた。僕が木を十本あまり切り倒したことで、この庭が息を吹き返し、庭に足を休める人の眺望が広がる契機になったのさ。そのうえ、テニスコートもガレージもなかった。何といっても、車は必需品だからね」

「成る程、それは悪魔祓いのための定式のひとつだな」とヴェリングが言った。「だが、階級間の不平等のもうひとつの実例でもある。貧乏人だったら、未だに招かれざる客と一緒にぼろ家で我慢していなければならないのは明白だからな。いつ、建てられたのかな」

「一五八五年さ」とジョーは言った。「何本かある煙突のひとつの土台に刻み込まれているんだ」

アーサー・ヴェリングは一座の中では最年長だった。痩せて引き締まった体つきの小男で、年齢は五十六歳、服装にも言葉遣いにも身のこなしにもすきがなかった。彼は、表面的に見るとちょっととっつきにくかった。それは、あるときにはひょうきんで、またあるときには他人を寄せ付けない態度が原因だった。要するに、彼は冗談を言うのが好きなくせに〝気のいい奴〟ではなかったのだ。だが、彼が親交を許した相手は、彼のことを積極的でしかも分をわきまえた男だと見做していた。彼は膨大な個人資産を所有していた。そして人生の多大な時間を費やして資産の多くを動物愛護促進という理想に捧げていた。彼が考えるには、この方が動物虐待禁止というよりはましな表現なのだった。彼は、難解で、多方面に亘る、金にならない知識を山ほど有していたが、それを明かすことは滅多になく、ひけらかすことは決してなかった。気質としては建設的懐疑論者だった。肥え太った実利主義者のジョーが何故ヴェリングの親友になり得たのかは、人間の相性について数ある謎のひとつだった。

「だからこれも断言するが」とジョーは言った。「木の切り株や、ばら土や、砕けた石と一緒に、幽霊という遺物も職人たちが荷車で運び出してくれたのさ。ところで、これで話は終わらないのだ。トリンシングの話ではバックス州は英国中で最も迷信深い州だが、だとすると、それを説明づける何かが雰囲気にある筈だ。彼が言うには、地元の人間と付き合っていると、二軒に一軒は幽霊屋敷だと思えるようになるそうだ」

「恐らく地元の人間の意見には一理あるのだよ」とヴェリングが言った。「ところで、〝ロニングズ邸〃にはどんな現象が起きることになっているんだい？　亡霊が棲みついているのかな？　用心しておくに如《し》くはないからね」

「それを話そうと思ったんだ。僕はトリンシングに質問した。彼は真相を解明しようと努力したことはなかったそうだ。だが、村にいる爺さんが、その気になればきっと話してくれるだろうということだった。その爺さんはパブを経営している男の父親で、いわば村の〃知恵袋〃なのだそうだ。

　という訳で、ある晩、僕は〃夕日亭〃という古式床しい居酒屋へ出掛けた。亭主と一緒に酒を二、三杯飲んでから自分が何者であるかを名乗り、それとなく何が知りたいのか伝えた。亭主が言うには爺さんは機嫌がいいところだから、あたってみろということだった。亭主に連れられて酒場の奥の休憩室に行ってみると、爺さんはこともあろうに座って〃ニュー・ステイツマン〃（左翼系の政治・文学の週刊誌）を読んでいるところだった」

「多分」とヴェリングが言った。「都市労働者の思想に対する農村プロレタリアートの反応を勉強していたのさ」

「きっとね。爺さんは見てくれこそ随分年老いていたが、頭はしっかりしているし、鷹のように鋭い目つきだった。爺さんは悠揚迫らざる態度で僕を迎えた。教養のある口のきき方で礼儀正しかった」

「騙されないぞ！」とパリサーが大声を上げた。「僕の家にはいつも貴族が大勢押し掛けてくるけれど、ナチスの突撃隊そこのけに礼儀知らずで、新聞の寄稿家並みに無教養な連中ばかりだ」

この幾分悪趣味で偏見に満ちた悪口を聞いて、カーモイズは話し手の方をちらりと見た。パリサーにはらしくなく露骨で、彼がメイドにひっきりなしにシャンパンを注がせていることにカーモイズは気付いていた。

「さて」とジョーが続けた。「爺さんは眼鏡を外すと、倅《せがれ》が持ってきたトディー（ウィスキー、ブランデーなどに湯、砂糖、レモンを加えた飲み物）を一口啜《すす》り、用向きはおよそ察しがつくと言った。

爺さんと近づきになるのが主たる目的だが、ある家に関して耳にしたある噂について少しばかり興味があるのだと僕は言った。爺さんは、そんな噂を気にしているのか、つまり信じているのかと尋ねた。『理屈ではなくて、今風に言えば〝本音〟のところを聞いとるんじゃぞ』僕は気にもしていなければ信じてもいないと言ってやった。

『それなら』と爺さんは言った。『どうしてほうっておかんのじゃな？』実に巧妙な言い方だ。僕は、確かに貴方のおっしゃるとおりだが、それでも確かめてみたいのだと応えた。爺さんがまだ躊躇していたので、何も話してくれないなら、きっと村の誰かからあらいざらい聞き出すことになるだろうと、暗に言ってやった。

『本気かな』爺さんはにやりと嗤《わら》って言った。『言わせてもらうが、あんたは田舎者の心情がまるきり分かっとらんようじゃな。大型バスが走ろうがラジオが放送されようが、わしらここら辺の者はまだまだ田舎者でな。教えてやろうとも。あんたのことを性根の据わった人間だと判断したからこそ、話してやる気になったのじゃよ。どっちにしろ、あんたは家を買ったのだしな。ここら辺のわしらの気風について話しておったな。そうさな、子供らは暗くなるとお前さんの家の方へは近寄ろうとしない。理由も判らんのにだ。村の伝統なのだ。所謂、〝霊的な〟言い伝えだ。もっと言うと、子供らの両親も、爺さん婆さんも、子供らと同様理由を知らないのさ。それでも、日没後、村のあの辺りにあるものはそっとしておかなければならないというのが不文律なのだ。童どもに伝わるちょっとした戯《ざ》れ詩があっての。

二度見ちゃいけない、二度見ちゃいけない
炎の小径《こみち》の影なし坊主を二度見ちゃいけない

子供らは詩の意味を知らないが近寄ろうとはしないし、実のところ、子供らの親、兄弟も同じだ。勿論、小径にまつわるおぼろげな風説はある。だが、ここら辺の村ならどこでも、誇りであると同時に畏れの対象となる、そうした小さな言い伝えを抱えているのさ』

僕は、何となく爺さんが故意に話題を逸らそうとしているような気がしたので、話題を家に戻した。あの家については何か言い伝えがあるのかな？　爺さんはにやりと嗤って、あると言った。村の皆と同じように、親父から聞かされたのだよ。ひとつの民間伝承だ。何と、大昔、この家に住んでいた男が妻と子供たちを拷問した挙句、狂い死にさせ、自らは村人たちの手で火炙《あぶ》りの刑に処せられたそうでな。僕がせがむと、爺さんは更に言った。わしが聞かされた限りでは、この家に住む者は熱さに苦しむ運命だと信じられているのさ」

「お告げの伝承者としては当然ながら、曖昧な表現だな」とカーモイズが言った。
「爺さんはもっとはっきりしたことも言ったよ。池の近くの牧草地に地面が丸く茶色になっている所があるが、それに気付いたかと訊くのだ。僕は気がついていたので、そう答えた。『いいかな』と彼は言った。『そこが火刑の柱が立てられた場所だということになっていて、そこには草が生えないと云われているのさ』
どこかの階段を半分上ったところに小さな物置部屋がなかったか、と爺さんは尋ねた。僕は『あります』と答えた。『村では〝通路《アレイ》〟という名で知られておってな』と彼は続けた。『その部屋で農夫の家族が拷問されたのだ。わしは親父の説をそのまま伝えているのだがね。もしも、わしがあんたの立場だったらな、旦那さん、気に病んだりせんよ。きっと、すべては戯言《たわごと》さ。数多《あまた》ある、この手の話と同じでね』
何となく、貴方はすべて戯言だと思っているような感じがしないが、と僕が言うと、爺さんは機嫌を悪くしたようだった。『旦那さん』と彼は言った。『わし自身、田舎者でな。あんたは違う。どっちにしろ、火が焚かれたのは遠い昔のことだ。きっと、今では燻《くすぶ》ってもいないだろうさ』
でも、そうでしょうか？　そこのところを知りたいのです。それ以降のここの住人についてはどうなのですか？　まず、この家の最後の住人は何という人たちですか？　爺さんは名前を忘れてしまっていたが、戦後すぐのことだった。それで、住人の身に何事かあったとしたら、どんな出来事だったのですか？

ところが、こう訊くと爺さんは少しむっとしたようだった。質問に辟易《へきえき》しているように思えたので、僕は礼を言って店を出ることにした。

そしてこういう次第になったのさ！——何らかの馬鹿げた理由で土地に悪い評判が立ち、田舎者どもが作り話をでっち上げてその偏見の理由付けをする。住民はその土地を忌避し、土地は荒廃して如何にもそれらしくなる。この近隣は、そんな不条理な過去の遺物でいっぱいなのだ。僕は確信するが、五十年もすれば〝ロニングズ邸〟は迷信のめの字とも関係なくなるさ」

熱弁に興奮して、彼はグラスをぐいと飲み干した。

「君の話を聞いていると」ヴェリングが言った。「〝何らかの馬鹿げた理由で〟という言い回しで、少しばかり論点をぼかしているようだね。僕は、こうした偏見にはたいていそれなりの確かな理由があるに違いないと思うんだ。そうでなければ説明がつかない。この家で何らかの特別に邪悪な所業が為《な》されたとすると、その行為がいつまでも影響を及ぼすという偏見や発想も納得できる。僕の知る限り、これは確かな理論で、それを裏付ける膨大な量の証拠もある。それを律する法則もあるだろう。その法則は、木製の箱に付いたツマミを回すと、瞬時にして、海中の潜水夫の話し声や、オーストラリアのクイーンズ州の鳥の羽ばたく音や、アメリカのジョージア州でリンチされる黒人の断末魔の叫び声を聞くことができるといった——僕にとっては——遙かに驚異的な現象を支配しているのと同じくらい堅固なものなのだ。しかも、これから千年後にそれらと寸分違わない音がもう一度再生されるかもしれないのだ。僕はこうした法則の存在を信じている。だが、果たして人間の理解の及ぶところとなるか、あるいは人間に理解する資格があるかどうかは定かではない。哲学的に、僕たちが極めて微妙な立場にいるのは言うまでもない。要するに、法則それ自体は存在するのだろうか？　エディントン（英国の物理学者・天文学者）を始めとする新観念論者に言わせれば否だ。曰く、こうした体系化は本質的に主観的なものなのだ。確たる理由がある訳ではないが、僕は彼らの言に首肯しない。僕たちは四人とも新唯物論者だと信ずるが、行き過ぎた懐疑論の援用は迷信の裏返しに過ぎないからね。僕は心霊現象が実在することを確信しているが、それが何故、どのように、何時、発生するかについては皆目、見当もつかないのだ」

「僕が思うに」カーモイズがおどけて言った。「そのご老体は君をお手柔らかに扱ってくれたのさ。親切心から敢えて何事か伝えようとしたが、できるだけ控えめに話したのだ」

「何でも聞かせてほしい、どんな内容だろうとちっとも気にしないからと、彼には特に念を押したんだがね」

「だから、極めて当然なことに、彼は君の言うことを言葉どおりに受け取らなかったのさ。それか、君の寛大さの度量を疑っていたかだ。僕だったら彼の助言どおりにするな。賢明なご老人に思えるからね」

「それから、田舎者の知恵を軽んずるなよ」パリサーが大声で言った。「奴らの表向きの愚鈍さは、たいていこすっからい見せかけだぞ。百姓のことを侮っていると、愕然とさせられるぞ。というのも、彼らの棲む野原や小川には、金融街の株屋連中の知らない価値や秘密が隠されているからだ。正直言って、僕は田舎へ来るといつも不安になる。不法に入り込んだ都会っ子の居心地の悪さだな。地元民には、いつも極めて攻撃的で他所者《よそ》を寄せ付けないところがある。今日、車で来る時に、森の際まで達する広い草地を通った。その草地の真ん中に案山子《かかし》が立っていたが――僕は案山子が大嫌いなんだ。もしかして、何処かの不届きな輩《やから》が魔術を知っていて、案山子に服を着せ、耳元に呪文を囁いて立たせておいたとすると、怖がるのは小鳥だけではないからね。あの野原にいた妙な奴もその類ではないかと疑っているんだ。もしも、そうだとすると」彼は興奮しながら続けた。「闇夜の晩でなくても、あいつの所へのこのこ出向いて行く気にはならないな。想像してみろよ。もし奴に手招かれたら会いに行かなければいけない気持ちになってしまうのだ。それで奴の所まで行って潰れた山高帽のつばをそっと上げてみる。すると――さあ、帽子の下には何があるのだろう、それに、そんな奴にどうやって話しかける」

「こちとら年季がはいっているんでお前なんざ怖くもなんともないぞ、と話しかけてやるさ」とジョーが言った。「それにしても、アーサー、まさかこの幽霊話を信じていると本気で言うつもりではあるまいね」

「僕は確信している。この影響力は特定の場所に、いわば、身を隠すことができるのだ。黴菌《ばいきん》が保菌者の喉に隠れるようにね。しかも、食欲をそそる熟《う》れた獲物を見つけると、潜伏したまま力を保つことができるのだ」

「でも、どうやって?」ジョーが大声で言った。「何の意図があるんだ」

「法則については何一つ知らないと言っただろう。テレパシーについて説明することはできないが、あれは既定事実だ。この感受性の強さ、第六感が文明化によって退化する傾向があるのは明らかだ。つまり、動物は当然のことで、未開人種は僕たちよりも遙かに多く第六感を保持しているのだ。だが、この感覚の退化については、通常想定されているよりずっと多くの例外が存在すると思う」

「そして、僕がその例外の一人なんだ」パリサーが声高に言った。「僕はこの家に足を踏み入れた途端、この家が君の言う〝保菌者〟だと気付いたのだ」

カーモイズは、ジョーがこの発言にちょっと不愉快そうにしているのに気付いた。そこで、どうにかして話題を他に切り替えようと思っていると、この家の主人はラウンジに席を改めようと提案した。ブリッジはしないことになり、パリサーとジョーはピケット（カードゲームの一種）で遊び、カーモイズはヴェリングのチェスの相手を引き受けた。ポートワインとブランデーを聞《きこ》し召したパリサーが酩酊して耳障りなほど饒舌になったため、カーモイズは苛々して集中力を欠いた。カーモイズは二十手めで試合を投げた。

「疲れていると」カーモイズは言った。「駒が勝手に動いて自分たちの運命を決めていくように思えてくる。この試合では、駒は自滅する方向に展開していった。ことによると、僕が彼らの動きに干渉したからかもしれない」

「気まぐれな駒たちか《レ・ゼシエク・ファンタスク》」笑いながら、パリサーがジョーに銀貨を何枚か手渡した。「世をすねた狂人の考え出した寓話だよ。登場するのは老いぼれの王様《キング》と吸血鬼のような女王《クイーン》、乱暴者の騎士《ナイト》たちと二心ある司教《ビショップ》たち、それに愚鈍な歩兵《ポーン》たちで彼らの最大の野望は性転換して老いぼれとベッドを共にすることなのだ（チェスのルールで、歩兵が敵方の最終ラインまで到達すると好きな駒になることができる。通常は最も強力な女王になる）」

「僕の理解では」とヴェリングが言った。「味方の司教が盤面から退去して初めて、そうした分不相応な結婚が画策されることになるのだがね」

「さて」とジョーが言った。「すっかり遅い時間になったな。寝室に引き取る前に、〝通路《アレイ》〟をお目にかけようか」

他の者が同意したので、彼はカーモイズの部屋の前を通り越して階段を上り、踊り場のドアのところまで案内した。差し錠を弛《ゆる》めるのに苦労していたが、やがてドアは手前に向かって開き、彼は頭を下げながら部屋に足を踏み入れた。

確かに奇妙な部屋だなと、カーモイズは思った。奥行き十二フィート、幅六フィート程で、天井が上から圧迫していて、ドアの向かい側に閉め切ったままの小窓が付いていた。幅の狭い木製のベンチが部屋の長さとおなじだけ設《しつら》えられていた。

「さて、この部屋を何だと思う」とジョーが尋ねた。

「一体全体、何の目的で作られたのかな」とヴェリングが尋ね返した。

「分からないな。建築家に訊いてみたんだが、さっぱり分からないと言っていたよ。以前にも古屋敷で同じように得体の知れないものに出合ったことがあると話しただけだった。彼は部屋を塞《ふさ》いでもらうように助言したが、そうしなければならない理由を筋道を立てて説明しようとはしなかった。彼は何か言い出そうとするかのように僕を見詰めていたが、思いとどまったのだ。村で噂を聞いていたのかもしれない」

「真下には何があるのだい？」そう尋ねたパリサーは、平静さを取り戻したようだった。

「ビルの部屋だ。彼のベッドの枕の方と交差しているのさ」

「すると、ここで拷問にかけられて発狂したのだね」とヴェリングが言った。「僕だったら、きっとその建築家の助言を取り入れていたな」

彼らは一列になって部屋を出た。ジョーが差し錠を掛けてドアを閉め、一同は各々の自室に引き取った。

ベッドにもぐり込む前に、カーモイズは窓辺に行って外を眺めた。すると、満月が虹色の雲の端から不意に明るく顔を出して一瞬睨み下ろしたかと思うと、その後から一陣の雨混じりの突風が吹き寄せ、月明かりは消えてしまった。柔和でのっぺりした月の面が闇に閉ざされてゆくのを見ているうちに、彼は最近科学雑誌で読んだ、情緒不安定な精神病患者に及ぼす月の影響力についての論文を思い出した。時代遅れの発想だが、そこで論じられている症例は極めて明確で、信ずるに足るだけの詳細さを以て取り扱われていた。

彼は旅行鞄から本を取り出すと、ベッドの上に電灯を灯して腰を降ろした。彼が選んだのは物理学についての著作だった。眠気を誘ってくれるからでもあり、少しばかり理解の域を超えている（と自分でも思える）問題に懸命に取り組んでいると、煙に巻かれるような不条理な魅力を感ずるからでもあった。

霊界に於いては（と彼は読み始めていた）、その法則がさらに蓋然性という特質を有し、原因の源が判然としない限り如何なる事象も決定し得ないとすれば、因果律の問題が自然科学から排除されることはないだろう。

この一文の意味が頭に入っていかないことから、眠過ぎて本が読めないことを彼は自覚した。彼は本を床の上に放り出して電灯を消した。静謐《せいひつ》そのものだった。木々の葉擦れの音さえもが、静けさの妨げというより静けさを際立たせていた。ちょうどうつらうつら眠りかけたとき、彼はぐいと覚醒状態に引き戻され、苛立ちを通り越して怒りを覚えた。頭上から伝わってくる忍びやかな音は、おどけ者のパリーが、あのおぞましい小部屋をうろつき廻っている音に相違ない。奴はそのつもりだったのだ！　まだ酔っ払って馬鹿な真似をしているのだ。真下に何があるかと質問した理由はこれだったのだ。

一歩、二歩、三歩、四歩。さあ、行き止まりの窓の所へ行ったぞ。彼は耳をそばだてて足音が引き返してくるのを待った。だが、何も物音はしなかった。何て酔狂な奴だ！　どうしてベッドに戻らないんだ！　忍び足で引き返したに違いなかった。

当惑して聞き耳を立てたまま数分間がたち、彼は寝具を頭に引っ被った。次に彼の意識に上ったのは——何とも捉え所のない陰気な夢を認識の範疇に含めるとすれば別だが——メイドがドアを叩く音だった。

翌日は素晴らしい天気だった。

「称賛すべき実例だな」朝食の時間に遅れて下りて来たパリサーが言った。「科学に対して自然が益々屈服しつつあるというね。数年前なら、天気予報士は単に占うに過ぎなくて——たいていると、パリサーがやけに気分を高揚させているようだったので、カーモイズは彼の子供染みた徘徊について言及して応戦することを控えた。

十時前には、彼らはバーカムステッドに向かっていた。午前中に四ラウンド、プレイした。カーモイズはヴェリングとペアを組んだが、打球が偶然ヒースに衝突して進行方向を変えたため、やっとのことで勝利を拾った。彼らが戻って来ると、有名なアマチュアの国際選手がドライバーで最初のティー・ショットを打つところだった。彼らが立ち止まって注視していると、大選手は打球を強くトップさせてしまい、失笑を買った。

「あれくらいなら僕らにも打てたな」ゴルフに関してはしばしば天賦の才能を見せつけるジョーが言った。カーモイズは何気なくパリサーの方をちらりと見た。パリサーは両手を両耳に宛《あて》がったまま、硬直したように立ち竦《すく》んでいた。それから不意に踵《きびす》を返すと、ゆったりとした足取りでクラブハウスへ向かった。

昼食の始めのうち、パリサーは至って寡黙だった。だが、最初の一杯に続けて二杯目もウィスキーをダブルで注文した。

突然、彼は口を開いた。興奮して途切れ途切れの口調だった。

「あの打ち損ないで思い出したことがあるんだ。何年か前、エキジビション・マッチを見にエプソムのRACコースに出掛けたことがあってね、ボビー・ジョーンズ、タウリー、ウェザード、それにカークウッドという男の試合だった」

「あの曲打ちをする奴かい?」ジョーが口を挿《はさ》んだ。

「うん、そいつだ。そう、二ラウンド目の前にあのくだらない芸を披露したのだ。奴さんは右利き用のクラブを使って左利きの立ち位置でプレイしてね。十球余りのボールをミドルコースに真っ直ぐ一列に打ち込んだのだ。――前の組のキャディーの頭越しに雨霰《あめあられ》のような早業だった。その他にも筋力と精神力の完璧な調和と抑制を要求される驚くべき離れ業を次々と披露した。肝心なことは、どの打球も真っ直ぐだったことだ。やがて試合が再開された。すると奴さんは、打球をとんでもない角度でフックさせてバンカーに打ち込んでしまった。一瞬の沈黙の後、大観衆はどっと歓声を上げた。下品で耳障りで、同時に野次の混じった、今までに聞いたことのない不快な大音声だった」

「くだらない！」驚いてパリサーを見上げながら、ヴェリングが言った。「それは、君のまったくの主観的印象だろう。お笑い種《ぐさ》もいいところじゃないか。自分の限界となる困難なことに挑んで成功する。簡単なことで失敗する。まったくおかしな話さ」

「君は間違ってる」パリサーが大声で言った。「あれは単なる円満な笑いじゃなかった。野蛮で残虐な野次で、偉大なものを軽蔑して自分たちと同じ水準まで貶《おとし》めようとする、人間のいやらしい欲望だったのだ」

「おいおい、馬鹿を言うなよ」とジョーが言った。「何て途方もなく大袈裟な物言いだ。僕だって笑っていただろうし、誰だってそうさ。きっと君だって笑っていたさ」

「僕は笑わなかった。反吐《へど》が出そうだった。男たちの蛮声や、女たちの嘲笑する甲高い声が、今でも僕には聴こえるのだ」彼は再び両手で両耳を塞いだ。

「君がそう感じるのも無理はないさ」カーモイズがなだめるような口調で言った。「劇作家として、効果を沸騰点まで沸き立たせてから、適当な温度まで冷ますのが君の仕事なのだから。恐らく、その笑い声の中には野次の要素もあっただろう、僕も同感だよ。だがね、きっと群衆の大半はある程度同情も感じていたにちがいないさ。もっとも、彼は同情を買いたくはなかったろうがね」

「何てばかげた話だ」と彼は思った。「しかし、パリーの神経は相当参ってるな」

「そうとも、まだ冷めてはいないんだ、また聴こえてきたぞ」パリサーは叫んだ。「僕にはまだあの下品な笑い声が聴こえるし、一部始終が目に浮かぶのだ」グラスを持ち上げる彼の手は震えていた。

その日の午後、カーモイズはパリサーと二人でラウンドしたが、いっこう愉しまなかった。彼は心を取り乱しているようだった。スコアを数えることも出来ず、三度もボールを打ち損ない、あるグリーンの上では遠くの方を見詰めながらじっと立ち尽くし、パットを打つのも忘れていた。彼のキャディーはあからさまに不安そうな眼差しで彼を凝視し、近付くのも嫌そうだった。カーモイズが全てのホールで勝ちを収め、最後にパリサーは詫びた。

「悪かったね、ビリー、でも、あの騒音が頭の中に大きな音で鳴り響いているんだ。実を言うと、以前にも仕事で疲れきっていた時に悩まされたことがあってね」

帰宅の車中、カーモイズは後部座席で彼の隣に座った。パリサーは、あっという間に寝入った。だが、明らかに健康な人間が疲れたときの正常な休み方とは違うなと、カーモイズは思った。というのも、差し迫ったような緊張した表情を貌《かお》に浮かべ、時折り唇をぶつぶつ動かしたりするのだ。睡眠時の夢と覚醒時の妄想を分かつ機能が不安定になりかけているとしたら、どんなにか不快なことだろうとカーモイズは思った。それは狂気の定義に等しいではないか。パリサーが両手で抱えながら頭を垂れ、両手の指で両耳を押さえると、カーモイズは彼を起こしてやりたくなった。だが思い留まって荒々しささえ感じさせるチルターンの丘陵地帯の彼方を見やり、やがて眼を閉じた。カーモイズは車が屋敷の門前で停車するまでうつらうつらしていた。パリサーも同時にふと目を覚ましたが、一瞬、当惑して自分がどこにいるのか判らないようだった。

家に入ると、パリサーはすぐさまラウンジに行ってアームチェアーに身を預け、再び意識を失って深く不安な眠りに落ちた。

「疲れ過ぎたんだよ、きっとね」そう言いながら、ヴェリングは彼を見下ろした。

「以前にもこんな彼を見たことがある」とカーモイズが言った。「ちょうど戯曲を完成させようとしているのさ。この症状は知っているが、妙に神経質だな」

彼らは、夕食のための着替えの時刻になるまで時間を潰した。パリサーは気つけに酒を飲んだ。彼は自分でウィスキーソーダをグラスに注ぐと一口で飲み干し、無言で自室に戻った。

夕食は些か気の滅入るような食事になった。パリサーの振る舞いのせいで一座の空気が重くなり、気分を変えることが出来なかった。パリサーは、あたかも自分自身の世界に没頭しているかのようだった。彼は殆ど食物を口にせず、意外なくらいに酒も飲まなかった。気が付いてみると、カーモイズ自身も憂鬱で何となく不安になっていた。多分〝ロニングズ邸〟が人を不安に陥れる過去からの反響音を発していることを、カーモイズ自身も初めて納得したような気がした。

結局、ヴェリングが重い沈黙を破り、戯曲はいつごろ完成できそうかとパリサーに質問した。

「来週には完成する予定だったんだが」彼は放心したような口調で答えると、再び自分の心の砦に籠《こも》ってしまった。

夕食後、他の三人はだらだらとスヌーカー（突きの一種《ポケット玉》）に興じた。パリサーは膝の上に新聞紙を載せて腰を降ろし、部屋の反対側から眺めていた。ゲームの終《しま》いにジョーが堪え切れずに欠伸《あくび》を漏らすと、欠伸は他の者にも移った。

「さて」と彼は言った。「君らは好きにしてくれたまえ。諸君、僕は退散することにする。バーカムステッドを二ラウンドも廻ると、いつもくたくたになってしまうんだ。明日の計画は、翌朝決めることにしよう」

ヴェリングとカーモイズは同意し、二人が席を立つとパリサーもつづいた。

「まずは夜の景色を見物しようじゃないか」とジョーが言った。

彼は庭に続くドアを開けて外に出た。異様な美しさだった。風は勢いづいて強風となり、それでいて大きな月が雲ひとつない満天の星空に掛かっていた。地球が躍動しているように感じられた。こんな晩には、人間が地球という孤独な天体上にあって無限の宇宙を回転していることが実感できるなと、カーモイズは思った。

十分後、彼は自室にいた。パリサーは妙にしゃちほこばって、にこりともせずにお休みの挨拶を皆に告げると、カーモイズより先に引き取って行った。カーモイズは〝ロニングズ邸〟が陰気な住居であることを率直に認めた。そして、実に奇妙なことに、フックしたティー・ショットについてのパリーの滑稽な空想が、いつしか視覚と聴覚の両方から繰り返し思い出されるのだった。彼には、興奮した身振りの小さな人々が馬蹄形になって取り囲む姿が見え、彼らのくぐもったざわめきが聴こえた。取るに足らない出来事でも、印象が強烈だと記憶に鮮明に残るものだと彼は思った。彼は半時間ほど読書してから電灯を消した。彼がちょうど眠りかけたとき、ガレージの外の犬小屋から、バッカが暗闇に向かって長く物悲しげに二吠えするのが聞えた。

彼は急に目が覚め、ぞっとして身の毛がよだった。パリサーがまた足を踏み鳴らしているのだ！　行ったり来たり、行ったり来たり！　今頃一体何をしているのだ！　行ったり来たりして、走り廻っているぞ。

突然、どしんという大きな音がして天井が揺れ、高笑いが響きわたった。

ああ、神様！　彼は何をしているんだ！

部屋着とスリッパをもぞもぞと身に付けながら、カーモイズは勇気を奮い起こさねばならなかった。あの階段を上って行きたくなかったのだ。階段に片足を掛けて、彼は叫んだ。

「君かい、パリー？」

返ってきたのは二度目の気違いじみた高笑いだった。

パリサーの部屋から漏れた光が、〝通路《アレイ》〟の開いたドア越しに照り映えていた。パリサーはそこにいた。尻をついてしゃがみ込み、顔を奇妙に歪めている。

「どうかしたのかい、パリー？」カーモイズは尋ねた。パリサーは上着もなしでシャツを大きくはだけ、ズボンもずらしていた。

パリサーは彼を見上げながら、夢でも見ているように曖昧ににやりと笑った。泥酔した人間のような笑い方だった。それから立ち上がってよろよろと歩いた。

カーモイズは片腕で彼の両肩を抱きかかえてベッドへ連れて行った。すると彼はベッドに仰向けに倒れ込むなり大きな鼾《いびき》をかき始めた。カーモイズは騒音で家人の誰かが目を覚ましただろうかと思ったが、何の物音もしなかったので、皆を起こすのをやめた。

明りを点けたまま、彼はアームチェアーに腰を降ろして朝になるのを待った。彼はちょっとの間パリサーを観察したが、すぐに目を逸らせた。苦しげに表情を動かしているからだった。神経系を病んでいる人間が往々にしてそうなるように、彼は自らの狂気を暗示するものを恐怖するあまり、錯乱状態に陥ってしまったのだ。しかも、そういう人間に耐える力を与えてくれるものが一つだけあるとすれば、それは本人の論理的思考能力と精神の安定だけなのだ。

うつらうつらしていたカーモイズは、はっとして椅子の肘掛けを握りしめた。あのガシャンという音は何だ。〝通路《アレイ》〟のドアが突風に煽られただけのことだ。厳密にはそんなことが起こり得るのだろうか。彼は深く考えるのをやめた。

七時になったので、彼は急いで身繕《みづくろ》いし、やっとの思いでジョーの部屋を訪ねた。ジョーがヴェリングを呼んで来て、彼らはこの厄介な事態について手短かに意見を交した。

「こんなことにでもなりはしまいかと、薄々予測はしていたんだ」とヴェリングは言った。「この家に来てから、彼は、いわば、悪化しているようだったからね」

「やれやれ、今日は彼をここから動かせないだろうな」とジョーが言った。「ビル、君は身なりを整えているから、医者を呼んで来るのは君がいいな。シルヴェスターに言ってすぐに車を廻させるよ。医者の住所を探さないとな。アーサー、君はパリサーと一緒にいてくれるか。家の中のことは僕に任せてくれ」

五分後、カーモイズは車に乗せてもらって出掛けた。最も近くの医師はバージェスという名前で、所在地は四マイル離れた村の反対側だと判明した。カーモイズが到着したとき、医師はちょうど朝の食事中だった。だが、マーマレードを食べ損なった不満は、〝ロニングズ邸〟で養生している評判の大金持ちの主治医の地位に就いたという事実で償われたのが明らかだった。

彼は年齢六十代半ば、蓬髪で風采が上がらず、貧乏人のリューマチ患者や妊娠した百姓女相手の際限ない回診に見るからに辟易している様子だった。

カーモイズがパリサーの健康状態について説明している間、医師はリズミカルな動作で頬髭を撫で付けていた。

「鎮静剤を処方しよう」彼はそう言うと、何やら薬を求めて薬剤室へよたよたと歩いて行った。

「奇妙なことだ」二人で車の座席に座っているときに医師が言った。「だが、わしが最後に〝ロニングズ邸〟に行ったときも、何か似たような症例だった。死因審問が開かれたのは宣戦布告の日だったから、日付は忘れようがない。カーマックという名前の若者で——芸術家だった。突然の発作で——そうだな、病名を何と呼ぶかは好き好きだが——精神錯乱かな——生きている彼を見たのはあの時が最後だった」

「自殺したのですか」カーモイズが尋ねた。

「そうだ。独り暮らしだった。庭師が彼の叫び声を聞いておった。窓から身を投げたのだよ」

「その後、あの家に住んだ人はいたのですか」

「いたとも。ブランドンという名前の夫婦者だった。二週間で出て行ったがね。一九二一年のことだ。それ以来、空き家だ」

ジョーが二人を玄関で出迎え、医師をパリサーの部屋へ連れて行った。彼はいまだに独りでブツブツ言っており、時にはクスクス笑い、時には怯えたような精神的苦痛の表情を見せた。

数分の間、医師は部屋に残ってパリサーと二人だけになった。カーモイズは部屋から出て来た医師の表情から見て取った。医師は、自分には手に負えないという事実を何とか取り繕おうとしているのだった。

「精神衰弱の典型ですな」彼はもったいぶって言った。「何とか薬を喉に押し込んだから落ち着くでしょう。今日はここから動かさないほうがいい。だが、明日は入院させねばなりませんぞ」

「危険な状態なのですか」ジョーが尋ねた。

「肉体的には丈夫で問題ないが、完治を目指すつもりなら、相当の期間にわたって手厚い看護が必要ですな――さもないと」

「では、明日の朝、救急車を呼んだ方がいいな」ジョーがそう言って結論を下した。「僕が彼の細君に連絡しよう。細君は、かかりつけの医者と相談して入院の手筈を整えなければならないからな」

「それが最善の方法ですな」とバージェス医師が言った。

「それで、今日のところはどうします? つまり、食事を与えるとか、その他諸々については?」

医師が、これからその場で多少強引にでも流動食か何かを食べさせ、七時にまた往診に来るので、その時にもう一度食べさせるということで話がまとまった。

「付き添いについては?」ジョーはそう尋ねると、同情と嫌悪の混じった顔で、落ち着きなく身動きする姿を見詰めた。

「誰か一緒にいたほうがいいですな。こうした症例では、無意識にどんな衝動的行為に及ぶか予測がつかんのです。恐らく、何時間かは昏睡状態が続くと思いますがね」

「了解しました、それでは」とジョーが言った。「七時十五分前に運転手を迎えにやりましょう」

この知らせを聞いたパリサー夫人は、最初、説教口調で文句をまくし立てた。どうやら、某王子の侍従官を務める人物のそのまた知り合いの誰かを囲んで晩餐会を開く予定でいたらしかった。だが、ジョー氏は場合によっては有無を言わさぬ強引さも持ち合わせており、彼女のおよそ見当違いのお喋りを即刻黙らせた。その結果、翌朝九時にパリサーを主治医の指定する病院に移送する手筈が一時間足らずのうちに全て整った。その後、彼らは交代で病人に付き添った。病人は今では熟睡していた。昼食の時間にはシルヴェスターが当番になった。

「まったくついてない話だ」とジョーが言った。「ちょうど芝居を書き上げようとしている時なのにな。その上、彼の細君ときたら、我儘女の典型だし！」

「きっと彼女のことで苛々したこともあったに違いあるまい」とヴェリングが言った。「考えようによっては、悩みのもとを念頭から追い払うのは、彼にとっていいことかもしれない」

「間に合っていたら有難いが」とカーモイズが言った。「こうした症状は慢性化することもあるからな」

「僕らの週末がおじゃんになってしまったね」とジョーが愚痴をこぼした。「動転してしまったよ。新居で初めにけちがついたのが忌々しいな。ここで暮らしている限り、いつもこの一件を思い出すだろうからさ」

「馬鹿を言うな」とヴェリングが言った。「こんな一回の災難なんて帳消しになるくらい、山ほど楽しいことがあるさ」

「そうだといいが」とジョーは溜息をついた。「それどころか、今すぐにでも、ここからきれいさっぱり引き上げて、二度と戻ってきたくない心境だよ」

「至極ごもっともではあるけれど、それも一日限りのことだよ」とカーモイズは言った。「さあ、クロックゴルフ（ホールを中心とする円周上の十二点からパットして打数を競うゴルフ）を一ラウンドしよう」

彼らはこうして一時間あまり、空しく時間を潰した。クロックゴルフをしたり、お茶を飲んだり、定期的に患者を見舞ったりしているうちに、午後の時間はのろのろと過ぎていった。医師が往診に来る一時間ほど前から、パリサーはますます落ち着きがなくなった。それはカーモイズが当番で、鬱々と過ごしていた時だった。パリサーが突然くすくす笑い出したかと思うと、その後、表情を変えてベッドに起き直り、ベッドから抜け出そうと企てたのだ。カーモイズは彼を引き留めるのに苦労した。

「奴らが小径をやって来るんだ」パリサーは切迫した口調で囁いた。「奴らが小径をやって来るんだよ」

今度は、医師は皮下注射薬を持参していた。それで、食事を与える前に彼の前腕に一本打った。

「最近、何か精神的打撃を受けたことがありましたか」と医師が尋ねた。「命を危険にさらされたとか」

「僕の知る限りではありませんが」とカーモイズは答えた。

「彼の心は何か危険なことに取り憑かれているようでしてね――火のようだな」

「ちょうど先生がみえる前くらいから、随分と落ち着きがないのです。こんな状態になったら、どうするのが一番いいのですか」

「鎮静剤を大匙一杯与えてください。翌朝の一番に往診に参ります。ロンドンへ発《た》つ前にもう一本注射を打ちましょう。気の毒な患者さんの容体が悪化するのが不安ですからな。この家を出て行けば容体はよくなるでしょう」彼は慌てて付け加えた。「――こうした症例では専門的な看護が不可欠でしてね」

「ぼんくら爺が！」医師が去った後、ジョーが腹立ちまぎれに怒鳴った。「パリサーがどうなっているか、奴さんには何の見立てもできてないぞ」

カーモイズはふと思った。ベッドに寝ている人物だったら、自分の本の中からもっと的確な診断者を連れ出して来ることが出来たかも知れない。『霊界に於いては、原因の源が判然としない限り、如何なる事象も決定し得ない』その源がフレイザーの『金枝篇』で暗示されたものだとすると、尚更そうだと彼は思った。

「夕食にしよう」とジョーが言った。「シルヴェスターに付き添わせるよ。ちょうど彼が戻ってきたところだ」

皮肉にも贅沢な食事だった。立派なスモークサーモンの切り身。カーモイズが味わった中では最高ともいえるコンソメスープ。ヤマウズラのちょうど食べ頃の若鳥が三羽。それに、えも言われぬ味のパッション・フルーツのアイス。年代物のワイン。だが、カーモイズは食が進まなかった。「人口の九十パーセントがパンとチーズとビールで苦労が絶えないというのにな」彼は心中でそう思った。

「庭を散歩しようじゃないか」とジョーが言った。「それからシルヴェスターを解放してやるとしよう」

彼らはラウンジを抜けて外へ出た。そして少しの間、チルターンの土手の上空を大量の雲が競うように流れて行くのを観察した。それから、彼らは景色をゆっくり満喫しながら歩を進めた。

不意にバッカがキャンキャン吠えながら駆け出したかと思うと、左手でガシャンという音がした。

ガラスの破片をギシギシ踏み拉《しだ》きながら、カーモイズが最初に建物の角を廻り込んだ。パリサーが〝通路《アレイ》〟の小窓から頭と両腕を突き出していた。頭も腕も血だらけだった。唇から泡を吹きながら、支離滅裂な言葉をぺちゃくちゃ捲《まく》し立てている。

「左の砂地の中だ、全部で三人いるぞ」突然、彼は悲鳴のような金切り声で笑い出した。それから、鮮血の滴《したた》る唇を大きく開き、恐怖に駆られて叫んだ。「奴らが小径をやって来るぞ！　火だ！　火だぞ」

パリサーの頭の後ろから別の頭が近づくのがカーモイズにはぼんやりと見えたが、すぐに両方とも見えなくなった。彼は玄関に向かって駆け出し、階段を駆け上って自室の前も通り過ぎた。すると〝通路《アレイ》〟の外の小さな踊り場に、縺《もつ》れ合った二人の身体が叩きつけられるように倒れ込んだ。ドアにぶつかった拍子に二人の身体は引き剝がされたようで、二人の頭は前後、別の方向を向いていた。

暫くの間、彼は、男たちのまだ痙攣している死に顔をじっと見下ろしていた。

（鈴木克昌訳）

最初の一束

「あの連中が自分のやっていることの意味を知ったら、いったいどんな顔をすることやら」身を乗りだすようにして外を見ていた助手席のポーチャスが笑いながら言った。ポーチャスは気のおけない友人で、あの連中というのは夏南瓜《かぼちゃ》や花甘藍《はなはぼたん》や林檎などを両手一杯に抱えた土地の人たちの一団のことである。バーミンガムを過ぎて南へ数マイルほど走ったあたりにある村の教会の前を走っていた時のことである。「人間はずっとあんなふうに儀式をやってきたんだ。たぶん最初の文字が記された時から何千年も前から。いつもあんなに洗練されていたとは言えないがね。五月祭の柱は今でもお馴染みだ。よりによってあんなに見苦しいものが残らなくても好さそうなものだが。柳の枝で教区の境界線を叩いたりするのもそうだ。あれはとりわけ興味深い民俗だな。はじめはふたつの風習の組みあわせだった。ひとつは境界線を叩いて悪魔を脅かして追いだすこと、それからもうひとつは小さな子供を叩いて泣かせることだ。子供の涙が雨の神の機嫌を取り結ぶと考えられていたんだな。でも雨の神の機嫌をとることがこの辺の土地ではあまり必要じゃないことが分かってから、大人たちは悪童どもを叩くことを止めてしまった。じつに残念なことだよ。まあ、それは神話の馴化の興味深い例ではあるがね。しかし大英帝国にはまだその種の神話の残存物が溢れている。あるものはまったく毒にも薬にもならない退屈なものだ。あの収穫の祭りみたいに。でもなかにはもう少し手強くて秘密めいたものもある。少なくともぼくが子供の頃はそうだった。ぼくがどうして片腕を失くしたか話したことがあったっけ？」

「いいや」ぼくは欠伸《あくび》をしながら言った。「話してみろよ、けど、面白い話じゃなきゃやだぜ、どうも眠気に負けてすやすや眠っちまいそうなんだ」

ポーチャスはシートに背をもたせかけて葉巻に火をつけた。かれは懐中に五十ポンドだけ捻《ね》じこんで世間という荒海に漕ぎでた。そしてほとんど天才的な知力をもってそれを七桁の額まで押しあげた。ポーチャスは自分の好きなもの以外のことに手を染める心算《つもり》がないように見える。また恰幅がよく、抜け目がなく、冷ややかで、その反面、独特の測りがたい意味で慈悲深かった。さらにポーチャスは健啖家でかつ鋭い舌の持ち主でもある。もちろん酒にも一家言持っていた。外見はそんな特徴を持つ人物のほぼ典型であると言っていいだろう。しかしかれにはより俗的でない側面があり、そちらのほうの発展は著しい高みに達していた。ポーチャスはきわめて耳の肥えた、また独自の嗜好を持った音楽愛好家だった。またかれの鍵盤楽器のコレクションはヨーロッパでもっとも優れたものである。ポーチャスのコレクションのなかでひとつだけは心底羨ましいと思うものがあった。音楽、そう音楽がこうして日曜日の朝、ぼくたちが一緒にいる理由だった。ぼくは音楽の批評をして口に糊《のり》している。これからハーティーの指揮するシベリウスの演奏会を聴くために、自動車を駆ってマンチェスターに向かっているというわけだった。

あれは十三歳の時だった。(ポーチャスは話しはじめた) 親父はエセックスのリードリー・エンドで牧師職につくことを決意した。そこの教区の住人はひじょうに手強いという評判が専らで、主任牧師の席が空いた時も、競争相手はほとんどいなかった。俸給は年に二百五十ポンドで、大きさと快適さの点でいまの救貧院に酷似した牧師館がついていた。けれど教区の評判が親父のやる気に火をつけたんだな。なにしろ親父は分類上も性格上も伝道家だったから。

リードリー・エンドは僻地のひとつで、当節ですら沈滞地域と呼ばれているところだ。チベットの小さな村みたいに世界から孤立していると言ってもいいだろう。浅く奥行きのない谷間に村は広がっていて、一番近い鉄道の駅から十五マイルあまり離れていたし、村からの出口は細い凸凹道が一本あるきりだった。住んでいたのは妙な連中だったよ。よそよそしくて気難しくて無愛想で、近親結婚ばかり繰りかえしてきたことが見た目にも明らかだった。村の人間は親父を侮蔑的な無関心をもって迎えた。親父の使命を鼻で笑ったよ。親父はたちまち意気消沈しちゃったな。

「村の連中には参った」親父はそう言って唸《うな》ったものさ。半ばぼくに半ばは自分に言っていたんだと思う。「連中は私の神より自分たちの神を崇拝してる」

けど村の人間の無愛想さにはもっともな理由があった。リードリー・エンドはたぶん当時イギリスで一番不毛なところだった。よほど恵まれた年じゃないかぎり旱魃《かんばつ》はエセックスのその辺じゃ珍しくなかった。いまでもあそこは春夏に雨のない日がつづくとずいぶんと不自由な思いをしなければならないし、耐乏生活を忍ばなきゃならんだろうな。ぼくらが行った年は三年旱魃がつづいた後の年だった。前の年は作物の出来は酷《ひど》いものだったそうだし、動物は渇きのためばたばたと死んだらしい。そんなだったから不安はいつも村人の上にのしかかってたし、絶望的な雰囲気が村を支配していたな。救《たす》けはなかった。政府が温情的な政策をうちだすようになったのはもっと後になってからだからね。親父の前任者の雨を乞いもとめる祈りは無力だった。ある者は村を出ていき、ある者は留まって不運を甘受し、甘受しきれなかった場合は死んでいった。そう、そんなふうに苦境に立たされた者は前方から救けがこないことを知れば、後ろを何度も振り返ってみるものだ。

二月に村人たちは種を蒔《ま》きはじめた。親父は村人のあいだに不吉で謎めいた感じがあると言った。そういえば言い忘れていたが、お袋は五年くらい前に死んでいた。ぼくは一人っ子だった。親父とは友達のような関係だったせいか、ぼくはその歳にしては大人びて分別がある子供だった。ともあれ村の人間の特徴である冷淡さはますます顕著になっていった。そして誰もが、子供でさえ、何か共通の目的といったものに衝《つ》き動かされているような、そんな感じがあった。同じ秘密を分けあっているような。

ある朝、親父は寝たきりの老婆のもとを訪れた。その婆さんは親父の強《したた》かな教区民のなかでは比較的親父にたいして冷たい態度を取らなかったんだ。驚いたことに村にはまったく人気《ひとけ》がなかった。親父が古い田舎家に入っていくと、顔を見るなり婆さんは帰れと言った。

「今日はあんたは外に出ちゃなんねえ日だ」婆さんは有無を言わさぬ口調でそうまくしたてた。

「家に帰ってなかでおとなしくしていなされ」

親父は途方にくれながらも老婆のその屈辱的な応対の謎を解こうと心に決めた。それで自分にたいして、粗野ではあるが懇《ねんご》ろな態度で接してくれる三人の村人——罅《ひび》割れた畑から何とか自分たちと作男たちの食い扶持《ぶち》を確保しようとしている三人の農場主の一人を訪ねてみることにした。その人物の家は二マイルほど離れたところにあったので、親父は歩きはじめた。しかし村の外れに差しかかった時、親父は歩哨のように道の真ん中に立っている三人の男に行手を塞《ふさ》がれた。三人の男は口も利かずに、即刻帰れというふうに手を振った。親父が無理矢理通るようなようすを見せると三人の態度は険悪なものになった。腕ずくでも通させないと決めているのは明らかだった。それで親父は抗議するのをやめ、大いに情けない気持ちで牧師館に戻った。

その夜、ぼくは眠れなかった。父親の混乱した気持ちが伝染したのだ。眠れないのでしばしばベッドを出て窓辺に凭《もた》れて外を見たりした。外《おもて》では刺すような北風が吹いていた。突然その風の音を衝いて、細いけれど異様な叫び声が遠くから聞こえてきた。叫びは一旦途切れ、少し後でまた聞こえはじめたが今度は弱々しく、やがてふっつりと途切れた。急に恐ろしくなってぼくは急いでベッドに戻った。

その声を聞いたのかどうか、いずれにせよ、つぎの朝、親父は何も言わなかった。村はいつもの通りの村に戻っていた。子供たちは一様に元気がなく顔色も冴えなかったが、大人たちはたいがい陽気に振る舞っていた。仮借ない陽気さ、リンチを終えて家路に着く群衆の陽気さ

――その比喩が頭に浮かんだのはもちろんもっと後になってからだ。けれど心理学的に見るとそれは適切なものだったらしい。

親父は村の子供たちの興味を惹きつけて、日曜学校の眼もあてられない出席率をあげようと悲劇的な努力を重ねていた。けれどつぎの日曜日、十二人しかいない生徒のうちの一人が出てこなかった。その一人はぼくとちょうど同じくらいの歳の女の子で、ある農場で働く夫婦の一人娘だった。父親はサセックスの出で、生粋のサクソン的というのか、じつに端整な容貌をしていた。村では外来者《よそもの》扱いされていたがね。妻のほうもまた美人で、その地方の一様にぱっとしない女たちに比べるとずいぶん人目を惹いた。そんな二人の娘は当然のことにきわめて愛らしい子供で、父親に似て金髪で薔薇色の頬をしていた。その子は鴉の群のなかの鶯《うぐいす》のように目立ったものだ。ぼくはその子のことが気になってたまらなかった。初恋というべきだろうな。内気なことにぼくはいつも遠くからその子のようすを窺うばかりだったがね。その子が日曜学校に姿を見せなかったので親父は家を訪ねてみた。両親は家にいた。父親のほうは食堂を落ちつきなく歩きまわっていた。顔には怒りと悲嘆があった。母親は暖炉の前にすわっていたが、何とも解しかねる顔つきをしていたそうだ。親父はその顔を見て、宗教的狂熱に憑《つ》かれた者が黙っている時に見せる表情を連想したらしい。陶然とした、昂揚感に捕らわれた、しかし本質的に不安定な顔。娘のことを尋ねると父親は拳を握りしめて毒づいた。母親のほうは顔を伏せたまま「あの子はもう学校へは戻りません」って呟いたそうだ。しかしその最後通牒《つうちょう》は、その場の雰囲気に釈然としないものを感じていた親父にしてみれば、とうてい納得できるものじゃなかった。親父は娘が何処《どこ》にいるのか尋ねた。あるいは何処に行っているのか。「いったい何処なんですか」っていう親父の質問にけれども母親は狂ったように怒りだして、親父に、いいからとっとと家に帰ってお祈りでも唱えていろと乱暴な口調で言った。親父は父親のほうを見た。父親ももう爆発寸前だった。親父が食堂を出る時も母親は何かよく聞き取れないことを呟いていた。

その夜遅く親父の書斎の窓をコツコツ叩く者があった。それは娘の父親だった。「牧師さま」と若い父親は言った。「俺たちはこの土地を離れるよ。ここの連中は悪魔だ」「娘さんはどうしたんだ？」説明のできない恐ろしさを感じながら親父はそう言った。「あいつらが連れてった」苦しげに若い父親は言った。「どうしてだか判らない、それに何処へ連れてかれたのかも判らない。でももうあの子の顔を見ることができないことだけははっきりしてる。俺は女房が何もしようとしないんで憎くてたまらない。女房は俺が娘を捜そうとしたら村の連中に殺されるって言った。たぶんここにいることが分かっても殺されるだろう」親父はもっと詳しく説明するよう懇願した。匿《かくま》ってやるとも言ったらしい。しかし娘の父親はそれ以上のことは言わなかった。娘の仇をとってくれって言っただけだった。父親はそうして闇のなかへ走り去った。

事態のそうした展開に親父は途方にくれるばかりだった。ぼくの協力を大幅に当てにしたくらいだった。しかしぼくの調査の結果は自分の好きな娘がもう二度と帰ってこないという苦痛に満ちた事実を確認したこと、そうして娘の家のまわりをうろうろしていた時に知らない大人たちに脅されたことくらいだった。

結局親父はコルチェスター警察に状況を簡単に記した手紙をこっそりと送った。しかし思うに、親父の手紙の内容は慎重に過ぎてあまりに漠然としていたのだと思う。見事な太鼓腹の単純そうな巡査によって調査が行われたが、何も発見されなかった。しかし巡査が現れたせいで親父はその時から要注意人物と思われるようになり、親父が教会で説教をする時、聞こえよがしのひそひそ話が勤めを邪魔することになった。

嫌がらせをされているのが明らかになり、親父は涙を流し、自責の念にとらわれながらも、その年一杯で教区の牧師を辞任することを決意した。

娘が消えた後の一週間に天恵のような雨が二日つづけて降った。その年の春と夏はまさに神が農夫たちの楽園をリードリー・エンドに現出せしめたといったような趣《おもむき》だったよ。親父はもの悲しい楽天主義を発揮して、自分の祈りがこれほどの効果をもたらしたので鉄の面を被ったような村人たちの態度も幾らかは改まるのではと期待した。けれどその代わりに親父は意図的で徹底した村八分の対象にされた。思いあまって親父は直属の主教に手紙を書いた。しかし主教の返事は威勢がいいだけのありきたりのもので、リードリー・エンドの住人たちを善導するには力不足過ぎた。

そして八月のある日、畑は豪奢と形容したいほどの作物で輝くばかりだった。収穫の時が近づいていた。リードリー・エンドの麦畑は谷の下部一帯の緩やかな斜面に広がっていて、谷底がそれを切りわけるかたちになっていた。北側の斜面の麦畑は南側のそれより取れ高が明らかに劣っていたし、それにこの話にも関係がない。南側の斜面には木がなく開けていた。けれどそれには例外があって、耕されたその広い斜面のちょうど真ん中にさほど大きくない円形の畑があった。そこは常緑樹に——水松《いちい》や常盤樫《ときわがし》にすっぽりと囲まれていた。その濃緑の障壁には落葉樹は一本も混じっていなかった。円形の畑の中央には高さ八フィートほどの石の柱が立っていた。子供のころぼくは一日の大半を一人で過ごさなければならなかった。ぼくはたいがい一人で野山を歩きまわって、自分が想像した人々をそこに遊ばせたものだった。村の子供たちは積極的にはぼくと交わることはしなかった。けれど若い血は大人の血より濃かったのだろう。かれらはぼくをそんなには仲間外れにしなかった。質問には堅く口を閉ざしたけれど。

円形の畑はぼくの好奇心をいたく刺激したよ。南側の斜面を歩きまわる時は遅かれ早かれ必ずその境界のところに辿《たど》りつくのが常だった。勇気を掻き集めてぼくはなかでも一番好意的な少年にその円形の畑の名前を尋ねてみた。その場所には間違いなく名前があるような気がしたのだ。その少年は妙な顔をしてぼくを見た。神経質に、半ば怒ったような顔だった。その子は答えた。「恵みの場ってんだ、でもお前にゃ関係ないよ」娘が消えた後、漠然としかし同時に確固とした考えをぼくは心中にいだいていた。娘がいなくなったこととその円形の場所は関係がある。思うにそれは直観だった。

「その言葉には」とぼくは口をはさんだ。「いつも当惑させられるね。辞典もぼくの知っている以上のことは知らないようだし」

ある意味ではぼくもその意見に同意する（ポーチャスは笑った）。しかし、それは女たちには知られていない論理的様式を持つものだと、批判的にかつ正確を期して君の言葉に応えておこう。直観的判断というものは無意識のなかにあるものを前提として演繹《えんえき》的に引きだされるものだとぼくは信じている。無意識はつまり意識の推断だ。後から熟考を加えれば、一般的な思考過程と同次元で解釈することがしばしば可能だ。大きな取引の時はぼくはずっと直観に頼ってきた。直観の一番の価値はその速さだね。どうだね、この話を聞いて君もひとつ利口になったんじゃないか。

ぼくはその場所を恐れ、同時に惹かれた。好奇心が騒いでしかたがなかった。

ある夜、三月のはじめ頃だった。ぼくはそれまで勇気がなくてできなかったことを実行する決意を固めた。円形の畑のなかに足を踏みいれて石の柱を調べてみることにしたのだ。もう黄昏《たそがれ》時であたりに人影はなかった。狭くしかし深い溝を飛び越えて、二本の水松の木のあいだをくぐってぬけると、そこはとても奇妙な場所だった。空は刻一刻と暗さを増しつつあった。最初に感じたのは茫漠たる荒涼感だった。しかし察するにそれは荒れ果てた場所に一人でいるために生じた荒涼感ではなかった。敵意のある群衆のなかに一人で取り残され注視を浴びている人間だったら感じるような殺伐とした荒涼感だった。けれどもぼくは懸命に恐怖を抑えこみ歩を進めた。石の柱のそばまで行くと、柱は四角で表面がすべすべした巨《おお》きな石の上に立っているることが判った。土台の石は入日《いりひ》の朱《あけ》に濃く染まっていた。柱自体はでこぼことしていて、上から三分の一ほどのあたりに削ったような痕が幾つかあった。何かの銘でも消したかのようにその痕は規則正しく並んでいた。ぼくは柱に手をまわし、足を巻きつけ、頂上に手が届くところまで登った。頂上は椀のように抉《えぐ》れているのが分かった。ぼくはさらに体を引きあげ、抉れた部分に手を深く差しいれた。つぎの瞬間、ぼくは地面に転がっていて、指を抑え呻《うめ》いていた。溶けた鉛にでも手を突っこまなければあれ以上の痛みを経験することはできないだろうな。ぼくの勇気の袋はそれでたちまち空《から》になった。慌てて起きあがってぼくはその場から逃げた。走りながら一度だけ振りむいてみた。柱のそばに黒い影が立っているような気がした。背丈が柱より高いように見えた。息を切らして逃げ帰る途中、誰かが後ろからついてくるような気がしてならなかった。その感じは牧師館の玄関のドアを後ろ手に閉めるまで消えなかった。

「一体、どうしたんだ？」親父は訊いたよ。「そんなに無茶苦茶走るもんじゃない。それに手に傷があるぞ、洗ってきなさい」

八月の第二週に村人は刈り入れをはじめた。ぼくはそのようすを興味深く眺めた。作物の収穫を見るのは初めてだったからだ。ぼくは村人が働いている周囲をうろうろした。調子に乗って近づきすぎたらどうなるか心配しながらだがね。やがてぼくは斜面のあちこちに散らばっている村人がみんな円形の畑に向かって刈り入れを進めていることに気がついた。ぼくはほんの子供だったが、それでも村人たちが奇妙な感情に、あるいは奇妙な感情の周期に捕らわれているのを見てとった。時々、村人は急に大きな声で歌いだした。身振り手振りを交えて莫迦《ばか》騒ぎをした。と思うとかれらはいつも以上に陰気に黙りこくった。毎日少しずつかれらは円形の場所に近づいていった。

　素晴らしく晴れた日の正午、村人たちは様々な方向からほぼ同時に円形の場所に辿りついた。そして驚いたことにそこで仕事を切りあげ家に帰った。その日は木曜日だった。つぎの日も村人は畑に出なかった。怠けているのではないことははっきりしていた。村にはある種の活気があふれていて、親父はそれにとても当惑させられていた。親父は何かとても重要なことの準備が行われているような印象を受けていた。人が集まっているところは賑やかだった。親父にはどんな種類の情報も与えられなかったことは言うまでもないだろう。親父は屈辱的な体験をしながらも、ある程度年をとった人間の集まりが「汚れの場」というところで開かれることを知った。そこに通じる道にはことごとく歩哨のような男たちが立ち、親父の行手を阻《はば》んだらしい。

　旧友たる直観で悟ったのか、それともほかに理由があったのか、とにかくぼくは村の連中の協議や計画は円形の畑に関係があることを確信していた。そしてそれが翌朝行われることも。だからぼくはホールのテーブルの上に心配しないようにとの伝言を残して、夜が明ける前にこっそりと牧師館を出た。バターを塗ったパンを三枚と水をいれた壜を持った。村を通らないようにしてぼくは円形の畑に向かった。生け垣の前は這《は》うようにして通り、歩きながら四方に目を光らせ、耳を澄ました。畑は溝に取り囲まれていると言ったと思うが、ぼくはそのなかに身を隠した。二本の水松のあいだだった。幾つかある入り口からは充分距離をとった。溝の水松の枝が重なったところに伏せた僕は、これで気づかれることなく盗み見できるぞと思った。

　やがて夜が明けはじめたが、空は厚く雲に覆われたままだった。太陽が雲の階層を赤く染めて東の空に昇った。

予想を裏切って、村の人間が働きだす六時になっても誰も姿を見せなかった。七時になっても同じだった。そして八時になっても九時になっても。ぼくはパンを一枚と半分食べ、壜の水を飲んだ。十時になり、何も起こらないようなのでもう家に帰ろうと決意した時だった。背後の畑から人の声が聞こえ、帰りたくてももう帰れないことをぼくは悟った。最初は麦の穂波しか見えなかった。けれどやがて人の声は増えてゆき、不意に二人の男が鼻先に現れ、ぼくに背を向けて鎌で麦を刈りはじめた。しばらくすると外縁部から中心に向かって刈り進む男たちの輪が見てとれるようになった。そして五十ヤードほど男たちが刈り進んで右も左も見通しが良くなった時、ぼくは驚くべき光景を眼にすることになった。老人と子供が列を作って幾つかある畑の入り口から入ってきたのだ。みな一様に黒い服を着て首には麦の穂を編んで輪にしたものを掛けていた。村人たちは刈り手の後ろに列を作って、刈り手が進むのにあわせてゆっくりと歩を進めた。音はまったく聞こえなかった。子供でさえ一言も口を利かなかった。みんな恍惚とした表情を浮かべて黙然と進む方向を見ていた。刈り手たちはゆっくりと着実に進んだ。厚い雲の階層が東のほうから流れてきて陽を覆い隠していたよ。四時になると麦はすでに柱のまわりにわずかに残るばかりになっていた。刈り手たちはそこで手を休め、鎌を置き、後ろに並んだ人々を振り返った。たぶん五分ほどだと思うが、村人たちはみんな頭《こうべ》を垂れた姿勢のまま凝《じっ》としていた。それから顔をあげて空を振りあおいで、歌いはじめた。ものすごく奇妙な歌だった。水松の木の下でぼくは震えた。大体においてそれは短調だった。だが完璧な間隔で、そして驚くべき絶妙さでそれは陶酔と昂揚に満ちた長調に変わるのだ。あれに少しでも似たものはジョージアで宗教的興奮にとりつかれた四千人の黒人が歌ったもの以外に聞いたことがない。あれも聖歌だったな、そういえば。けどその時聞いた歌はもっと恐ろしく、もっと原始的なものだった。実際それはいままで人間が歌ったもののなかで最古のものじゃなかったかと思う。歌の最後の尾を引く叫びは心底恐ろしかった。しかしその勝利の叫びはぼくを名付けがたい感情の虜《とりこ》にした。実際、飛びだして一緒に叫びたくなるのをやっとこらえたくらいだった。

歌が終わると一人の白い髭の老人を除いてみんなが跪《ひざまず》いた。老人は額に麦の穂の輪を乗せ、右手に麦の束を持っていた。そして老人は麦の束を頭上に高く掲げた。すぐに四人の男が進みでて、大きな移植鏝《ごて》のようなもので土を掘り返しはじめた。残りの人々が立ちあがったので少し視界が遮られた。四人の男は作業をすぐに終え、そのまま立っていた。老人が進みでた。手に短い鉄の棒のような物を持っていた。老人はそれで何度か地面を打ったように見えた。それから何かを掘りだした。老人はそれを黒っぽい金属の容器のなかに入れた。それから石の柱にゆっくりと近寄り、右手で容器を高く掲げ、中身を柱の上の窪みにあけた。その瞬間、雲のあいだから稲妻が走って、石柱を藤色に染めあげた。それから雷鳴が轟きわたり、ぼくは思わず溝のなかで尻餅をついていた。気を取り直して起きあがり、ふたたび前を窺った時、河を傾けたような雨が降ってきた。大粒の雨は堅い畝《うね》の上で高く躍《おど》った。雨を通して朧気《おぼろげ》にみんながまた平伏しているのが見えた。けれどほんの二分ほどでスコールは雷雲と一緒に去って、嘘のように晴れあがった空に太陽が輝いていた。四人の男は柱の周囲に残っていた麦を手早く刈りとると、束にして柱の前に積みあげた。それがすむと老人はみなを後ろに従えて、黒っぽい容器から種でも蒔くように何かを蒔きながら畑を行ったりきたりした。やがて老人は村人を引きつれて畑の入り口のほうに向かい、そのまま外に出ていった。畑にはそうして誰もいなくなった。

もし自分が一部始終を見ていたことが知れたら大変なことになるのはよく判っていた。だからぼくは夕闇を待った。同じ姿勢をつづけたせいで体は硬直し、寒く、空腹だった。けれどぼくは陽が燃えながら沈み、いままで見たなかでもっとも美しい入日の残光が空から完全に消え去るまでそのままの姿勢でいた。そうやって待っているあいだぼくの心中で凝《こ》っていった考えがあった。ぼくは老人が柱の頂上の窪みに何を入れたのか知りたくてたまらなかった。好奇心はすべての動物の恐怖心にとって最大の敵だ。一秒ごとにその欲求は強くなっていった。もう少しで闇にすっぽり包まれてしまうという時、ついにその欲求はぼくを支配した。躓《つまず》きながらもぼくはできるだけ速く柱に向かって走った。もう周囲を見まわすこともせず、遮二無二石柱に攀《よ》じ登り、ぼくは頂上の窪みのなかに手を突っこんだ。何か小さな木切のようなものが指先に感じられた。何かに指を摑まれ、そして握られたような気がした。つぎの瞬間、凄まじい苦痛が腕をそして軀《からだ》を走りぬけた。ぼくは柱から転げ落ち、指の先にあるものから逃れるために狂ったように手を振りまわした。カタカタと鳴るそれはようやくのことで指から離れ、石にぶつかり砕け散った。血が到底信じがたいような勢いで吹きだしたよ。傷は骨まで達しているようだった。歩いた後に血の痕を残しながらどうにかこうにかぼくは家に戻った。

翌日、腕が魚の浮き袋のように黒く腫《は》れあがった。つぎの日の朝、肩の付け根から腕を切り落とさなければならなかった。手術をした外科医が廊下で待っている親父のところへきて、掌を開いて握っていたものを見せた。「息子さんの指にこんなものが食いこんでいましたよ」と外科医は言った。

「それは何ですか?」親父は言った。

「子供の歯ですよ」外科医は応えた。「どうも息子さんは誰かと格闘したみたいですね、その子はおそろしく汚い歯をしていたらしい」

「そんなわけだったんだよ」ポーチャスは言った。「ぼくは神は信じちゃいないがね、それから人が信じる神については多大な敬意を払うことにしてるのさ」


(西崎憲訳)

暗黒の場所

私はこれからする話に何ら説明を加えない。お読みになったどなたかのなかで、われはと思う方がおられれば、逆にこちらから説明を伺いたい、実にそういう心境だ。物ごとをうやむやにしておくのはどうにも気持ちがよくない。この話を披露するにあたってはレディ・フォーランドに承諾を得た。「社主」もお許しくださるでしょう、と彼女は請け合ってくれている。もっとも、うまく語れるかどうかは心もとない。私は物書きではなく、連中を束ねるのが仕事だから。「社主」というのはフォーランド卿のことで、新聞界から出た初めての、そして最も偉大な受爵者だろう。後を追う者は数あれど、誰も卿の「松明持ち《たいまつ》」——今なら「電話番」あたりか——にさえなれまい。それほど抜きん出た存在だった。私は六年間、私設秘書として卿に仕えた。例の「皇帝の戦争」、つまり第一次大戦が終わってすぐその職に就いたのが二十二の時。当時まだ駆け出しの世間知らずで、自信だけは満々の青二才、流れ弾の破片が体のそこかしこに埋まってはいたが、それを別にすると健康にもすぐれ、この高名なる人物の下で働くことに非常な名誉をおぼえたものだ。

この話の舞台はサリー州の「キャストン荘」という、卿の住居のなかでは最も名の知れた田舎の別荘《カントリー・ハウス》で、これは典型的な初期チューダー朝様式の大邸宅《マナーハウス》として名高く、壮麗というよりは瀟洒《しょうしゃ》と形容すべき建物だったが、煉瓦ひとつとってみても、あのような精巧な代物にはかつてお目にかかったことがなかった。土地についても申し分ない。すばらしい芝――恐らく世界一だろう――それを縁取るレバノン杉の木立、野の花、岩や小石、水の流れ、家庭菜園、そこかしこに配された銅像の類、英国一の名に恥じぬ専用のゴルフコース、水辺に遊ぶ鴫《しぎ》、なだらかな牧草地の先には蛇のように曲がりくねった生け垣。そう、もし百万長者にでもなったら、私もこんな住まいを選びたい。建物の内部はどうか。卿の懐具合と奥方の趣味がうまく調和した恰好で、決して「俗悪」に流れることなく、実にモダンで上品に仕上がっていた。一年のうちの三十週ほどを過ごすうち、私はそこがますます気に入った。その邸《やしき》を何かに譬《たと》えるとするなら、永遠の青年たる偉大な老紳士、といったところか。だが私の知る実際の紳士の多くと同じく、その後の戦《いくさ》のさなかにこの邸も滅んでしまった。邸にまつわる秘密もまたその際に失われてしまったが、その点でも実際の紳士たちと軌を一にしている。

私にあてがわれた狭い寝室は東翼のほぼ突き当たりにあった。その部屋は、想像するに、隣接する広い寝室に付属の化粧室だったのではなかろうか。ところが妙なことに、隣の広い寝室はついぞ使われた形跡がない。たいてい週末には盛大なパーティーが開かれたものだが、そんな折でも、鍵は閉まってないのに、誰もその部屋で寝たためしがなかった。

ある日、私はその部屋に入ってなかを調べた。自らの経験に照らし合わせたいかなる基準をもってしても、その部屋は「桁《けた》外れに」広いといわざるを得ず、それに何となく好感が持てなかった。壁を覆うオーク材の鏡板は非常に暗い色で、巨大な寝台も同じくオーク材。暖炉の両脇には天井から床に至る大きさの肖像画が一幅ずつ飾られていた。

キャストン荘の実際の持ち主は、当時そこに住み続けるだけの経済的余裕がなかったものと見えるが、そうした流浪の身に甘んじてもなお余りあるほどのものを家賃として卿から受け取っていた。彼らの先祖の肖像画の類が——どれをとっても二束三文の悪出来だが——邸じゅうの壁に所狭しとひしめいている。卿が私に語ったところによると、家主の家系には「よからぬ」血が流れていて（もっとも、当代の一家はずいぶんと控えめではあったが）、冷酷だとか金遣いがあらいとか、その他いろいろの悪名が取り沙汰されていたらしい。確かに肖像画の多くはそうした悪徳を見る者に訴えかけていた。描かれているのはどれも腹に一物ありそうな連中で、男も女も、子供までもがその例に漏れない。それゆえ、装飾品としての価値は極めて低かったろう。わけてもその部屋にかかっていた二幅は、後にも先にも、もっとも低劣な部類に属するものと思われた。それぞれ男女一人ずつの、おそらく夫婦なのだろう、似合いの二人というべきか、いずれも四十半ばの年恰好、着ているものから察するに、時代はスチュアート朝の初期とおぼしい。夫の方はひどく卑しげな、鳥のように小さな目が顔の中央に寄っており、下唇が——この一家の特徴といえるが——肉感的で分厚い。貪欲で無節操なエゴイスト、快楽主義者といった連想を起こさせる唇だ。頭を前に突き出し、顎を引っ込めた姿は、まるで画家を睨みつけて、おのれの狷介《けんかい》さを見せつけようとするもののごとくである。

妻は金髪だったが、ともすると金髪すなわち悪という考えを起こさせるに十分な代物。目の色は淡い青で、人の目の色としてこれほど色あせた青を私は見たことがない。大きなその両目は互いに途方もなく離れており、こちらを睨みつけているのは夫と同じ。口は真紅の線が一本、横に長く、硬い筆つきで描かれていた。情け容赦のない、人を馬鹿にしたその表情は、作業中の画家を無能呼ばわりしているさまを髣髴《ほうふつ》させ――実際、無能なのは確かだが――せめて早く仕上げないと文字通り「首を切る」ぞと脅しているようでもあった。この絵で少しでも報酬が得られたとしたら、画家の奴も幸運だろう、と、私はそんなことを何となく考えていた。絵を見ると絵の中の二人もこちらを見返してくる。彼らに睨まれていい気はしない。朝、目覚めたときに、あの四つの目が自分を見下ろしていると思うと、どれほど心が沈むことだろうか。彼らがそこにいるとわかっていながら、夜、明かりを消すなんて、少なくとも愉快なことではない（精神が弱っているときなど、実際の人間とその絵姿をはっきり区別することは難しい。私の意を汲みとって頂ければ、それは死んだ人間――男女は問わない――に関しても同じだと了解されよう）。ともあれ、この「二人組」が今にも額縁からおどり出て、こちらに襲いかかってきそうなのは確かだった。

なるほどこれはちょっとした謎だ、ひとつその謎を解いてやろう。私はそういう気になった。キャストン荘には寝室が多すぎた、というのが理由ではない。こうした古い邸は実際には見かけよりも小さく、それを前提に考えれば、われわれ現代人の感覚からすると、個々の部屋は馬鹿馬鹿しいくらいに広く、数も少なすぎる。その寝室だって違った使い方をしようと思えばできたはずだ。なぜ奥方はそうなさらなかったのか。そこがわからない。私はこの職に就いてまだ日が浅かったたし、家庭の事情に属しかねないおかしな質問をすることは、私の仕事の範疇にはなかった。そこで、機会をうかがっていたところ、うまい具合にその時がきた。

卿が社員を招いての大パーティーを催すことになり、その準備にとりかかっていたある日のこと、私は執事のチャムリーとキャストン荘の周りを歩いていた。この執事というのが変わった人物で、私が初めて当地に赴《おもむ》いたとき、卿はチャムリーを呼んで、本人のいる前で私にこう伝えた。「これが私の執事だ。執事としてはイングランドで一番、同時に大変な悪党でもある。金をごまかして、その金で買った地所やら何やらで、ずいぶん金持ちだそうな。こいつ、そのうちアメリカに高飛びするのは間違いない。なにせあそこは、小癪《こしゃく》なことに、今や英国の優秀な執事の心の故郷となっておる。君、私の目の前で、この男にチップなんぞくれてやるなよ」

「かしこまりました」私は続けて、「逆に私がもらうのは構いませんか」と返した。卿はユーモアを解する人だったので、こういう生意気な受け答えも聞き流してくださった。卿の話では、私のこういうところに商才が光っていたとのこと（卿の死後、チャムリーは実際にアメリカに渡り、その後何年か経ってから私に写真を送ってきた。ロールスロイスの運転席に座り、口には葉巻をくわえ、脇にはアルザス犬をはべらせている。〝鳩の中の鷲〟とはこの男のことだ）。

ところで、この男と二人で芝の上を歩いていたときに話を戻すが、私は例の部屋の窓を指さしながら、なぜあの部屋はいつも空いたままなのかと尋ねてみた。執事の答えは、「卿のご兄弟のサー・アルフレッドがあそこで面白くない経験をなさったのです。私の口から聞いたことは伏せておいてもらえませんか」

「経験って、どんな？」

「詳しくは知りませんが、ある夜、急に叫び出して、夜が明けるやロンドンへ一目散に飛んで帰ったまま、二度とここを訪れることはなく、その後ほどなくして亡くなられたのです」

「それから使われなくなった、ってことかな」

「いや、もう一度だけ。〈イヴニング・センチネル〉の編集長がその部屋で一夜を過ごしたのですが、翌朝、朝食の席で真っ青《グリーン》な顔をしておられました。卿に何やら訴えていたのは間違いありません。以後あの部屋を使うことならぬと、卿は私に命じましたから」

「それは現編集長のスペンランド氏かな？」

「いいえ、その前のコックス氏です。この方もまたすぐに亡くなりました——私の記憶では、一週間経たないうちに」

「それは妙だね、チャムリー！」

「さようで。ですが、どうぞこの話は胸のうちにしまっておいてくださいまし。私も村でいろいろと尋ねてみましたが、この話を聞いても誰ひとり驚きませんでしたよ。卿がお邸にいらっしゃるまでは、建物のあの部分は塞《ふさ》がれて使用禁止だったとか」

「どうして？」

「何と申し上げてよいやら。縁起がよくない、とでも」

「私の部屋は寝心地いいけどなあ」

「何か変なことはありませんか？」

「いや、何も。時々おかしな夢を見るけど、食べ物や飲み物のせいだろうよ。それに、もう慣れたし。でも、縁起がよくないって、どういう意味かな?」

「村の人間は口を閉ざして何も喋りません。ですが、猟場の番をしているモートンという男が、あそこには誰か、あるいは何かがまだ住んでるらしい、などと口を滑らせました」

「でたらめだ」

「そうですね」チャムリーは相槌《あいづち》を打ちながらも不審げな顔をしている。「陽が落ちたあとは、メイドも一人ではあそこへ参りません」

「そんな話を聞いたからだろう」

「恐らく。ただ、メイドの一人が何年か前に怖い思いをしました。私がこんな話をしたなどというのは、くれぐれも卿には内密に願います。この問題に関しては神経質になっておられますから。ご自分の持ち物に瑕《きず》があってはならないのです」

抜け目のない男だ!

「もちろん内緒にする」私は請け合って、話題は仕事に関することがらに転じた。

その夜、寝床に入る前に例の部屋に行ってみることにした。いつもの忙しい一日を過ごしたあと、夕飯をたっぷり腹に入れるとゆったりした軽い気分になって、部屋へと階段をのぼっていった。すると突然、これはどうにも否定できないことだが、私の心持ちはがらりと変わった。キャストン荘は人がいないと実に静かで、黙想するのにうってつけの場所だという事実にふと気がついたのだ。こういう場所に一人きりでいるのはぞっとしない。一人では少々手に余る。

宵の内に天気はくずれ、暗雲がたちこめてきた。晴雨計の目盛りは下がり、それに伴って夏の嵐が起こる。廊下のどん詰まりの、私にとっての小さな飛び地は、その日は特に寂しく陰々としていた。チャムリーの謎めいたことばが妙な説得力をもって、いよいよ意味ありげに脳裏をよぎった。私は亡くなった二人のことを考えた。一人は叫び声をあげ、いま一人はすっかり青ざめて――その顔色を、真っ青《グリーン》、と執事は表現していたが――朝食に現れた。もちろんご推察の通り、私はその部屋の扉を開ける気にはなれなかった。同時に、もしここで決行しなければ、臆病風に吹かれたことを悔やむだろう、決して――とはいわないまでも、後々ずっと――忘れられなくなる、ということも頭ではわかっていた。大戦時の従軍体験から、いったん怖《お》じ気癖《けぐせ》がつくとなかなか抜けないということも学習済みだった。こうした逡巡を「骨折り損のくたびれ儲け」と嘲《あざけ》るなかれ。それはあの一九二三年の七月二十日の真夜中に、例の部屋の前に立ったことのない人間の言い草だ。私は意を決して、ひゅうとひと息吐いて勇気をふるい、扉の把っ手をひねって、部屋の明かりをつけた。もちろん、クライマックスなどあろうはずもない。だだっ広い、何の変哲もない部屋がただあるのみ。だが、まったく普通の部屋だといいきれるかどうか？　つい先刻まで誰かがそこにいた、その証拠に空気に温《ぬく》もりが残っているなどと、こうした場合に誰もが受けると思われる印象を私も受けた。さらに、もちろん馬鹿げた考えといわねばならないが、目に見えない何ものかに見られている気もしないではなかった。私は室内にさっと目を走らせた。視線は暖炉のそばの、あの凶悪な者どもの面上にとまった。彼らの目もまた私の方をまじまじと見つめていた。「ここより去れかし！」という古風な台詞が聞こえてきそうだったが、私も負けじと睨み返し、「まだまだ！」と、なるたけ陽気に大声で叫んだ。その声は奇妙に反響した。声が壁を伝って部屋を一周し、こちらに戻ってきて、鼻先を打たれたような気がした。すると、煙突から何かを引っ掻く音が聞こえた。煙突には鴉が巣食っている。間違いなく二孵《ふたかえ》り目の雛鳥《ひなどり》どもだろう。私の声に驚いて目を覚ましたに違いない。私はさらに奥へと歩を進めた。煙突の物音も大きくなる。「さあ、みんな、おやすみ！」私はおどけた声を出したが、さっきのような反響がない。再び試みたが、やはり結果は同じ。不思議だ。立つ位置をずらして、もう一度彼らにおやすみを言った。すると今度は耳をつんざく反響があり、何かが三度、窓を叩いた。私は急に怖くなった。自分を待ち伏せている何かに対する、遙か昔の、本能的な恐怖感だ。私は慌てて後ろを振り返った。「おまえなんか怖くないぞ」私は大声で叫んだ。「せいぜい頑張るんだな！」だが何となくこの辺が潮時だという気がした。ゆっくり、慎重に歩を進めて入り口に戻り、明かりを消して扉を閉めた。そして寝床に潜り込んだ。

その部屋が抱えているに違いない歴史は、思うに、長年のあいだ外界から遮断され、封印されていたのだろう。そして近ごろ、ある種の強い薬のようなものによってその封印が解かれたのだ。ある種、とは？　そして問題は、私とその部屋のあいだはほんの薄い鏡板と漆喰で隔てられているに過ぎないということだ。私は耳をそばだてた。気が高ぶって、無意識のうちにも警戒を解かず、神経は過敏になっていた。

私は床に就くとすぐに寝入った。その夜のあいだ、何かが聞こえた気がして何度か目が覚めた。以前にも無意識下で何度か聞いたことがある音だったが、今はじめて意識の上にのぼってきた。巨大な指を鳴らしたような破裂音、それが二度繰り返された。耳障りなスタッカート、切羽詰った、有無をいわせぬ音。その音の出どころはまったく辿《たど》れなかった。

さて、敲《たた》き上げの人物の例に漏れず、特にその職業柄、卿には風変わりな「昔馴染み」が何人かいた。そうした人々のほとんどは卿の下積み時代からの付き合いだったが、出世競争において卿には大きく水をあけられていた。それでも彼らに対して卿が紳士気取りを見せることは決してなかった。自分が気に入り、自分を楽しませてくれるかぎり、金持ちでも貧乏人でも、成功者でも落伍者でも、有名無名を問わず、彼らは卿にとって友人であり続けた。なかでも最も風変わりなのはアプレイウス・チャールトンという人物だった。一見、信頼のおけない感じの男で、「藤色《モーブ》の十年」と謳《うた》われた一八九〇年代の生き残り然としたいでたちは、上着の擦り切れたボタン孔にしおれた緑のカーネーションを挿し、古《いにしえ》の魔法使いの雰囲気をその身に纏《まと》っていた。蛇足ながら、何でも大変に「由緒ある一族」の分家筋にあたる家柄の出だそうだ。人の道をはずれた化けもの、などというとまさにディズニーの世界だが、卿も似寄りの印象を抱いていたことだろう。だがこの男は文句なしにすぐれた頭脳と、ある種の魅力と、情熱にあふれた性格の持ち主だった。いや、「性格」ということばではまだ舌足らずだ。いうなれば、彼は「他の何者でもない《スィ・ゲネリス》」唯一無二の存在だった。たとえばかのカサノヴァのよう、とでもいえばわかりやすいだろうか。明察をもって是を是とし、神の摂理であれ人の世の法であれ、無用と見れば自らを縛るものすべてを拒絶する、その精神は常に孤独だ。彼はまた巨漢であり、生まれながらの競技者《アスリート》といっていい体格。丸みを帯びた大きな頭、潤《うる》んだ大きな目、漆黒の髪はまん中で分けて、先を括《くく》ってお下げにしていた。そして額には、「三日月」を三つ組み合わせた呪印が朱で小さく描かれていた。世界中のあらゆる土地を旅したといい、その土産話が汲めども尽きず精彩にあふれていたのは、ひとえにあふれ出る想像力の賜物と見えた。当時彼は多くの国から入国禁止の憂き目を見ていたが、これはいささか人道にもとる処遇といわねばならない。何しろひとたび口を開けば神話の三頭犬ケルベロスもかくやという男だ、これに咬みつかれてはかなわんと各国とも予防線を張ったのだろう。彼が怪しげな方法で幾許《いくばく》かの金を工面していたのは間違いないが、大金を摑んだことはついぞなさそうで、金を巻き上げられた方も、いわば「取られて」当然の愚物ぞろいだった。実際自分でもそう公言していたし、私もそれを信じて疑わない。

彼はまた多くのことがらについて、確乎《かっこ》たる自信と権威をたたえた文章を多くものしていた。若かりし頃には、形容詞をやたら用いて性愛をうたうスウィンバーン派の群小詩人の一人だったらしいが、どうしたものか金銭的には恵まれず、貧乏は彼にとっての宿痾《しゅくあ》となった。世の中にはこうした文無しの変わり者がおおぜいいて、一匹狼、というよりは、はぐれ鳥といった方が当たっているだろうか、何ものをも怖れず、つねに希望を抱いて荒野をわたり、芯が強く、用心深く、臆病で「体面を重んじる」族《うから》からは一線を画される。彼はまたその芳名が人に知られるようになるまで卿の出版するものに文章を寄せていた。科学的な訓練を経た優秀な登山家でもあり、世界各地の山を征服した。そして葡萄酒で名高い国々では卿とともに杯を重ねた。どの料理にはどの葡萄酒と、その方面の知識もかなりのもので、卿に上物《ヴィンテージ》の手ほどきをしたのも彼だ。最後に、そして彼を語る上でこれが最も重要なのだが、彼はある教団に属する魔術師でもあった。その秘密の教団というのも彼自身の設立によるもので、実に風変わりな少数の入信者を抱えていた。額の呪印もさることながら、エレウシスの密儀（古代ギリシアで地母神デメテルを祭るために行われた）で用いられそうな宝石のかずかず、特に精緻な細工の施された翡翠《ひすい》の指輪などは、その辺りの消息を伝えるに十分な特徴だろう。この翡翠が極めて貴重な品であることは私も承知していた（この物語の後半でまた登場することになる）。魔法の件に関してだけは、卿はいくぶん正当性に欠ける辛辣なことばで軽蔑をあらわにしたものだ。曰《いわ》く、君がお仲間のマーリンやフィンガル（いずれも伝説上の魔法使い）同様、そのおこないを秘密のヴェールで覆いたがるのはなぜか――フリーメーソンの連中や、バッファローとかエルクとかいう呪医の類も例外ではない――それはウールワース百貨店にでも売っていそうな安手のたわごとを隠すためにほかならない、児戯にひとしい未開の沙汰が暴かれるのが恥ずかしいからなのだ、と。そういっても、このアプレイウス老人を心から怖れる人もなかにはいて、いずれにせよ、一度会うと忘れられない人物だということに違いはない。年齢は当時すでに六十前後だったが、酒や薬物《ドラッグ》の過剰摂取をものともせず壮健さを保っており、またあちらの方も盛んなようすだった。とりまき連中のなかでも、浮かれ女《め》や「神殿付き奴隷」といった類の者どもは特に目立っていた（私だってマーリンにでもなれれば同じことをするだろう）。

　もちろんキャストン荘でのパーティーに姿を見せたことはなかったが、卿は時をみて彼を邸に招き、どうやら相当な額面の小切手を定期的に送っていたようでもある。

その年の十一月、卿と奥方は一か月の予定でリヴィエラ海岸へと休暇に旅立った。その少し前、卿はみすぼらしいなりをしたアプレイウス老人と道でばったり出会ったらしい。卿はこう提案した。自分が留守のあいだキャストン荘で寝泊りしてよい、面倒はあの男（私のことだ）が見てくれる、倉《セラー》のワインも飲み放題、ただし、仲間の連中は出入りさせるな。老人はこの時宜《じぎ》を得た魅力的な誘いを一も二もなく受け入れ、卿の出発した翌日にはいつもの荷物一つを抱えてやって来た。その荷物というのはボール紙製の小ぶりな、くたびれたスーツケース——少なくとも私にはボール紙に見えた。その期間は私にとっても休暇だった。いや、むしろ「半休」というべきか。何しろ多いときは一ダースもの電報が卿から毎日送られて来るし、書斎の蔵書の目録作りに早く着手するよう以前から催促されてもいたのだ（この退屈な仕事をさせるため、卿は私の前にも秘書をつごう二人雇ったことがある）。それでも私には余暇の時間がたっぷりあった。狩りにゴルフ、また小川での鱒釣り。型は小さいがきれいな鱒が釣れた。ともあれ、アプレイウス老人と私と、二人だけでほぼ一か月のあいだ、当地での暮らしを満喫することとなった。老人は私に対しては常に愛想のよい、しかし不必要なまでの敬意をもって接したものだ。私は「皇帝《ツァー》」の腰巾着と目される存在だったし、同時に仕込み甲斐のある小僧でもあった。多少は私に好意を抱いていたようだが、彼は総じて人間嫌いだった。私はこの心理的倒錯者をひそかに研究してみようと心に決めた。根っからのいかさま師なのか、その奇行はどこまで本気なのか、私には判断がつかなかった。こうした人物はいってみれば暗い森のようなもので、そこに道しるべをつけるのはひと苦労だ。

彼は計ったように午《ひる》どきに到着し、まんまと昼食をせしめた。食事のあいだ、実にきげんよく、豊かな語彙をふんだんに用いて喋り散らすのに、私の凡庸な頭はついて行けなかった。話の内容はさっぱり覚えていない。そしてしばらく昼寝をしたあと、彼はおもむろに邸内の探索に出かけた。それまで隅々まで見てまわったことがなかったのだ。私は彼に同行した。理由はいささか下世話にわたる。邸には小さくて売れば金になる品物がうなっていたし、そういう品物を前にすると、この老人は時に公私の区別がなくなると聞いていたからだ。やがて私のねぐらに至り、老人は例の寝室を目の前にして、「ここは何かな?」と、扉を睨みつけて訊いた。

「何って、ただの寝室ですよ」私が答えるや、彼はすばやく歩をすすめ、扉を開け放つと、一瞬、あっと、芝居がかったように息をのんだ。彼のようすは一変した。猫は鼠の気配を感じた途端、目に生気がみなぎる。愚鈍に見えてもスポーツ選手はサッカーボールやゴルフクラブを与えられると別人になる。読者もそんな例をご存じだろう。扉を開けたアプレイウス老人にもそのような変化が訪れた。彼はじっと考え込み、その道の「プロ」の顔つきになった。私は自分がこの場にいるべき人間ではない気がした。

「誰もこの部屋で寝てないね?」

「そのようですよ」

「一度寝ても、二度とは寝られん」老人はきびしく吐き捨てた。

「どうしてですか?」

彼は悪相の肖像画へと近づき、子細に点検した。そして私にいくつかの点を指摘したが、いずれも私の見過ごしたことばかりだった。まず小さな兎が一匹、顔は人間で、いかにも憎々しいのが紳士の右側に、それと三日月が一つ、弧の両端のあいだから何やら謎めいたものが覗いているのが婦人のやはり右側に、それぞれ描かれていた。「思ったとおりだ」彼は手際よく観察を終え、その場から身を引いた。

「それで、どんな按配《あんばい》です？」私は待ちきれずに尋ねた。

「話せば長くなるがね、ペラムさん」老人は答えて、「それに、失礼ながら、あんたには到底理解できんでしょう。ともかくひと言だけ。ここは稀に見る危険な場所ですぞ。いうなれば、時間の流れが止まっておる。ここで起こったことはそのまま、何も変わらないで、〝結晶化〟する、とでもいおうか、何度も同じことを繰り返すのだ。時間は囚われの身となって、先へ進まなくなる。人間とはすなわち生命であり、生命は移りゆくもの、それゆえこのような場所は、人間にとっては極めてあぶない。変化がなければ人は死んでしまう。死は変化の過程において、ある一段階の終わりなのだから。この部屋で生きられるのは、そう、死者だけだ」

「では、死者が？」私は彼の長広舌にすっかり面食らった。

「さよう、ある意味では」

そういわれても、私には合点がいかなかった（まだ陽があって明るかったせいでもある）。私はつばを飛ばして反論した。「あなたのおっしゃることは正しいかも知れませんが、時間のことはよくわかりません。哲学を持ち出されると途端に胃が痛くなる口でしてね。三流の頭脳にありがちな泣き所なのでしょうが、私にいわせれば、哲学的な意味における時間なんて、不可解でも何でもない。たとえばお金だって哲学的には何とでも定義できます。時間もお金も、その解釈をめぐってごたごたするのは、結局はことばの使い方の上での混乱だと思います。時間《タイム》ということばは通常およそ十六種類ほどの意味で用いられているとか。形而上学、というものを私なりに定義するとすれば、それは抽象的なことばの意味についての、重箱の隅をつつくような不毛な議論、といったところです。私にただいえるのは、この部屋は悪名高い、ってことくらいです」(それにしても、邸のなかを見て歩いたのは初めてだというのに、老人はこの部屋のことをぴたりといい当てた。一体どうやって?)

「陽が落ちたあとは、この部屋に入ることすらいかん」老人は続けて、「その場合は——そうさな——この部屋のことを理解して、あらかじめ武装した者でないと」

「では、以前にここで何かあって、それが永遠に繰り返されると?」

「あの二人組」彼は二幅の肖像画を指さして、「あやつらはある実験をして、それが成功したと見える」

「それは?」

「そう、それがまた難しい。かような暗黒の領域については、あんたはまだ不案内だ。まず知っておかねばならないのは、善とか悪とかいう実質が存在するわけではなく、ただ〝力〟がはたらくのみ、これは人間にとって善くはたらくこともあるが、ときにその逆もあり、その場合は命にかかわる。人間はそうした力の均衡の上に辛うじて存在しておるのだ。あの二人は、そう、人間にとって害をなす力と結託しおった。悪魔に魂を売ったというやつだ。あんたには難しかろう、ペラムさん。私だって深入りするとあぶない。これは世界最古の謎のひとつだが、もし邪悪な精を吸い込んで、自ら完全な悪になりおおせば、不死が得られるという。死を含むいかなる変化にも左右されなくなるのだ。だが実際はそうではない。そんなことはあり得ん。人間は死を克服することなどできんが、いわゆる悪霊とやらにはなれる。これは破壊的な力をふるうことを専らとするやつで、狭い意味で不死の存在たりえる、というわけだ」

「なるほど、その通りかも知れません。ただ私には、楔形《くさびがた》文字を見るようにちんぷんかんぷんです」私はそう答えて、何かいいたげな肖像画を見上げた。「その結果どうなりました？　続きは何です？」

「あの二人はそれを試みたのだ。いくつか証拠がある。そして、いわゆる狭い意味での成功を勝ち得た。彼らはおよそ考えつくかぎりの、口に出すさえはばかられる悪業をつくした。この部屋は彼らにとっての実験室、拷問部屋だ。その臭気がたちこめておる。二人は死んでからもこの部屋に鎖でつながれたも同然、〝地獄〟とはまさにこの部屋のことだ」

「二人は今どんな状態にあるんですか？」と私は尋ねたが、こんな場合笑っていいものか、それとも渋面を作るべきか、判断がつかなかった。「その、つまり、自覚しているのかってことです。たとえば今、あなたが彼らについて話してるってことなんかを」

「まずその前に、〝彼ら〟と複数形で呼ぶのは誤りで、あれは一つなのだ。男と女の属性が一つに交じり合っているが、女の方がより優勢らしい。何となれば、女の方が原始的で、潜在力を秘め、かつ危険だからだ。その結果生じた〝それ〟には、われわれの用いる意味での自覚はない。〝意思〟のかけらも持ち合わせないのだ。理解を超えた存在で、何とも表現できない。人間にとって有害で、悪意をそのまま力に変えた、まさに悪の精髄というべきものにすっかり染まっておる。ところが〝それ〟は動けない。この部屋から外へは出られんのだよ。人を殺すのが喜びで、そこに法悦《オーガズム》を感じるのだ。この部屋で起こることは永遠に続く。殺人的なエネルギーが、凝縮されては放出される、その繰り返しだ。昼間は活動できないが、陽が落ちればこの部屋は悪のエネルギーに隅々まで侵されるのだ」

「人を殺すって、どのようにです？」

「恐怖、そう、恐怖が人を殺す。昔インドを旅したとき、コレラが猖獗《しょうけつ》を極めた地域を通りかかった。道には死体の山、そのほとんどは病そのものより恐怖で命を落とした。〝それ〟も恐怖で人を殺す。だが私はそんなことでは死なない。私を殺すなら——いうなれば——私の力を上回らねばならんのだ。今晩、また来よう」

「とんでもない！」私はあわてていった。「卿がそんなことをお許しになるかどうか。もしあなたに何かあれば卿に叱られます」

「心配には及ばんよ。唯一の安全策は会得しておるし、そうした力に対する解毒剤もある。まず私に任せることだ。さっそく防備をととのえるとしよう。ではまた夕食の席で」

私はそのあと仕事に就いたが、思いがけない話を聞いて何となく心が落ち着かなかった。

夕食時、アプレイウス老人は心ここにあらずといった厳粛なふぜいで、飲み物といっては水しか口にせず、たしかに命がけの気合が感じられた。私もまた心がとらわれていた。こんなとき、卿だったら自分の考えを押し通しただろうが、私は卿とは違う。老人は邸内での自由を約束されており、私には彼を拘束する権限はない。今にして思えば、あの夜、私はもっと勇気をもって、断固として彼をあの部屋に入れるべきではなかった。私がしたことといえばただ説得を重ねるだけで、それも結局は功を奏さなかった。

「なあペラムさん」彼は口を開いた。「これは避けがたい挑戦なのだ。思えばこれまでの私の人生は、暗黒の力との聖戦に明け暮れたといっても過言ではない。知る人ぞ知るそれらの力は、近ごろますます強くなって、敵対するものをひしがんとする。もし今夜、あの部屋の掃除に成功して害悪を除くことができれば、また人が暮らせるようになろう。それもこれも卿のためと思えば本望だよ」

「でも、向こうの方が一枚上手ってこともあり得るでしょう?」私はなおも抵抗した。「エネルギーが、想像以上に猛々しかった、とか」

「何ごとにも危険はつきものだ。これまでも必ず相手を倒してきたし、私は力を集中することができる。ほれ、この印」——老人は額の呪印に手を触れて——「今回も勝つよ。心配ご無用」

そう断言したなかに、確かに心が昂ぶっているのが見てとれた。

夕食のあと、老人はまたしばらく席をはずしたので、私も少し仕事を片付けておこうと思った。しかし書斎の目録作りというのはもっとも眠気を誘う仕事だ。うとうとしてはっと気づくと、目の前に老人が立っていた。彼は呪印を新しく描きなおし、それが光にしっとりと反映していた。

「準備はできた。ちょっと休憩して、あの部屋には零時五分前に入るとしよう」

「どんな試練が待ち受けているのでしょうね？」私は尋ねた。「よかったら聞かせてもらえませんか？」

「部屋に入るとすかさずある文言を唱える。いわゆる呪文というやつ。そして結界のなかに身をひそめ、白魔術の、救済の力を身に纏うことに精神を集中する。やつらは私に襲いかかってくる。暗黒の力の攻撃を受けて、緊張がいや増す。黒が打てば、白が返す。互いに組み合うというわけだ。暗黒の力がしりぞけられれば、白魔術の力がふたたび広がり、悪の破壊のという要素は一掃される。私は恐らく疲れ果てて昏倒するだろうが、次に目覚めたときには新しい力を身につけて、いよいよ元気になるだろう。この素敵な邸から昔の呪いを取り除いたあかつきには、ペラムさん、今度こそ二人して休暇を楽しんで、心ゆくまで飲むとしようか」

「その戦いに、お供したいものですね」私はおずおずと訊いてみた。

「そいつは無理だ」老人はきっぱりと断った。「ここまでくるのに私とて四十年かかった。自分を守るのが精一杯、とてもあんたにまでは手が回らない。きっと殺されるよ」

「殺される、だけで済みますか？」不謹慎ながら、笑いを噛み殺しながら尋ねた。

「もっとひどいことになる。それだけは確かだ。この世では二度とお目にかかれんだろう」

正直なところ、われわれが腰をおろしている広い部屋には、悪寒というか、すでに緊張が高まっていた。外を吹く風は嵐となりつつあり、雨も混じっているようだった。古い邸はまるで港に停泊する一艘の船が、高まる波にたゆたうような感じがした。窓が揺れる、カーテンが乱れる。風がうなりを上げて吹きすさぶ。このときになって初めて私はアプレイウス老人がただの変わり者ではなく、額の呪印も単なる飾りでないことをあらためて認識したのだった。私はそわそわしはじめて、神経もいよいよ昂ぶってきた。いっそ外の嵐のなかに飛び出して、しばらく散歩して気を落ち着かせようかとも思った。奇妙なことだが、私の心の目にはゆがんだ画像が現れては消えていった。邪悪な仮面、炎に包まれて空を駆ける物体、灼熱の炎の輪、鳥の群れの黒い影、血まみれの剣。私は身震いして飲み物を取りにいった。アプレイウスは座ったまま動かず、顎を胸に埋め、手は椅子の肘掛けを握りしめていた。やがて時計の鐘が三度鳴った。零時十五分前だ。

「一杯飲《や》りますか？」私は沈黙を破ろうとした。

「いや、結構。アルコールは力を緩める。今は精神を集中させるときだ。こうなるとわかっておれば、昼も飲むんじゃなかった」

「では、体調がととのうまで延期しましょう！」

「いいや」老人は答えて、「今夜でなければ」

「じゃあ、あの部屋と私の部屋とのあいだはほんの壁一枚ですから、もし何か支障があれば壁を叩いてください。すぐに飛んでいきます」

「心配ご無用。万事うまくおさまる」

「それはそうでしょうが、もしまずいと思ったら叩いてください」

「いよいよということになったら叩くよ、その必要はないだろうが。そろそろ時間のようだ」

われわれ二人は立ち上がった。私はウィスキーの瓶《タンタラス》台とサイフォンを手にとった。とても眠る気にはなれなかったが、スコッチの勢いで勇気もわいてきた。嵐はここが限りと邸の外で吠えまくる。文字どおり黒白《こくびゃく》を決する戦いにはうってつけの夜だ。静かにきしむ階段を二人してのぼりながら、私はそう思った。私の部屋の前で二人は無言でわかれ、老人はそのまま歩をすすめた。扉を開ける前に彼は背筋を一度ぴんと伸ばし、額の印をそっと触った。そして把っ手をまわし、するすると室内に消えた。今日でも目を閉じればそのときの彼の姿がはっきりと浮かぶ。もう二十三年も昔のことなのに。彼が姿を消してから私も自分の部屋に入って扉を閉めた。肘掛け椅子に腰をおろし、ウィスキーを一気に呷《あお》って、本でも読もうと思った。だが隣室のようすに聞き耳を立てずにはおられず、読書にはまったく集中できなかった。この薄い壁一枚の向こうで、いったい何が起こりつつあるのか？　私はますますうるさくなる風の音を呪った。こいつのせいで小さな音が掻き消されてしまう。窓外の巨大なヒマラヤ杉が嵐に耐えながら幹をきしらせる音も聞こえた。室内の空気はいよいよ張り詰めてゆく。この感触にはおぼえがあった。大規模な発電所の発電室で、なめらかに運動するシリンダーで作られた電気が、その巨大な力で空気を振動させる。どこからともなくひそかに生じ、今日においてもその本質がよく解明されていない、そんな類の力だ。

私はアプレイウスの様子を心に描いてみた。魔法の円のなかに腰をおろし、防御の呪文を唱えて、例のものが結界内に侵入するのを何とか食い止めているところでもあろうか。私は全神経をそのことに集中した。すると、世にも奇妙な幻影が目に浮かんできた。あたかも隣室を実際に見ているよう、壁はほとんど透き通って、薄いヴェール一枚で仕切られているに過ぎない。老人は部屋の中央に陣取り、そのまわりにはほのかに照らされた円が見える。両の目をかっと見開き、顔は恐怖にゆがんで、口をだらしなく開けている。その口もとはぴくぴくと痙攣しているようだ。円の外側のカーペット上にはいくつかの巨大な影がしずもって、得体の知れぬ怖ろしげな別の影が壁に沢山へばりついている。どの影にも顔があって、すべてアプレイウスの方を向いているようだ。明かりに照らされた円は時間とともに薄れてゆく。すると突然、あの巨大な指を鳴らすような音が幾度となく繰り返し聞こえ、部屋の明かりが明滅し、赤変し、火花が散った。目もくらむ閃光がはしり、嵐の向こうで雷鳴がひびいた。私はたまらず飛び上がった。

アプレイウスの悲鳴が聞こえた。最初はみじかく、次のは刺すような、苦悩にまみれた叫びだ。そして狂ったように壁を叩く音。私は廊下にまろび出て、例の部屋の扉を開け放った。部屋のなかはほんのりと明かりに照らされて静まりかえっていた。誰もおらず、動くものといえば暗い色の、丈の長いカーテンがわずかにそよぐのみ。私は老人の部屋に走った。ボール紙製の小さなスーツケースのほかには、この部屋にも人気《ひとけ》がなかった。私は彼の名を大声で呼び続けた。やがてチャムリーが様子を見に出て来た。私の気がふれたか、あるいはひどく酔っ払ったとでも思ったのだろう。私はすぐに気がついたのだが、彼は卿の頭文字の美しい縫い取りが入った絹のパジャマに、ミンクの襟のついたガウンといういでたちで現れたのだった。

このいささか滑稽な場面をもって、私はその夜の物語をしめくくることとしたい。アプレイウスはそれきり姿を消してしまった。その生死はさておき、警察の厄介になるような理由から彼は姿を消したのだと考える人も、もちろん少なくなかった。もう長いあいだ新聞種になるような人物ではなかったので、彼はその後すぐに忘れ去られた。彼はすでに隠遁していた、それがまた繰り返されたに過ぎない。体《てい》のいい厄介払いだ！　卿は私の話を聞いて随分と機嫌を損ねたようだが、その矛先は私に向けてではない。卿は公正な人だ。自分の客で、しかも私の倍以上の年齢の人間を管理するのは私の職分ではない、そう理解してくださった。卿は逃亡説を信じたがったが、それも無理はない。ところが確たる証言を前にしてはこの説は葬らざるを得ない、ということも弁《わきま》えておられた。卿はその部屋を厳重に閉ざし、以後、卿あるいは奥方の許可なくその部屋へ出入りすることを禁じられた。

月日はながれた。卿も今ごろは、天国か地獄か知らぬが、いずれにせよあの世の新聞界にあらたな一石を投じていることだろう。私も卿の会社で望みどおり結構な地位を得たが、そこでまた戦争だ。私は当面のあいだみずからの才能を情報省で発揮することにした。一九四一年には、ケンジントンの自宅の隣家が直撃弾をくらったあおりで、私は寝台から壁へ叩きつけられ、いわゆる砲弾ショック症を患う羽目に陥った。

奥方とはその後も連絡をとり合っていた。彼女は安全な地域を選んで暮らしていたが、一九四四年六月のある朝、キャストン荘が空襲で打撃を受けた、ついては私に様子を見てきて欲しい旨、電話で伝えてきた。

哀れ、懐かしの地よ！　どこかの馬鹿が中庭のど真ん中に爆弾を落としたのだ。爆風は当然ながら四囲の建物に押し寄せ――それでおしまいだった。チューダー朝様式の建物は精巧な煉瓦とガラスをふんだんに用いた華奢《きゃしゃ》なつくりなので、キャストン荘はひとたまりもなかった。中央部はすでに跡形もなく、私が到着したとき右翼は依然としてゆっくりと崩壊し続けていた。私の思い出の左翼は瓦礫、煉瓦、寝台、家具、絵画、衣類など、さまざまなものが積もって山と化し――信じがたい混沌のそこかしこに、あの美しかった古いガラスの破片がきらめいていた。救助隊が中央部の辺りを掘り返して、管理人夫婦の遺体の収容にかかっている。私がそこにいるあいだにブルドーザーとクレーン車がやってきた。沈んだ気持ちで追憶に耽りつつ、私は悲惨な瓦礫の山をのぼっていった。頂上付近で私は一枚のキャンバスを拾い上げた。裏返して見ると女の顔、横に長く引いた赤い線の上の、この世に二つとない色あせた青い目が私を見つめている。私はそれを投げ捨てた。こんなものを探しにきたんじゃない。すると、二つの壊れた煉瓦のあいだに、きらりと光るものがあった。引っ張り出してみると、それは海の緑に輝く翡翠の指輪で、肉のない、折れた指の骨に嵌《はま》っていた。救助隊に頼んでその周りを掘ってもらったが、それ以上は何も見つからなかった。

この文章を書いているあいだも、指輪は目の前の机の上にある。その美しさはことばではいい尽くせない。私がそれを見出したその場所で、指輪がどんな運命を辿ってきたのかは、先に申し上げたとおり、読者諸賢のご判断に委ねたい。

（今本渉訳）

死の勝利

「アメリア」プルーネラ・ペンドラムが言った。「けさ、無礼きわまる手紙を受け取ったわ」

「はあ？　ペンドラムさま」

「ある団体からだけど、この家は幽霊が出るって、失礼なことを……。あなたはわかってるわね、でたらめだって、根も葉もないことだって」

「ええ、ペンドラムさま」アメリアは気のない声で答えた。

「なんだか煮え切らないような言いかたじゃない。本心から言ってると思っていいのかしら」

「それはもう、ペンドラムさま」

「まあいいでしょう。ところでその団体、調査の者を実地に派遣したいって言ってるの。わが家を調べて報告するために。返事を書いたわ。何人《なんぴと》たりとも敷地に入ったなら、不法侵入のかどで告訴するって。これが手紙よ。すぐ投函してらっしゃい」

「かしこまりました、ペンドラムさま」

「アメリア、あなたいつもうれしそうね、外に出るとき。どうしてかしらねえ。さあ、早く行って戻ってらっしゃい」

少し後、アメリア・ローノンは、カースウェイト邸の車寄せを急ぎ足で下りていた。しかし、二階の窓から目が届かないところまで来たとわかると、にわかに歩を緩めた。これには二つの理由があった。まず、その朝は体の調子が思わしくなく、たいそう気分が悪かったから。それにもう一つは、たとえ小半時でも家から外へ出ることは、アメリアにとっては恐ろしい苦痛から逃れるいちばんありがたい息抜きだったからである。

小さな村の郵便局へ行くには、教区の牧師の住まいを通り過ぎなければならなかった。牧師の妻のレッドヴェール夫人が、ちょうど客間の窓から外を見やっていた。

「アメリアよ」夫に向かって言う。「まあ、あんなに顔色が悪いの見たことないわ。かわいそうに！　クロード、あなた何か力になってあげる時だわよ。わたしそう思う」

目鼻立ちのはっきりした、我の強そうなご婦人で、あからさまに亭主を尻に敷いていた。声は鋭く高飛車な感じである。

「でも君、僕にできることは」弱腰ながら良心を動かされた牧師は、いらだたしそうに哀しげな声で答えた。

「ありますよ。やらなきゃいけないことがね。その一つは、まずわたしの話を聞くこと。折にふれて言ってきたじゃないの、この件で話をつけましょうって。何が起きてるのか、わたしが気づいてから。アメリアはあの様子、いますぐかたをつけなきゃだめよ。もしわたしたちが救いの手をさしのべてやらずに、アメリアが死んだりしたら、一秒たりとも心穏やかに過ごせなくなるわ。あなたもそれはお望みじゃないわね。ほら、早く来て！　アメリアが戻ってくる」

牧師はしぶしぶ窓辺へ行った。アメリアの様子を見ると、優しい自信のなさそうな顔に、まごうかたない苦悩の色が浮かんだ。「うーん」牧師は嘆息した。「君の言うことは、残念ながらもっともらしいな」

「さあ座って」配偶者は命じた。「むずかしい立場にあることはわかってるわよ。ペンドラムさん、日曜ごとに献金皿に二ポンドずつ入れてくれるわ。大変な助けよ、わたしたちにとっては。『これは召使のお給料』そう言ってるみたいね、お金入れるとき。でも、あのばあさん、とっても悪い人よ。どんなに悪いか、あなたもわたしも本当にはわかってないと思う」

「でも、あの人、教会にはちゃんと来るがなあ」牧師は異議を唱えた。

「そうね、来るわね」妻は鼻で笑って答えた。「はっきりした思惑があって、ほかの人たちと同じようにしてるのよ。わたしたちを黙らせておきたいんだわ。だから、教会に来てお布施《ふせ》をして、買収してるわけ。文句言わないで！　ぜったい間違いないんだから。ここに来て半年しか経ってないけど、そのあいだにずいぶんいろんなことがわかったわね。ペンドラム一族は、ずっと悪い血を受け継いできたの――大酒飲み、薄情な女たらし、もっと悪い連中、罪人まで……立派な人はほんの例外。あのばあさんは直系の最後よ。これでペンドラムの恐ろしい血が絶えたら、ほんとに結構なこと、わたしそう思う」

「もちろん、その家系の話なんかについては、マイルズ氏の言うところを全面的に信用しなきゃならないよ、確かなことだから。でもあの人、ペンドラムさんに対しては、まったく偏見をもってるじゃないか。話をしようとさえしない」

「四十年このかた、ここで教区委員をしてきた人よ。だから知ってるのよ、あのばあさんの人柄を」レッドヴェール夫人は答えた。「それに、商売の損をしてると思ってるわね。マイルズさんの店じゃ一度たりとも買わないんだから。あのおじいさん、ほんとに正直でまじめな人って感じよ。あなたもそう思うでしょ」

「そりゃ同感だけど」

「じゃあ、あの人の話を信用するでしょ。ばあさんが小娘のころの失恋の話よ。誰かべつの娘が恋人を奪《と》ったと思い込んでるんだけど。それであのばあさん、心を決めたわけね、女というものに仕返しをしてやろうと。あの人一流の、こそこそした悪魔みたいなやり方で。マイルズさんは思ってるわ。あのとき心が毒されて救いようがなくなったって。あのばあさん、専門家はどう言うか知らないけど、実際のところ頭がおかしいって」

「どうもその話、まったくメロドラマみたいで」牧師はぶつぶつ言った。

「メロドラマがありえないってことはないでしょ」妻はぴしっと答えた。「世の中には実際にごまんとあるのよ、メロドラマなんて。マイルズさんの話ではね、あのばあさん、三十五年前に家に閉じこもってから、五人の女を住み込みで雇ってきたの。そのうち三人が家で死に、二人はすぐに逃げたわ。ペンドラムさんは悪魔だ、あの家は地獄だと言って。そしていまは、六人目のアメリア。あの人も死のうとしてるのよ」

「死ぬって、どういうわけで?」牧師がたずねる。

「恐怖よ!　まずなにより」

「アメリアは逃げることもできたのに。その二人の女性みたいに」

「軽く言ってくれるわねえ。イタチの罠にかかった兎さんにもそう言ってやったら？　あなた、心底怖かったら逃げもあがきもできないでしょ。それに、アメリアはどうしようもなく弱い立場なのよ。年はくってるし、一文なしだし、もともと意志のない柔順な性格だし。自力で逃げようって勇気を奮うことなんて、一度もなかったと思うわ」

「でも、アメリアはペンドラムさんのお供をするのが好きみたいな、ちょっとそんな感じもするけどなあ」

「それは一人でいるのが怖いだけよ、あのむかむかするような家のなかで。クロード、あなたもわかってるでしょ、あの家に幽霊が出るって」

「クララ、君はどうもむずかしいところに話をもってくな。知ってのとおり、僕はペンドラムさんの意見に賛成したんだから。幽霊なんてものは実在しない、と……」

「たわごと言わないでよ、クロード。へりくだってあのばあさんに取り入ろうと思って、そう言っただけでしょ。言う端から嘘だとわかってたくせに」

「なあ、君……」

「哀れっぽい声出さないでよ。初めてあそこへ行ったときのことを憶えてるでしょ。二階の窓に何が見えた？」

「ちょっと、何かいたような……」

「小さな男の子じゃなかった？　顔が血だらけの」

「ほんとにちらっと見えただけなんだよ」

「それペンドラムさんだった？　それともアメリア？」

「いや、そうじゃなかったと……」

「その二人しか住んでないのよ、あの家には。それから、言ったでしょ。鼻におしろいを塗りに行ったとき、わたしが何を見たか。ああ、また思い出したわ！　わたしの言うことを信じるでしょ」

「そりゃあ、君がらちもない嘘をついたことは、いっぺんだってないさ。でも、ただの茂みが熊みたいに見えるってことも……」

「小さな女の子の死体は茂みじゃないわよ！　それに、聞いたでしょ、あの叫び声」

「何か、妙な叫び声が聞こえたようだけど、あれは鳥じゃないかと……」

「鳥ですって。あなたもあの家で、幽霊やら叫び声やらといっしょに暮らしてみたらどうかしらね！　あなただってアメリアみたいに、あのばあさんのそばにいたくなるわよ。化け物に比べたら。あんなところにいるアメリアを思うと、しょっちゅう体の具合が悪くなる。もしあのかわいそうな人を救うために何もしなかったら、わたし死ぬまで後悔にさいなまれるわ」

「なあわかってくれよ。だんだんそんな気がしてきたんだから、僕も」

「ほんとにわかってるのかしらねえ、わたしみたいに。わたし、ああいった場所には敏感なのよ。ずっとそうだった。ああいうところじゃ、お日さまに浮かんだ塵《ちり》だっていやな模様に見えるの。アメリアはじわじわと死に向かってると言っても不思議じゃないわ、ここ数年ずっと。あの人、わたしにこう言ったの。あいつらがまわりにいるときは、お湯がどうしても沸かないって。つまり、あの人の体はあがくことをやめてるけど、頭はまだ回ってるのね」

「わかったよ。じゃ、僕にできることは何だい」牧師は声を上げた。「言ってくれよ。君のほうが賢いんだから、この世のことにかけちゃ。来世なら僕のほうが詳しいにしても」

「それに、もし君の言うような場所があったとしても、でしょ」クララは吐き捨てるように言った。

牧師は嘆息した。「僕はとっても悲しくなるよ。君がそんなに疑り深いとは……」

「何言ってるの。牧師の奥さんはみんな不可知論者のはずよ。それが牧師の心を現世につなぎとめておくの。それはともかく、今日いっぱいどちらもよく考えて、あす朝また話し合いましょう。いいわね、絶対に明日よ。わたしの心はもう決まってるわ。一週間につき二ポンドがなくなるのが痛いと言っても、アメリアが死んでも平気で受け取れるかしら。明日、十時よ！」

「ずいぶん遅かったわね」ペンドラム老嬢が言った。

「できるだけ急いだんです、ペンドラムさま。でも、心臓がどきどきして……」

「馬鹿おっしゃい。ぴんぴんしてるじゃないの。考え過ぎよ」

ペンドラム老嬢は、一見時を超越しているかのようなオールドミスに数えられたが、それにつきものの衰弱ぶりはいたってゆっくりとしたものだった。たいそう上背があり、筒みたいな体型、ほとんど女とは思えないような体つきをしていた。着ているものは、決まって真珠めいた光沢のある灰色の古風な型の衣装で、さらさらと裳裾《もすそ》をひきずっていた。顔できわだっているのは鼻だった。レッドヴェール牧師がこれについて、珍しくマックス・ビアボームばりの冗談を飛ばしたことがある。「あの鼻はつくづくウェリントン公を彷彿《ほうふつ》させるね」と。まさしく、その不恰好でいかつい鼻は、顔のほかの造作を睥睨《へいげい》していた。口は小さく、唇は薄くて乾いていた。目は猿みたいにまんまるだが、瞳の色はペンドラム家の特徴の妙な硫黄色だった。髪は灰色でもじゃもじゃ。顔色は仮面みたいで、まるで死体から蠟でデスマスクをとったかのよう、まったく血の気がなかった。齢は五十五歳から七十歳のあいだと推定された。

アメリアは四十八歳だった。その昔は愛らしい娘だったのかもしれない。顔立ちはなかなかのものだから。しかしながら、娘時代の面影を透かし見て再現するには、好意的で洞察力のある目が必要だった。寄生虫たちが中からゆっくりとアメリアを貪《むさぼ》りつくし、いま残っているのは薄くすきとおった外側だけだった。それも風がふっと吹けばばらばらになってしまう。貪欲な客たちを、アメリアは久しくもてなしつづけてきたのかもしれない。目方は不足、痩せこけて猫背、つやのない髪、光のない目。地下牢に長らくほったらかしにされていて、やっと解放された囚人みたいだった。死はすでにアメリアの肩に手をかけ、しっかりと握りしめつつあった。だが、公平を期し、この期《ご》に及ぶまでアメリアに九年の月日を与えていた。

「お昼を料理しにまいります」アメリアが言った。

「ええ。何があるの」

「チョップです」

「わたしは三ついただくわ。あなた、おなかすいてる?」

「いいえ、ペンドラムさま」

「じゃあ四つね。わたしのは飴色《あめ》になるまでちゃんと焼くのよ」

カースウェイト邸は、ウィンダミア湖の先、北部の丘陵地帯にあった。まぎれもないエリザベス様式の家である。大きくて陰気な煉瓦の集積で、縦や横に仕切りのついた数多くの窓があり、屋根は平らだった。寝室が三十五、浴室が一つあった。数千ポンドをつぎこめば住みやすい家になるのだが、そんなお金が工面されることは絶対にないだろう。家は緩慢に、少しずつ解体と消滅へと向かっていた。まわりの敷地は、野に逆戻りしてもう手がつけられなくなっていた。ペンドラム老嬢は、日曜の朝お祈りに通うのを除けば、家を離れることはなかった。家にある唯一の当世風のものは電話だった。これは老嬢が六マイル離れた町の市場につましいものを注文するのに用いられた。

重い体をひきずって、アメリアは大きな石造りの円天井のついた台所へ行き、火をかきたてた。また身震いしはじめていた。絶対に後ろには目をやらなかった。手を休めて聞き耳を立てると、アメリアの顔は不安でいっぱいになった。何かをつぶやくように、口が何度も動いた。だが、声にはならなかった。

まもなく料理を終え、できたものを食堂に運んだ。ペンドラム老嬢はすでに座っていた。黙りこくったまま、食事は瞬くうちに平らげられた。老嬢はいつも飢えた豹みたいにがつがつ食べるのだ。アメリアの前の壁には、ぼろぼろの十七世紀のタペストリーがあった。描かれているのは騎士と女の一行で、二人一組で馬に乗り、不気味に曲がりくねった小道を進んでいた。

道の左手には、開いた棺が三つ、中では骸《むくろ》が腐りつつあった。その上空は、空を飛ぶ邪悪なもので満ちていた。アメリアはいつも、絵を見まいとして部屋じゅうにちらちらと目をやった。老嬢はひそかに様子を見やっていた。食事が終わると、老嬢はいつものせりふを口にした。

「急いでかたづけてきて、本を読んでちょうだい」

「かしこまりました、ペンドラムさま」

アメリアが客間に戻ると、老嬢は一冊の本を手渡した。それはボワサール神父が著した『ジル・ド・レの生涯』の英訳版で、写実的なイラストが付いていた。アメリアはこの本を前々から何度となく朗読していた。読み方は上手だったが、かの虐殺の儀式を描写したくだりになると、はっきりした汚れのない声が不似合いで妙な感じになった。

ほどなく老嬢は朗読をやめさせた。「なんだかとてもよく似てるわね」独特のキンキン声で言う。「うちのご先祖がここでやったことに。拷問でたくさん子供を殺したの、とくに女の子を。それから死体を何か奇妙な儀式みたいなものに使ったのよ。たぶんそのせいね、うちに幽霊が出るなんてまったく根も葉もない評判が立ったのは。この話、前にしたわね」

「ええ、ペンドラムさま」アメリアは機械のように答えた。

「眠たくなってきたわ。五時のお茶に起こして。準備の時間までここで座ってなさい」

これは一つの試練で、アメリアは大嫌いだったが、日々の受難の一部として長らく受け入れてきた。老嬢は眠っているのだろうか。それともこっそり見張っているのか。目は本当に閉じているのだろうか……。

その日の午後は土砂降りで、細かく密な山おろしの雨が窓を流れ落ちていた。その間断のない雨音と、大きな箱時計の緩慢な振子の音だけが静寂を破っていた。ペンドラム老嬢は一度も身ゆるぎせず、息づかいも変えなかった。ゆっくりと灯りが暗くなっていった。疼《うず》くような感じになった。アメリアは身をこわばらせたまま動けなくなった。不意に、家のどこからか、かぼそく甲高い、苦痛の叫び声が響いてきた。目に激しい動揺の色を浮かべると、アメリアは喉に手をやった。老嬢がぱっと目を開いた。そうして、ゆるゆると身をかがめ、アメリアを見やった。「どうしたの、アメリア」ゆっくりと言う。

「い、いえ、何も……ペンドラムさま」アメリアはぐっとこらえて答えた。「わたし、お茶を取りに、まいります」

おじぎをしたアメリアの背中に、老嬢はちらりと目をやった。一瞬、無表情な顔を上げ、笑みを浮かべた。だが、その笑みは顔の下半分を歪めただけで、硫黄色の目は笑ってはいなかった。またしても、遠くのほうで、苦痛に泣き叫ぶ声が響いた。笑みのようなものが消えた。黄色い瞳がちらちら動く。仮面のような顔はまた元通りになった。

お茶がすむと、老嬢はトランプの一人遊びをした。夕食を作る時間まで、アメリアは放っておかれた。一人遊びには、その人間の道徳観がありありと出る。老嬢のを見たら、誰しもがこう思うことだろう。この人と商売の取引をするのなら、敏腕な弁護士を手ばなせないな、と。なぜなら、札が足りないと決まっていかさまをし、足りたと見るや素知らぬ顔で続けたからである。

やがてアメリアは、二本の蠟燭の光のもと、夕食の支度を始めた。その様子を見たなら、「精神的拷問」という言葉が少しずつ腑《ふ》に落ちてくることだろう。剝き出しの壁やアーチ型の天井に、蠟燭は奇妙な影を投げかけていた。犇《ひし》めくさまざまな影を、アメリアは恐る恐る、こそこそと見上げていた。その様子を見守っていた者がいたなら、アメリアと同じことをするのをやめただろう。そして、気づいただろう。ちらちらと影に目をやるとき、アメリアがたじろぐ癖があることに。あの影は……うつぶせになった小さなからだ、そして、背の高い影が、小さな影の喉に両手を……。それから、影が動いて……。いやいや、むろんこれは蠟燭の炎がゆらいだせいにすぎない。とは言うものの、くだんの観察者が逃げ出したくなるのも無理からぬところだろう。しかしながら、アメリアをひとりそこに置き去りにするような薄情なことは……。

夕食もまったく無言の食事だった。ペンドラム老嬢は山盛りの皿を虎のようにぺろりと平らげた。アメリアは乏しい一人分の食事を半分残した。

夕食のあと、老嬢が言った。「アメリア、寝室からひざ掛けを取ってきて。もってくるの忘れたの」老嬢はほぼ毎晩このせりふを発している。たぶん、気づいているからだろう。あの暗い階段を上がるのを、アメリアがどんなに恐れているかに。四年前、あの恐怖に遭って以来……。

アメリアはひざ掛けを取ってきて、夕食のあとかたづけをすませると、また客間に戻ってきた。「さて」老嬢が言った。「一時間ほど本を読んでちょうだい。M・R・ジェイムズの怪談がいいわね」

「ねえ、クロード」翌朝、クララが言った。「考えてくれたわね」

「ああ、でも、どうすりゃいいものやら……。ペンドラムさんが住み込みの女性をひどく苦しめてるって言ってもなあ、具体的にはどんなことをやってるんだい？　食べるものも寝るところも与えてるし、お手当だって……そりゃまあ、きっと雀の涙くらいだろうけど、ただ働きってことはないよ。あの人は、うわべだけを見れば親切にしてるんだ。無理やり家にいさせるなんて法に触れるし、できない相談だよ。いったいだれが拷問まがいのことをしているなんて言ってるんだ、うちのほかに」

「マイルズさんも言ってるじゃないの！」

「マイルズさんか、まあ確かに。でも、実際に僕がペンドラムさんに掛け合ったとするよ。すぐ出て行けと言われなくても、たぶんアメリアを呼んでたずねるよ。何か不満はあるのって。アメリアは絶対こう答える。『いいえ、ペンドラムさま』いったい僕はどんな間抜けに見える？」

　レッドヴェール夫人は、理は我にありという気持ちでいっぱいの女らしく、声をいちだんと上げた。「しっかりしなさいよ、クロード。そんなことで馬鹿にされないわよ。もっと攻撃に出なきゃ。あのばあさん、追いはぎでも人食いでもないんだから。率直に言うのよ。アメリアはこのままじゃ死んでしまうから、すぐに手を打つ必要があると思いますって。住み込みの女が三人もこの家で死んだことを思い出してくださいって。それから、もし四人目が出るようなら、いくつか実に厄介な質問をせざるをえないと……。まあ、またアメリアだわ！　わたし、連れてくる」

夫人はあわてて部屋から通りへ飛び出した。

「ローノンさん、からだの具合はいかが？」やさしくたずねる。

「だいじょうぶです。ありがとうございます、奥様」

「そうは見えないわよ。ちょっとうちにいらっしゃい」

「まあ、そんなこと……切手を買ったらすぐ戻っておいでって、ペンドラムさまが」

「気にしなくていいわよ。ほんのちょっとなんだから」

アメリアはためらっていたが、しぶしぶあとについていった。

挨拶するとき、牧師はしげしげとアメリアの様子を見やった。

夫人はにわかに、いちばんこわもての態度になった。

「ローノンさん、あなた、とっても具合が悪いんじゃないの？　びくびくしないでわたしにおっしゃい。ここだけの話なんだから」

アメリアはこのうえなくめそめそと陰気に泣きだした。「お話し……します」蚊のなくような声で言う。

「あなた、あの家に参ってるんでしょ」

「まあ、わたし、我慢が……」

「できないわよ。さあ、思い切り泣きなさい。絶対に逃げださなきゃ、あの家から」

「むりです。ペンドラムさまは、絶対にわたしにお暇《ひま》など……」

「やらなきゃだめなのよ、あの人は。いい、アメリア――そう呼ぶわよ――わたしたち、あなたを助けるって心を決めたの。それまで、このことを忘れないで。あなたを傷つけるものは何もないんだって。あの家のもののけは、怖がらせることはできても、実際に手出しなんかできないんだから」

「でき、ます……」アメリアはしゃくり上げた。「おかげで、夜どおし起きたまま……夏はまだ、そんなに……夜が明けたら、消えますから。でも、夜が長くなると、とても怖くて……。ああ、そろそろおいとまを」

「もうそんなに長い辛抱じゃないわよ。何かしてあげますからね。それまでがまんするの」

「いいえ、してくださることなど、何も……。どうもご親切に、奥様。ああ、もうこれ以上お話は……。わたしがこんなふうにしゃべってるのを知ったら、ペンドラムさまのご機嫌が」

「何言ってるの！ あなたのからだがなによりじゃないの」

しかし、アメリアはもう急いで部屋を後にしていた。

「ねえ、あなた！」クララは声を張り上げた。「わたし、素手でだって絞め殺せるんだけど、あの性悪ばあさん」

「ひとつ、いっこうに腑に落ちないことがあるんだけどね」牧師が言った。「ペンドラムさんは気づいてるんだろうか、家に具合の悪いところがあるって。もしそうでなきゃ、攻撃の力があの人に限ってとても弱くなるという……」

「もちろん気づいてるわよ」

「どうしてそんなに胸を張って言えるんだい」

「見てたのよ、わたし、あのぞっとするような叫び声が聞こえたとき。あのばあさんも聞いたわ、態度に出てた。でも、そんなのあの人は平気、拷問の道具がひとつ増えたわってところよ。あのばあさん、アメリアがこんなふうに考えるように仕向けてるの。『ありもしないものを見たり聞いたりするなんて、わたし、きっと頭が変になっていくんだわ』って。わかるでしょ、わたしの言うことが。あの人の心は病んでるのよ、邪悪な先祖と同じように。悪い歴史が繰り返されてるの。それに、あのばあさん自体も根っからの悪なのよ。最初に一人殺した人が、二人目、三人目のときにおびえるかしら。もちろん平気に決まってるわよ」

「クララ、そんな恐ろしいことを……」

「アメリアの哀れな様子を見たばかりじゃないの。いいクロード、もし腰を上げなかったら、わたし、完全にあなたを見下しますからね。信仰心と勇気が試されてるのよ。信仰なんてないけど、わたしがやりたいくらいなの。あのばあさんが取り合ってくれる見込みがあるなら。でも、あのばあさん、女という女を憎んで馬鹿にしてるから、洟《はな》も引っかけてくれないわ。その点あなたは、あの人の精神的な相談相手ですものねえ」

「なあ、皮肉はいいから……」

「皮肉でも言わないと、あなたの腰を上げさせられないじゃないの。そうでしょ！」

「うーん、わかったよ」牧師は嘆息した。「でも、できれば先に主教さまにご相談を……」

「はっきりしないことをがなられて終わりでしょ。あなた、自分で行き詰まりを打開しようっていう勇気はないの？」

「ああわかった、やるよ」

「それなら電話へ直行！」

牧師は部屋を去り、ややあって戻ってきた。「今晩九時半に会ってくれるって」

「どんな用件で会いたいって言ったの？」

「ただ重要なことがあると……」

「まあ、控え目ねえ。人の生き死にに関わることなのよ。わかってるでしょうに！」


「泣いてたの、アメリア」

「まあいいえ、ペンドラムさま、冷たい風が目に……」

「べつに寒くはないわよ。買ってきた切手をちょうだい。それからお昼の用意ね」

食事中にペンドラム老嬢が言った。「アメリア、あのタペストリーをごらん」

「ええ、ペンドラムさま」

「見てないわね！」

アメリアはたじろぎながらタペストリーに目をやった。どの騎士も情婦たちも、三つの開いた棺に近づくにつれ、その笑いやみだらな視線が嫌悪と恐怖の色に染まっていくことに気づいた。みんな若くて幸せだから、ここでひと休みしたほうがいいなんて思わないんだわ、アメリアはそう考えた。

「これは『死の勝利』と呼ばれてるの」老嬢が言った。

「ええ、前にそううかがいました」

「あれを見てると何か思い出すわねえ。食事はもういいの？」

「ええ、ペンドラムさま」

老嬢は先に立って客間へ入った。「今日はデーヴィスさんの命日よ。あなたの前にいた。馬鹿げた空想にふけるところがあった娘でねえ。前に話したことある？」

「ほんの少しだけ……」

「あの娘、ありもしないことを。家のなかで変なものを見たり聞いたり……。心が毒されてた証拠よね」

「ええ、ペンドラムさま」

「もしこの家に幽霊が出るのなら、わたしもあなたも変なものを見たり聞いたりするはずよね」

「ええ、ペンドラムさま」

「そんなこと、一度だってないでしょ」

「ございません……ペンドラムさま」

「あってたまるもんですか。とにかく、デーヴィスさんにはもっと早くお暇をやるべきだったんでしょうね。でも、そんな薄情なことしたくないものねえ。あの娘がどうして死んだか、話しましたっけ？」

「いいえ……ペンドラムさま」

「してないと思ったわ。わたし、気がついてたの、デーヴィスさんがだんだんやせて、ふるまいが変になっていくことに。おまけに、夜眠れないなんて言い出して。あのとき気をつけるべきだったわね。わたしの部屋に駆け込んできて、台所でずたずたに殺された子供を見たって言ったときに。ほかにもいろいろありもしないものを見てたわ。精神状態が普通じゃなかった証拠だけど。ある晩、ひざ掛けを取りにやらせたの。あなたをときどきやらせるみたいに。そしたら戻って来ないものだから、わたし探しに行ったわ。あの娘、死んでた。わたしの部屋の奥の化粧部屋で。心臓発作って話だったわ。お医者さん、わたしにたずねたの。デーヴィスさん、何かを怖がったんじゃないかって。思い当たるふしはないって答えたけど。きっとありもしないものを見たのよ。むかむかするような……。まあアメリア、後ろをごらん！」

アメリアは叫んで椅子から飛び上がった。

「どうかしたの」老嬢はぴしっと言った。「注意してあげようと思っただけよ、カバーが椅子から落ちそうだったから。神経が弱ってるんじゃないでしょうね。ひと月前にも何かにおびえたでしょ」

「いいえ……ペンドラムさま」

「ずいぶん大きな声だったわよ。デーヴィスさんのことを考えなさいね。現実離れするようになるのは、だいたい脳が病みはじめているしるしなの。そうお医者さんが言ったわ。現実離れってのはね、ありもしないものを見たり聞いたりすること。いいわ、本を読んでちょうだい」

アメリアはその通りにした。ややあって、ペンドラム老嬢は読むのをやめるように言った。そして、例によって嘘かまことかわからない居眠りを始めた。窓の音ががたがたと、不安をかきたてる。やがて、光が薄れ、火が最後の炎をゆらめかせて燠《おき》になった。そのとき、何か白いものが、音楽家の回廊と名づけられた場所をさっと横切ったように見えた。べつの影がそれを追う。そうして、か細い苦痛の泣き声が……。アメリアは恐怖に身をこわばらせた。

「どうしたの、アメリア」老嬢は座ったまま身を乗り出した。

「いいえ、何も……ペンドラムさま。わたし、火を……それから、お茶を」

その晩、夕食を作りながら、アメリアは老嬢が言ったデーヴィスさんのことをとっくりと考えてみた。きっとあいつらに殺されたんだわ。わたしも、同じように……。もうすぐ、いまにでも。アメリアは知っていた。自分が死んだら、老嬢はまた誰かを雇い入れ、その娘もいずれ同じ運命をたどるだろうということを。……でなければ。

アメリアは不意に料理の手を止めた。あれは何！　誰かが泣いてる。召使のホールのなかで。それはついぞ耳にしたことがない声だった。心臓が喉から飛び出しそうだった。このまま止まってしまいそうな恐ろしい時間、だが、また激しく動きだした。突き刺すような痛みが走る。泣いているのは誰？　しっかりしなくては……。あいつらじゃない、生きてる人かもしれない。アメリアは蠟燭を取ると、ホールにつづく通路を忍び足で進んだ。何もない陰気な場所で、埃《ほこり》や虫どもの臭いがした。アメリアはここを恐れていて、めったに足を踏み入れたことがなかった。誰もいない。だが、啜《すす》り泣く声はしだいに高くなっていく。「ああ神様……」うめき声がする。「もう、がまんできない。もう……」それから哄笑が、陰にこもった不気味な含み笑いが……。泣き叫ぶ声が悲鳴に変わった。「ああ神様！　もうがまんできない……」

台所へ戻るとき、アメリアの顔は激しくひきつっていた。どうすることもできなかった。あれは現実だったの、それとも頭のなかで響いただけ？　ペンドラムさまの言うように、ただの幻聴に決まってる？　もしそうなら、頭がおかしくなっているんだわ、デーヴィスさんみたいに。気がふれた人があの世へ行ったらどうなるんだろう。そこでも気がふれたまま？　ずっと、永遠に……。考えるだけで耐えがたいことだった。気がふれる前にきっと死んでしまう。自分はもうじき死ぬ、アメリアはわかっていた。心臓がひどく痛んだ。わたしが死ぬとき、何が起きるんだろう。デーヴィスさんは死んだ。泣き声を聞いたばかり……。いいえ、あれは頭のなかで響いただけ。アメリアの顔はまた歪んだ。意識を集中しようと、頭のなかではっきりと筋道を立てようと、恐ろしい努力がなされていた。

そうよ、わたしは死ぬんだわ、デーヴィスさんみたいに。それからペンドラムさまは、またお世話をする娘を雇って、その人の身にもそっくり同じことが……。いいえ、そんなことがあっては。そんな理不尽な……。ペンドラムさまはおやさしいけれども、この家のことはわかっていない。どうしてこうなるのか、とても奇妙でわけがわからないけど、もう二度とこんなことが起きては……。ほら、まだ泣いてる、デーヴィスさんが。わたしの頭のなかで……。でも、また起きてしまう。もし……もし、わたしが勇気をもたなければ！　デーヴィスさんとわたしの身に何が起きたのか、何を見たり聞いたりしたのか、ペンドラムさまがわかっていらっしゃったら、きっと二度と同じことが起きないように……。でも、あのかたは何もなさらなかった。だから……。ペンドラムさまが嫌いなの？　もちろん、そうじゃない。嫌いだなんて、どうしてそんな……。

聖ウィッツス（三、四世紀の青年殉教者）の苦悶に、再びアメリアの顔が歪んだ。だが、それもこれきりだった。男がそこにいた。そして、いたいけな少女が……。アメリアは両手を耳にやった。目の前に赤いとばりが降りる。手首を振り、指を曲げては伸ばす。その表情は、追いつめられた獣めいて、鋭くもあり虚ろでもあった。アメリアはそんな妙に冷淡な表情のままだった。食事をもって来たとき、ペンドラム老嬢はそれに気づいた。老嬢はいらだち、目が鼬《いたち》のように鋭くなった。

やがて老嬢は言った。「アメリア、食べなさい。どうかしたの」

「べつに、ペンドラムさま。あんまりおなかがすいてないんです」

「食べなさいったら！　ところで、あなた、牧師さんか奥さんと話しこんでたことはない？」

「奥様に朝のごあいさつをしただけです」

「ほんとにそれだけかしら」

「ええ、ペンドラムさま」

しばらく沈黙があった。老嬢は立ち上がり、「ちょっと本を読んで」と言った。アメリアはウィルキー・コリンズの怪談を読んだ。シーツなどが人のかたちになり、べつのベッドにいた老人を震えあがらせるという話だった。

「アメリア、どう思う。この話」

「とても楽しいです、ペンドラムさま」

「楽しい！ 本気で言ってるのかしらね。読み方はまた全然だめだったわよ」

「すみません、ペンドラムさま。このおじいさん、頭がおかしいんですよね。デーヴィスさんやわたしみたいに」

老嬢はアメリアをまじまじと見た。「ひざ掛けを取っといで！」厳しく言い放った。

アメリアはゆっくり立ち上がると、階段に通じるドアを開けて出ていった。上りはじめるとき、十字を切り、指を曲げたり伸ばしたりした。顔がぴくぴくと恐ろしいまでにひきつっていた。

ペンドラム老嬢は、玄関へ行って扉を開けると、少し開いたままにして客間に引き返してきた。それから数分後、聞き耳を立てるかのように顔を上げた。甲高い拷問の泣き声が聞こえてきた。頭《こうべ》が不意にしゃんとなった。時計の音、強風に窓ががたがた激しく揺れる音……。ほどなく立ち上がり、老嬢は階段の上り口へ行った。「アメリア！」そう叫ぶ声は、妙にうわずっていた。答えはない。老嬢は幽《かす》かに笑うと、薄い舌で唇をなめた。階段を数段上り、もう一度名前を呼んだ。それから部屋に引き返し、火のともった蠟燭を取ってくると、最初の踊り場へと上った。

「アメリア!」突然、廊下を凄まじい一陣の風が吹き抜け、蠟燭の炎を消した。老嬢は真っ暗闇に取り残された。指を壁に滑らせながら、廊下を手探りで進み始める。やがて壁がとぎれた。左の部屋へ曲がった。さらに前へ……。腿がベッドに触れた。「アメリア!」木霊《こだま》がどっと、背後に投げつけられただけだった。手探りしながら、部屋を横切って進む。また何かにぶつかった。化粧部屋だった。老嬢はここに古い不用の衣装を詰め込んでいた。汗が腐ったような、むっとする臭いが漂っている。吊るしてあるワンピース・ドレスにさわった。それからこれは……両手が動く。そうして右手が、何かに、触れた。老嬢は一瞬息を飲んだ。

次の瞬間、唇から悲鳴が漏れた。喉を絞められている。身をよじってのたうちまわった。むっと臭う衣装のなかへ、容赦なく引き寄せられた。留め金がわらわらと揺れる。老嬢はやみくもに叩いた。しっかりと握りしめた拳で。何度も何度も……。

そしてとうとう、前のめりになった。膝が折れた。震えていた両手がだらりと垂れ下がった。喉から、がらがらという長いいやな音が漏れた。そうして、静かになった。


「九時十五分よ」クララが言った。「出かける時間だけど、その前に一杯飲んでったほうがいいわね。気がしゃんとするから。よっぽどしゃんとしてないとね」妻は濃いウィスキーを注いだ。牧師はそれを飲み干した。そして、帽子とコートを取り上げて出発した。

雨はもう上がっていた。だが、風はまだ激しく吹きすさんでいた。牧師はそれにあらがって道を進まなければならなかった。蝶番《ちょうつがい》を軋《きし》らせながらバタバタ音を立てている門をいくつかくぐり、車寄せに入ると、何かぞくっとするような感じが走った。「寂しき道を往く者、不安と恐れとともに歩めるとき……」昔の詩の一節が不意によみがえる。張り出した枝をこわごわ見上げた。あれは？　すぐ後ろで足音が……。牧師はやにわに駆け出した。驚いたことに、玄関扉は半分開いていた。家に入った。客間に灯りがともっている。なかには誰もいなかった。数秒間待ち、老嬢を呼んだ。「ペンドラムさん、まいりましたが」その余韻が消えぬうちに、叫び声が響いた。長い、誰かが首を絞められているかのような……。「なんだあれは、大変だ」牧師はつぶやいた。汗が噴き出る。「上からだ。行かなきゃ！」

狂ったようにあたりに目を走らせ、燭台を手に取ると、蠟燭に火をつけた。そして、震える手で階段に通じる扉を開けた。最初の階段を急いで上る。何かが家のなかでざわめいているような気がした。一群の人影が壁づたいにあとをつけてくるような……そして、踊り場にも別の影が待ち受けていて……。牧師は身震いした。息が荒くなった。

「ペンドラムさん……」震える声。答えはない。よろめきながら廊下を進む。扉が開いていた。大きな部屋に入った。燭台を掲げ、恐る恐るまわりに目を凝らした。ああ、あそこにもう一つ扉が……開いている……ペンドラムさんがいる。

「僕です！　ペンドラムさん」牧師は言った。いったい何をしているんだろう。腰から下しか見えなかった。あとは衣装に隠れていた。恐る恐る、忍び足で棚に入った。そして、衣装を脇へ……。

牧師は飛びのいた。きれぎれの叫び声を上げて。まざまざと見たもの、それは、叩き潰されたアメリア・ローノンの死顔だった。アメリアの死体は、壁に身をもたせかけていた。そして、胸の上に、ペンドラム老嬢の首を……。アメリアの手は、老嬢の首をがっしりとつかんでいた。爪が深々と食い込んでいる。血が滴《したた》り、レースの襟をべっとりと濡らしている。逃げよう……わずかに残った自制心が命じた。燭台が手から落ちた。部屋から階段へと、惑いながら逃げた。家じゅうで叫びと笑い声が……。さらに、何か死のようにひんやりとしたものが、顔に……。影がいくつも、跳びはねながらかたわらを……。

ようやく牧師はよろめき出た。夜の中へ、啜り泣きながら。

（倉阪鬼一郎訳）

悲哀の湖《うみ》

ウェア荘

十月三日。ようやく、ようやくだ。あんな愚劣な視線の的にならずにすむというのは何という歓びだろう。残忍で冷笑的な記者たち、衆愚どもの無慈悲で獣めいた視線、ぼくを逮捕したいという欲望を露《あらわ》にした酷薄な眼の警察官たち、それからこの一月《ひとつき》ぼくが甘受しなければならなかったおそるべき獣性、そういったものから逃れられるというのは何という歓びだろう。この屋敷はもちろんぼくとバラットには広すぎる。けれど贅沢を言っている場合ではなかったし、ここはじめて現れたまあまあの物件だったのだ。それにこの屋敷にいればプライヴァシーが侵害されることはまずないだろうということもあった。ここは村から二マイルほど離れているし、地所は広く、バラ線の柵で完全に囲まれている。それにぼくは不法侵入者にたいして甘い顔を見せるつもりはまったくない。

匿名の手紙は今朝は十通だけだった——洪水は終わった。今度の経験は人間というものがいかに下卑た存在に成りうるものか、また人々が内心でいかに最悪の出来事を待ち望んでいるか、打ちひしがれた不運な人物をどのように泥濘《ぬかるみ》に這《は》いつくばらせたいと思っているかを十二分にぼくに教えてくれた。ぼくが可哀想なアンジェラを救うことに全力を尽くさない人間ではないか、いや実際に尽くさなかったのではないかと、正気の人間ならば誰が疑うだろう？　ぼくがこれほどの苦痛を味わう羽目になったことに関しては、愚物で傲慢きわまりない、あのウェールズ人の検死官にその責のあらかたが帰せられるだろう。泳ぎに行こうと言いだしたのはアンジェラだとぼくが弾みで言ったことを盾《たて》にとって、あの男はこの事態を引きおこした。（なんと気味の悪い声だろう。あれは鳥だろうか、それとも何かの獣だろうか？）頭部の挫傷に関しては、あの頓馬《とんま》な医者はああ言ったが、あれは死ぬ前についたものであるはずがない。実際そんなことは莫迦《ばか》げている。不可能だ。そもそも妻から解放されたいと願う理由がぼくにあるというのだろうか？　ぼくたち夫婦のあいだには考え方の違いがあった。どんな夫婦にもあるように――それ以上ではなかったし、それ以下でもなかった。妻は時折少し扱いにくくなった。ぼくもまたそうだった。

アンジェラの金に関して言うと――ぼくはそんなものは少しも欲しくなかった。自分のわずかな必要を満たすだけの金は充分持っている。仮にアンジェラがぼくに一ペニーも遺さなかったとしても、ぼくは何ら気にかけなかっただろう。アンジェラがぼくに金を遺さないように遺言を書き換えることを考えていたという証言には一片の真実も含まれていない、ぼくは確信をもってそう言える。アンジェラの弁護士のシムズは彼女の言葉を誤解したのだと思う。しかしもちろんシムズの証言はとてつもなく悪い印象をもたらした。審理の時は関わっているすべての人間が共謀してぼくを陥れようとしているような気がした。そして公にされた評決はぼくへの中傷のように思われた。あれはもちろん偶発的な事故として処理されるべきものだった。ぼくの確信はいよいよ揺るぎのないものになっていく。ある者たちは最初からそう生まれついているのだ。不運に、負債を抱え、不可避的に苦しみに至るように。運命はそんな者たちにたいしては苛烈だ。負債は絶えず嵩《かさ》みつづけ、運命をさらに回避しがたいものにしてゆく。

ぼくは日記を書きつづけるつもりだ。やることがあるというのは良いことだし、おそらく慰めにもなる。それに心を平静に保つために役立つだろう。残りのぼくの人生はとても寂しいものになるだろう。バラットは優秀な召使いだし、なかなかいい男でもあるが、教育のない人間は教育のある人間の真の友人にはなれないものである。それにバラットがぼくを本当には好きでないことは前から気づいていた。バラットが気に入っていたのはアンジェラだ。ぼくは今回の一件の真実を記した文書を残すつもりだ。死後それが公になった時、ぼくがどんなに残酷に状況の犠牲者になったか、恥知らずの疑念と悪意のある舌の犠牲者になったか、明らかになるだろう（まただ、またあの啼《な》き声だ）。ぼくのように完全に無罪の人間が中傷され、苦しめられることが有りうるという事実を知るのは、不可解で恐ろしいことに違いない。今度のことがあったせいで、ぼくは不運な人間、失敗者と呼ばれる人間たちに深い同情と理解を覚えるようになった。自分がそうだったから、かれらがどんなふうに罠にかかったか、いまのぼくにはよく分かる。そして運命がどんなふうに苦く希望のない結末へかれらを追い立てていったか。

ぼくはまだ郵便屋のノックが恐ろしい。けれど安んじて眠れるとまでは言えないものの、息苦しく神経に堪《こた》える夢も以前ほど生々しいものではなくなってきている。おかしなことに暗くなってから、時々アンジェラの存在が強く感じられることがある。不思議なことだ。彼女はもちろんこの屋敷に足を踏みいれたことはなく、耳にしたことすらなかったはずだ。けれどいずれその感覚も薄らいでいくだろう。ああ、もし死者が口を利くことさえできたなら（また、あの声だ。一体あんな声で啼くのは何だろう）。

十月四日。ぼくはこの屋敷を急いで借りた――ほとんど恐慌状態の時にである。だから今日まで地所を自分の眼で確かめることはしていなかった。ぼくは庭師として雇ったカーマンという爺さんと一緒に地所を見てまわった。カーマン爺さんは半白の髪の、ひどく愛想のない田舎者だった。少なくともぼくに対しては愛想がなかった。ぼくが日々の糧《かて》を与えているにもかかわらずである。もちろんカーマン爺さんはぼくが蒙《こうむ》った災厄のことを知っていた。カーマン爺さんの無愛想さはそのせいかも知れなかったが、どのみちぼくはその種の態度にはもう慣れていた。

驚いたことに地所の南東の一画には池があった。いや小さな湖といったほうがいいだろう。いそいでここを見にきた時に気がつかなかったのは、しなだれた柳に周囲をすっかり囲まれているせいだろう。湖は楕円形で広いほうの差渡しは百ヤード、狭いほうは八十ヤードといったところだろうか。水面に垂れた柳のせいなのか、その影のせいなのか、湖面は奇妙な青灰色を呈している。

カーマン爺さんは勿体《もったい》ぶった口調でその湖のことを説明したが、ぼくはそれを聞いて大いに笑い転げることになった。ぼくが笑ったのは今度のことがあってからはじめてだと思う。カーマンは湖がどのくらい深いか分からない、真ん中辺は底なしだと言ったのである。何ともばかばかしい話だ。ぼくは近いうちに底があることを証明してみせるつもりだった。カーマン爺さんは湖について話す時いくらか神経質な口調になるような気がした。確かにそこは暗澹《あんたん》として見棄てられたような場所だった。カーマンはそこが悲哀の湖《うみ》と呼ばれていると言った。ずっとむかし湖は共有地として使われていたのだが、ある時、御上《おかみ》から囲いこみ――盗みを上品に言い換えた言葉だ――の処置を受けたらしい。村人はそのことでいまだに不満をいだいているということだった。「ここはいつも罪と死の場所だ」カーマン爺さんはそう言った。不可解な言葉だった。カーマンの言葉の意味をはっきりさせるためには何度も質問しなければならなかった。爺さんの話を整理すると、どうやら湖が自殺者を惹きつけるということらしかった――カーマンの憶えているかぎりでは十五回の自殺騒ぎがあったそうである。その数はにわかには信じがたかった。爺さんは明らかに法螺《ほら》を吹いていた。ぼくは冗談めかして、それでなくても少ないドラリー・パーヴァの住人たちはどうしてそんなに自殺が好きなのか尋ねてみた。「罪のある人間はここにもいる。何処《どこ》にでもいるようにな」カーマンは答えた。「それでそういう連中は自分たちの罪を浄めるためにここへやってくる」その言葉でカーマンが頭がこちこちの聖書信奉者の団体に入っていることが知れた。「そして連中の緋色の罪は湖を染めるんだ」カーマンは言葉をつづけた。「だから湖が染まった時は死体が沈んでいる。死体は湖を血の色に染める。沈んだ死体は湖を騒がせる。七日のあいだ騒がせる。七日目におれたちは死者に会うためにここへくる。自殺した連中の罪に汚された体は雪みたいに白くなる。連中の 邪《よこしま》 な体はきれいになる」

「どういう意味だい、その、湖を騒がせるってのは？」ぼくは必死で笑いを堪《こら》えながら尋ねた。

「湖のどこもかしこも波立つんだ、風があるないに関係なく。それで死者の波が岸から岸へ走るんだ」

なるほど、田吾作《たごさく》君たちの神話というわけだった。ぼくは湖に魚がいるのかどうか尋ねてみた。カーマンはいないと思うと答えた。

ちょうどその時、湖の真ん中で大きな飛沫《しぶき》があがった――化け物みたいに大きな魚、たぶん鯉が跳ねたのだった。ぼくはカーマンに言った。「あれはいったい何だろうね？」カーマン爺さんは何かぶつぶつ言いながら早足でその場を立ち去った。

今日、アンジェラの葬式代を払った。催促されていたものだ。百四十ポンド。法外な金額だ、もちろん。葬儀屋はぼくのような立場にいる者だったら、文句は言わないと踏んだのだろう。けれどもちろんアンジェラのためなのだから幾ら払っても多すぎるということはない。ひときわ恥知らずな匿名の手紙が今朝届いた――便箋が十五枚。刺すような悪意をもって、中傷の言葉で埋まった長い手紙をこれほど熱心に、おそらく何時間もかけて書く者がいるということが信じられるだろうか。それにこの書き手は馬鹿ではなかった。手紙の書き手は「お前の有罪を示す六つのポイント」なるものをでっちあげていた。いずれぼくはこの卑怯で恥知らずな人物の指摘のそれぞれに完全な反駁を加えるつもりである。

夜遅く日記を書いていると聞こえる妙に耳障りな声について何度か書いたと思う。その声は湖のほうから聞こえてくる。たぶん何かの水鳥の声なのだろう。鷺《さぎ》だろうか？　しかしそれは何とも言えなかった。釣りのことを除くとぼくは田舎のあれこれについてはまったく無知だった。地所に現れる鳥や獣を観察したほうが良いかもしれない。ああ、まただ、また啼いている。まるで人間の声のように聞こえる。絶望した者の口から出る声のように。少し気味が悪い。あれはアンジェラが溺れた時の――いや、そんな比較はまるで意味をなさない。そんな連想は小心に過ぎるし、軽蔑に値することだ。ぼくはその類の弱さを遠ざけられるように自分を鍛えなければならない。ぼくの神経は何事も平然と受けとめられるはずだ。

小さい手漕ぎボートを注文して湖の大きな魚を釣るつもりだ。今日はウイスキーを飲みすぎた。前はこんなに飲むことはなかった。けれどこれで寝られるはずだ。アンジェラがそばにいるという感覚をいますごく感じる。

十月五日。今日は一日悄然としていた。倦怠感があるし、孤独でもあった。それに死んだ父のことを想いだした。ぼくがいま苦しんでいるように、父も苦しんでいた。あの不愉快な女のせいで、ぼくの母親のせいで。たぶんぼくは自分のお守が厭になっているのだろう。しかしそれは如何ともしがたいことだった。我慢しなければならなかった。友人を自称している連中は道で会っても知らん顔をするだろう。バラットは機嫌が悪い。陰気で無表情だ。啼き声には苛々《いらいら》させられる――耐えるのが難しい。声は暗くなると聞こえはじめ、それから間欠的につづく。今日、湖に行ってみたが、不思議なことに水鳥のいる気配は何処にもなかった。たぶんあの時は塒《ねぐら》に帰っていたのだろう。いつか夜に銃を持って湖に行くことになるのかもしれない。

あの啼き声を出すものが何であれ、殺したほうがいいような気がする。ああ、また聞こえる。

匿名の手紙の指摘の第一は、アンジェラは水を恐がっていたのでぼくが無理強いしなかったらあの夜けっして泳ぎに行かなかっただろう、というものだった。何という馬鹿げた言い種《ぐさ》だろう。水を恐がるのはぼくのほうだ。何年か前に占い師に言われた時からずっとそうだった。ぼくは極力その恐怖心を抑えるようにして、幾らか成功を収めた。ぼくがアンジェラを誘ったのは確かに事実である、ホテルの部屋付きメイドが言ったように。美しい夜だった。ぼくは海に一人でいるのが好きではない。それに泳ぐのは彼女の神経にもいいだろうと思ったのだ。けれどぼくがアンジェラを脅しているのを立ち聞きしたと、あのスパイのようなメイドが証言した時、彼女は嘘をついていた。僕にたいする悪意ゆえだ。ホテルに泊まった最初の週にもっとチップをはずんでおくべきだった。

耳に綿を詰めれば外の音が聞こえないようになって、少しは耳障りでなくなるかもしれない。試してみてもいいだろう。今日は一壜空けてしまった。もう少し酒を減らすべきだろう。

十月六日。今朝は匿名の手紙が七通だった。なかの一通にはぼくの星位図が同封されていて、今年の末までにぼくは死ぬだろう、そして「畜生のような妻殺しがいなくなったらせいせいするはずだ」と書いてあった。素晴らしき隣人たちである。今朝、またカーマン爺さんと歩いてみた。湖まで行き、ぼくはカーマン爺さんに幾つか質問をした。カーマンは、ここの者は決して死体を引きあげることはしないと言い、このあいだ聞いたことを繰りかえした。七日目にそれは水面に浮かんでくる。そうしてみんな死体が浮かんでくるのを見に湖までやってくる。では、村人たちはぼくがここにいるあいだは湖にはこられないわけだ。ぼくがここに住んでいるあいだは自殺はないのだから。ぼくは自殺しようとする手合いをほかの不法侵入者と同様に厳しく扱うつもりだ。かれらはほかの場所を探さなければならないだろう。ぼくは水鳥について尋ねてみた。

「ここには何もこない」カーマンは答えた。「柳にもこない」確かにぼく自身も昼間は湖のあたりに一羽も見なかったし、声も聞いたことはなかった。

卑劣漢の第二の指摘は、ぼくは泳ぎがうまかったが、アンジェラはそうではなかったというものだった。じつのところアンジェラはそれほど泳ぎが下手というわけではなかったのだが。卑劣漢は言っていた。お前は少しずつ彼女を沖に向かわせた。お前の主張を信じるならば、なぜ彼女のそばにいてやらなかったのか？　なぜそんなに彼女から離れたところを泳いでいたのか？　手紙の主はそう尋ねていた。「ほんとうは」とその人物はつづけていた。「お前は彼女のそばを離れなかったのだ。そして拳を固めて頭を殴りつけ、彼女を溺れさせたのだ」手紙によると、ぼくはどうやら豊かな髪に隠れて打撲傷は発見されないだろうと考えたらしい。この手紙は病んだ想像力というものがどれくらい野放図になりうるかをよく示している。実際はぼくは波間で仰向けになり、休んでいたのだ。アンジェラはそのあいだに、いつのまにかぼくから離れていた。彼女は泳いだ。ただ漠然と、気が向くまま、ぼくとの距離が致命的に広がるまで。ぼくは妻の名を呼んだ。けれど返事はなかった。そのときぼくはたぶん見当違いのほうに泳ぎだしてしまったのだろう。潮は引き潮だった。ぼくたちは思ったより沖に出ていた。アンジェラは痙攣を起こしたのだと思う。アンジェラの悲鳴は恐ろしいものだった――ちょうど、あの声に――いや、全然あんなものには似ていない。あれが何であるにせよ、永遠に呪われるがいい。打撲傷に関して言うと、遺体は十二時間海を漂っていた。そのとき漂流物が頭に当たったのだろう。ぼくはもうこの日記でこの卑劣漢の悪意に満ちた当てこすりについて言及するつもりはない。何だか苛々してしまうし、神経に悪いような気がするのだ。眠れない夜はぼくを消耗させる。ぼくは部屋に誰かいるような気がしてしじゅうびくびくしている。啼き声が聞こえる。綿は全然役に立たない。いますぐ鳥を撃ちにゆくつもりだ。もう耐えられない。

追記。獲物はなかった。月は明るかったのだが何も見えなかった。出かける時も戻ってくる時も確かに声は聞こえたのに。湖には不吉で見棄てられたような気配が濃密に漂っていた。あの湖がどうやって自殺者たちにその運命をまっとうさせるのか、少し分かったような気がする。あれはぼくにすらその歪んだ力を揮《ふる》おうとした。ぼくの恐怖症に働きかけてきたのだ。恐怖はいつもある。何をしている時でも何を考えている時でも。すっかり消耗して、ぼくは酒の壜を半分空《から》にした。これでとにかく眠れるだろう。

十月八日。手漕ぎボートが今朝届いたので湖まで運んでもらった。ぼくは早速、鉛の錘《おもり》をつけた釣り糸を持って中央まで漕いでいき、深さを測ってみた。しかし驚いたことに底を探りあてることはできなかった。底のほうには流れがあって、それが錘を流してしまうのかもしれなかった。棹《さお》では全然長さが足りないだろう。もちろんそんなことは大したことではなかったが、ぼくは迷信に凝り固まったカーマン爺さんに見せてやりたかった。柳のあいだからぼくのほうを覗いているのが見えたのだ。午後には釣りをした。釣果は零だった。風は一垂《ひとたら》しもなく、湖面は暗く、まるで油の湖のように見えた。ぼくは浮きから下の天蚕糸《てぐす》を長くした。すぐに強い引きがあって、もう少しで手から竿をもぎとられそうになった。リールが勢いよく回転した。それから急に引きが消え、巻き戻してみると、浮きをつけた箇所のすぐ上で釣り糸はぷっつりと切れていた。何だか妙だった。ぼくはもう一度やってみた。驚いたことに結果は同じだった。長い釣りの経験でそんなことは一度もなかったが、葦《あし》に引っかかってどうかなったんだろう、ぼくはそう推測した。鳥についてカーマンの言ったことは本当だった。岸に戻ってからぼくは柳の列にそって歩きながら注意深く鳥を探してみた。しかし何も見つからなかった。枝から驚いて飛びたつような鳥もいなかった。鳥たちは柳を嫌っているのかもしれない。

しかしそれではぼくが聞いているあの声は何の声なのだろう。また聞こえる。湖には明らかに変わったところがある。あの湖は自分だけの法則に支配されている。ぼくはそういう結論に達した。あの湖には当たり前のところが何もなかった。できるかぎり近寄らないに越したことはない。ぼくはボートを買ったことを後悔した。衝動的で無益な行動だった。

十月十日。バラットが今朝、話があると言ってきた。あまりいい内容ではないことが顔色から知れた。ぼくは時折バラットの顔が嫌いになる。バラットはずっと以前のことを持ちだした。そして不遜にもその事実を人に話さずにはいられないと言った。良心にあまりにも負担だと言う。バラットの良心！　バラットは良心について何か言う前に脳を手に入れるべきだろう。ぼくは絶望感に捕らわれながらも、あれは純然たる事故だった、アンジェラは着替中にどうかしてガスの栓を捻《ひね》ってしまったのだ、誓ってもいいと答えた。バラットは反抗的な口調でそれはそうかもしれない、しかし裁判をする人たちはそれを知るべきだと言った。あの人たちは新しい証拠が出てきたときのために審理を未決にしている、あの人たちはこのことを知るべきだ、バラットはそう言った。なんたる愚昧さ、なんたる傲岸さ。バラットがぼくを心底憎んでいることがよく分かった。ぼくたちは一時間あまりも話しあった。ぼくはそうして言った。「どうして急に気持ちが変わったんだ？　給料は充分払ってる。何も言わないと約束したじゃないか、どうして話すべきだと思ったのだ」最初、バラットは何も言わなかったが、何度も繰り返し尋ねるとようやく口を開いた。「毎晩、聞こえるあの声のせいです、だんなさま。あれは奥さまの声だ。それに奥さまがそばにいるような気がしてならないんです。奥さまは真実が知られなければいけないって考えてます」ぼくはできるだけ軽い調子で、あれは鳥の声じゃないかと言った。「このあいだ見た」ぼくは言った。「撃とうとしたんだがな」バラットはぼくの話を信じていないようだった。だから付けくわえた。「今晩、湖に一緒にくればいい、見せてやる、そうすれば納得するだろう」「もし、あの声を出すものが何なのか分かったら、だんなさま、分かったらもうこんなことは二度と言いません」バラットはそう言った。「でも、分からなかったら自分が知っていることを話さなければなりません」

「よく肝《きも》に銘じておくんだな」ぼくは言った。「そんなくだらんことをしたら、即刻馘首《くび》だし、推薦状もなしだ。それにお前に脅迫されたと言ってやる。お前の齢だとそうそういい仕事は見つからんだろう」

「その心配には及ばないと思います、だんなさま」バラットは不遜にもそう言った。「だんなさまが溺れた女のような声で啼く鳥を見せてくれるでしょうから」そう言ってバラットは部屋を出ていった。

　ぼくはこれを書きながら、動揺を禁じえないでいる。ぼくは崖っぷちに立たされている。バラットを何とか納得させなければならなかった。バラットにあのことを喋らせてはならない。あれは純然たる事故だった。もしアンジェラが寝室を一緒に使わせていてくれたなら、あんなことは決して起こらなかったはずだ。バラットがあの事実を話すということは、すべてがはじめから繰りかえされることを意味していた。ぼくはそれに耐えられないだろう。そうだ、そうなってはならない。アンジェラを往診した医者はあの時しつこく何か言っていた。バラットの証言はきわめて危険なものになるだろう。ぼくはもうこれ以上、迫害に耐えられない。ぼくは今夜才知のかぎりをつくしてこの問題に対処しなければならない。

　追記。恐ろしいことが起こってしまった――バラットが湖で溺れたのだ。純然たる事故だ。ぼくたちは決めた通り、夜の十時に屋敷をでた。頼りになるのは星の明かりだけだった。湖に近づくと、声が聞こえた。けれどまだ湖までは少しあった。バラットが声に気づいたかとはらはらした。実際、バラットは立ち止まった。バラットの肩に手を置くと、ぶるぶると震えているのが分かった。「怖がるな」ぼくは小声で言った。「あれは鳥だ、いま見せてやる。音を立てないようにしてゆっくり進むんだ」ぼくはバラットを後ろに従えて、岸辺の柳のところまで進み、枝をかきわけて隙間から覗いた。それからもう一度小声でバラットに言った。「ぼくの隣にくるんだ、指さしたほうを見ろ」バラットは言われた通りにした。ぼくは言った。「あそこだ、あの岸辺だ、見えるか?」バラットは前へ身をのりだした。岸辺は傾斜していたし、滑りやすくなってもいた。足を滑らせたのだろう。つぎの瞬間バラットは水のなかに落ちていた。飛沫《しぶき》はあがったが、ほとんど音はしなかった。純然たる事故だった。

ぼくは急いでボートを繋いであるところまで走って、バラットの落ちたと思われる場所までボートを漕いでいき、かれの姿を捜してみた。けれど何も見つけられなかった。その時、不思議なことが起こった。暗い湖面の向こうから高い波が押しよせてくるのが見えた。波はぼくの乗ったボートを跳ねあげ、岸にぶつかり、砕けた。啼き声が不意に響き、頭のなかに谺《こだま》を残して消えていった。どうしたらいいのだろう。あれは事故だった。しかしぼくはそれを報せたほうがいいのだろうか。いや、ぼくはそうはしない。こうしたらどうだろう。幸い、バラットの身寄りで存命の者はいなかった。おそらく友達もいないだろう。誰もバラットの安否を尋ねる者はいないわけである。バラットの死体が腐敗して浮かんでくるまで一週間くらいだろうか。ぼくはそのあいだバラットになろうと思う。浮かんできたバラットの死体はうまく処理しなければならない。ぼくは錘をつけて二度と浮かびあがってこないようにするつもりだった。それから夜遅くに車に乗って町に行き、不動産屋にこの屋敷が寂しすぎて、住むにはちょっと不適当なことが分かったと言うのだ。そうして売りに出してもらうのだ。それからぼくは外国へ行くだろう――アルゼンチンだ。ぼくはあの国をよく知っている。そして財産もすべて向こうに移すのだ。バラットの服や鞄は、背広の上下を一着と帽子だけ残して全部焼いてしまおう。幸いなことにバラットとぼくの背は同じくらいだし、体つきも似ていなくはなかった。しかしまったく不幸な事故だった。

バラットのことはぼくの神経をいたく損なったようだ。いまアンジェラが見えたような気がする。屍衣をまとってドアのそばに立っていた。ぼくを黙って見ていた。幻覚だ。飲み過ぎているのだ。そうに違いない。ぼくはいつも酔っぱらっている。ぼくの唯一の願いはこの忌々しい屋敷を離れることだ。また、啼いている。気が狂いそうだ。ぼくはもう一週間あの啼き声に耐えなければならない。素面でいるにせよ、酔っぱらっているにせよ。しかしそうすればぼくの悩みはすべて終わる。

十月十一日。万事順調だ。ぼくは朝早く起きて、バラットの背広を身につけ、帽子を深く、眼のすぐ上に鍔《つば》がくるように被った。ぼくはバラットを長いこと見てきた。だから歩き方は簡単に真似できたし、声も真似できた。バラットに扮した姿を見せるためにぼくは庭を歩きまわった。それから牛乳配達がきた時、遠くから手を振った。明日は肉屋がやってくる。ぼくはドア越しにこういうつもりだ。「ああ、今週は何も要らないな」

それからぼくは自分の服に着替えて、万一に備えて湖を見にいった。ぼくは錘をつけたロープを用意した。明日それを湖のそばに埋めておこう。暗くなる少し前にぼくはふたたび湖を見にいった。あの湖はほんとうに不可解な代物だった。湖は色が変わったように見えた。湖面はいまは暗く、気味の悪いことにどことなく赤みを帯びているように見える。血の色を連想させる。それに小波とは言えないほど大きな波がひっきりなしに水面を走っていく。カーマン爺さんはぼくを避けているようだ。なぜだか分からない。だが避けていることは明らかだ。どうも気になる。ぼくは今週いっぱい自分と戦わなければならない。うとうとと眠りこむ度に恐ろしい夢に魘《うな》されて目覚める。正気を保つために飲まなければならない。夕食をとっている時、貯蔵室にバラットが立っているのを見たような気がした。アンジェラの姿はいつも見える——ふとした拍子に顔をあげるとアンジェラが立っている。一日が永遠につづくような気がする。

十月十四日。万事順調である。バラットの真似は完璧だった。御用聞きはあれからやってこない。カーマン爺さんは相変わらずぼくを避けている。ぼくの心配事はそれだけだった。少なくとも昼間のあいだは。もちろん夕方から夜にかけては酷《ひど》いものだったが。死体が浮かんでくるのは日曜日頃だと思う。しかしぼくは注意を怠らないでいるつもりだ。日曜日は一日中釣りをする振りをして湖にいよう。あそこが柳に囲まれていることはつくづく幸運だった。ぼくが死体を引きあげているところを人に見られる気遣いはまずない。もちろん危険がまったくないというわけではない。主よ、ぼくはいまではその類のことに関しては鍛えあげられている。湖は相変わらず気味の悪い色のままだ。それに相変わらず波立っている。片時も休むことなく。それに湖には厭な臭いが立ちこめている——そう、湖は臭う。一雨きてあの臭いを洗い流してくれればいいのだが。すべて済むまでもう日記は書かないだろう。手はいつも汗ばみ、震えが止まらない。ペンが持てないのだ。ああ、これはいつまでつづくのだろう。ときどき叫びださないように唇を強く引き結ばなければならない。もし叫びだしたらぼくにはそれを止めることができないだろう。声が尽きるまで叫びつづけるだろう。あと四日だけ待てばいいのだ。たっ

た の四日。そうすれば二度と現れない。ぼくはあまり考えこまないようにしている。また、啼いている。何という声。アンジェラがドアのそばに立っている。

十月十九日。何が起こったのだろう? 夜明け頃、寝室の窓から外を見ると、大勢の人間が湖に向かって歩いていた。バラ線を張った柵が一部倒れていた。ぼくは急いで屋敷を飛びだして、即刻立ち去るよう命じた。一人残らず訴えると脅した。かれらはぼくに少しも注意を払わなかった。完全に無視した。前に立ちはだかった時もぼくを見てはいなかった。ぼくの体の向こうを見ていた。そしてそのあいだも柵の倒れた箇所を通って人は増えつづけた。かれらが不法に侵入しようとするのを体で押し止めようとすると肩で押しのけられた。カーマン爺さんでさえ力ずくで押し入ってきた。カーマン爺さんの眼はほかの者のそれと同様に一杯に見開かれていて、奥には憑かれたような光があった。みな陶然とした表情を浮かべていた。まるで何かの儀式に加わっているような、またその儀式で与えられた役割を果たしているような、そんな感じがした。誰も喋らなかったし、誰も笑わなかった。一人残らず湖の岸に立って、しまいに湖は完全に人に取り囲まれた。すべての眼は湖面に注がれていた。かれらがなぜそうしているのかぼくには分かっていた。ぼくは呪い、口をきわめて罵った。けれど誰もぼくの言うことを聞こうとはしなかった。

ぼくは屋敷に戻った。そうして窓から外を眺めている。どうしてみんな知ったのだろうか? どうして知ることができたのだろう? ひどく静かだった。ぼくの耳は外の連中のたてる音を何でも聞きとっただろう。もしかれらが音を立てたとしたら。ぼくに何ができるだろう。アンジェラとバラットが部屋のなかにいる。喋ってくれ。喋ってくれ。死者たちよ、ぼくを赦《ゆる》せ。やはりこんなふうになってしまった。水だ。水だ。占い師の言った通りだ。警察に行くべきだろうか？　それとも車を出して空港に駆けつけるべきだろうか？　そうしたらみんなはどうするだろう……ぼくは誓う、バラットは足を滑らせたのだ。ぼくは最後までそう主張するつもりだ。ぼくは最後までバラットを救おうと努力した。どれくらい待てばいいんだろうか。ぼくは決して挫けない……聞け。聞け。なんて大きく恐ろしい声だ。みんな口々に叫んでいる。あいつが浮かんできたのだ。ぼくには分かる。とうさん。とうさん。

（一九二一年十二月六日、ジェイムズ・グレヴィル・リーズは召使いを殺した咎《とが》により、リーディング監獄で絞首刑に処された）

（西崎憲訳）

チャレルの谷

「セン君」とアロイシャス・プリンクル氏は言った。「明日、休みをとろうと思うんだがね。どうも少しばかり過労気味のようだから、ピクニックにでも行ってみようと思ってるんだ。まあ、晴れたらの話だがね、君もくるだろう、もちろん？」

「たいへん素晴らしいお考えです。いつもながら感服いたします」にこやかに微笑んだセン氏はベンガル人で、年恰好は三十前後、布教所の在職者のために秘書役から雑務までの一切を引き受けるのがその勤めである。一方のプリンクル牧師は三箇月前に前任者の仕事を引き継いだばかりである。セン氏は少し謎めいたところのある青年であった。顔には常に笑みと好意的な表情が湛《たた》えられていたが、どうもそれは彼が取り得るはずの「腹を割った」態度からは、いささか距離があるのではないかというのが、プリンクル牧師のセン氏に対する当面の見解であった。セン氏の敵は彼を「米乞い《ライス》クリスチャン」と呼んだ。要するに、パンのクリスチャン側により多くバターが塗ってあるのを、セン氏は目敏《めざと》く見つけたと言っているわけである。それに応じてセン氏の友人たちは言ったものだ。「なんと明敏な男だ。米のありかをちゃんと知っているのだから」セン氏の話す英語は、流暢かつ個性的なものである。語調は衒学的なまでの正確さを有し、抑揚はといえばこれは歌うがごときという形容が相応《ふさわ》しい体《てい》のものであった。

「もうピクニックの場所は決めておりますのでしょうか」とセン氏が尋ねた。「わたしの助言があるいは役にたつかもしれません。もちろん、役にたたないかもしれませんが」

「いやいやセン君、じつはもう見つけてあるんだ。ナンシーとぼくがいつか車で通りかかって、ピクニックには絶好の場所だなって話してたところなんだがね。クラン渓谷のそばの小さい谷で、聞いたかぎりじゃ、チャレルの谷って呼ばれてるらしいな。どこのことを言ってるか分かるかい？」

セン氏はなかなか返事をしなかった。相変わらず笑みは顔にあったが、心に影が兆《きざ》したといった具合に、わずかにそれが硬いものに変わった。そしてようやく言った。「その場所でしたらよく存じております。しかし、あそこはちょっと遠いのではありませんか？　もちろん、ただの参考意見として申しあげるのですが」

「とんでもない」笑いながらプリンクル氏が言った。「車で四十五分も走れば着いてしまうよ。おまけに風光明媚な景色を眺めながらのドライヴつきときた」

「坊っちゃんも連れていかれるお心算《つもり》ですか？」セン氏の口調は歯切れが悪かった。

「どうしてそんなことを訊くんだい？　あたりまえじゃないか。あの子はきっと喜ぶぞ。それに乳母に暇もやれるし」

「あそこは小さいお子さんが面白がるような場所とは申しかねるような気がいたしますが」

「なんでそう思うんだ。蛇かい？」

「いいえ、わたしは蛇のことはあまり重大には考えておりません。蛇は言ってみればありふれたものです。避けられるし、威《おど》せるし、殺せます」

「だったら君は一体何を心配してるんだ」プリンクル氏の口振りが、子供を諭《さと》すような調子になってきた。

「あそこは水の多いところです。川や淵や、そんな類いのものが一杯あります。そのどれも幼い子供にとっては大変危険なものに成り得ます。もちろん言うまでもないことですが」

「言うまでもないことだが、それは違うね」プリンクル氏は一笑した。「ニッキーが溺れて、早死になんてことにならないように、ちゃんと気をつけるよ。セン君はどうも子供に関しては神経質のようだ。けどいいかい。それが良くないんだ。結局、子供のほうまで神経質にさせてしまう。『恐れよ、そして滅ぼされよ』ってのにはたしかに真実が含まれているんだよ。分かるね」

「もちろん。またしてもおっしゃる通りです」セン氏は微笑んだ。「天に在《まし》ます我らが父が饗《みそな》わしておられます」

プリンクル牧師は少し厳しい視線をセン氏に送った。皮肉を言っているのだろうか。セン氏の胸中を推し量るのは誰にとっても難しいことだった。この男に豁達《かったつ》さが欠けているのは、少々残念だなとプリンクル氏は心中で呟いた。

「どうだろう、セン君。君が率直なところを話してくれているとはぼくには思えないんだがね。同様に、君がさっきから色々と挙げている理由も、ちょっと本当の理由とは思えない。もっとフランクに行こうじゃないか。なぜ君はあの谷に行くのが厭なんだい。そう思ってることは明白だぜ」

「いいえ。そんなことはありません」微笑の一掃きとともにセン氏は答えた。「しかし、打ち明けてしまえば、どうもわたしは典型に戻ってしまうらしいのです。お分かりになりますかどうか。つまり、愚かで無知なインド人に戻ってしまうのです」

「なるほど、君の考えていることが少し分かりかけてきたぞ」プリンクル氏は面白がっているような口調で言った。「あの場所には悪い噂がある。つまりそういうことだろう?」

「まことに正確におっしゃられました。その通りです。もちろんまったく馬鹿げた話です」

プリンクル氏は軽い譴責《けんせき》を含んだ揶揄《やゆ》といった態度を採用することにした。

「君が言いたいのはだね、セン君。あの谷には幽霊か何かそんなものがいるってことだね」

「その言葉は、わたしが自分の粗末な考えを述べる際に用いるものかもしれません」セン氏は答えた。「しかし、くどくどしく申しあげる心算はございません。プリンクルさんが気になさらないというのでしたら」

「ところが気にするんだよ、セン君、ぼくは君に、唯一存在する悪霊は人の心のなかに棲むものだけだと言ったはずだね。そんなものが現実に存在するとか、どこかの場所に憑依《とりつ》いているとか、そんな風に思いこむのは子供っぽい迷信というものだよ。野蛮だね。たしかに君が自分でも言う通り、まったく馬鹿げたことさ。そんな愚にもつかない空想が人の心を混乱させて、惑わせるんだ。そんな空想は根絶されるべきだ。しかし君にはちょっと驚かされたよ、セン君、あんなに言葉を費やしたはずなのに。まだ徹底されてないんだな。君は否定するかもしれないが、まだ君のなかには幾分未開の部分が残ってるようだ。とにかくぼくらはあの谷へ行って十二分に楽しまなければならない。ぼくたちみんながだ。さあ、こんな話で時間を無駄にするより僕のバンガローへ行って、ウルドゥー語のレッスンでもはじめようじゃないか。もう先祖返りはごめんだよ、セン君」

センのはにっこりと微笑んで牧師の言葉に従った。しかし完璧に隠しおおせてはいたが、笑みの陰では並々ならぬ怒りが轟然と渦をなして荒れ騒いでいるのだった。

レッスンの間中、セン氏は最大限の努力をもって、プリンクル氏の眠気を催すような冗談と語学に関する力の完璧な欠如を許容する態度を保たなければならなかった。プリンクル牧師に教えるということは、ひたすら忍耐の精神で苛酷な緊張に耐えることを意味した。そこには仕事の歓びはなかった。かくして眠りに就く時には怒りを忘れよという主の戒めをその夜、セン氏は遵守《じゅんしゅ》することができなかった。いつまで経ってもセン氏は寝就くことができなかった。怒りはいやますばかりだった。セン氏は嘲笑されたのだ。恥をかかされ、面と向かって叱責されたのだ。昼の出来事は蚕食《さんしょく》性の潰瘍《かいよう》のように、セン氏の心に広がっていくのだった。

プリンクル氏はとても若く、生真面目であるがいささか単純に過ぎる嫌いがあり、経験に比して自信過剰なところが目につく青年だった。氏がボンベイの地を踏んだのは、わずか三月半前のことであったが、インドとインド人について知らないことはもう存在しなかった。植民地における布教の諸問題を論じた本の章見出しなどは、すでにノートに書き写していた。妻のナンシーはプリンクル牧師よりも若かった。夫と同じようにナンシーもまた生真面目であったが、より人好きのする印象を周囲に与えたし、自惚れのほうもさほどではなかった。彼女は内心、インドはおそろしい場所だと考えていた。彼女と夫は曰く言い難く奇妙なこの国の九割の人間にとって歓迎されざる客だった。少なくともこのパンジャブ北部の人間にとってはそうだった。ナンシーは賢い女だった。息子のニコラスもまた賢い子供だった。ニコラスは幼く、色白で愛らしく、インドに通じた者たちは、これほど小さい子供を苛酷な環境に置くことを危ぶんだ。ニコラスもまた謹厳実直に傾く嫌いがあった。両親の血はその小さな体のなかで、もう忙しく立ち働いているらしかった。

明けた九月十三日の朝は雲ひとつない好天で、暑さも然迄《さまで》ではなかった。偃月刀《えんげつとう》の刃《やいば》のような夏の日差しも、有り難いことに少し鈍《なまくら》になってきているかと思われた。

予定通り、十一時にはV型八気筒エンジンの自動車に四人とも乗りこんでいた。「チャイ、チャイ」プリンクル氏は少し滑稽な調子で、象を追い立てるインド人さながらに声を張りあげた。プリンクル牧師は自身の習得したわずかなウルドゥー語にひじょうな誇りを感じていたのである。そして何分か後には一行の乗りこんだ車は茶園のあいだを走っていた。乾燥して舞いあがった赭土《しゃど》にうっすらと表面を覆われた道を車は目覚ましいスピードで駆け抜けた。

ようやく、プリンクル氏らの車はチョータルに、つまり細い道の入り口に辿《たど》りついた。足下に広がるのがクラン渓谷だった。河はエメラルドを敷きつめた小匣《こばこ》のなかのサファイアの首飾りといった趣で、ヒンドゥー・クシ山脈の白銀の頂きが空を縁どっていた。一行は車を停め、眼前に広がる景観にしばし見蕩《みと》れた。けれどその景観の構図の完璧さがどれほど驚異的であるのか、またありきたりの調和からいかに遠いものであるか、本当のところを理解できたのはナンシーだけだった。それから、谷へとつづく道を車は惰性でゆっくり下った。

「チャレルってどういう意味なの？」後部座席のセン氏を振り返ってナンシーが尋ねた。

セン氏は答える前に一瞬、間を置いた。怒りはまだ鎮まっていなかった。そしてその質問はひどく危険なものだった。セン氏は内心、返報を期していたのである。自身いささか恃《たの》むところのある皮肉の才能を試してみる、これは良い機会だった。皮肉と雄弁の才は手に手を取り、論理的な武器となって、セン氏の身を守ってくれることがしばしばだった。

「チャレルという言葉が意味するのは」と、例によって歌うような調子でセン氏は切りだした。「愚昧で迷信深いインド人たちに執拗につきまとい、あたかも物理的に影響を及ぼすがごとくに皆の心を漠然と、しかしたしかな恐怖で満たしている概念です」

「まあ、とっても分かりやすいわ」ナンシーは笑いを堪《こら》えながら言った。「で、それは一体どういう意味なんですの」

「愚かで未開のインド人は」セン氏はつづけた。「出産半ばで死んでしまった女たちに纏《まつ》わるおそろしい空想を、後生大事に守ってきました。つまりそのような不運な女たちの魂か、幽霊か、とにかくそんなものが地上に留まって、自分たちに欠けているものを補うために子供から魂を抜いてどこかに持っていこうとすると、浅はかにも信じこんでいるのです。そうして、もし女たちの陰気な希望が叶えられたならば、彼女たちはそれで満足して、気に入って憑依《とりつ》いた場所から姿を消すのです。そんな幽霊たちはチャレルと呼ばれていて、これから行く谷は、チャレルたちが好んで集まる場所のひとつだと言われています。じつに、まったく馬鹿げた話です。もちろん」

「変わった言い伝えだけど、ちょっと悲しい話ね。子供は死んでしまうんでしょう?」

「そうです。もちろんです」セン氏は微笑んだ。「生気を抜かれてしまうわけですから」

「そんな戯言《たわごと》を真に受けないように切に願うね。僕は」プリンクル氏が含むところありげに口を挟んだ。

内心、チャレルを恐れること大なるセン氏は答えた。「もちろん信じてなどおりません。真の信仰に帰依して、二人の牧師さまから教えを頂戴して以来、そのような空想は、まるっきり実体の伴わないものだと確信するようになりました」

「でも妙ね」ナンシーが眉を顰《ひそ》めて言った。「人の心にそんな考えが入りこむなんて。誰かチャレルのことを言いだした人がいたはずよね。なぜそんなことをしたのかしら。チャレルっていう言葉にはほかの意味はないの? もうひとつくらい意味はないの?」

「何もありません。いま言ったものだけです。愚かなインド人の考えた、ただの空想です。すべては」

「どうもよく分からないわ」

プリンクル氏はそろそろ会話により優れた知性が介入すべき頃合いだと判断したらしかった。声に権威を含ませて、聖職者然と言い放った。「ナンシー、それは出産に関する妄想のひとつだよ。出産というものは未開の心にとって常に尽きることのない謎なんだ。一度、その空想が形になると当然呼び名も必要になる。後生大事に抱えこまれたそういう汎神主義的妄想を根絶するのは難しい。けど僕はこのゴミの山をきれいに掃除するために、全力を尽くすつもりだよ。インドにおける僕の布教活動のうちで、それが最も重要なことだと思ってる」

　顔には相変わらず笑みが浮かんでいたものの、セン氏の胸中はさまざまな思いでいまにも沸騰せんばかりであった。侮蔑、激しい怒り。憎悪。しだいに広がりゆく恐怖。そしておそろしい期待。セン氏は幼いニッキーにちらりと目を遣《や》った。ニッキーは心中を見透かすような目で穏やかに見返した。落ち着かない気分でセン氏は坐りなおした。ニッキーの測るような視線にますます心を掻き乱されたのだった。

「なんの話をしてるの、おかあさん」

「なんでもないのよ」ナンシーが答えた。「もうすぐ着くわよ」

　渓谷の東側の斜面に切れ間があり、そこから駆けあがる谷が、チャレルの谷だった。湾曲した石灰岩の崖が水流を挟みうねうねとつづいている。細く速い水の流れが気の遠くなるような時間をかけて掘った谷である。水流は奥に連なる山々のどこかから流れだし、谷を奔《はし》りぬけた後、半マイルばかり先のクラン川に合流していた。チャレルの谷の入り口は狭いが見違えようのないもので、内側に足を踏みいれると途端に左右に広がり、幅はおおよそで五百ヤード、奥行きは一マイルといったところだった。水の流れは東の急斜面を駆けおりて、しばし円形の深い淵をなした後、西の縁からふたたび流れだしていた。谷の至るところに、ヒマラヤ杉や天竺菩提樹やゴムモドキが生い茂り、何本かの巨大な麻栗樹《チーク》がそれらを睥睨《へいげい》していた。地表は厚く草に覆われ、そこここで竹が顔を覗かせている。影の濃い、人が近づくのを拒んでいるような場所で、滝の水しぶきや水流の涓音《せせらぎ》や、時折聞こえる鳥の声をのぞくと、死んだように静かだった。

一行は谷に入ってすぐの場所に車を停め、しばらく近辺をぶらぶらした。

「少し暗い場所ね」思わずそう言ってからナンシーは急いでつけくわえた。「でも、ほんとに素敵なところだわ」

セン氏が微笑んだ。

「やれやれ、どうやら君まで想像力が豊かになってしまったらしいな。暗くなんかないぞ。まったく魅力的なところじゃないか。正真正銘、人間の世界から隔絶してるしね。いや、しかし最高の気晴らしだ。イングランドでピクニックっていったら、オレンジの皮と古新聞に囲まれに行くようなもんだからな。それに何台もの蓄音機のスピーカーの不協和音ときたら、到底我慢できるもんじゃなかった。さあ、そろそろ昼にしよう」

一行は巨大なヒマラヤ杉の木陰に、用意してきた布を広げた。ニッキーは食事の間中おとなしく、いつものようにお腹を空かせているようには見えなかった。淵のほうをなんとなく気にしていた。

「魚釣りがしたいんでしょう、ニッキー。違う？」ナンシーが尋ねた。

「うん」ニッキーの返事は気のないものだった。

「今度くる時のために、小さい釣り竿を買っておきましょうね」

ニッキーはおざなりに笑っただけだった。

昼が終わった後、プリンクル牧師らは煙草を燻《くゆ》らせて、しばらくたわいもない話にうち興じた。プリンクル氏が欠伸《あくび》をしながら言った。「なんだか昼寝がしたくなったよ。そんな気になるのは珍しいんだがね。この一週間は忙しかったから、やっぱり応えてるんだろうな」

「わたしも少し横になりたいわ。ニッキー、あなたはどう？」

「ぼくはいい」

「まあ、じゃ何をしてる？」

「どっかで遊んでる」

「だったら淵のほうには行かないでね。センさんはどうかしら？」

「わたしも眠りたくはありません。お心遣いありがとうございます」セン氏は微笑んだ。「わたしが坊っちゃんを見ていましょう。もしそれがお望みでしたら」

「そうしていただけると嬉しいわ。この子が危ないことをしないように見ていてくれるだけでいいの。ね、忘れないでね、おとなしくして、淵のそばには近寄らないのよ」

「わかってるよ、おかあさん」

手探りする盲人の手のような杉の枝の下で、二人は横になった。ハンカチを顔にのせて、しばらく楽な姿勢を探して身じろぎしていたが、やがて静かになった。

セン氏はニッキーの姿が視界に収められる場所に腰をおろして、自分の国の言葉で考えはじめた。セン氏はこの場所が好きではなかった。心のなかの先祖から受け継いできた部分がざわついてどうにも落ち着かなかった。この青二才の間抜けなヨーロッパ人の馬鹿さ加減は、チャレルの谷にわざわざ子供を連れてやってくるほどに底なしだった。目が見えないからここには何もないと考えるのだ。そうだ、たしかにわたしは彼らを憎んでいる、心底忌み嫌っている。腹蔵なく言うならば——ほんとに正直なところを言えば、もちろん金のためだ——充分じゃないが、まあ必要を満たす程度の金のため——あいつらとあいつらの敬《うやま》う間抜けな神を崇拝するふりをすれば、この手に金が現れるというわけだ。けれどなんと盲目で、傲慢で、思いあがった者たちであることか。もしもあの連中があんなに阿呆でなかったなら、当然、すべての神の観念中で最高の、ブラフマンの教えにつくだろうに。いやいや、とセン氏はなおも考えた。わたしはブラフマンでさえそれほど重視しているわけではない。ブラフマンが何をしてくれるというのだ。取り繕《つくろ》うことはない。わたしはいま率直になろうとしてるのではないか？　そうだ、ブラフマンでさえ何もしていないと考えていることを告白すべきだろう。悪霊たちはブラフマンに何憚《はばか》ることなく闊《かつ》歩《ぽ》しているではないか。

セン氏は虚栄と愚昧の罪でヨーロッパ人たちが罰されるところを見たかった。かれらがぎりぎり耐えられる最高の罰とはなんだろう。もちろん子供がいなくなることだ。たしかにここは子供を捕らえる罠のような場所だ。母親は誰も夜のあいだは子供たちをこの谷に近づかせないようにしていた。いや、たとえ昼間だってチャレルから身を守る強力な護符を身につけてなかったら、そんなことはさせないはずだ。おや、ニッキーは何をやってるんだ？　セン氏の口から思わず声がもれた。ニッキーは跪《ひざまず》いて、淵の向こうをじっと凝視《みつ》めていた。顔に浮かんだ熱心さがどうも普通ではなかった。セン氏はしばらくニッキーの様子を眺めた後、視線の行先を辿ってみた。身を乗りだして目を凝らしたセン氏は、掠《かす》れたような声とともに息を呑んだ。恐怖のために、顔が強張った。淵の左手には桑の樹が円く茂っていた。その円の中央にその場所に在るべき理由を持たないものが在った。少なくともセン氏の目にはそう見えた。葉の隙間から這いこんだ陽の光は、顕《あらわ》れたものを偽装するかのようにそこを斑《まだら》に染めていた。この世の可視のものことごとくと同様に、それは光と影が織りなすものであった。しかし本質的な実体といえるものはそこには存在しなかった。地上に属するものではなく、点描めいた空気にただ薄く描かれたものだった。幼いニッキーが顔に深い興味を浮かべて、頻《しき》りに目をやっているのはそんなものだった。

時々、ニッキーは草や花に興味を惹かれたように視線を地面に落とした。そして時々、不意に顔をあげ、茂みを盗み見た。足を止め、緊張したようすで。あの子は、とセン氏は思った。いかにも子供らしい無邪気なやり方で、自分を見ている誰かを欺こうとしているのだ。ニッキーがなぜそんなことをするのか、セン氏にはよく分かっていた。体が震えた。セン氏は右の袖を捲《まく》りあげた。二の腕に太めの時計の革バンドのようなものが巻きつけてあった。革のバンドに結えつけられた物入れには、極めて神聖な言葉が記された小さい巻物が収められていた。その巻物はひじょうに高齢の聖者を拝してようやく譲り受けたもので、強大な魔物があらんかぎりの力で襲ってきた場合はいざ知らず、大抵の魔物や危難には確実な効力を有する呪符だった。そんなものを身に帯びているということを、セン氏はもちろん人に知られないようにしていた。

とりわけ雇い主たる聖職者たちには。セン氏は呪符に触れながら、口のなかで何やら呟いた。

ニッキーは桑の茂みに向かってぶらぶら歩いていた。そしていま一度膝をつき、神経質な面持ちで手近の草を毟《むし》りはじめた。風の紋のような、滲《にじ》んだようなものは、まだ桑の葉叢《はむら》で息をひそめていた。

ニッキーがいきなり顔を上げて歩きだした。茂みまではほぼ十五ヤード。セン氏の体が抑えようもなく震えた。恐ろしさのせいばかりではなく、もっと微妙な、血のなかに連綿と引き継がれた、名づけ難い感覚のゆえでもあった。両の歯が触れて音をたてた。セン氏は呪符を握り締めた。幼いニッキーはもう遊んでいるふりをするのをやめて、いまはただ前を凝視《みつ》めていた。陶然とした笑みを浮かべていた。静かだった。陽の光が滝の水に閃々《きらきら》と輝いている。小川の涓《せせ》らぎ音《らぎ》が静寂をいっそう深いものにしていた。辺りに漂う、おそろしいばかりの緊張をセン氏は膚《はだ》で感じ取った。稲妻が一閃する前のように、空気がピリピリと震えた。

突然、ニッキーが歓びの声を小さく発したかと思うと、丸々とした足が及ぶかぎりの速さで駆けだした。茂みの一端に辿りついた時、光と影のなす形が、身を乗りだしてニッキーを迎えいれた。魅入られたようにその場で震えているセン氏にはそう思えた。子供が腕を広げたかと思うと、つぎの瞬間、両者は錯《まじ》りあった。

セン氏がそのとき発した言葉は、奇妙かつ、意味深長なものだった。「その子に手を出すな」セン氏は飛ぶような足取りで茂みに向かった。手は呪符を堅く握り締め、声も嗄《か》れんばかりに、警告か魔除けの言葉か、とにかくそんな言葉を繰り返し叫んだ。ニッキーは足を止めて、四方《あたり》を見回していたが、やがてセン氏の顔をそれと認めた。光と影の織物は輪郭を失い、点描めいた空気に溶け去った。

プリンクル夫妻が息急《せ》き切って駆けつけてきた。髪は乱れ、まだ半分眠ったような顔だった。

「いったいどうしたんだ」二人は口を揃えて質問を投げかけた。セン氏はニッキーの小さな体を両手で抱えていた。

「坊っちゃんが倒れたのです」セン氏も大声で答えた。「たぶん陽にあたった所為《せい》でしょう。たしかなことは言えませんが」

ナンシーがひったくるようにして子供を取りあげた。ニッキーは昏睡状態に陥っているようだった。

「ひとまず帰ったほうがいいな」プリンクル牧師の口調もさすがに少し切迫していた。一行は手早く荷物をまとめて、慌ただしく帰途についた。

車のなかでニッキーが不意に深い眠りから醒めた。青く丸い目を開いて、笑って呟いた。

「きれいな女のひと」それだけ言うと、ニッキーはふたたび目を閉じた。

「どうやら心配なさそうね」ナンシーがほっとしたように笑った。「こんな風に笑う時はいつも機嫌が良くって、幸福なのよ」

「ちょっと疲れただけだな、たぶん」しようがないといった口調でプリンクル氏が応じた。

「空騒《から》ぎか。やれやれ休日が台なしだ」

「さっきはなぜあんな大きな声をだしたの」ナンシーが尋ねた。

「ああ、それは」セン氏が微笑んで言った。「告白するのは恥ずかしいかぎりですが、じつはわたしも少々うとうとしてしまったのです。まったく不注意極まりないことでした。けれどそのため相応の罰を受けたように思います。どういうことかと申しますと、わたしはとても悪い夢を見ました。とてもとても悪い夢です」

「ほう、どんな夢だい」プリンクル氏が面白そうに尋ねた。「生き残りの貪欲なチャレルでも出てきたかい」

「いえいえ」抗議めいた口調で、けれど微笑みながらセン氏は言った。手が右の二の腕のあたりを摩《さす》っていた。「その言葉はプリンクルさんの信念に反します。どうか揶揄《からか》わないでください。そうしてわたしを戒めてください。ああ、いまだに馬鹿げた迷信を信じている、わたしどもインド人の、なんと哀れで、無知で、野蛮なことか」

(西崎憲訳)

不死鳥

わが人生は終わりに近づいている。そんな救いのない、重苦しい予感を得て久しい。その終わりがどのように訪れるかはわからないにしても。いま書き綴《つづ》っているものは、私がこの世に存在した最後の数か月間の記録となるはずである。表出するという行為を通して、抜きがたい孤独はいささかなりともまぎれるだろう。そう思いつつ書いている。あまりに奇異な、抽象的な物言いに聞こえるかもしれない。だがこれは、このところの私が著しい孤立状態にあった、ということに過ぎない。生来隠者めいたところがあるにせよ、自分はアリストテレスの言う「獣」でも「神」でもない。私は科学の徒である。より偏見のない同学の士のなかには、確信はもてないが、わが体験に興味をもつ方があるかもしれない。ゆえにこの資料を提示し、興味を抱いた方が有効に活用するよすがとしたい。しかし、まずもって、何はさておき請わねばならない。私が全身全霊をもって真実を語っていると信じてほしい、と。自分がただの狂人で、悪夢に取り憑かれており、すべては妄想に過ぎないなどとは、私は寸毫《すんごう》も考えていない。筆者がまごうかたない正気であるという大前提を、諸氏にはまず第一に受け入れてもらいたい。この資料についには匙《さじ》を投げたとしても、それはそれで致し方ないだろう。最後に、私は多大なる中傷や罵詈《ばり》雑言や悪質なデマの標的となってきた。それについて弁解の余地があるとは思わないが、事実を説明したいことは多い。

私はいま、次のように言明するのが公平で忌憚《きたん》のない唯一の処し方であると考えている（それにははっきりした理由がある）。この……この……どんな言葉がいちばんしっくりくるだろうか、言うなれば……「訪れ」は、私が初めて味わうその種の経験ではない、と。わが両親と教育について、ひと言述べたい。父は多くの――あまりにも多くの――同等の才能に恵まれた男だった。五指に余る職業で成功を収めたかもしれない。個人的な財産にすこぶる恵まれていた父は、大好きな表現手段である建築を職業に選ぶ余裕があった。しかしながら、この選択は間違っていたのではないかと思う。設計技師としての父は独創性に乏しく、高度に有能な技師の域を出るものではなかった。だが、まさにそれゆえに、没後すぐさま一過性の声名が上がったのである。父は数学者としては極めて優れており、同様に母もまた、潜在的には自然解析者で、秘めたる象徴に手を伸ばすことができる人だった。その結果、私はいやがおうにも科学についての天賦の才を受け継ぐこととなった。そして実際、純粋数学を生涯の仕事とし、それによって相当な国際的名声を博した（死に瀕した者にも自賛できることはある。おそらくは胸を張って）。数学こそ唯一無二、完全無欠のわが鍾愛《しょうあい》の対象だった。

家族は長年、部屋が多くむやみに広いが快適この上ないグロスター・ロード近くの館で暮らしていた。私はここで少年時代を過ごした。一人っ子で独立心旺盛だった私は、八つのころにはもう、一人でたびたび散歩に出かけるようになっていたものだ。サウス・ケンジントンの迷路のように入り組んだ通り、いまでもそのほとんどをまざまざと甦らせることができる。かの広大なブロンプトン墓地は、人を惹きつけるとともに、恐ろしい場所でもあった。なのに、心ならずも足は折にふれて墓地へと向かった。墓地の北境は旧ブロンプトン通り、当時ははるかに交通量が少なく、夜は静かで灯りも薄暗かった。どっしりとした柵だけが生者と死者を隔てていた。

あるおり、杭を巡らした柵からほんの一、二ヤードのところで、墓掘り人夫らが仕事をしているのに気づいた。準備しているのは、いやに小さな墓のようだった。数日後、風の吹きすさぶ不快な十一月の夕暮れ、私はまた墓地に行った。すでにたそがれ深く、大きな死の場所はこの上なく恐ろしく見えた。また、一人きりの子供の目には、どこかしら自分を威嚇しているようにも映った。しばらく勇気が湧くのを待った。そして、エミリー・ディキンスンの詩句を踏まえれば「骨まで凍りつく」ような心地で、あの小さな新墓《にいばか》が掘られていた場所まで忍び足で近づき、薄暗がりに瞳を凝《こ》らした。あれほど勇を鼓し、総毛立つ思いをし、また勇気を奮い直したことなどついぞなかった。墓穴はもう塞《ふさ》がれており、花輪で覆われていた。墓のかたわらに誰かが立っていた。墓地の巡察員だろうか。いや違う。ずっと小さい。その影は音もなく、素早く柵のほうへ動き、顔が、私の目の前に……。はっきりと憶えている。顔には唇もまぶたもなかった。髪はおどろでずぶぬれだった。

私は恐怖のあまり逃げ出した。だが、ほどなくへとへとに疲れて止まらざるをえなくなった。それから、ゆっくりゆっくり歩いて家へ帰った。母の顔を見るまでに気を落ち着かせなければ(「気を落ち着かせる」などという言葉はいまにして使えるのだが)、答えるすべのない質問攻めに遭うことは目に見えていたからだ。さしあたっての難関はどうにか突破したものの、まったく余波を被《こうむ》らないというわけにはいかなかった。一連の鮮明な悪夢。いまもってまざまざと再現できる。そのなかで、私は何度も見た。臭いさえ感じた。あの崩れた若者の顔……。おかげで私はあまりにも早すぎる神経衰弱に罹《かか》り、いっとき学校教育に支障をきたした。一時的な精神障害を被ったようだが、そうだとしても、それで私のような才能が否定されるはずがなかった。イートン校ではちょっとした神童で、さらにケンブリッジ大学では、数学の卒業試験で首席一級合格者となり、出世の第一段階を締めくくった。これは私がすでにして初等数学者たる資格があることを証明するものであった。

最初の「訪れ」についての話はこの辺にしておこう。大学を出てまもなく、私はシャモニーでいささか痛ましいもう一つの体験をした。大の親友、才能赫々《かくかく》たる若き物理学者カーストンが、グレポン峰で不慮の死を遂げた日のことだった。この件については、もう何も言うまい。その体験は、私が「訪れ」を受けやすいという見方をはっきりと強く支持するものだった、とだけ言っておこう。

わが生涯の野心は単純明快だった。すなわち、数学者になることである。生まれながらの数学者がほかの野心など抱きようがない。私は「超数学」を研究し、独創的で創造性に富む仕事をせんとかたく決心した。超数学の境界領域は、論理学と純粋数学のあいだにある。その両分野に深く精神を傾注する者が、超数学を研究する正当な権利を有し、実り多い探究結果を得ることができる。さらにもう一つ、多くの弟子、言うなれば門徒を育てようとも思った。弟子たちは私の仕事を進め、理論を広めてくれるだろう。私は門徒らがお墨付きを得て実権をふるうことを願った。それゆえ、まずもって希求したのは、ロンドンのメトロポリタン大学における欽定純粋数学講座担当教授の地位だった。かの大学は、英国の最も優秀な若者たちを長年惹きつけてきたからである。そんな若者の多くを改宗させ、わが福音のすべてを説くことができたならば、生涯の仕事と運命は成就すると確信しただろう。ある意味では、この野心の達成点は、三十年間のたゆみない、酬われないが最愛の労苦を閲《けみ》して、ほとんど手が届くところまで来た。言うまでもなく、ほかの者も私と同じ野心を抱いていた。しかしながら、公刊に付した論文や王立協会特別会員の地位によって、私は候補者として十分目立つところに存在しつづけた。だが、野心を抱く者たちは、次の事実にことごとく挫折を味わい、焦燥させられた。当時の欽定講座担当教授キャノピーは、齢《よわい》すでに七十に達し、かつては確かに賞賛に値する最盛期があったものの、それも遠い昔となっていたにもかかわらず、辞職を拒んでいたのである。

長居して嫌われるのは無作法の極みである。もてなすほうが退屈しているのに気づかない無神経な客と同様、これは老いてなお職にしがみついている数学教授にもあてはまる。長居をしてしまう原因は、ほとんど例外なく、うぬぼれと粗野な性質に求められる。キャノピーの場合もそうだ。あの男はいつだって、いくぶん控えめながらもうぬぼれていた。加えて、不運なことに、教授職をつとめる資格は、老齢に至るまでしがみつくことを今より容認する時代に形づくられたものであり、上限が七十五歳に定められていた。健康が許す限り、キャノピーは任期いっぱいまで職にとどまるに違いない。私の年はと言えば、いまもそうだが五十三歳だった。

ある意味では、自分がキャノピーの後継者であるのは明らかだった。しかしながら、個人的な収入が多いためだろう、なかには私に嫉妬と敵意を抱く有力な人物もいた。そういった面々は、五十八歳でその職に就くのは年を食い過ぎているのではないか、と示唆して大いに溜飲を下げたものだ。それには正当性がないわけでもなかった。数学者の年齢は若い。これは声を大にして言わせてもらいたいが、キャノピーは働き盛りにはとても優れた教育者だったものの、それははるか昔日《せきじつ》の話、近年になされた理論および哲学上の偉大な進歩の数々は、老教授のかたわらを素通りに近かった。おかげで数学協会の評判は地に落ち始めていた。

キャノピーの七十歳の誕生日が訪れ、過ぎた。辞職するという当然の義務を果たす気配もなく。心から落胆し、胸がもやもやした気分でいっぱいになった私は、この不安な心を救うには何か行動を起こすしかないと思った。そこで、ちょうどロンドンに二、三日滞在する必要があったため、お目通りがかなうかと手紙をしたためた。自分のもてなしぶりを鼻にかけているキャノピーは、注文どおり、セント・マグナスの公舎にお泊まりくださいと招待した。

この公舎について、手記のどこかで記さねばならない。ここで述べることにしよう。特筆すべきは、メトロポリタン大学は、言うなれば分散型の大学だということである。管理事務所はロンドン中心部の広壮な建物にまとめて入っているが、校舎と研究所は西部や北西部のほうぼうに点在している。数学研究所は、僥倖《ぎょうこう》にも、敷地の美しさにかけてはロンドンでも指折りのセント・マグナス公舎をずっと確保してきた。公舎はハノーヴァー公園のいわゆる奥座敷にある。数世紀前は王室の狩猟用の宿で、つづいてさる名高い貴族のロンドンの別宅となり、さらにあまたの変遷を経て、メトロポリタン大学に買い取られた。

見かけは当世風だが、漆喰煉瓦造りの大きな建物がむやみに広がっていて奇異な印象を受ける建物の外側は、折々の時代に付け足された断片的なもののおかげでとても感じがいい。温室、雛壇式のベランダ、ガレージ、それにどういうわけか高く聳《そび》える塔がある。それぞれ別々の出入口が実に九つもあり、庭へ降りられるフランス窓も開いている。建物の中は、狭く暗い階段だらけで、それが声の反響する短い廊下へと続く。そこには寝室が二十五、さらに応接室が十一、なかには講義室として十分使えるものもある。内部は迷いやすく、心のうちも、それほど建物に惹きつけられるわけではない。これはひとえに、雑に言えば「出る」ことになっているからである。公舎はちょっとした高台にあり、公園と湖が広がる快い眺めを見渡せる。加えて、英国でも屈指の優美にして高名な小庭園を有している。密な生垣と洋菩提樹の垣根によって公園から切り離されており、樹木が多く下生えに覆われている。庭園は三段に分かれ、真ん中が細い砂時計のような形だ。ご自慢は薔薇園、奥行きおよそ百ヤード、幅四十ヤードしかないが、すばらしい芝に薔薇の花々が調和している。二つの大きな斑岩の金魚鉢は、ヴィクトリア朝の伝統的な彫刻の感じがよく素朴な見本ともいうべきダフネとヒュラスの像の礎《いしずえ》となっている。春と初夏の数週間、この場所には、神さび幻めいた、思わず沈黙してしまうような雰囲気が漂う。どこか過ぎ去りし世のような、あるいは来るべき世のような、霊的な空気である。

鮮やかな最盛期には、比類なく静かで、色彩に満ち光り輝く。冬にはまったく活気がなく、憂鬱で心を沈み込ませるように見えることがあるにしても。春と初夏の喜び、冬の哀しみ、いずれにしても四季を通じて心が動く。庭園の東の端にたどり着いたなら、丈高い洋菩提樹の生垣にわずかな切れ目が見える。そこを通り抜けると、人目を忍ぶように円形のあずまやがある。さしわたしはおよそ十ヤード、向こう端にはベンチ、「平穏」という名の薔薇の見事な花壇が一つだけある。ここはいつも薄暗く、ちょっと不吉な感じがしないでもない。公園の庭師たち、それに公舎の職員もこの場所を嫌っている。一つの伝説と化した話もある。遠い昔、持ち主だった貴族が、少なくとも一人、ここでひどい死に方をしたというのだ。何度かあずまやに近づいた時、ベンチに誰かが、いやに影の薄い人が間違いなく腰掛けていると思った。だが、ことごとく錯覚だった。冬、洋菩提樹の枝が「朽ち果てた聖歌堂」（シェイクスピア「ソネット」七三）めいたものになると、荒涼とした庭は虚ろに見えるが、また葉がつややかに生い茂れば、再びはっきりしたひめやかな空気が醸し出される。香り漂う夏の盛りにはあまたの名だたる人々が歩を運ぶこの小さな庭は、総じて最大級の賞賛に値する。庭園についてくだくだと書いてしまったことはわかっている。尋常な長さではないと思われるに違いない。しかしながら、これをもって、典雅な完璧さの縮図としての庭と、いつも私の心に与える重苦しい不気味な効果の証しとさせていただきたい。こう記すのは気が引けるが、庭はとても手記の言葉では言い表せないものを連想させる。なぜなら、庭は私に、つねに恐怖と危険と死を思い起こさせるからである。

　キャノピーは本心を偽り、用向きやいかにと推測しつつ、大仰なしぐさで私を迎えた。上流崇拝は悪名をこうむっているが、私は断言する。自分より社会的に劣った者の無作法を嫌うことにいささかも罪はない、と。楽しいスピーチ、良い作法、悠揚迫らざる態度、高い教養に裏打ちされた上品さ、正反対の歯の浮くようなものよりそういったものを好むのは、至極当然のことなのだ。この私は、家系を六百年もたどることができる。いっぽうキャノピーの祖父は鍛冶屋かそこいらだ。むろん、それだけにキャノピーの出世は誉れだし、どちらも死んで蛆虫に食いつくされてしまえば、おそらく見分けがつかなくなるだろう。だが、そうは言っても、キャノピーには礼儀知らずで増上慢で粗野なところが確かにあった。首尾よく成り上がった平民にありがちなように。キャノピーは常に癇《かん》にさわる存在だった。そして、教授の座に居すわっていた。

私の言《げん》の正当さの証しに、ささいな腹立たしい実例を述べさせていただく。まったくもって平凡なワインを出す際、キャノピーは決まってたいそう持ち上げた。「今夜はちょっと特別のを出してるんだよ」などとまくしたてていたが、実際はとりたてて注目すべきものなど皆無だった。ほとんど味というものがわからないキャノピーは、国産のシェリー酒と上等のトカイ酒の区別もつかないに違いない。おまけに、面識のある上流階級の人々（たいていそこにはいなかった）の名前を、聞く者が赤面するほどしつこく繰り返し「宣伝」した。これらはいたって害がなく、悪い行いと言うにはあまりにささいなことである。しかしながら、私がキャノピーについて言わんとするところは十分わかるはずだ。

学期がちょうど始まっており、公舎に住んでいる学生もこぞって夕食に参集していた。私は学生たちが自分を敬意の目で見ていることに気づいた。いっぽう、キャノピーに対しては、かすかにそれとなく不満を示していた。状況が許す限り、私は学生たちに、君たちは本来指導を受けるべき人物のもとにいないのだよ、とほのめかした。夕食の後、キャノピーは私を書斎へ案内した。そこでわれわれは、力にこそ訴えなかったが大ゲンカをした。キャノピーはきっぱりと言った。辞職するつもりなどさらさらない、と（「わたしはとても幸せなんだ。こんな美しい場所で、素晴らしい教え子らとともに過ごせて」）。私もまた、あなたが当然果たすべき義務は、時代について行ける後進に道を譲ることだと思う、と忌憚なく言った。あなたの内的世界と当今の思索のあいだには途方もない隔たりがある、と私は力説した。それゆえキャノピーは、ニュートンの『プリンキピア』に対するコリングウッドの非理性的な攻撃を引用するなどという、愚かで信じがたい白痴的行為を犯したのである。コリングウッドという哲学者の論法には常に説得力がなく、さらにあのたわごとを書いたときは重い病気で、実のところ死にかけていた。瑕瑾《かきん》はあるとしても、精神の世界において、ホワイトヘッドとラッセルに優る探究家はほとんどいない。（この二人にあとほんの少し謙虚さが備わっていたら申し分なかったのだが！）

　やがて、しだいに高まる口論を収拾すべく、キャノピーは私を塔の頂上まで案内した。キャノピーはそこに小さな屈折望遠鏡を備えつけていた。いかにもだが、老数学者は木星愛好家の一人なのだった。木星観測にうつつを抜かしている愛好家はごまんといるにせよ、それがあらゆる少数派の天体観測のなかでも、最も無味乾燥で退屈なものに数えられることは間違いない。頂上にたどり着くには、相当骨の折れる鉄の螺旋階段に挑まねばならなかった。ご老体はかなり四苦八苦していると見えた。キャノピーはここでいつの日か災難に見舞われるかもしれない。

十分起こりうることだ（タローカードでも「塔」は凶兆である）。そんな推察をしたのを思い出す。ことにキャノピーは、夕食が終わるや、かなりのピッチで年代物のポートワインを飲み始めていた。

少しの間、私は広がる天空を見た。そこでは星が猿の目のように輝いていた。以前にも天体観測をしたことがあるが、うんざりして気分が萎えるものだった。遠方はさておき、見える範囲の宇宙というものは、審美眼とユーモアを解する心をもつ者なら、まったくもって嘲笑嫌悪してしかるべきものと思われる。もし何かの神が宇宙を整列させていたなら、たそがれはとうの昔に最後の帳《とばり》を下ろし、宇宙は終滅、神の宿る場所は地上に降りて久しかったはずである。

そんな役立たずの水素のごたまぜのようなものが、われわれの運命に影響を及ぼすことがあるなどと想像しえようか。「ブルータスよ、星の巡りに罪はない。責められるのは、下役に甘んじているわれわれなのだ」まことにもって断固とした、主意主義者の言明であることよ！　自分は下役に甘んじる者だろうか。あのわがままな耄碌《もうろく》爺さんが役職と給料にしがみつき、生まれながらに知力に恵まれた多くの若者をだましていたとしても、それが私の罪だろうか。もし……。

「いいかね、君」その晩、別れぎわにキャノピーが言った。「もしわたしがやめるつもりなら、望遠鏡など取りつけるはずがないじゃないか」それから、見下した笑みを浮かべて、ほのめかすように言った。「君がまことに芳しからぬ願いを抱いているのはわかってるがね。そんなことが起きる見込みは断じてないよ！」寝つきは最悪だった。怒り、望みがほぼ断たれたという思い。おかげで次々に残酷な悪夢を見た。翌朝、私は口実を設けてその場を去りたいという気持ちに駆られた。だが、これといったわけもなく、もう一日とどまることに決めた。はっきりと烙印を押されるまでは、わずかの間でも敗北を認めるのは耐えがたいという気持ちがあったからだと思う。

午前中、キャノピーは講義があり、私も出席した。それは非ユークリッド幾何学に関する講義の第一回目で、すべてガウスにあてられていた。まったく馬鹿げた講義で、出来合いでうわべだけ、おまけに驚いたことに、ちょっと問題が難解になると、平行線公準すら理解していないようだった。キャノピーは、専門家中の専門家以外はだませるようなやり方で議論していたけれども、この私を欺くことは絶対にできなかった。

昼食のあと、われわれは薔薇園へ散歩に出た。いっぱい詰まった紙袋を手にしたキャノピーは、薔薇園のはずれにある、回りを木々に囲まれたくだんのあずまやに案内した。いささか驚いたことに、玄関ポーチを出るやはっきりと見えた。多数の鳥がこちらへやってくる。空を舞うもの、地面を跳ねたり駆けたりするもの、われわれと同じ速さでついてくる。あずまやに入ると、すぐさまベンチに腰を下ろした。キャノピーは袋を開け、「ほら！」と大声を出した。とたんにわかに一羽の純白のクロウタドリが舞い降り、キャノピーの脇のひじ掛けに止まった。とても優美でまばゆいばかりの生き物だった。それはイェイツの世界からの伝令、まるで別世界から飛来したもののように見えた。ちらりと目をやると、薔薇の花壇と同心の小さな円形の芝生は、鳥たちでほぼびっしりと埋めつくされていた。雀、つぐみ、クロウタドリ、駒鳥、アオガラ……公園でよく見かける種類の鳥ならたいてい揃っていた。キャノピーと私は、袋に詰めてあった餌をやり始めた。鳥たちのふるまいは、自然でも、いかにも鳥らしくもなかった。雀どもはむやみに騒いだり甲高い声で鳴いたりしなかった。つぐみや洋かやくぐりのような臆病な鳥も、平然と手に——少なくともキャノピーの手にはやって来た。鳥たちのまるく熱のこもった目は、じっと一途《いちず》に老教授の顔を見ているかのように思われた。あまりにもしつけがよく、道義というものをわきまえているかのような、まことに異様なふるまいだった。餌を横取りしたり、互いに先を争ったりしない。先に述べたように、あの荒くれ者の雀たちさえ、おとなしい小さな紳士淑女となっていた。椋鳥《むくどり》まで礼儀正しく餌の順番を待っているではないか。とても印象深い、風変わりな行いだった。それに、あの白いクロウタドリは、筆舌に尽くしがたいほど美しかった（その時はそう思ったのだ！）。キャノピーが鳥たちに好かれる並々ならぬ力を有していることは、火を見るより明らかだった。むろん、口のきけない生き物に感情があるかのように偽るのは安直だし、鳥のように人間と掛け離れた生き物の感情はとりわけ判じがたい。しかしながら、この原始的な群れを構成するものたちが、キャノピーの膝に止まったり手から餌をもらったりする際、胸に心からの愛情を秘めており、老教授もお返しに鳥たちを慈しんでいると結論づけるしかなかった。キャノピーはやや感情が大仰でしつこすぎる性格で、いささか鳥を甘やかしていたのは事実だ。だが、それでもなお、キャノピーと羽のある謎めいたものたちのあいだに奇妙な強い親和力があることは明らかだった。「なんと打算的な愛情よ」とあざ笑うのはたやすい。総じて言えるのは、その親和力には、打算的な愛情というより、もっと深く、もっと神秘的な何かがあるという印象を受けた。私には不快の極みであるが、さらに、こう述べておく。恥ずかしながら、私はキャノピーについてまことに意地悪く考えようとしていた。しかし、少なくとも神秘的な力という点にかけては、キャノピーははるかに勝る存在であるという事実を受け入れ、賞賛せざるをえなかった。キャノピーは複雑な性格で、高潔さとうろんなところが微妙に交じりあっていた。

ちょうどその晩もきれいに晴れわたっていた。私が辞職の話を蒸し返すのを恐れたためか、夕食が終わるや、キャノピーはまた塔から星を見ようと提案した。木星の配置が観察にいいという口実を作って。私は同意したが、それははからずも人生における最も重大で致命的な決定となった。確かにあのとき、私は自ら破滅を招いてしまったのだ。

以下、思い出せる限り、何が起こったか正確に述べる。われわれは一時間ほど星を見たあと、塔を降りはじめた。キャノピーが先頭に立って螺旋階段を降りて行くうち、私の右足が滑った。それはほんの数インチで、すぐさまバランスを取り戻したが、キャノピーの左足に触れるには十分だった。どういうわけか、これは油断の隙を衝くものとなった。キャノピーはきりもみしながら真っ逆さまにいちばん下まで転落、即死した。

このぞっとする不慮の死から、私がキャノピーの後継者として公舎に居を定めるまでの出来事を、ざっと見ておくことにしよう。もちろん死因審問があり、私は何が起きたか正確に述べた。検死官は最大限の思いやりをもって遇してくれた。それに、キャノピーのような老人が、乏しい光のもと、あのようなやっかいな階段を急いで降りようとしたら危険は免れない、とわざわざ強調してくれた。通常の場合なら、わずかな接触はなんら害を与えなかっただろう。評決はむろん「偶発事故による致死」だった。

人間性などというのはうろんなものである。ある人々が検死官とはまったく違ったふうに私を遇したのも、当然のことだったと思う。さらに、いかに害意はなかったにせよ、私がキャノピーを死に至らしめた主体者であり、同時にまたその死によって最も恩恵を被る者だったという、非常に不運な偶然の一致があったことは明らかだった。だが幸いにも、事件は大衆の注意をほとんど引かなかった。元来、純粋数学者というものは世の評判となる題材をめったに提供しない存在で、性的魅力に乏しいことにかけては定評があったからだ。そんなわけで、私が極悪非道の暗殺者であると述べる、匿名の手紙をほんの少し受け取るにとどまった。手紙には文学的価値など皆無だった。とても幸運なことに――少なくともその時は幸運だと思った――私にはライヴァルがいなかった。教授の地位にふさわしい同等の権利をもつ者はなかった。そんな事情で、私に敵対する者が首尾よく結集するというわけにはいかなかった。十二月二十一日、私は欽定講座担当教授に任命され、翌年二月一日、公舎に居を移した。そう記せば十分である。そのときから、あの日から、わが運命は情け容赦なく定められたのだ。

穏やかな南西の風、雲一つない淡い青空、数日間というもの、世は春が早くも到来したかのような風情だった。多くの鳥たちは調子よくうるさいばかりにさえずり始めた。しかし、春にはあまりにも早すぎた。風がごうごうと北東に変わり、強く高まるや、この人を惑わす至福は、やや誇張して言えばすべて天高く吹き飛ばされてしまった。その日の午前中は公舎で落ち着いて過ごし、昼食の後、いまや私のものとなった薔薇園を散策することに決めた。だが、自然はべつの決定をした。玄関を出たときふと北を見やると、広々と眼路《めじ》をかぎりに伸びる鮮やかな緑の公園ごしに、黒々とした巨大な壁めいた雲が邪悪な感じでなだれこんでくるのが見えた。雲はあまりに低く、芝生を打ちつけるかのようだった。極地からの風は、金切り声を上げながら暴風なみに高まった。次の瞬間、大いなる襲撃を畏れ、玄関ポーチの下に隠れて外を見やっていた私のもとに、不意に激しい雪下ろしの風が吹きつけた。背後では、この猛襲を受け、古い建物が大きな風鳴琴のような音を奏でていた。やがて、地面にうっすらと跡を残し、激しいにわか雪は去った。建物の中へ戻ろうとしたとき、鳥の大群の動きが目にとまった。ぐるりと旋回をつづけていたもの、雪の上に舞い降りていたもの、それらは輪になって集まり、少しずつ私のほうへ向かって来た。きらめく白いものがいた。例の純白のクロウタドリ、それは芽接ぎの薔薇の上に止まり、輪の動きを見張っているかのように見えた。この光景は私をいたく当惑させた。鳥たちは、形づくった輪の中心へ視線をじっと注いでいるように見えた。芝生が車寄せの砂利に変わる境に鳥の輪が近づいたとき、不意に思い出した。かつてこれによく似たものを目撃したときのことを。私は書斎へ行き、どういうわけか扉に鍵を掛けた。確かにかなり狼狽していた。決して怖がったわけではないのだが、いささか当惑し心をかき乱されていた。ほどなく窓辺に寄り、外を見た。鳥たちは姿を消していた。だが、落ち着いた気分にはなれなかった。それで再び庭へと足が向いた。むろん、雪の上には鳥の足跡が円状にひとわたり散らばっていた。その内側には、べつの足跡がいくつかあった。あまりに奇妙で、いまに至るまで説明がつかない。一連の不可解な出来事の始まりだった。

学期が始まるまでの四日間は、住居でほとんど一人きりで過ごした。公舎は世界でも指折りの繁華街から一、二マイルという場所なのに、ことに夜ともなると、驚くばかりにひっそりと静まった。わずかに南のほうから、絶え間のない往来の音が幽《かす》かにつぶやくように響くばかり、それも夜半を過ぎるとほとんど聞こえなくなった。ときおりべつの音も響いた。あの甲高い風変わりな鳴き声は、北のはずれの動物園にいる生き物が発するものだったと思う。さらにまた、三階の大きな寝室では、椋鳥らしいものが幅の広い角型の煙突のなかに巣を構えていた。カサコソカサコソという音、はっきりしない癇にさわる音、それに、古い家には付き物だと思うが、場所のさだかでない妙な音がいやに響いた。こういう形容が許されるなら、家は優しい気質ではなく、くつろいで住める場所ではなかった。幽霊が出るなどという評判が立つのもむべなるかな。心からぐっすりと寝られたためしがなかった。ほかの者も同じように音に悩まされていると言っていた。

学期が始まる前日の午後は、また穏やかで春めいた陽気だった。そこで私は、数枚のパンをポケットに入れ、あずまやへと散歩に出た。若い庭師が薔薇の花壇で仕事をしていた。私が近づくや、さっとひそかにあるしぐさをした。十字を切ったのかもしれない。非常に奇異な印象に打たれた私は、庭師のもとへ近づき、顔色をうかがいながら挨拶した。見るからにアイルランド人で、無骨でうちとけない山出しの青年のようだった。返事はなかった。私を恐れていたのだと思う。動揺を抑え、何もなかったかのようにベンチに腰を下ろした。そして、一枚のパンをちぎって投げ下ろした。一分かそこいら、何事も起きなかった。それから私は気づいた。多くの鳥が来《きた》り、洋菩提樹のいちばん高い枝にとまっているのに。鳥たちはさざめきあっていた。言うなれば、ひそひそ話をしていた。絶え間なく、切迫したような感じで。驚いたことに、一羽たりとも餌を食べに下りて来なかった。不意に、鳥たちはいっせいに公舎の方角へと飛び去った。どういうわけか、とても落ち着かない気分になってきた。私はこのいやな感じに打ち勝とうとした。その時期、ちょうど軽めの論文を書いていたと記憶している。哲学の定期雑誌『マインド』に寄稿するもので、テーマは「本来的人格と見かけ上の現在」だった。私は論文に精神を集中しようと努めた。突然、アイルランド人青年が熊手を投げ捨て、生垣へと駆け、姿を消した。私はおもむろに立ち上がった。青年はなぜあんな奇妙なふるまいをしたのかと考えながら。すでに記したように、庭園は三段になっており、おかげで車寄せまで幽かに見下ろすことができた。私は狼狽した。鳥たちがいちばん低い庭の上で円を形作っており、着々とこちらへ上ってくるのに気づいたのだ。純白の羽が閃《ひらめ》くのも見えた。私は生き生きと「劇的な」調子で書くことはできない。そんなふうに書ける科学者は皆無に近い。それゆえ、あの鳥どもが「群れ《カンパニー》」をなして近づいてきたとき――私はすんでのところでそれを「葬列《コーテイジ》」、次に「儀式《セレモニー》」と書くところだった（その事実はわが親愛なる旧友フロイトの興味を引くことだろう）――そしておよそ四分後にこちらへやってくると悟ったときの感情をうまく伝えることはできない。真に迫って綴るのは無理にせよ、率直に書くことならできる。ゆえに、恥ずかしながらこう白状しよう。私はあのとき、くだんのアイルランド人青年に続いて生垣に駆け込みたいという強い誘惑に駆られ、あやうく実行に移しそうになった、と。何と滑稽な、何と恥ずべきことか！　パニックの牙にがっしりと嚙まれる恐怖をついぞ味わったことのない人々は、愚の骨頂と思うに違いない。そんな心の弱さには打ち勝ったものの、ふるまいぶりはなお臆病だった。私はその場にとどまっていた。恐怖のあまり体がいくぶん麻痺していた。いやな汗が流れる。目はしだいに近づく鳥の輪に釘づけになっていた。山鼬《いたち》に見据えられた兎のように。輪が接近するにつれ、光景は目の前でゆらぎ、またゆらぎ、半ば定まった。右手四ヤードのところで、輪はいったん止まった。この風変わりな庭園は、日頃から異様に静かな場所だった。とくにそのとき、その数秒間は、こそりとも、かさりとも音がしなかった。光景はまさに結晶となった。鳥たちは、輪の中心へと視線を注いでいた。まるい、期待に満ちた目で。私もまた瞳を凝らした。そこには、何が……いや、見なかった。何も……何も見なかった！　私は何も見なかった。見えたはずがない！　私は何も見なかったのだ。鳥たちはいったい何を……。突然、空気が激しく波動し、悪臭が……名状しがたい、胸が悪くなるような悪臭がした。たちまち吐き気がこみ上げた。目の前をすさまじい勢いで羽が閃《ひらめ》いては過ぎる。やがて、ふと気がつくと、私は公舎の玄関ホールであえいでいた。

「どうされました先生、何かお世話は？」ヘーゲンという名の執事が、媚びるような声で言った。私はこの男に不信を感じ、心底嫌うようになっていた。キャノピーの子飼いで、自分には用のない人物だった。私は落ち着きを取り戻すべく書斎へ行った。かなりの衝撃を味わっていた。いぶかしいことに、あの墓地での出来事の記憶がまざまざと甦ってきた。それ以来、洋菩提樹の枝のひそかで執拗なさえずりがときおり耳について悩まされた。それは馬鹿げた声音となり、いらだたしくも耳のなかで何度も何度も繰り返し鳴り響くのだった。いまにしてわかる。その後しだいに厳しくなる仮借のない試練は、すでに容赦なく始まっていたのだ。

翌日、三人の講師と公舎に住んでいる大勢の学生が現れた。私に対してどういう態度をとるだろうか、興味津々ながらやや懸念もあった。若者たちは、ほどほどに友好的で、とても礼儀正しく、最新の学問の指導を受けることに非常に熱心だった。講師たちは、学問の上では私にすっかり遅れをとっていたが、個人的に教えを請うということにはいたって控えめだった（ある場合はそれどころではなかった。あからさまではないにせよ、すぐそれとわかる敵意を察し、ついには実際に味わったのである）。学生らはみな選ばれた者であり、知性、勤勉さ、もって生まれた数学の能力、いずれも平均をはるかに上回っていた。とりわけ一人の学生――Xと呼ぶことにしよう――は、資質において最高だった。もしこの青年が生き永らえるなら（かかる神童は往々にして若死にする）、至高の栄誉が待ち受けているのは明らかだった。心に浮かんだものを曇りなくまざまざと視覚化するという、あらゆる天才につきものの能力を意のままに発揮し、問題の核心をただちに鋭く把握したばかりでなく、Xは確かにまことにもって独創的で創意に富んでいた。私が二十代でなしたように、古い概念を新しい見方で考えていた。その分析能力は熟達しており、たゆむことがなかった。まだまだ学ぶことは多いにせよ、すでに教えることはそれにおさおさひけをとらなかった。

かかる極めて稀で驚異的な人間を「神童」だの「早熟」だのと呼ぶのは、誤りのそしりを免れない。数理哲学者がいよいよ目的の達成に近づくとき、時はたやすく移り変わっている。しかるに、このような恐るべき子供たちは、ほんの数年の間に信じがたい常識はずれの変貌ぶりを見せるのだ（こういう子供が三十で死んだとしても、すでにして「老人」である）。たとえばXは、打ち明けたところによれば、十歳の誕生日までに微積分を、十六歳までにテンソル解析を修得していた。そう、Xの時間は途方もない速さで流れていたのである。

さて、以上の余談は、ある意味ではわが臆病心と将来に対する不安の産物である。なぜなら、Xについてはほかにも言うべきことがあるのだ。「私はXを恐れている」と。Xは目つきが鋭く、厳しい視線を注ぐ。初めてあの視線に遭ったとき、心のうちを見透かされているような、秘密をすべて悟られているような心地がした。馬鹿げたおおげさな物言いに映るかもしれない。だが、どんなに分別のある物をわきまえた人間でも、人生において少なくとも一人は遭うことがあると思う。私がXに感じるのと同様、ひるんだ気持ちにさせられる、あらかじめその存在に支配されてしまっているかのような人間に。見たところ、Xもまた、非常なる仮借の無さと激しい妥協を許さぬ精神という、パンドラのくじ引きの景品のなかでも最も貴重なものを生まれながらに持ち合わせていた。告白するのは恥ずかしいことだが、私はこの孫くらいの若者を実のところ恐れている。さて、ここでひとまず、本記録を日記からの抜粋によって続けることにしよう。

二月十二日　厳寒。いくらか雪が残っている。ラムズデン（講師の一人）が、朝食の席で奇妙なことを言った。「鳥が妙にまわりを飛んでるんですよ、夜に。ブラインドがパタパタ揺れるもので、三時に目が覚めましてね。窓の外をちらっと見たら、鳥の群れ全体が屋根のまわりを輪になって飛んでいたみたいなんです」

「たぶん渡り鳥ですよ」誰かが言った。

「そうですねえ」ラムズデンは疑わしげに答えた。それから、なんだか落ち着かないような沈黙の後、べつの話題になった。

二月十三日　午前中、三十人の上級学生に最初の講義をした。テーマは「諸方程式の理論」である。場所は一階の大きな講義室、ちょっと暗く陰気な感じもするが、立派な部屋だった。かつては貴族の図書室だったと聞いている。庭園の一部に面しており、外にはゆるやかな傾斜の芝生がある。これはもともと公園に属していたところを造成したもので、むろん低い煉瓦塀で隔てられていた。フランス窓の真向かいには、日本の桜の木が二本。十分ほど講義を続けたとき、あの白いクロウタドリがやって来て片方の桜の枝にとまり、こちらをじっと見た。

ややあって、ほかの鳥が大勢それに続き、桜のそばの地面で例の輪を作った。それから、白いクロウタドリは、輪の内部へと視線を注ぐかに見えた。鳥たちはみな、まったくもって静かで、身じろぎもしなかった。愚かにも私は講義を中断してこの様子を見守った。おかげで学生たちも自然に気づき、窓の外へ目をやった。私はしばらく学生たちの注目を失う羽目になった。あの風変わりな生き物は、学生らにとってはただの目を楽しませる珍しいものであり、鳥の輪も、いささか当惑させる奇妙な光景に過ぎなかった。なかにはこんなふうにぼんやりと考える者もいただろうが。鳥たちが瞳を輝かせて輪のなかを見ているけれど、何かいるのだろうか、と。私にはわからない。だが、その疑問を思うと、私はいやな気分になった。なぜなら、学生たちの心をかき立てた光景は、私にはあまりにもなじみのあるものだったからだ。そう申さねばなるまい。

かつて話の途中で突然しゃべれなくなったことがある人物は、落ち着きを取り戻し辻褄の合った話にするまでには実に苦しい努力を強いられたと語った。私の場合も同様だった。強烈な神経の痙攣めいたものが、上から下まで全身に奔《はし》った。私は気力を奮い起こし、どうにか講義を再開した。幸いにも、日頃からたいていポーカーフェイスを保つことができた。言い換えると、感情がうっかり顔に出ないようにすることができるのである。そのときも取り繕った顔をしたが、忌まわしい疑問は、いまなお心にわだかまっている。いったいどんな刺激が鳥たちを動かし、私に敵対させるのだろうか。

二月二十日　あの白いクロウタドリを撃つことに決めた。あいつは私の正気を危うくしている。毎朝毎朝、講義の邪魔をする。外出するたびに後をついて来る。夜にも見かけた。頻繁に夢にも出てくる。あいつが鳥どもの、いわば首謀者だ。私はいつも半ばあの鳥を監視している。自分みたいな繊細な感受性の持ち主がそんなことをしていたら、神経がずたずたになってしまうだろう。そんな強迫観念めいたものがある。だから、やらねばならない。撃つのだ。鳥どもが輪を作るのを止めさせなければ。扇動しているのは、間違いなく、あの忌まわしい奇形の鳥なのだ。今日の午後、ブルームズベリのとある横町の店へ行き、強力な空気銃を買った。誰にも見とがめられなかった。事が済めば、湖に投げ込むつもりだ。

若いころ、拳銃撃ちにかけてはちょっとしたものだった。それに今夜、日記を綴る前に、少し狙いを定める練習をした。明朝、私は解放されるだろう。あの忌まわしい生き物から。

二月二十一日　恐ろしい地獄の一日。明け方、こっそり公舎を出てあずまやへ行った。鳥がついてくるだろうと予期していた。あいつはいつだって私の動きを知っている。果たしてそのとおりだった。白いクロウタドリは、洋菩提樹の生垣を見下ろす七竈《ななかまど》の木にとまり、こちらをじっと見た。私は慎重に狙いを定めた。そして……弾が命中した音を聞いた。鳥は何度か痙攣めいた羽ばたきをすると、木から落ちたように見えた。たちまち、顔を目がけてバサバサと鳥の大群が押し寄せてきた。どれもこれも憤怒の叫び声を上げながら。私は頭を両手で覆って公舎へと駆けた。そのあいだ、髪をかきむしられたり、くちばしで頭を突かれたりした。息もたえだえに、汗みどろになって部屋までたどり着いた。不意に、自分が重大な過ちを犯してしまったことを悟った。あの純白の珍しい鳥、何の罪もない生き物は、いまや羽を血まみれにした汚らしい小さな塊と化しているに違いない。私はそれを撃ち貫き、耐え難い苦痛を与え、虐殺してしまったのだ。

「老水夫行」は、今日ではいたく軽んじられているが、こう述べさせていただく。私はその詩をかれこれ三十年ほど読み返していなかった。しかしながら、そのとき、信天翁《あほうどり》を殺した後の恐ろしさを語るくだりが、ぞっとするほど痛切に深く心に甦ってきた。語り手の痛恨の念はわが感情でもあった。コールリッジは、少しでも似た出来事を経験したことはなかったろうが、想像力に富む天才の力というものがあり、崇高にして真に迫った悲劇を生み出す。ゆえに、その虚構の苦悶をあたかも現実のごとく味わった人々は、ただちにその悲劇を一点の曇りもない真実と認めるのである。さらに、何かべつのものが脳に容赦なく響きだした。古いマザーグースの一節だった。「お空の鳥はみんな、ため息ついて泣いた。かわいそうなコックロビンが死んだと聞いて」。私は痛切極まりない罪の意識を味わった。日頃から私は自分に厳しく処してきた。守ろうとする行動の指針に反しないよう、繰り返し自分に警告を発してきたし、どんなふるまいが無作法なのか、無分別なのか、間違っているのかということもわかっていた。にもかかわらず、ほとんどいつも、そういった警告を無視してきた。奇妙な二重性だが、これはたぶん人が思うよりはるかにありふれたことだろう。男はそのような不面目な脆《もろ》さをひそかに隠しているのだ。しかし、私はしくじると決まって強い自己嫌悪を感じるというささやかな美徳を持ち合わせている。それだけになおさら、力足りない思いをし、意気が阻《そ》喪《そう》する。実のところ、私は折にふれてこう感じる。男というものは、悪徳より美徳によってはるかに足かせをはめられ、骨抜きにされているのだ（女は幸いにも、倫理的見地からすれば無秩序だから、美徳も悪徳も持ち合わせていない）。

　午前中、講義の予定があったが、気分がすぐれないのを理由にあやうく休講にするところだった。だが、破れかぶれの気持ちで、試練の場に出ることにした。二言三言しゃべりだしたとき、あの白いクロウタドリがやって来ていつもの枝にとまった。その純白の胸には、赤黒い傷があった。鳥は私を見つめた。うわべは平然と、私はしゃべりかけた文章を中途でやめてしまった。学生たちがいらいらした感じで見つめているのに。実際、おびえきった不安定な精神状態だった。目の前に見ている鳥、あれはまぼろしだろうか？

　だしぬけに、Xが笑い飛ばすように言った。「先生、あの白い鳥、けさはどこでしょうね。もう死んだんじゃないですか《セ・フェ・ド・リュイ》、ひょっとして《プテェトル》。先生は三次曲線の判別式について論じてたんでしょう？」Xの発言によって、一時的に気分が持ち直し救われた。いつものように、Xは私がいま何を考えているか見抜いたのだ。私はうわべだけはこわもてにたしなめるような態度を取ったが、Xはさらにじっと見守っていた。注意おさおさ怠りなく、気の毒そうな目で。体じゅうの毛穴という毛穴から汗が吹き出した。ずっとシャワーを浴びていたかのように。だが、私は救われた。どうにかこうにか講義をやり通した。目をノートに釘付けにして、窓のほうを見まいとしながら。講義を終えるや、書斎へ直行し、ドアに鍵を掛けた。

　さて、私は以下のことは議論の余地のない真実だと考えている。人生における最も重大で恐ろしい瞬間は、「自分はまもなく死んで忘れ去られるに違いない。いまの自分というものはすべて虫に食われるか火に焼かれるさだめだったのだ」と、何の希望も慰めもなくはっきりと悟る時なのだ。うららかな春の朝、どこかの薄暗い診察室で、不治の宣告を受け、永遠に続く日食の影に目をとめる者もいる。死は二度と繰り返さない。一人の老人の心臓に不意に痛みが襲うのは、一瞬しかない。だが、何百万といる若者のなかには、最期の日に恐怖に駆られたとき、やはりこういうことで自分は死ぬのだなとあらかじめ察していた者がいないこともないのではないかと思う。そう、この私は、その朝に知ったのだ。冥府への出頭命令が、死せる白い鳥によってもたらされたのである。狂人のたわごとめいた言い方なのは重々承知している。事実そうかもしれない。自分の頭のどこがおかしいのか、狂人自身が分析や詳述をするのはおそらく不可能だろう。その幻覚が常軌を逸したものであっても、狂人にとっては現実なのだ。私の場合もたぶんそうだろう。死について言えば、「確かに、人生に失うものはさほどない。だが、老いたる者はそうは考えない」という詩人ハウスマンの言葉は至言かもしれない。私は死にたくない。成し遂げるべきかなり重要な仕事だと思うものがいくつか自分にはある。不朽の名声を信じるなどという、狂人特有の慰安は持ち合わせていないのだ。いずれにせよ、私は思う。取り憑かれた人間は必ず死ぬ。その死はすでに定められているのだ。

科学者の気質をもつ知識人たちが、どんなかたちであれ超自然現象というものを毛嫌いし、反感を抱くのは無理もない。日々の仕事を理性の防御に費やしている科学の徒は、非合理やまるで予期せぬ規則の例外に顔を背けることにかけては、生ける象徴ともいうべき存在である。例えば、すべての計算に何か並外れて異常なものが侵入し、そのなすがままになってしまったなら、数学者の役割はお笑い草でほんのお飾り、まったくもってうさん臭いものとなってしまうだろう。

さて、いつの日かかなり頭のいい人物がこれを読んだとしても、まことに面食らい、とまどい、そしてきっと非常にいらいらした気分になることだろう。だいたい察しがつく。「この男は何を言っているのだろうか」日記を読んだ人物はいぶかしく思うだろう。そもそも事の始まりは？　筆者はほとんどいつだって正気に見える。だのに、このとりとめのない長話はいったいどうしたことか。同じことをまさに我が身に問いたい。信じてもらえるはずだ。私が何をしたにせよ、それは利己的な動機に基づくものではなかった。では、実際に私は何をしたのか。ある意味では、自分はキャノピーの死の原因となった。だが、具体的にはどんな意味で？　信じてほしい。私はいま、正確な真実を伝えようと懸命に努めているのだ。確かに、もしキャノピーに触れなかったら、確信はもてないまでも、おそらくあの男は今日まで生きながらえただろう。私がキャノピーに触れなければ、階段から落ちることなどなかっただろうから。では、キャノピーに触れるに至った経緯は？　とても奇妙で腹立たしい。記憶をかなり遠くまでたどることができるのに、どうしてもそれから先へは行かないのだ。私とキャノピーが階段を下り始めた瞬間、そこまではたどれる。つい目の前を、ぎこちなく降りて行く老教授の姿。それはまざまざと甦ってくる。それから……。いや、だめだ。もうこれ以上どうしても思い出せない。神経が極度に興奮していたということを除いては。いや、それさえもさだかでないのだ。陰険で悪意のある人々は、フロイトの言う「検閲」が作用していると示唆するかもしれないが、証明するものは何もない。鳥どもは私をいたく悩ませる。そうさせているのは何か。やつらがいつも作るあの輪のなかには、いったい何があるのか。それを実際に知るのは恐ろしい気もする。いずれにせよ、こう認めざるをえない。どんなに良く見積もっても、私には未知なる耐えがたい敵や妄想があり、そういった「心の短剣」と戦わねばならないと。洞察力に富む人ならだれでも、次のことに同感の意を示すはずだ。非常に物議を醸《かも》す言葉を用いれば、「感覚資料」すなわち見たり聞いたり触ったり嗅いだりするものが、呪わしいまでに自分特有のもので他人とは違っていると感じることほど、まったくもって意気阻喪する辛い体験はない。桜の枝に、胸を血に染めた一羽の白いクロウタドリがいる。私だけのために。この世の誰のためにでもない。鳥は、私のためにだけ、あの枝に宿っている。いわゆる「正気狂気相半ばする」といった状態では、人は長くは生きられないのではないかと思う。この恐怖はどこまで広がるのだろう。それはわが身に発し続けている恐ろしい問いである。

二月二十二日　朝まだき、何か音がして目ざめたようだ。部屋でしゃべる声がしていたような……その最後の名ごりの音を聞いたのだった。窓のブラインドで、光と影がしきりに明滅するのに気づいた。そこで窓辺へ寄り、幽かに月の差す闇に目を凝らした。私が見た空、それは音なき鳥の翼で満ちていた。大小とりどりの鳥の翼が窓ごしに旋回していた。舞い降りたかと思うと、宙に舞い上がって弧を描き、元に戻る。その秩序だった動きは、またしても儀式を暗示した。しかも、ある意味では、私あらばこそ儀式が存在するのだった。その瞬間、再び破滅が近づきつつあるという胸苦しさを覚えた。羽をもつ悪魔どもは、私につきまとうことだろう。心をもたない生き物特有の、際限のない悪意の限りをつくして。瀕死の獣の恐怖に見開かれた目にしばしば映る禿鷲のように、腫れ物の膿《うみ》に群がる蝿のように、出くわした骨をことごとくきれいに食いつくす白蟻のように。不愉快なふわふわしたものから成る、容赦のない集団の意図はただ一つ、私を滅ぼすことだ。しかも、白い化鳥《けちょう》が鳥どもを導いている。何のために？　それは、キャノピーの復讐をするためだ。馬鹿な……気でも狂ったのか！　だが、実際そうとしか考えられない（夜には窓という窓にしっかり鍵を掛けておくつもりだ。しかし、そんなことで助けになるだろうか。窓は寄せつけないだろうか。天空を巡るキャンバスに整然と描かれた、あの輝くものを）。

けさ、ある試みをした。私は湖が葦や蒲《がま》の茂みに消えていく感じのいい場所へと降りていった。南西の強い風が茂みの後ろから吹くと、さざ波が打ち寄せ、さらさらと鳴り響く。湖《うみ》べりには島めいたものがあり、あまたの水鳥が住みついている。私はパンを入れた小袋を携えていた。鴨、大鷭《おおばん》、鷭、酒顔雁《さかつらがん》といった鳥たちは、待ちわびたように素直に餌をついばみにやって来た。鳥たちが人なつっこく、こちらを信じて疑わないのを見て、とてもうれしくほっとした気分になった。人間はあらゆる自然の邪悪な敵対者であり、このようなつかの間の休戦をわが身をもって打ち立てるのは楽しいことだった。鳥たちが無邪気に仲間になったり、あやうく死に至るまで争ったりするさまを、私は面白く観察した。鳥たちの血管を活力が勢いよく流れ始めていた。ずうずうしく他の鳥の餌を奪い、弱いほうは容赦なく窮地に追い込まれる。実のところ、こうしたむきだしのエゴイズム、「歯と爪」による解決は、調子のいいおべんちゃらや口先なめらかな説教師の偽善といった、人間の胸が悪くなる堕落した行為のなかにも見出せるものなのだ。

突然、いっせいに鳥という鳥が算を乱して四散した。駆けたり飛んだり泳いだり、特有の恐慌の叫び声を上げたりしながら。最初は鼠でも来たのかと思った。だが、続いて、島の羊歯《しだ》の中に、白い閃くものが見えた。事態を悟った。数秒間、私は完全に孤立した、こちらを見ているのは、あの恐ろしい冷ややかなきらめき、赤黒い標的めいた傷のある鳥だけだった。私は公舎へと急いだ。しかし、例の悪意のあるものが待ち受けていた。くだんのまだらの輪は、懸命に玄関ドアを目指して走る私と同じ速さでついてきた。あの白いクロウタドリと鳥どもは、しっかりと肚《はら》をかためているのだ。この私を滅ぼそうとしているのだ。

夕食の前に集まる控えの間に入るや、私を憎んでいる講師の声が聞こえた。「まあとにかく、あそこには鍵を掛けたほうがいい」

「鍵って、何の話だね」私は問うた。

講師はつかの間、ひそかな油断ならぬ敵意の目で見やると、おもむろに答えた。「わたしが言ってたのは、塔の階段に通じる扉のことでしてね。部屋がすぐそばなもので」

「で、その扉が?」

「いや、べつに。好奇心から、キャノピー教授が、その……亡くなった場所を見たいと思っただけの話ですよ。それで螺旋階段を上り始めたんですが……それからまあ、気が変わりましてね」

「どうしてだ」

「想像力が犯した錯覚だと思うんですがね」

「想像力が錯覚を犯すなんてことがあるか。錯覚を犯すのは目だろう。それで?」

講師はひそかに見下したような目で見た。この男はかつてキャノピーのお気に入りの教え子だった。「先生がほんとにお知りになりたいのなら申しますが、階段を何かが猛烈な勢いで落ちてくるのを見たんですよ。もっともほとんど真っ暗で、あっと言う間でしたからね」

火花が散るような、一瞬の沈黙があった。その間、私はXの視線を感じていた。

それからXは言った。私を憎んでいる講師に厳しい視線を注いで。「じゃあ、請け合っていただけますね。僕が夜なかに階段に行ったら、あの老いぼれの馬鹿教授が遅まきながらごく正当な最期を迎えたところに出くわすと」

そして、夕食の用意が出来たと合図があった。

あんなふうに私を救いに来る。それがXの「長所」なのだ。あの悪意のある男は話をでっちあげたのだろうか。あいつならやりかねない。だが、この目でしかと確かめなければ……。

(日記からの引用はここでやめよう。もうこれ以上日記では綴れない。手記の形式に戻る)。

翌朝、朝食の後、Xが書斎にやって来た。目に見えてそわそわしていたが、顔つきは決然としていた。「先生」Xは言った。「具合が悪いんじゃありませんか。学生の分際でこんなことを言うのは失礼なのはわかってます。でも、先生は絶対に休むべきだと思うんです」

「すぐに休職しろってことかね」私は冷ややかに問うた。

「それはどうお答えしていいか……でも、先生があのショックからすっかり回復しているとは思えないんです。ご自分では気づいておられない。でも、僕の目にはそう見えるんです。ご気分を悪くなさらないでください。僕は先生に心から敬服しているんです。それだけに、こんな先生の姿を見るのは忍びない思いがしていて……」

「敬服はそっくり君に返すよ」私は言った。「からだに気をつけなさい。からださえ大丈夫なら、君の将来は前途洋々だ。私のことなら、親切な言葉をとっくりと考えてみよう」言葉とはうらはら、そのとき私の目には涙が浮かんでいた。そんな父親のような感情が、ひたむきこの上ない独身主義者の心にも、生涯を通せば二、三度は湧くのだろう。

猛烈な勢いで落ちてくる人影！　あの塔に幽霊が出るのなら、どんな形なのか知りたい。いや、この目で確かめなければ。あの陰険な悪意のある奴が私を苦しめようとでっちあげた話だとしても。はっきり確かめなければならない。夕食のおり、できるだけ何げない素振りを装ってこう切り出した。今晩再び塔へ行って、ちょっとした幽霊狩りをするつもりだ、と。いつもの不自然な沈黙、ナイフとフォークの音がカチャカチャと響くばかりだった。連中は私を恐れ、疑いはじめている。それはわかっていた。まもなく私は仲間外れになり、株が下がり、不満が高まり、辞職せざるをえなくなるだろう。だからこそXが警告にやって来たのだ。

十時、螺旋階段に通じる人目につかない扉へと赴いた。扉を閉め、影を生むぼんやりとした灯りをつけると、記憶が突き刺すように甦ってきた。おかげで心を奮い立たせなければならなかった。あの晩から、ここには足を踏み入れていなかった。ときどき外から扉を見つめたことはあったけれども。望遠鏡がある部屋はうっすらと埃《ほこり》に覆われていた。そこで私は、繰り返し埃の上にわが名を書いた。ブランドリー、ブランドリー、ブランドリー……と。幽霊が私を見過ごしたり、あるいは怖じけづいたりしないように。あたりはしんと静まり返っていた。しばし南へ瞳を凝らした。ロンドン中心部のまばゆい街明かりが、オーロラのように空に現れていた。それから望遠鏡のところへ行き、機械を動かしてみた。堅かったが、壊れてはいなかった。目をあてがい、動かした。以前シリウスは、たしかにこの方角で輝いていたはず……。

初めは曖昧な白くかすんだものしか見えなかった。私は大いに首を傾《かし》げた。レンズがだめになっているのではあるまいか、と。だがほどなく、そうではないことを悟った。かすみが薄れ、形になったのだ。そこには、あいつがいた。羽のある、わが敵が。その薄茶色の目は彼方から私だけを見つめていた。胸の傷には真っ赤な血がにじみ、滴《したた》っている。ぞっとするようなものが激しく閃いた。薔薇園に目を凝らすと、鳥どもがまさに輪を作るところだった。ある影を取り囲むように。影は近づいてくる。その顔が、こちらへ……こちらへ……近く……もっと近く……すぐそばまで……そして、私は見た。キャノピーの顔を！　だんだん腐っていく顔を。悪臭、喉に吐き気がこみあげる。鳥どもが舞い上がって来た。私を目がけて。部屋はおぞましい鳴き声に満ちた。羽が次々に激しく目を打ちつける。私は階段へと駆けた。入口に頭から突っ込むように。階段を降り始めたとき、目の前をゆっくりと下って行く朧《おぼろ》げな背中が見えた。その瞬間、頭のなかを恐怖が奔《はし》った。身を投げ出すように階段を降り、いちばん下の扉を荒々しく開けた。くだんの講師が、細めに開けた寝室の扉ごしにこちらを見守っていた。万事休す！キャノピーとあの講師は恨みを晴らすだろう。わかっている。私に関する内密の報告が出されるのだ。「教授は気が狂っている」という。気が狂っている！　私は狂人なのか。頭がどうかしてしまったのか。頭がどうかしてしまったのか。

　書斎へ行き、いくつか試してみた。まず、「いかなる形式体系も自身の無矛盾性を示すことはできない」というゲーデルの証明を思い浮かべた。これはかなり長く、決して単純なものではない。私は一点の曇りもなくたやすく脳裏に甦らせた。さらに、一つの論理の筋道には冗長の憾《うら》みがあることさえ発見したように思った。次に、同じことを、ブールの法則の誤りに関する、難解ではないが長くて洗練さを欠くケインズの論証で試みてみた。私はこれに改良を加えた。それはわが知力のありようがまことにもって良好であることを示すものだった。自分がやったようなことができる人間は、世の中にそうそうざらにはいるまい。ある点では、私はいまだ正気を保っていた。ある点では！

　私は悲愴な決意をするに至った。塔を訪れてからの四日間は実に耐えがたいものだった。私にはわかる。スタッフも学生たちも、みんな私の頭がおかしいと思っている。不安極まりない気持ちで、自分と縁を切りたがっている。もう耐えられない。いつ休職させられてもおかしくないのだ。悪魔のような鳥どもは夜も昼もつきまとう。ゆうべ、はるかに適量を超えるウィスキーを飲んだ。おかげで感覚が鈍り、酔ってすぐさま寝入ってしまった。

　しばらくたって目が覚めた。あの白いクロウタドリが見えた。ベッドの端の枠にとまっていた。幽かな月光を受け、その白い輝きは半ばかすんでいた。羽繕《はづくろ》いをし、くちばしを爪に滑らせている。赤黒い傷が見えた。暗々《くらぐら》と……血に濡れて。私は知った。鳥が生きているのは見せかけだということを。それは記憶から言わば「吐き戻されて」来た。見かけは忌まわしいほどまことらしいのに。鳥は首をもたげると、射抜くように私を見た。そして、恐ろしいことに、大きな部屋の闇へと不意に舞い上がった。羽ばたく音が聞こえた。恐怖が全身に満ちた。私は確かに聞いたのだ。死んでいる鳥の羽ばたきを！　次はどこにとまるのだろう。枕か。恐怖に駆られ、身も世もなく頭まで夜具を被った。ほどなく、毛布ごしに感じた。顔の上に、何かがそっと降りたのを……。

痙攣めく恐怖がぞっとするほど高まった。私は夜具をはねのけ、瞳を凝らした。何も見えない。灯りをつけた。そこには何もいなかった。そもそも最初から何もいなかったのではないか。そう思う。だが、確信は持てない。私にはわからないのだ。

かくして、決意するに至った。庭園の鳥という鳥をすべて撃つのだ。根こそぎ撃ち殺してやる。それが私に残された唯一の手立てなのだ。明日、再び銃器店へ行き、散弾銃を買う。それから、わが身を苦しめるものをあの場所から一羽残らず一掃する。木曜日の朝、奴らは死ぬのだ！　私に勝ち目があるとすれば、それしかない。

付記

小生は、ブランドリー教授の手記ではXと称されている者である。ここでわが身元と本名を秘す必要はいささかもない。小生、ニール・テントリーは、現在クリフトン大学の教授で、純粋数学を講じている。手記が述べるとおり、自分が死ぬのではないかという予感に強くとらわれていたブランドリー教授は、机に小生あての手紙を残していた。文面によると、自分が書いたものを公刊に付す手はずを整える任を引き受けてほしいとのことだった。教授は大部数で立派な版に見合う資金も残してあった。この点では、教授はどう考えても賢明とは言いがたいが、遺志を果たすのが小生の義務である。さりながら、教授は条件をつけていた。母の存命中は公にしてはならないというのである。息子に遅れること五年、ご母堂は半年前に亡くなった。そこで、まことに不承不承ながら、小生はいまここに亡き教授の指示を遂行する次第である。

初めに、ブランドリー教授の死について少し述べることにしよう。それはいまを去ること六年、三月一日の夜明けやや過ぎに起きた。これについては死因審問があった。以下に掲げるのは、教授の死の状況を小生が説明した記録の一節である。

検死官（小生に）「あなたが庭園で死体を発見したのですね」

N・T「そのとおりです」

検死官「陪審員と本官に子細を述べてください」

N・T「自分は早起きで、その日も夜明けに目が覚めました。すぐさま立て続けに銃声がしてぎょっとしました。大きな音がついそこで響いたのです。窓辺へ寄り、薔薇園を見渡しました。まだ薄暗く、庭園の向こう端あたりを駆け回っている人影ははっきり見えましたが、それが誰かはわかりませんでした。それから、また二発銃声がしたかと思うと、とても甲高い、長く尾を引くような叫び声が響きました。わたしはガウンをまとうと、走って部屋から庭園へと向かいました。鳥がたくさん死んだり傷ついたりしていました。そばを通り過ぎながら、はずれのあずまやに近づきました。あずまやに着くと、すぐに教授の死体を発見しました。銃はいくらか離れたところにころがっていました。教授は仰向けになっていましたが、最初は顔がいったいどうなっているのかわかりませんでした。それから、見たのです。教授の顔を、いちめんびっしりと鳥が覆いつくしているのを。鳥たちは、顔をついばんでいたのです。わたしが近づくと、鳥はいっせいに飛び去りました。教授の顔が見えました。それは……完全に破壊されていました」

「鳥ですと！」検死官は言った。「鳥……」無理もないことだが、到底理解が及ばないようだった。法廷はつかの間何とも言えない沈黙に包まれた。すすり泣きの声――もしくは忍び笑いがそれを破った。それから検死官は、教授の健康状態についてくどくどと馬鹿げた質問をした。とても骨が折れる創造的な仕事を三十年もたゆみなく続けてきた教授は、このところ極度に疲れている気配があったようだ、と答えておいた。検死官はその職に特有のあつかましさを見せ、猜疑心を働かせてしきりに問うた。果たして教授は謹厳な人だったか、あるいは、おそらく女性関係のもつれが……。

実のところ、あの残酷な悲劇がどうして起きたか、小生にも説明はできない。かと言って、無益で馬鹿げた推察をするつもりはさらさらない。

小生は先に、この記録を公にするまでの経緯を述べる際、「不承不承」という言葉を用いた。

なぜならこの記録には、教授のひどく偏った、あからさまな、いつもとは異なる面が現れているからだ。自伝のどの端々にも、書き手の人となりが多かれ少なかれ現れていた。教授の優れた頭脳が、ついには自分を蝕んでいったのだ。ブランドリー教授は同時代における最も偉大な数学者だった。とても控えめで、魅力があり、独創的だった。最上級の芸術性の高い科学に全身全霊を傾け、まばゆいばかりの光彩を添えたのである。教授が死んだとき、自分の中でも何かが死んだ。そこで小生は決意した。わが生涯は亡き教授の理論を広めることに捧げようと。

例の白いクロウタドリについて言えば、教授があの鳥を殺したと思ったのは、きっと間違いだったと思う。なぜなら、あの朝教授の遺体に近づく際、見たのだ。ちょうどあずまやを出たところの公園の木へ、閃く白いものが舞い上がるのを。それから、クロウタドリが激しくさえずる声が聞こえてきた。とは言うものの、この件については、いま一つ腑《ふ》に落ちない気がしないでもない。

このあいだ、公舎に住む現在の欽定講座教授と食事をした。その人物は、ふとこうもらした。どうも庭は台なしになってしまった。鳥がすっかり寄りつかなくなってしまったから。

（倉阪鬼一郎訳）

蜂の死

I

カーンビーは突然目が覚めた……そう、またあれだ！　妻のディリスは仰向けに寝ている。息が荒い。体が震えている。そっと手を握ってやると、少しの間あえいでいたが、やがて口を開いて、「だんだん音が大きくなるのよ――ほら、聞こえない？　カチ、カチ、カチ、って！動いてるの、見えるのよ。滑り落ちて行く。ああ、もう見えなくなったわ。何なの、あれ？」その声には好奇と怒りが含まれていたが、恐怖の気配はなかった。

「だから、それをはっきりさせよう」

「どうやって？」

「僕にまかせてくれないか」彼は念を押すように答えた。

ようやく体から緊張が解け、脈も落ち着いてきたらしく、彼女はまた眠りへと落ちて行った。

だが夫の方はそのあとずっと眠れず、翌朝は這《ほ》う這うの体《てい》で仕事場にたどり着いたのだった。

*

そのおよそ四時間後。「なあ、シリル、なぜ君がこんなにご馳走してくれるのかは、僕だって重々承知している。レイモンドのいらいらしたバリトンの声が聞こえるようだよ。『ともかくあいつを連れ出して、神酒《ネクタル》と神饌《アンブロシア》でもって真実をえぐり出すんだ！　納得行くまで手をゆるめるなよ』なんていってるんだろうな」カーンビーは絶えず襲ってくる欠伸《あくび》を抑えつつキャビアに手をのばした。

「まあそんなところだ」シリル・ランバーンはぎごちない笑みを浮かべた。「今日のこれはたしかにあいつの発案だが、俺だってきっかけを探していた。自分でもわかってるだろう、テレンス。死にかけのアヒルって顔だぜ。どうしたって気になるよ。何か理由《わけ》があるんだろう？　力になれないか？」どうやら前口上は終わって、本題に入らねばならないようだ。

「ああ、たしかに理由はある。僕もそろそろ話そうと思っていたんだ。でも君ら二人、いや、誰に話したところでこんな変なこと、真に受けてもらえるかどうか。話というのは他でもない、ディリスのことなんだ」

この名を耳にするとランバーンの心臓は立て続けに三拍うって、その後一、二秒のあいだ〝固まって〟しまった。いつもこうだ。体の動きもぎくしゃくして、意のままにならないのが歯がゆい。もっとも、そんな様子をカーンビーに気取られたためしはなかった。「彼女、具合でも悪いのか？」もしそうだとしたら、彼女に会ういい口実になるけれど、自分は本当に会いたいと思っているのか？　この問いに答えは見出せなかった。

「そう、まさにそこが問題なんだよ」と、テレンス・カーンビー。二人が陣取った、「勤め人のふるさと」というべき昼食時のレストラン内をぼんやりと眺めわたしながら、少し間をおいてから続けるのに、「これはもう話したと思うけど、一九四〇年の空襲で彼女は両親を失くした」

「ああ。でも詳しくは聞いてない」

「あれはサウス・ケンジントンの――ドレイトン・ガーデンズでのことだ。彼女は当時九歳だった。たぶん、いやきっと虫の知らせだったんだろう、彼女は突然叫び声をあげて庭に出た。その直後に爆弾が落ちた。命は助かったが心にひどく傷を負った。母親は大変な美貌と知性を備えた人だったらしいが、予知能力もかなりのものだったとか。その後ディリスは叔母に引き取られた。この人は往年の名ピアニストで、彼女の天性の美声を見出し、アメリカに留学までさせてくれた。その後のことは、君も大体ご存じだろう。思うに、ディリスのような、神経質でいつも気の張り詰めている人間は、こうしたトラウマから決して――というか、なかなか――解放されないものなんだ。一見回復したように見えても、傷は本当には癒えていない。僕だって、ディリスの様子にそんな所は微塵も感じていなかったんだよ、ウィーンでのコンサートを終えて帰って来るまでは。半年前、例の〈マルメゾン〉荘に引っ越した当初は、彼女は幸福そのものだった。でも、ウィーン以来、事態は一変した。口数が減ったというか――すっかり塞《ふさ》ぎこんでしまって、練習もやめてしまった。具合の悪いときはいつもそうなんだ」

「コンサートは盛況だった？」

「彼女はそういってた――満員御礼――評論家はべた褒め、こっちではそこまで話題にならなかったけど。何か問題なかったかって聞いたら、彼女は怒り出したよ。それから、ひと月ほど前のことだ、朝の三時頃ふと目が覚めると、彼女は高熱にうなされでもしたのか、ぶるぶる震えていた。目は覚めているようなので大丈夫かって聞いてみたけど、何も答えずにまた眠ってしまった。きっと悪い夢でも見たんだろう、とそのときは思ったんだ。それから六日後、同じことが起こったものだから、今度は彼女に聞いてみた。しぶしぶ話してくれたけど、これが妙なんだ。ウィーンから帰ってきてからすぐのある夜、こんな夢を見たっていうんだよ。深くじめじめした穴があって、内側には小石が敷き詰められている。穴の底には一個の巨大な爆弾が鎮座していて、彼女はそれを見つめている。穴の中は明るく照らされて、細かいところまでよく見える。爆弾の滑らかな側面を露が滴《したた》って滑り落ちるところまで見えたらしい。見ていると爆弾は数インチずり落ちて止まった。でも、そのあと三十秒ほどはカチカチと鳴る音が耳から離れなかった。彼女はそこで目が覚めた。するとき、時計のような音が大きく響いてきた。彼女は何も知らせず、その夜はまたそのまま眠った。何日かして、また同じ夢を見た。二度目だ。僕には何も知らせず、その夜はまたそのまま眠った。これが今までにかれこれ七度は繰り返し起こったというわけだ。はっきりと口に出してはいわないけど、家の下に時限爆弾が埋まっていて、しかもそれがまだ〝生きて〟いる、そのうち大爆発を起こすんじゃないかって、彼女、かなり本気で信じているようなんだよ。さあ、君ならどうする」

ランバーンは相手の顔を見つめた。しばらくは半分開いた口がふさがらなかった。

「君が何を考えているかわかるよ」皮肉な笑みを浮かべてカーンビーは続ける。「頭がおかしい、って」

「馬鹿な！　でも、そもそも時限爆弾の――どんなに大きなものだろうと――針の音なんて聞こえるものなのか、地下の深い所から？」

カーンビーは手振りを交えながら、「とにかく聞こえる、しかも見えるっていうんだよ、彼女は！　もちろん、まぼろしを見て、それにふさわしい音が聞こえた気がするだけ、ということだと思うけど――実際にはそんなもの、見えたり聞こえたりするはずないんだから！　君はどう思う？　ともかく、ホーシャムに大きな軍施設があるから、そこの爆弾処理班の人間に聞いてみたんだ。指揮官はルーファス・コルレーンという男で――君も知ってるだろう、何でもアイルランドのレターケニーの爵位を相続したとか。若くて、裕福で、音楽の才能もあり、頭もいい。とにかく印象深い男で、若死になんてしたら実にもったいない身の上なんだけど、こういう危険な、心身を消耗する仕事の指揮をとっている。彼曰《いわ》く、自分は専門家で、これは使命なんだって」

「そういう人間ばかりだと」と、ランバーン。「自分も同じ人間でよかったと思えるんだけれど、惜しいことにそんなのにはめったにお目にかかれない。ヒトとは賢《サピエンス》いものか馬鹿《サプ》なものか、彼らはそれを明らかにしてくれる――ほんの紙一重だとね」

「君はときどき似合わないことをいうね」カーンビーは笑った。

「知的な、ってことか？」

「その通り。で、初めはその指揮官、表向き丁寧だけどこっちのいうことはまるで信じてなかった。古い書類を調べた結果、半径一マイルの範囲に爆弾が落ちた記録はない。もっとも、不発弾については記録もれの可能性がある、とのこと。そのあと夕食に招待したんだけど、どうやら一目でディリスに〝惚れた〟らしい。彼女にひどく惹かれる男は少なくないけど、彼もその口だったわけだ」

「なるほどな」ランバーンは頷きながらも心の隅がちくりと痛んだ。「彼女は詩人のいう〝白い女神〟ってやつだ。誘惑に抗《あらが》えないまま、意のままに操られる」

「君がそこまで彼女を信奉しているとは知らなかった」と、カーンビー。「ともかく、彼女はその信じがたい話を淡々と披露したんだけど、奴はそれに聞き入っていた。そうですか、と口を開いて、小石が敷き詰められているんですね。そして爆弾がそういう風にずり落ちるというのは、まさに奥さんのおっしゃる通りですよ、私は何度も見たことがあります、っていうんだ。彼女は爆弾の表面に何か書いてあったといい、数字や文字を伝えた。どうやらそれはチェコのシュコダ工業製の五千ポンド級爆弾を表すらしい。一九四一年に工場で生産妨害《サボタージュ》が起こって、それ以後は製造中止となった。労働者の英断のおかげで多くは不発弾となったそうだ。また彼女の模写する時限装置の〝カチ、カチ〟という音もほぼ完璧に近いという。実物を見たり聞いたりしたことなんて、一度もないことは確かだ。君ならこれを何と説明する?」カーンビーは舌平目のノルマンディー風にとりかかった。

ランバーンはカーンビーを見つめた。驚いて開いた口がふさがらない。「近ごろ奇妙な話だ。どうにも理屈のつけようがないな」

「コルレーンも同じ意見だったよ。もちろんディリスの声帯模写は緻密で繊細だけど、この際そんなことは関係ない。でもコルレーンの態度にはちょっと驚いたし、僕もいよいよ困惑した。彼は奥歯にものが挟まったような口ぶりでこういうんだ。同じような事案を耳にしたことがある、って。眉唾《まゆつば》もいいところだと僕は思うがね。しかも小隊を派遣して家の周りを捜索させましょうとまで申し出た。何でも〈針《ニードル》〉っていう器具を使うんだとか。実際にそれは実行されたんだけど、これといった収穫はなかった。それでもまだ納得がいかないらしく、ディリスが経験したというありもしないことを半分信じかけているのは、まったく彼女に魅入られたというしかない。さらに妙なことに、それからというもの、彼女がその爆弾云々に悩まされるのが少なくとも二週間に三度くらいの割合になった。僕も毎晩、来るか来るかと身構えるものだから、すっかり寝不足でちょっと神経が参っている、という次第だ」

「なるほど」ランバーンはおもむろに答えた。「彼女の狂言《から》って可能性はないのか？　たとえば家そのものが気に入らなくて、そのことを訴えるのに搦め手から攻めてきたとか。あるいは君にもっと構って欲しくて、君の注意を引くためにこんな奇抜な方法をとった、というのはどうかな。うまい表現が見つからないが」

「君のいうことは理解できるし、他の女性だったらそういうこともあり得るだろう。でもディリスはそんな風に回りくどいことはしない——常に正面突破だ。それに家は本当に好きだといってる。とりわけ、僕が彼女にあんまりべたべたするものだから、向こうはかえって食傷気味の感すらある」

「じゃあ、筋道のとおった説明がつかないと」

「あえていうなら、両親が亡くなって、それに伴うトラウマが普通の人よりも強く、長く続いてる、ってことかな。ずっと眠ったままの傷が、また突然うずき出したんだよ」

「きっかけは?」

「単に時間の問題だと思う。君もコルレーンも、そこに何か超自然的な力がはたらいてると、さだめし思っていることだろう。僕はその辺のことがらは全く信じないほうだ。ほかに筋道のとおった理由があるという考えは否定できない。ただそれが何かわからない、ということだ」

「君はグールドの『奇妙なできごと』とか『謎のできごと』とかいう面白い本を覚えているか?」

「もちろん」

「すごく参考になったよ」ランバーンは続ける。「グールドも君と同じくかなり懐疑的だ。でも、過去に起こった、あるいは現在も起こりつつあるその手のことがらには、今までに筋道のとおった理由は何ら付されていない、その事実は受け入れるべきだと、著者はそう主張しているように俺には思える」

「それは僕も否定しない。ただ、超自然的ということばを使うのは勝手だけど、すべての事件がそのことばに帰せられるべきではないと僕はいいたいね」

「たしかに、俺もその意見には賛成だ。ただ、ディリスは病人として扱わなきゃならない、そう思うだろ?　でなきゃこのごたごたは果てしなく続くぜ」

「そうだね。会社にも大きな迷惑をかけることになるし。じゃあディリスは病人だとしよう。となると、専門の治療を受けさせないと。それしかないよね」

「もちろんだ、テレンス。ちょうど俺はこういう場合にうってつけの人物をひとり知っている。サー・ウェブスター・レッカビー。顧客はみな一流の人士だ、なかには一流半の人も混じってはいるが。いや、冗談だ。いっとくが、ディリスは君と同じように正気だぞ！」

「僕もその人のことは聞いたことがある」と、カーンビー。

「そうか。じゃあちょっとよくない噂も知ってるよな。まあ大体は事実なんだが。ともかく、この先生が名うての漁色家だといって、それと診察の腕とは関係ない。かのワイルド（オスカー・ワイルド。父サー・ウィリアムは医者だった）だって内心同じことを思っていたはずだ。ある学者がいっていたが、例の先生が自分の妻と寝たのは明白だ、その証拠に、診察料が思いのほか安かった――ということは、かの助平先生にも良心があるってことだ！　でも腕前はピカ一だし、ディリスの症状にはうってつけだと思う。先生がディリスに欲情を抱くのはまちがいないが、彼女ならうまくあしらうだろう――それで割引きだけさせればいいさ」

「あしらう、って！」カーンビーは大声をあげた。「でも問題は、彼女をどうやって診察を受ける気にさせるかだな」

「それは君の努力次第だ。彼女にはこういえばいい、君のそういう様子は見るにたえない――実際そうだろう――だから何か手を打ちたいんだ、って」

「ああ、たしかにそうするしかなさそうだが、少し考えさせてくれ」

愛想笑いを浮かべたウェイターがさまざまなチーズを載せた盆を運んできたので、二人はしばし黙々と食べるのに専念した。やがてカーンビーは意を決したように、「よし、じゃあすぐに実行に移そう。今夜彼女を説得する。明日の朝、結果を報告するよ。ちょっと話題を変えようか」

＊

テレンス・カーンビーは細身で引き締まった体つきの、スコットランドの血を半分受け継いだ快活なイングランドの男で、身長は五フィート八インチ、なかなかハンサムな四十五歳だ。評判をとりそうな、あるいは売れそうなタイプ原稿を見出す目にかけては恐らくヨーロッパ一で、英国の知識人としてはまず典型的なタイプだろう。時おり自分自身に関して消極的な気分に傾く――これは自覚するところだった。自分は独創的でも直感の働く方でもないし、一般的な意味でかつてそうありたいと思ったほどには賢くもない。そしてしばしばこの傾向は極端にはしり、自分の限界やこれまでに犯した小さな罪をあげつらってはくよくよする。ただし、ごく限られた範囲におけるすぐれた才能を持った善人であることは間違いない。

彼とシリル・ランバーン――それにレイモンド・メインテル――の三名はさる出版社の共同経営者で、彼らの会社は第二次の「遺憾な出来事」以来うち続く不況にもかかわらず、著しい成功を収めたのだった。戦時中は三人共に同じ歩兵連隊に属し、同じ武勲章《メダル》を獲得した。そもそもの初めから固い友情で結ばれ、それがそのまま現在まで続いているのだ。三人はそれぞれの才能と財産を持ち寄ることにしたが、それが最良の決断だったことは後になって証明された。それぞれが互いに足らざるところを補完し合った結果、十二年という振り返ってみれば短いが奮闘続きだった期間を経るあいだに、いつしかブルームズベリ地区にある彼らの出版社は、世に出たいと願う書き手にとっての憧れの的となっていた。物を書く人間なら、奥付にこの社の名が入った著作を二冊も出せば、夏なお雪を戴くオリュンポス山の頂上に手が届くところにきた、という感慨を抱くそうだ。シリル・ランバーンは北イングランドの裕福で教養ある一家の出身で、目はしのきく根っからのビジネスマンだが、文学的な素養もそこそこ備えていた。彼もまたカーンビー同様、ことによるとそれ以上かも知れないが、今はカーンビーの妻となったディリスに恋した。これは不幸なことといわねばならず、失恋の痛みを必要以上に何度も味わうこととなった。だが彼は不屈の「ランカスター魂」の持ち主だ。友人が心を痛めぬよう、このことは自分ひとりの胸におさめて日ごろ過ごしてきた。といっても、それほど悲壮感ただようものでもない。時おり彼女に会うことを無上のよろこびとし、別れを常に惜しんだ。もっとも、彼女と一緒にいるとかえって心がくるしい。彼はほぼ毎日、十時から六時半まで仕事場で過ごし――そこに救いをもとめていた。

というわけで、原稿があがったばかりの新しい小説について、著者にいくら前渡しの印税を支払えばよいか、昼食の残り時間はそのことの協議に費やされた。著者というのは目下売り出し中の才能ある男だが、酒が入って霊感が降りて来ないと書けない種類の人間で、当然ながら物が書ける程度の酔いにとどめておかねばならない。こっちの予定より早く墓場に直行しないうちに、少なくともあと一冊、名作を書かせるには、酒代はいくらくらい渡すのが適当か、というのがその日の議題だった。

＊

「ディリス・フィンガル」という名の方が世間にひろく知られているディリス・カーンビーは化粧部屋の窓から外を眺めつつ夫の帰りを待っていた。気に入りの伴奏者であるハンス・レーレ氏など、彼女は世界で一番の美女だと臆面もなく宣言してはばからない。たしかにその手のリストに加えられても遜色はなかろう。外見に関しては、彼女には「すべてが与えられて」いた。完璧といっていい肌にゆたかな黒髪《ブルネット》、目じりのややあがった目には榛《はしばみ》色の瞳、アイルランド美人に特有のつんととがった唇。五フィート八インチという上背もあまり気にはならない。さほどの観察眼を持たない人はその程度の印象を受けるにとどまり、指をくわえて眺めるだけだろう。女性の外見についてもう少し詳しく勉強した人なら、ちょっと待てよと態度を保留するか、あるいはそうした試み自体をあきらめるかも知れない。たとえば高名なイタリアの某肖像画家など、彼女をざっと素描したあと、絵をよく見直したときにかなりの衝撃を受けたという。そこには曰くいいがたい、予期せぬ何かがあらわれていた。あえてことばで表現するなら、「残忍性」とでもいおうか。これは何だろう？　画家は彼女に予知能力があることを聞いた。たぶんそれだ。偉大な藝術家にありがちなことだが、彼女にも魔性が備わっているのだ！　ひょっとして魔女か？　画家は肩をすくめたが、謎は解けなかった。この同じ謎が他の多くの見巧者をも当惑させたのだった。しかも彼女の普段の表情は、皆からちやほやされ自分でもそれを十分意識している通常の美人のそれとは大きくかけ離れていた。これはつねに別のことを強く意識してきたからに他ならない。その表情とは、一種の職業病というべきか、おおぜいの、常に批判的な、ときに敵意むき出しの聴衆——烏合《うごう》の衆——に何度も対峙してきた人に特有のもので、聴衆の目に曝《さら》されることに対して身も心も悲鳴をあげようと、その期待を裏切ることに対する怖れに苛《さいな》まれようと、舞台に立ちつづけた人のそれだ。これはたしかに相当の決意を要する仕事で、聴衆を支配して自分の前に跪《ひざまず》かせるのみならず、いわば奴隷的なへつらいの感情をも起こさせねばならない。しかもこれは必ず繰り返される、毎日続く戦いであることを彼女らは理解している。多くの才能ある人々がこれに耐え切れずに表舞台から消えてゆく。つまりは鋼《はがね》のごとき不屈の精神を備えた少数者の特権というべきで、それは表情にも自ずからあらわれるし、立ちのぼるオーラや、特にディリスに関しては真実そうなのだが、一般の女性とは違って、男女いずれもの優れた特質を備えた、いわゆる「両性具有」性を感じさせる立ち居振る舞いにもよく出ている。現在は事実上引退している恰好ではあるが、彼女はいぜん現役の世界三大ドラマチック・メゾの一人に数えられ、時おり行われるコンサートは音楽界における一大イベントであることに変わりはなかった。

そのとき、彼女の表情は笑みもなくこわばって、あたかも深く精神を病んだ者を思わせたが、心がおだやかでさえあれば、若い頃のように活気にあふれ、きらめいていたに違いなかった。彼女は結婚前、激しい恋に二度落ちた。残念ながらどちらの場合も彼女の心の火を燃やし続けるには燃料不足だったようだ。別れた二人のうちの一人は、数多い彼女の信奉者を念頭に置いてのことだろうか、「ディリスは崇拝の対象でこそあれ、結婚相手ではない」などとメロドラマ風な台詞を残したが、一見冗談に思えるほどには的外れでもなさそうだ。ディリスには本質的に奇妙かつ御し難い何か、狂おしいほど魅力的であると同時に人を威嚇して近づけさせない、かのイタリア人画家が直感的に描きあてた何かが備わっている。ではなぜ彼女はカーンビーと結ばれたのか。彼は情熱などとは無縁の男だ。多くの人が訝《いぶか》ったが、恐らくその点こそが理由なのだろう。彼女は自分のプライバシーを守るのにちょうどいい相手を逆に選んだ。家庭においてこの上なく快適な生活を保証し、むやみに体の関係をもとめず、しかも自分をあまり退屈させない、そうしたことすべてをさりげなく実現できる相手だ。社会的に名のある偉大な藝術家と内向的な知識人というおよそあり得ない組み合わせだが、それがかえって功を奏した事例はしばしば見受けられる。

私道に車が入ってきた音を耳にすると、彼女の表情に少し変化がみられた。その後ほどなくカーンビーが部屋に入ってきた。彼女にキスして具合はどうだと訊いた。

ディリスは肩をすくめて、「同じよ」と冷ややかに答えた。

やや間をおいて、「今日の午《ひる》シリルと食事したよ。君のことを話し合った」

「どんなこと？」

「君の悩みのことだ」

「シリルには関係ないでしょ？」

「彼は友達だし共同経営者だよ。僕のようすがあんまり悲惨だからって。まあ、後で話そう。今日は誰も来ない？」

「ええ。カーフォール夫妻の予定はとりやめ——熱が出たんですって」

「よかった。じゃあ、着替えてくる」

ディリスは閉まる扉をもの思いに耽《ふけ》りながら眺めつつ目を細めたが、そのせいで妙な表情になった。その後メイドが控える自室に戻った。

二時間後、カーンビーは話をはじめた。「ええっと、さっきいったように、シリルとレイモンドは僕のことを心配してくれてる。近ごろ調子が悪いのには、きっと何か理由があると。もちろんその推量は当たってるし、僕としても彼らに話す義務がある。何といっても、彼らがキャビアを食べたり〈ヴーヴ・クリコ〉を飲《や》ったりできるのも、かなりの割合で僕の働きにかかっているんだからね。だから君の悩みとそれに伴う僕の不眠や不調をシリルに話した。彼がいうには、君は専門家に診てもらうほうがいい、うってつけの人物を知ってるって」

「専門家って、何の？」

「君の抱える問題のさ。具体的に説明するのは難しい——とても大事な〈神経〉に関わること、とでもいうかな」

ディリスは長いあいだ黙っていた。考えごとに没入しているのは明らかで、綺麗な、力のこもった両手をじっと見つめている。カーンビーはそんな彼女を邪魔しないのが得策と心得ていた。妻に対する多大な賛美もさりながら、彼女が怖かったせいでもある——怖い、というのとは少し違うかも知れないが、少なくともそれに似た感情は抱いていた。ともかく主導権は妻の側にあり、彼もそれは承知していた。

「もちろん」突然ディリスは口を開いた。「私に異論はないわ。あなたのいうとおりにする。そう、病気よ、私もそう思う。そのせいであなたも具合悪いのよね。誰かになおしてもらわないと。すぐにその人に会って治療してもらう、それで万事解決。で、どんな人なの？」

妻のこの返事にカーンビーは何となく不満で、どうも本気らしく思えないのが気にかかった。この心境の変化はどうだ。彼は内心訝《いぶか》った。説得には相当苦労するだろうと予想していたのだ。皮肉をいってるのか？　だとしたら、そいつを逆手にとってやろうじゃないか！「よかった、そういってくれて感謝するよ。医者とか病院とか、君が嫌いなのはわかっている。だから今回の話は絶対断られると思ってたんだ、何せ医者といっても魔法使いもどきだからね。彼の名はサー・ウェブスター・レッカビー、どうやら宮殿《バック・ハウス》やその筋のお邸につながる御仁らしい。シリルがいうには、税金で食ってる〝魔法使い〟のなかでももっとも有名だって」

「その話しかた、あなたらしくないわね」ディリスはゆっくり、少しいいにくそうに答えた。

「私のせいで、あなたが迷惑してるんでしょ、だから」

「そんなことないよ！　迷惑なんてしてない。ほんのちょっと寝不足なだけだ。それでこの〈まじない〉の人だけど、あちらのほうもお盛んらしく、気に入った女性の患者に手当たり次第いい寄るとか。だから君のとりこになるのは間違いない。そういう場合には診察代が安くなるそうだけど」

「女性のほうから〝安売り〟するからじゃないの？」

「なかなか鋭い。その台詞、シリルにいってやるよ！　君といれば本当に退屈しないね！」

ディリスの表情がまたこわばった。「どうやらあまり気持ちのいい人ではなさそうね。でも私はうまくやるわ。とにかく、すぐにでも予定を入れて」

「わかった。こういういいかた、好きじゃないのは承知の上だから、一度しかいわないけど、君、本当はこんなことおかしいと思ってるだろ」

「馬鹿いわないで！」彼女は冷たく返した。「普通に敬意を表しただけ。女性は臨機応変だってことに、男性はいつも驚くのね」

「そっちこそ馬鹿いうなよ――何でも一般化すればいいってものじゃない」

＊

四時間後、彼は目が覚めた。隣でディリスは震えており、眠ったまま小刻みに何ごとかつぶやいている。そしていきなり大声で、念を押すように、「もうどうしようもないのね！」

「何が？」彼は訊き返した。

彼女はしばらく黙っていたが、やがて静かに、しかし切羽詰ったようすで、「はっきり見える、本物でも夢だとしても、今までで一番はっきり！　小石を敷いた、狭い段になっているところに載って、またカチカチ鳴ってるのよ。今にもすべり落ちそうなんだけど、小石があるから踏みとどまってる。すごく大きな音なの、たぶん――ああ、もう鳴り止んだ。前よりも乾いて見える、天気がよかったからだわ」声は次第に消え入り、また眠りに落ちた。

カーンビーの全身に薄ら寒い震えがはしった。気をとり直して目を瞑《つむ》ると、同時に巨大な爆弾が小石を敷いた狭い段の上に載っているのが目に浮かんだ。だがディリスがいつも訴えていたほどにははっきりと見えず、ぼんやり浮かび上がっているだけ——「間接的」に見た、とでもいおうか。しかし、単に彼女のことばを思い出して、それを元にこしらえた画像というにはかなり明確な形をとっていた。テレパシーか何かを媒介にして彼女の脳から転送された画像、といった方が近いかも知れない。一体これはどこから来たのか！……ともかく、これは精神病院《ベドラ》への第一歩だ！　この辺で何とか踏みとどまらないと。隠秘学的《オカルト》な疑問というのは妄執と化しやすいし、はなはだ危険でもある。かのトーマス・マンもその分野の深みにどっぷりはまっていたことが思い出された。いったん心に根付くと人生のほかの愉しみには目もくれなくなってしまう。とにかく、今は眠りに就くことだ！

そのために彼は、女性作家とその代理人が二人一組になって、ずらりと並んだ断頭台へとよろよろと歩いていく、それが何組いるかを数えはじめた——

そしてメイドが部屋に入ってきた。

仕事場に着くと、彼はまっすぐランバーンのもとへ向かった。「昨夜は参ったよ。ところで、彼女、サー・ウェブスターと会ってくれるって。びっくりだね！　僕はあの手この手で説得するのを覚悟してたんだけど、二つ返事で了解ときた。人が変わったようだ。それで、彼と事前に打ち合わせしたいんだけど、予約をとってくれるかな？」

「俺と先生の仲だ、大臣閣下と公爵夫人のあいだに何とか五分ほど空けてもらうさ。夫人はかつらの具合が悪くていつも遅れるそうだからな！」

＊

「つまり」と、サー・ウェブスター。「奥さんがウィーンから戻ったあとでこれらの症状があらわれた、そして——おおまかにいえば——新しい家に移ったのも同じ時期だ、ということですな。これらのできごとに何か思い当たるふしは？」カーンビーはこの手の質問には辟易していた。すでに何度も、心のなかでひそかに自問していたからだ。

「いいえ、何も」彼は答えた。「ウィーンでは大成功を収め、家も気に入ってます。もっとも、こういった方が——よくわかりませんが——当たっているかも知れません。つまり、家の地下には巨大な爆弾が埋まっていて、時限装置がカチカチ鳴っている、そのことに気づくまでは気に入っていた、と」

サー・ウェブスターはやや相好を崩し、片眼鏡の位置をなおした。「あなた本人は、その、もちろん奥さんが幻覚のとりこになっていると、そう確信しているのですね？」

カーンビーは驚いたように相手を見つめた。「ええ、ほかに可能性があるのですか？」彼は大声をあげた。

「彼女自身もそう思ってますか？」

「いいえ、でも幻覚にまちがいないですよね？」

「さよう。仕事柄そう断言せざるを得ません。奥さんの写真は何度も拝見しましたし、テレビでも目にしました。私はあなたの奥さんの大ファンなのです。彼女のかもし出す、この世のものとは思えぬオーラ——あえてこのことばを使いますが、それは圧倒的と申せましょう。その人がひどい幻覚の犠牲者だとは、考えるだに心ぐるしい」

「それはもちろん、僕とて同じです」カーンビーはすかさず合《あい》の手を入れた。でも、それを何とかするのが仕事じゃないのか？　変な男だ！　とカーンビーは思った。

「さて」サー・ウェブスターはやや急いだ調子で、「ともかく奥さんのことは最善を尽くしましょう。成功は保証しますよ、それだけの裏づけはあります」

「そうおっしゃって頂き安心しました。土曜日の昼食にいらしてください。そうそう、もう一つ。催眠術はあまり気がすすまないと申してますが」

「教養のある優れた女性は大抵そうおっしゃいますよ。診察のとき、なるべくそのことばを使わないようにしましょう。患者に気づかれずにうまく催眠術をかけることも結構ありますから」

「わかりました」カーンビーは立ち上がりながら、「率直なところをお聞かせください。妻の家族には予知能力を持つ者がいて、彼女もそれを受け継いでいるようです。無意味だと思いませんか、そんな力、授かりもの、——呼び名は何でもいいですが、そんなものを持ってるなんて、証明できませんよね」

「いいえ、私はそうは思いません。そうしたことは確かにあるようです。患者にはとても申せませんが。教養あるあなたのような方なら、その辺りのこと、すでにご承知だと」

「何しろ摑みどころがないので何ともいえませんが、あなたの口からそういうおことばが出るとは意外でした」

「隠秘学《オカルト》というものは広い分野にわたってあらゆる現象を扱います」サー・ウェブスターは抑揚をつけて、「もっとも、私はなるたけ信じないようにしております。そうした考えは仕事の上では大いに邪魔になり、油断するといつでも入り込んできて悪さをしますから」

「そうですか」カーンビーは微笑んだ。「悪魔祓いの腕前を発揮なさるかどうかはお任せしましょう。もしうまくことが運べば、心より感謝いたします」

「せいぜい頑張ります。お美しくて才能にあふれた奥さんのような女性のお役に立てて、こちらこそ光栄の極みですよ。では土曜日に」

＊

その翌日、ランバーンがナイツブリッジの自宅フラットで朝食をとっていると電話が鳴った。彼女の声を聞いて胸が高鳴った。「今日はお午をご馳走してもらうわよ。ちょっと相談があるの。オムレツとか軽いものでいいわ——食欲はないから」

「テレンスには？」

「いいのよ」

「でも——」

「あのね」彼女はぶっきらぼうに遮《さえぎ》った。「メソディスト派みたいに固いことはいわないの。誘惑してるんじゃないから。一時ちょうどね。私に会いたいでしょ！」返事を待たずに彼女は電話を切った。

「こっちが断れないこと、お見通しだな」彼は少しいらついて独りごちた。

彼女はスポーツカーを飛ばして時間通りに颯爽《さつそう》と現れた。笑顔はない。彼女に会うのは久しぶりだ。愛想はないが美しい目を細めているのを見てランバーンは察した。全面的に、とはいわないが、ほとんど〝銃をしまいなさい、さもないと脳みそをぶちまけるわよ〟という態度で来るらしい。ランバーンをまるで古いスーツケースのように思っている。でも様子が少し変だ。こんな彼女を見たことはめったになかった。

「ちょっと確かめたいことがあるの」

「それはもう聞いたよ。料理が来たから、とにかく食べようか。何かまずいことがあるようだね」

「例の専門家先生、私に催眠術をかけるつもりなの？」

「そのつもりだろうが、かかるかどうかは怪しいもんだ。でも、何を心配しているんだ？」

「私が気づかないうちにかけられるのかしら？」

「だから、何が心配なんだ？　いってくれ、ディリス。君のためなら何だってひと肌脱ぐよ。何かよくない、それもひどくよくないことがありそうだが」

彼女は料理をつつきながらしばし黙っていた。そして突然、口を開いた。「あなたを信用するわ。誰かに聞いてもらいたいし、あなたは古い友だちだものね」

「そうとも。古いお人よしさ！　ウィーンで色恋沙汰があったんだろう。さあ、話してくれ！」

「話はこうよ。まったくの偶然だけど、あるパーティーで半分オーストリアの血が入ってるっていう若い男性に会ったの。ハンサムで、とてもお金持ち、それに、どうやら超能力者らしい――同性愛者とか千里眼とか、そういう人はお互いにわかるのよ。向こうも私にいい寄ってきたわ。彼、ウィーンではかなり悪名高いって、わざわざ忠告してくれる人もいた。でも私、誘惑されて――」

「そして、そいつと寝た！」ランバーンは怒気をこめて話を遮った。

「ええ、寝たわ。すごくよかった。でも、それからずっと後悔してるの――今は特に。何を幼稚なことをと笑われるかも知れないけど、実際の話、超能力――ほかに適当なことばが見つからないけど――そういう力のある女性は、同じ力を持つ男性に身をまかせると、それだけでは済まない――その男性に支配されちゃうのよ。私たちはそう信じてる。その彼、私にテレンスと別れて一緒に暮らそうっていったの。もちろん私は断ったわ。そしたら私に呪いをかけた」

「呪いをかけた、ってどういう意味だ？」

「いったとおりの意味よ。やさしく微笑んで、厳かに呪いをかけた。何を唱えたかはいいたくない、その文句は二度と聞きたくないの。でもそれは中国でいう〝凌遅《りょうち》の刑〟、つまり生殺しを宣告されたようなものなの」

「何とも馬鹿げた話だ！　中世の迷信もいいところだよ」ランバーンは声をあげた。

「わかってる、まるで幽霊がコンピューターをプログラミングしているのを見た、っていってるようなものだってこと」

「その通りだよ！　それで、いつも恋しくなるわけだ、その〝怪奇小説《ゴシック》〟君が——ところで、名は何と？」

「ウラジミール」

「そのウラジミールがすべて台無しにするって、勘弁してくれよ！　そんなたわごとを真に受けるなんて！」

「私だって最初は信じなかった。でもだんだん彼が怖くなってきたのよ。彼はただのお化けじゃないわ！　いいこと、これまでの出来事は私にとって今あなたに伝えた以上にずっと深刻なの。私は話の、つまり経験したことの骨子だけをあなたに伝えた、それに肉付けすることは私にはできない。それに対するあなたの態度は、私とはずいぶん違うわ。私は怖いっていったわよね。彼に呪いをかけられてからずっと、すべてが変わってしまったから。それでも私には手も足も出ないのよ。ああ、そうだわ、一つできることがあった！　あの名高い精神科医、サー・ウェブスターに診てもらえばいいのよね！」

「彼は精神科医じゃないし、それに、そうヒステリーを起こさないでくれ！　俺は君がいうほど馬鹿じゃないし、君のことを笑ってなんかいない。世のなかにはそんなこともあるだろう、俺には経験ないけど。君がそういう経験をしたっていうんだから、それは事実だと思う。俺は君のことが好きだし、力になりたいとも思ってる。ともかくその出来事っていうのを話してくれ」

「夢を見はじめたのよ、とても変な、いやらしい夢。ウラジミールと私の。それから爆弾の夢が始まったのよ」

「そいつはテレンスに聞いた。爆弾の夢っていうのは本当なのか？」

「ねえシリル、今問題なのは、爆弾が本物で、そのほかは全部夢か絵そらごとに思えるってことなの。もう仕事に戻る時間ね。テレンスにはウラジミールと寝たことなんか何も話してないから。でも、サー・ウェブスターは私に催眠術をかけてそういうことを聞き出すでしょうし、あとでテレンスにも話すでしょうね」

「そんなことはしないよ。あの人は万事呑みこんでるから。いっとくが、彼はその道では一流だし、心の病についてはかなりの経験を積んでいる。率直な気持ちで臨んでくれ。からかったりするなよ――治療の機会を与えるんだ」

「治療って、何の？」

「わからん。俺は門外漢だ。でも、彼のことを悪くいうのは何も君がはじめてじゃない。聞いてごらん、それが普通の反応ですっておっしゃるよ」

彼女も少し機嫌を直したようだった。立ちあがって、ランバーンにキスした。

「いいわ。あなたのいうとおりにしてみる。それでもし爆弾が今あなたを見てるよりもはっきり見えることがなくなって、家が揺れるほどうるさい時計の音が聞こえなくなったとしたら、その先生、きっとプリアーポス（ギリシア神話。男性生殖の神）なみに張り切るわね！」その後すぐ、彼女は車で帰っていった。

ランバーンは昼間の会話を思い出しながら眠れぬ夜を過ごした。冷静に考えると、ディリスの話はあやふやで信じがたい。今のこの時代に呪いだって！　そんなこと、本当にあったのか？　彼のような人間には無縁でも、ディリスは全く違う。彼はかつてテレンスに聞いた話を思い出した。夫婦がずいぶん込み入った長い一日を過ごしたときのこと、テレンスはディリスにその一日をどう感じたか、試しに訊いてみた。彼女の答えはテレンスの予想以上だった。彼女が語ったその十六時間かそこらの印象は、彼のそれとは大きくかけ離れており、まるで二人は別々に過ごしたと思えるほどだった。これはいい教訓になったとテレンスはいった。分析哲学でいう「他人の心《アザー・マインズ》」をめぐる問題が、これまでに懐疑論者があれこれいうのを聞くよりも切実に感じられた、物静かな出版業者である男性と、奔放な藝術家である女性と、その両者の反応のあいだには、巨大な湾が横たわっているようだった、というのだ。

ディリスが自分が見たままに真実を語っているのはそこそこ確かだろう。予知能力者として、神秘家として物事を見たのだ。いっぽう彼女の妄執が予想通りの結果をもたらしたとしたら、それはそれでまた深刻だ。彼女は爆弾に対する恐怖を「蒙《こうむ》りやすい」体質なのかも知れない。両親が爆死するという怖ろしい経験から受けた心の傷は完治することがないのだろう。例ののぼせた野郎が何かひどいことをいって、それが彼女の心の傷口を広げたとも考えられる。だとしても、なぜ彼女は嘘をつかねばならないのか？　ランバーンにはそれにふさわしい理由を見出せなかった。うまい説明と、その説明の根拠を考えあぐねているうちに、彼は眠りに落ちた。

II

カーンビーとランバーンは金曜の夜、車で一緒にマルメゾン荘へ向かった。二人とも心が落ち着かなかったが、その理由はわからなかった。互いに軽口を叩く風を装って、サー・ウェブスターに支払うべき金額を話し合っていた。

「そんなにはかからないだろう」と、ランバーン。「診察のあと治療の一環と称して一体何人の素敵な女性と関係を持ったか、それを聞けば君も先生の考え方が理解できるだろう。ときにはどう見ても難攻不落と思える場合もあったとか。たとえば——もちろん絶対に他言無用という条件つきだったが——こんな女性もいたと俺に話してくれた。まるで血管に酢と冷水が流れていそうな人だったが、先生にかかるとそれがパッション・フルーツのジュースに変わったんだとさ！」

「彼がいくら頑張ってまじないをかけても、それがディリスに効くかどうかは疑問だね」カーンビーは微笑んでいった。

「ところがウラジミールってやつはそれをやってのけたんだよ！」ランバーンはにがにがしく心のなかでつぶやいた。そして口では、「いや、俺は先生の成功を期待している。何せ彼の〈第二の天性〉はあきらめるということを知らない。きっと見事に、誰にも真似できないやり方でやりおおせるよ」

「彼はディリスの症例にずいぶんご執心のようだ、たぶん営業上のみせかけだと思うけど」と、カーンビー。

「そりゃあ執心もするさ！　何せ奇妙きわまりない――まあいい。で、彼女のようすは？」

カーンビーは肩をすくめた。「君が最後に会ったのはいつだ？」

「ウィーンから帰ってきてからは会ってない」ランバーンは後ろめたい気分で嘘をついた。

「じゃあ、彼女が変わったことに君も気づくだろう。いつも考えごとをしていて、何かにとりつかれたようでもあり、毎日ぶらぶらしている。あんな風に過ごすことはなかったんだけど――」その声は次第に消えていった。ランバーンは相手が何をいっているのか、自分がほとんど聞いていないという事実に思いあたった。

家のなかに入ってみて、ランバーンはちょっとした驚きで軽くショックを受けた。ディリスの留守中にここで週末を過ごしたことが一度あったが、そのときの印象ではもっと陽気な感じの家だった。何とはなしに重苦しく気が滅入る今日の感じからすると、ここは年を経るごとに住みよくなる類の家ではなさそうだ。

「どうした？」と、カーンビー。「ずいぶん憂鬱そうじゃないか！」

ランバーンが何か適当な理由をひねり出す前にディリスが階段をおりてきた。彼女は二人をほとんど無表情に出迎え、特にランバーンには何となく冷たい態度をとった。たぶん俺に話し過ぎたことを後悔しているな、と彼は思った。でも俺だってさっきは彼女のために良心を欺いた。魔性の女め！

楽しい夕べ、というわけにはいかなかった。ディリスとカーンビーは二人ともぴりぴりしていて、心ここにあらずといったありさま。ランバーンのふさいだ心もますます重くなっていった。こんな週末、早く終わればいいのに。ランバーンは思った。この忌々しい家に巣食う邪《よこしま》な精霊が俺たちに悪さをしている。夕食のあと男たちはしばらくチェスをした。もとより「グランド・マスター」などではないが、ランバーンはこの夜は特に不調だった。ディリスが被害を蒙っているという霊がまわりにいないかと常に気になり、打つ手打つ手が悪手となってしまったのである。就寝の時間が彼には有難かった。場のちょっとした緊張がディリスの飼っている藝達者な洋鵡《ようむ》のアーチーにも伝染したらしい。これに植物の種などの餌を与えると、三人の老女が井戸端会議に興じるさまをうまく演じ、この種の藝としては完成品の域に達していた。ところが今夜、籠に緑色のカバーを掛けようとすると、鳥は嘴《くちばし》を止まり木で磨く前に、「カチ、カチ、カチ」という鳴き声を発した。一瞬の沈黙ののち、カーンビーはいった。

「誰が教えた？　ディリス、君かい？」

彼女の面上にえもいわれぬ表情が広がるのにランバーンは気づいた。怒り、憎しみ、怖れ、あるいはその全部か？　ディリスは何かいおうとしている。それは非常に乱暴な、衝動的なことばだろう――それがすんでのところでとどまっていた。

「まったく愚かな質問だわ！」これが実際の台詞だった。

「でも誰かが教えたはずだ」カーンビーは眉を寄せてつぶやいた。

三人がそれぞれ寝室へと別れるまでそれ以上の会話はなかった。ランバーンはゆっくり着替えながらさっきのディリスの表情を思い出していた。その表情はベッドに入るとくっきりと蘇り、闇のなかに投影された。つらつら考えると、一連の摑みどころのない、オカルトめいたごたごたの秘密は、どうやらディリスのその表情に集約されているらしい。でもそこに何らかの糸口を見つけることはできなかった。それどころか、謎は深まるばかりだ。ディリスの告白は自分を欺くための作り話だったという考えに、彼は今や大きく傾いている。では何のために？　彼女は何か彼の知らない遊戯に深入りしているのか？　誰かがあの鳥に「カチ、カチ、カチ」という音の連なり——不吉な音だ！——を教えたのか、あるいは鳥が何かの拍子で小耳に挟んだのか？　小耳に挟んだとすると、その元は何だ？　戦争中に爆弾がらみの経験を多く積んで、目をあざむく閃光や耳をつんざく轟音を思い描くことができるとか？　万事休した無数の人々があの「カチ、カチ、カチ」という音を聞いたはずだ。今、彼女にも聞こえているだろうか？　そもそも本当に聞こえたのか？　すべてが冗談——悪い冗談ではないのか？

彼はすっかり途方に暮れた。こんなのは生まれてはじめてだ。悪い冗談だとして、あの洋鵡のやつは一体——？　彼は性質《たち》のよくない悪循環に陥った。こんなときは眠りにつくのが一番だ。

カーンビーも同じように眠れなかった。ディリスは二度ほど発作を起こしたような動きをして彼を驚かせた。目覚めはしなかったが、悪い夢にうなされているようだ。一度、激しく大声をあげた。

「だめ、ウラジミール、いや、いや！」

ウラジミールって誰だ？　オペラの一節か？　彼にはわからなかった。その後うとうとしはじめたが、また突然起こされた。何かがそうさせたのだ。一体何が？

＊

ようやくメイドが入ってきてカーテンを開ける頃、カーンビーは寝不足で頭がくらくらしていた。

神々しいまでに晴れわたった、すばらしい天候のもと、三人が庭で時間をつぶしているところにサー・ウェブスターが到着した。週末にふさわしい上等な服で着飾っている。彼はにこやかに冗談をふりまきつつ寛いだようすを見せ、女主人をそれとなく意識しているさまを隠そうとはしなかった。彼女は彼女で、そうした注目を浴びて少し嬉しそうな、半ば得意げなようすだったが、彼に対してはよそよそしい、嘲るような視線を返した。熱烈な、ほとんど挑発的な敬意というものに関して、彼女はあしらいかたを知り抜いていた。どれほど熱をあげても氷のような彼女の心をほんの少しでも溶かすことはできず、彼女からの返礼はまず期待しないほうがよい。ただ、彼は年配とはいえかなりの美男子で（彼女にいわせれば、極端な美はほとんどの欠点を隠すらしい）、性格にも強烈なものがある。この二人は両極端ながら奇人の最たるものだった。

昼食後、カーンビーとランバーンはウォルトン・ヒースのほうへ散歩に出かけた。残る二人は芝生のデッキチェアーに腰掛けている。サー・ウェブスターは当たり障りのない話題からおもむろに切り出した。

「恥ずかしながら、私の音楽の趣味ときたら、ほんのお笑い種《ぐさ》でしてね。まあせいぜいがジョン・マコーマックが唄う〈君が呼ぶのが聞こえる〉あたりですよ」

「あら、なかなかのものですわよ」彼女は微笑んで答えた。「あれは難しい、神経を使う歌で、ジョンの歌唱はみごとなものです。ああいう小品を軽んじる人こそ俗物で、趣味の低さが自ずと出ますね。もちろん、歌曲の分野に限ってのことですけど」彼女の表情から笑みが不意に消えた。「お噂では、ずいぶんとおもてになるとか。その秘訣をうかがえません？」

「いや、まったくのでたらめですよ」彼は答えて、「もしご婦人が私に好意をお寄せくださるとすれば、それは私が男性より女性に対して多大な好感を抱いているからでしょう。人生において私がわずかに誇れることといえば、目的が何であれ決して志願という行動をとらなかったことです。戦時中は特にそうでした。自分に都合のよい、利の見込まれる対象でなければ人は志願などしません。世の中には道理のわからぬ間抜けな人間が多く、われ先にと焦ったあげく自分を犠牲にさし出してしまうのです。愚かにも手をあげる志願者がいなくなれば戦争なんてすぐ終わるのです。女性はめったに志願などしません。あらゆる点でやはり女性のほうが優れている、もちろん狡猾ということでもありますが」

「なるほど、正直なかたでいらっしゃるわね」彼女は微笑んだ。「でも、いわゆる〝大恋愛家〟はむしろ男性のほうじゃございません？」

「そろそろ本題に入りましょう」サー・ウェブスターはそういいながら表情を引き締めた。「あなたの抱える問題のことは、もちろん聞いております。その情報が正しいかどうか、まず確かめさせてください。ウィーンから戻られて以来、幻覚や幻聴に悩んでおられる、それは家の地下に埋まっているらしいドイツ軍の時限爆弾に関わる、ご両親の悲劇的な死も無縁ではない」

「それに加えて」ディリスは鋭くいった。「爆弾が一九三九年にシュコダ工業で製造された、というのはご存じ?」

サー・ウェブスターは微笑を浮かべた。「おっしゃることはわかります。実に意味深長ですな!」

「いいですか、ちょっと聞いてください。私はこの問題をいわば〝法廷の外〟で、つまり内々に処理したいんです。そうすれば時間もお金も節約できるでしょう。説明しますね。私を治療するなんて無理です。信じてはもらえないでしょうが、これは事実です。来週そちらの診察室にうかがいます。そのあとで夫に伝えてください、治療はできそうにないけど、悪化もしないだろう、私に睡眠を妨害されないよう、寝室を別にして、しばらくして落ち着いたら旧に復せばよいと。まぼろしを見たからといって、私はそれを苦にしていない——実際そうなんです。これが最も穏便な解決法です」

「それには賛成できませんな」サー・ウェブスターはひときわ力をこめていった。「あなたは治療を受けるべきだし、私が治療します。同じような症例は何度も扱いました」

「すべて治療できましたか？」

「ほとんどは」

ディリスは深くため息をついて、椅子の脇に置いてあった本を取りあげた。

「あなたに読んでさしあげたい文章があります。イェイツの『自伝』ですけど、私の症状にきっと密接な関係があると思います。『私がこれまでに出会った形象《イメージ》の研究に没頭する人々と同様、私の叔父もまたこう考えた。つまり、形象も形象によって指し示されたものも、いずれも形象自体からは生じないことを証明してはじめてこの問題に決着をつけることができる、と。私はこの叔父のおかげでまったく逆の確証を得ることとなった』。イェイツのいう〝形象〟はあなたのおっしゃった〝幻覚や幻聴〟、それに私の〝爆弾〟にあたります。彼が示唆しているのは、爆弾や時計の音、その他それに関することすべては私の心から生じ得るものであって、単なるまぼろしにとどまらない可能性がある、ということです。存在の如何はすべて私次第なのです」

「イェイツもまたずいぶん無茶なことをいいましたな！」サー・ウェブスターは叫んだ。「いいですか、ご夫君にもお話ししましたが、私は予知能力というものを排除したり軽蔑したりしません。実例をずいぶん見聞きしましたからね。ですが、ただ頭で考えただけで、その考えたことが現実のものになるなどとは、まったく慮外のことといわねばなりません。ところで、一歩間違えれば死につながるような、その、イェイツにいわせれば形象《イメージ》ですか、そんな危ないものを、あなたはなぜこしらえてしまったのか、何か理由があるのですか？」

「ええ、それはあとでお話しします。くどいようですが、イェイツは高度の直観力を備えた大詩人で、詩人というものは一般の人々よりも深く現実を見とおすのです」

「さよう、ですが彼の直観力によれば、何か神秘的な大事件が起こって、それが今にも宇宙全体を変容させると、そういうことになっているようですが、実際にはそんなことはなかった。彼の精神はいわば夢うつつの状態にあったのです。さて、そろそろあなたがその危険な〝形象〟を持つにいたった経緯をお聞かせ願えますかな」

「ウィーンに滞在中、一人の男性と出会い、誘惑されました。私はその人と寝ましたけど、そのあと、当地にとどまって一緒に住んでくれといわれました。私は断りましたが、彼は怒って私に呪いをかけたのです。根も葉もないことと思われるでしょうけど、これは事実なんです。私がその爆弾をある意味で作ってしまった原因はそこにあります」

サー・ウェブスターはできるだけ無関心なさまを装っていたが、内心ではこう思っていた。自分の能力を試すのに、彼女は絶好の素材ではないか！

「いや、呪文も結構ですが」彼はあまり説得力のない笑みを浮かべていう。「すべてはご両親が亡くなってからずっとひきずってきた、いわば遺物のようなものです。催眠術を信用なさらないのは私も承知しておりますが、あなたの治療にはどうしても必要不可欠です」

「その場合、第三者の立会いを希望します」

「もちろん――身の潔白の証明のために私も望むところです。眉唾ものだとは思いますが、かの聖アントニウスは冬でも苦行者の着る馬巣織の下着《ヘアー・シャツ》一枚で過ごしたとか――そんな恰好で一から出直しなんて、私はご免蒙りたい」彼はさっきよりもくだけた調子で笑った。

「そうならないように願いますわ！　ご結婚なさったことは？」

「いいえ、一度も。どうやら今後も機会はなさそうです。英国の独身男性たるや——英国の准男爵というもの同様、信用がないらしい。私など、その両方ですが！」

「私、あなたのこと気に入りました」と、ディリス。「私と性格が合いそうですね。あなたのお話、その内容も話し方も好きです。それに外見も。そう、私の好みなんです。今回、私の一件が失敗に終わって、あなたが匙を投げるところ、見るに忍びませんわ。もっとも、そこまでいく時間があればの話ですが」

「時間があれば、とは？」

「いいんです、忘れてください」

「私を好いてくださるとは光栄の極みです。私はごらんのとおりのんきな年寄りで、ドグベリー（シェイクスピア『から騒ぎ』に登場する警吏。難しいことばを使いたがるが用法がしばしばおかしい）顔負けの勘違いも数多い。私が失敗するとなぜ断言できるのです？」

「それは、治療すべき点が何もないからです。これは病気じゃありません。癒しがたい何か。その症状があらわれているだけです」

「ちょっとこみいり過ぎて私には理解できませんな。その男には、今も恋愛感情を？」

「私は魅入られたのです。あんな男性には会ったことがありません。思い出しても胸が悪くなります。オーストリア中にその臭気を広めていますが、誰もが彼を怖れています。お金ものをいってるのでしょう」

「まるでゴシック小説の主人公ですな」

「ええ、私、すごく後悔しています――本当に傷つきました」

二人はかなり長いあいだ沈黙していた。気温があがってきた。「思ったよりも重症だな」サー・ウェブスターは思った。どこから手をつけるべきか、彼は決めかねていた。催眠術をかければ、彼女が嘘をついているかどうか、またその場合どの程度のものか、たちどころに判明するだろう。そのとき、二人の背後で日向ぼっこをしていたアーチーが突然、得意の声帯模写をはじめ、最後に「カチ、カチ、カチ」と締めくくった。

「私に聞こえるのはあれなんです！」ディリスは少々ヒステリー気味に笑った。

「なるほど」

「あなたにご説明しなければならないことがまだあります。もう五分もしないうちに夫らは帰ってくるでしょう。アーチーにはわかるんです。決してまちがえません。いいですか、もし私を治療することができる人がいるとすれば、それはほかならぬあなただと思います。でも、本当は誰も治療なんてできません。だって、治療するものがないんです――病気じゃありませんから。私の心を読んだり、私に薬を与えたりすることで、家の地下から大きな爆弾を掘り出せると思いますか？　そんなの無理だっておわかりですね。あれは、降霊術師のいう〝幻姿《アポート》〟のような――一般の人が行使できる通常の力を超えた何かなのです。議論はこのくらいにしましょう。どうやら男性陣が戻ってきたらしい物音がします」

「二人とも笑顔でよかったです」と、カーンビー。「万事ととのいましたか？」

「奥さんには来週の水曜、二時半にお越しいただきます」

ディリスのいくぶん上機嫌な表情が突然消えた。彼女は何もいわなかった。

夕食後、男たちはトランプで何となく時間をつぶし、ディリスは本を手にただ頁を繰っていた。十一時にはみな床に就いた。ディリスは薬を大量に飲んだかのようにすぐに眠りに落ちたが、まるで夢でノドの地（創世記。弟を殺したカインが誰にも復讐を受けぬよう逃れたエデンの東の地）に行って、怪しげな人物にでも会いでもしたのか、何やらぶつぶつと口ばしって、うなされているようでもあった。その脇でカーンビーはうとうとしながら、過去の記憶がつぎつぎと驚くべき鮮明さをもってよみがえってくるのに気づいた。現れては突然消え、映像は刻一刻と移り変わる。まずはじめに、両親がいいあらそう場面――どちらも目が憤怒の炎に燃えている――自分はたぶん四つくらいか、両親は彼が目の前にいることに気づいていないようだ。――次は予備学校《プレップ・スクール》で仲間はずれにされた場面、これは未熟なかたちで自由主義を表現したことが原因で――辛い一週間だった。――イートン校での吐き気を催す経験。悪童《ビーグル》どもが兎狩りと称して大人しい者をいじめるのだが、これによって決定的に人間不信となった。――ベリオル・コレッジ（オックスフォード大学の一学寮）の奨学金獲得を知らせる電報の封を切っている場面。――そして書こうとした小説。無残な失敗作だった。もう二度とこれに手を染めちゃいけない、そう決意させた代物だ。

「ウラジミール！」ディリスが突然声をあげた。

部屋全体が揺れたようだった。ディリスは肘を立てて上体を起こした。カーンビーのほうを向いてはいるが、目はこちらを見ていないことが彼にはわかっていた。
「すべる、すべる」彼女はつぶやく。「カチカチうるさいのよ」そしてまたベッドに体を沈めた。

ウラジミールって誰だ？ 何となく思いまどううち、自分の母親のどんよりと曇った目を見つめていることに気がついた。これはどういうことなんだ！ 溺れて死にそうでもないのに、どうして過去が走馬灯のように現れる？

「ウラジミール」ディリスが叫ぶと、部屋がまた震えた。

＊

ランバーンもまた時とともに不眠に悩まされていた。理由はわかっている。もちろんディリスのせいだ。彼女のすぐそばで過ごしたせいか、胃のもたれる寝床から這い出て、あれこれと人生の算盤《そろばん》をはじくこととなった。それにしても、あの手の女性が一生のうちに突きつけてくる貸借対照表といったらどうだ。たしかに男を幸せにはするだろう、でもその幸せが一時間とすれば、引きかえに何十年も悲惨なめに遭わされるのだ。それでもディリスによってランバーンは救われていた。彼女と出会わなければ、きっと可愛いが退屈な娘と結婚し、息子は二人、それぞれイートン校やメリルボーン・クリケット・クラブなんかに行かせたことだろう。おきまりの田舎紳士だ。裕福な、いわゆる上流中産階級《アッパー・ブルジョワ》、ボルトンあたりにモダンな邸を構え、すれっからしの使用人どもに小粋なお抱え運転手、こいつは妻の不埒《ふらち》なメイドと情を通じたりする。奥様連中、ジャガーにベントレー、そんなものはもうたくさんだ――忌々しい――ディリスに魂が救われた――強いていうならそこが大事なところだ――ともかく、彼はディリスに心から感謝していた。人生をごまかしつつ生きるこうした凡人はすべからくディリスのような魅力的かつ仮借のない女性を有難く思わねばならない。彼女らは人生の重大事をほのかな明かりで照らしてくれる。まったくの無、際限なく続く円環、あるいは急激な変転といったことがから、それらを排除することによって救済してくれるのだ。彼女は一種の神で、自分のような凡人にこう諭している、女神を愛するのはいいけど近づかないほうが身のためだと――どうも俺は気が立っているようだ、とランバーンは思った。例の爆弾はどうなったのかな？

そのとき、家の建物が激しく小刻みに揺れた気がした。

「これか！」彼は薄ら笑いを浮かべて、そのまま深い眠りに落ちた。

＊

しばらくするとサー・ウェブスターはベッドカバーをはねのけた。ご老体は体温があがり過ぎたのだ。そしてぜいぜいと息をした。われながら冴えなかったな、と苦笑いを浮かべた。自分の半分ほどの歳の女性をまたぞろ口説こうとするなんて。しかも向こうは自分のことを老人扱いしている。だがたぶん大きな失敗は犯してないはずだ。ともかく彼女を治療せねばならない。さもないと、本人は気づいてなかろうが、命があぶない。女性だって地獄に行く、美人ならなおさらだ。治療せねばならん！　でもどうやって？　電気ショックか、あるいは巧みな弁舌で？　催眠術か、まじないか？　たしかに私は多くの女性を治療してきた。それもひょっとするとひとりでに治ったのかしらん？　近ごろの精神分析など正真正銘のぺてんだ。だが私の術だって似たようなものではないのか？　爆弾など存在しないと彼女にはいったが、自分だって内心信じているんじゃないか？　わからん。シュコダ社の印はどうやって調べたのだろう？　彼女は恋に落ちた——成就はしなかった——ウィーンで。あるいはこれは死に対する願望のあらわれなのか？　本気であのようにいっているのか？　われわれ全員を道連れにしたいのか？　そんな考えが心の底にあるに違いない。もちろん、ただの幻覚だ。おっと！　これは何だ？　家が揺れたかな。哀れなシリルはまだ彼女にぞっこんだ。あのタイプの男はなかなか立ち直れないものだが、幸い恋に落ちることがあまりない——やっぱりイェイツか。彼らは夫としては退屈な人間だ。モード・ゴン（イェイツの恋人で社会運動家。のちに別れる）はよくわかっていた——あれは私の出会ったなかでももっとも抗しがたい女性だったが——文字通りの意味でだ——また文字通り、私は彼女を怖れもした。カチカチいう怖ろしい音が、何やら聞こえる気がする。医者よ、みずからを医《いや》せ！（ルカ福音書、四章二十三節）あるいは遅きに失したか？

　そしてとうとう彼も眠りに落ちた。

＊

　三人の脳裏に勝手にわき起こった、それぞれの過去に関する反省はかくのごとし。これらの超越論的な営みは鰊《キッパー》の燻製やソーセージがそれぞれに嚥下《えんか》されてすでに数時間が経過したあとに行われたのだが、三人とも必ずしも気分はすぐれなかったようだ。しかし翌朝もまた雲ひとつなく、こんな朝はその年はじめてといってもよかった。朝日にきらめく野生の蕾《つぼみ》の萌えたつ芳香をかげば、どんなに落ち込んだ人間でも何か身に染みるものがあるに違いない。ディリスは神々しく、若々しく、よそよそしく、甘やかで、崇拝に値するすがたであらわれた。彼女の忠実な僕《しもべ》となりたいものだ！　サー・ウェブスターは思った。まだ何やら禍々《まがまが》しい力が自分にはたらいているようだ、そしてそれは、見たところシリルとわが依頼人にも及んでいる。恐らくわれわれ三人は、たおやめ《ベル・ダム》の忍耐、不敬に対する女神の寛容をまだ期待しているに違いない。彼は内心落ち着かなかった。クロックゴルフのコースをまわる三人の誰もが同じ心境だった。

神々しいとか若々しいとかいう外見の印象は、ディリス本人が聞いたならすべて否定したことだろう。カバーを掛けたハンモックに横になると、彼女の典雅な鼻に、これもまた典雅な花々の馥郁《ふくいく》とした香りがただよってきた。ハンモックの両縁はおだやかな南風をさえぎるのに十分な高さがあり、ふりそそぐ陽光を存分に浴びることができた。大地と空は柔らかい陽ざしのもとで一つに溶け込んだようだった。

すぐれた感受性の持ち主——たとえばマーヴェルとかベルリオーズとか——が大自然のふるうら悲しいまでの魔力を恍惚として賞賛したとしても決して大げさではない、そういうことが身につまされるのはきっと一生のうち何度か訪れる今日のような日だ、というのがディリスの感想だ。

蜂が一匹、ぶんぶんうなりながら彼女の鼻先をかすめ、フランス窓から客間に入ると、思案げに何周か部屋のなかをまわって、花瓶の花の蜜をしばし集めたあと、またうなりながら外へ出ていった。

昼食には他にも来客がある予定で、みな約束の一時前後に、それぞれ特徴のあるベンツに乗ってやってきた。

客は二組の夫婦で、いずれも世に広く知られた人々、カーンビーらの出版社においてもっとも売れっ子の、もっとも過大評価された小説家、サニー・ロウエル（主著は『殿方専用』『両刀づかい』など）とその米国人妻。彼女は人の秘密を「剝《は》ぎ」とることにかけてはかのシッティング・ブル（アメリカ先住民の著名な酋長のひとり）も顔負けの、社交界を自在に遊弋《ゆうよく》する「宇宙飛行士」だ（『デイリー・ダート』紙のオスカー・スティッキー氏ともこころやすい間柄らしい）。もう一組は鶏の目をした、その抽象絵画が大評判をとっている画家とその妻。妻は画家のお気に入りのモデルで、ときに白黒のひし形、ときに多色の立体で表現されるが、実際には見事な肉体美の持ち主で（完璧な正三角形を思わせる）、天性のニンフにして、オリンピック標準記録を楽々と超える競技者《アスリート》でもある。その魅力はあまりにも強烈で、とめどなく欲情をそそるものだから、ともに一つの部屋にいてこれに手を出せないとなると、刃のさび付いた剃刀でじわじわと生殺しに身を刻まれる心地がする。浮気なサー・ウェブスターは早くもそのように見当をつけた。

召使いが飲み物を運んできた。カーンビーは自慢のカクテルの腕前を披露し、一同はいつもの冗談半分、本気半分の醜聞を語りはじめたが、ディリスはこれが苦手だった。

彼女は目をなかば閉じ、長いまつげをプリズムにして陽光を屈折させた——だが今日の寝不足の目には、いつものように玉虫色には光らなかった——

ランバーンは彼女のそんな様子をみて、何かに取りつかれているような印象を抱いた。

話題は『ロリータ』にうつった。サー・ウェブスターはちょうど最近読み終えたばかりだった。

「初めから終わりまで三度読み返してごらんなさい、そうすれば誰だってあの本を火のなかに投げ捨て、ひざまずいて祈りを唱えることになるでしょうよ」と、『殿方専用』の著者はうそぶいた。

「試してみましょうよ」セクシーな競技者が返す。

「ルイス・キャロルだ！　アリスは十二歳で、彼もハンバート（『ロリータ』の主人公）同様、三十二歳だった。あの子に対する際限のない欲望は、私に生来そなわる変態性の第一の証拠だ！　などと、ルイス・キャロルも何度自問したことだろう！」

「そこが要点だね」と画家。もっとも、彼はこの話題についてあまり理解していなかった。

扉が突然開いて執事が現れた。カーンビーに歩み寄って、何やら耳うちした。

「たしか？」カーンビーはそういって、「すぐ行く」

そのとき、耳をつんざく音が、カチ、カチ、カチと三度、部屋中にひびきわたった。ディリスは飛び起きて金切り声をあげ、耳をふさいで床に倒れこんだ。そして邸は巨大な炎に包まれ、粉々になった破片が空ざまに噴きあがった。

部屋にいた誰もが何も見なかった。ふたたび見ることもない。

くろぐろとした煙のかたまりが同時に湧き起こり、上空でいったん滞留したあと、一陣の南風によって静かに北へと流された。轟音は余韻を残しつつ消えていった。

庭に咲く「グロワール・ド・ディジョン」（薔薇の品種の一）の蜜を満喫していたその蜂もまた直撃を受けた。しばらく草の上に落ちていたが、目が覚めたのか、くもの巣をかわしつつ、まっすぐに急上昇した。一羽の鶲《ひたき》が林檎の木の梢にとまっており、蜂はぱくりとやられた。味がよほどわるかったのだろう、小鳥は瀕死の蜂をぺっと吐き出した。


（今本渉訳）

最後のゴースト・ストーリー作家

鈴木克昌

古来、洋の東西で数多《あまた》の幽霊譚《ゴースト・ストーリー》が語られてきましたが、その本場がどこかと問われればゴシック・ロマンスの昔から質、量ともにイギリスが一頭地を抜いていると申して差し支えないでしょう。先日も所用でロンドンを訪れる機会がありましたが、春三月にしてどんより曇った空から古い石造りの重厚な建築物の上に小雨がぱらつく鬱然たる街並みはまさに幽霊譚《ゴースト・ストーリー》の本場と言うに相応《ふさわ》しい佇まいでありました。

では、そのイギリスの近代ゴースト・ストーリーの系譜を代表するのはどのような作家たちでしょうか。彼《か》の国にジョン・ベチェマン（一九〇六～一九八四）という詩人がおりましたが、彼は「ゴースト・ストーリーにおいて最も偉大な作家はM・R・ジェイムズであり、それに次いで対等に並ぶのがヘンリー・ジェイムズ、シェリダン・レ・ファニュ、そしてH・ラッセル・ウェイクフィールドである」と評しております。M・R・ジェイムズは多くの模倣者《エピゴーネン》を生むほど影響力を持ち、ラヴクラフトなど後代の作家にも高く評価されております。また、ヘンリー・ジェイムズ、レ・ファニュは文学史に残る作家たちです。だが、最後に挙げられたウェイクフィールドについてはあまり知られていないようです。

本書の著者、ウェイクフィールドはまさにM・R・ジェイムズが事実上筆を断った一九二〇年代に颯爽と登場し、ゴースト・ストーリーの伝統を継承しつつ現代的な作風で一世を風靡《ふうび》した作家でした。だが、全盛時の人気と専門家の高い評価にもかかわらず、今日、大方の読者には忘れられた存在であります。ことに母国イギリスでは、一九四〇年に最後の作品集が上梓されて以来、七〇年代後半に傑作集が一冊編纂された他は半世紀以上も絶版状態でした。ようやく九〇年代半ばから一部の好事家《マニア》の間で稀覯本となった彼の初期作品集の復刻が進められて、ウェイクフィールド再評価の機運が高まりましたが、小部数の限定出版であり、この作家の真価を広く読書大衆に知らしめるものではありませんでした。本邦では時を同じくして一九九六年に短篇集『赤い館』(国書刊行会)が編纂・刊行されました。今回、その『赤い館』が大幅に増補され、決定版ともいうべきウェイクフィールド傑作集がこうして文庫版で刊行されることはまさに内外に誇るべき快挙と言えましょう。

ハーバート・ラッセル・ウェイクフィールド(Herbert Russell Wakefield)は、一八八八年五月九日、ドーヴァー海峡から数マイル内陸に入ったケント州の小村イーラムで生まれました。父親のヘンリーは当時教区の牧師を務めており、後年バーミンガム主教、イギリス国教会全国公衆道徳評議会議長、キリスト教反共産主義同盟代表、等の要職を歴任した人物でした。また、弟のギルバートは長じて有名な劇作家となりました。

さて、ハーバートはウィルトシア州のマールバラ・カレッジに学びます。ここは奇しくも怪奇小説の先達E・F・ベンスンが二十年前に青春を謳歌した学校であり、同級には詩人のシーグフリード・サスーン（一八八六〜一九六七）がいました。パブリック・スクールを卒業後、ハーバートはオックスフォードのユニヴァーシティ・カレッジに進学し、近代史を専攻します。大学時代のハーバートは長身でハンサムなスポーツマンでした。クリケット、ラグビー、釣り等、スポーツなら何でもこなしましたが、ことにゴルフは大学対抗戦に選手として出場する程の腕前で、彼はこのスポーツを終生こよなく愛し続けました。

大学卒業後の一九一一年、ウェイクフィールドは当時デイリー・メイル、デイリー・ミラー、タイムズ等の新聞を発行して新聞王と呼ばれていたノースクリフ卿（一八六五〜一九二二）の個人秘書となります。ノースクリフ卿がウェイクフィールドを面接した際の愉快なエピソードが、卿の伝記作者たちによって今に伝えられています。

大学時代の成績を問うた卿に、優等生ではあったがスポーツに熱中しすぎたせいで卒業時の成績は残念ながら二番でしたとウェイクフィールドは答えました。するとそれに対する卿の言葉がふるっていました。曰《いわ》く、弁解する必要はない。もしも一番で卒業したと答えていたら、部屋から出て行くようにドアを指差していたところだ。そもそも自分は大学を一番で卒業したような輩《やから》を信用していない。大学での勉強のしすぎで連中の頭脳は既にくたびれ果てているからだ。自分のビジネスにそんな人間は必要ない。二番というのは理想的だ。明晰であるうえ、まだくたびれてもいない頭脳の持ち主だからだ。次にゴルフをするかと質問した卿に大学対抗の選手権大会で優勝したとウェイクフィールドが答えると、卿はいたく気に入って、いつから仕事を始められるかと尋ねたといいます。

如何《いか》にも一癖も二癖もありそうなノースクリフ卿の物言いですが、おそらく、文武両道に優れた長身の美青年ウェイクフィールドを内心では一目で気に入っていたのでしょう。ウェイクフィールドは卿に同行して国の内外を旅行し、一九一三年にはアメリカにも渡っています。この時代の二人の間には他にも様々なエピソードが残されておりますが、紙幅の都合もありますのでひとまず先に進みます。

一九一四年に第一次世界大戦が勃発するとウェイクフィールドは歩兵連隊《フュージリア》に志願し、西部戦線とマケドニアで任務に就きました。後年発表した短篇 "Day-Dream in Macedon"(「マケドニアの白日夢」)はこの時の戦争体験を彷彿《ほうふつ》させるものとして興味深い作品です。彼は最終的には大尉まで昇進しています。

除隊後の一九二〇年一月二十六日、ウェイクフィールドはアメリカの富豪の娘バーバラ・スタンディッシュ・ウォルドーと結婚しました。娘の両親がロンドンに別宅を所有し、毎年夏になると一家でやって来たところから芽生えた縁だといいます。だが結局この結婚は破綻し、二人は一九三六年に離婚しました。ウェイクフィールドはその後十年ほど独身生活を送りましたが、一九四六年にジェシカ・シドニー・デイヴィという女性と再婚します。いずれの結婚生活でも子供は授かりませんでした。ウェイクフィールドの作品に登場する男性たちはややもすると女性を嫌悪し蔑視した言辞を弄します。また、「湿ったシーツ」のアガサや「通路《アレイ》」のパリサーの妻のように、夫を尻に敷く気の強い夫人や悪妻型の夫人がしばしば登場します。こうしたウェイクフィールドの女性観を、自身の一度めの結婚生活の失敗とその後の独身生活に結び付けて考えるのは作者に対して失礼でしょうか？

一九二〇年代の十年間、ウェイクフィールドは出版社に勤務し、その傍《かたわ》ら短篇小説に筆を染めるようになりました。この時代に彼が編集に携わった著作で最も重要なもののひとつに、シャルル・リシェの『心霊研究の三十年』があります。この本が如何に彼に大きな影響を与えたかは、彼の残した二篇のエッセイの中で繰り返し言及していることや、“A Peg on Which to Hang”“Messrs. Turkes and Talbot”等の作品中で触れていることから明らかです。

一九二八年、ウェイクフィールドは二冊の書物を上梓します。一冊めは *Gallimaufry* という題名の、ロンドンの社交界とアドリア海を舞台にした明朗な長篇小説でした。そして二冊めの短篇小説集こそ、作家としてのその後の方向性を決定づけるものでした。その *They Return at Evening*（『彼らは夕暮れに還る』）という題名の怪奇小説集は大西洋の東西で好評をもって迎えられ、ことにアメリカではブック・オブ・ザ・マンス・クラブの選定図書となりました。それも当然で、全十作を収めたこの短篇集はいずれ劣らぬ傑作揃いだったのです。

本書ではその中から「赤い館」「ポーナル教授の見損じ」「〝彼の者現れて後去るべし〟」「〝彼の者、詩人《うたびと》なれば……〟」の四作を訳出しました。ちなみに、かつてフェイバー社が様々な作家に最もお気に入りの自作を選ばせて編纂したアンソロジーの叢書がありましたが、ウェイクフィールドはその一冊 *My Most Exciting Story*（一九三六年）に「〝彼の者現れて後去るべし〟」を選んでいます。他に「ダンカスターの十七番ホール」は後年各種アンソロジーの常連となった傑作です。M・R・ジェイムズはこの短篇集に次のようなコメントを寄せました。「ウェイクフィールド氏は極めて変化に富んだ小説集を我々に提供してくれた。一、二猥褻な作品もあって敬遠せざるをえなかったが、それらを除けば独創的で賞賛に価する作品が幾つか収められている」

その後ウェイクフィールドは、一九二九年に第二短篇集 *Old Man's Beard*（『老人の顎鬚』。アメリカ版は *Others Who Returned*『その他の還って来た輩《ともがら》』）、一九三一年に第三短篇集 *Imagine a Man in a Box*（『棺の中の人を想像してごらん』）と怪奇小説集を発表してゆきます。この二冊も好評を博し、ウェイクフィールドは一部評論家から「M・R・ジェイムズの誉《ほま》れ高き後継者」と称せられるに至りました。本書では第二短篇集から「ケルン」「見上げてごらん」「目隠し遊び」、第三短篇集から「湿ったシーツ」「中心人物」を訳出しました。

また一九三〇年には出版社を退職してフルタイム・ライターとなり、ペルメル・マガジン、イラストレイテッド・ロンドン・ニューズ等の高級誌にも発表の場を広げていきます。その活躍に注目したジョナサン・ケープ社は前記三冊の書物に収められた作品を中心に二冊の短篇集を編み直し、*Ghost Stories*（『怪奇小説集』）、*A Ghostly Company*（『あの世からの御一行』）と題して一九三二年と一九三五年に自社の人気叢書フローリン・ブック・シリーズから売り出しました。この二冊はそれぞれ二万五千部を超える売上げを記録したといいます。この前後がウェイクフィールドの作家としての絶頂期でありましょう。

ウェイクフィールドはさらにゴースト・ストーリー以外の分野にも精力的に執筆活動を展開

してゆきます。まず犯罪者の心理に興味を抱いた彼は犯罪を扱ったノンフィクション *The Green Bicycle Case*（一九三〇年）、*Landru, the French Bluebeard*（一九三六年）の二著を発表しました。また一九三三年に発表した *Hearken to the Evidence* という推理小説はイヴニング・ニューズの書評欄で「近年にない殺人物語の傑作」と賞賛され、再びブック・オブ・ザ・マンス・クラブの選定図書となりました。この好評に気を良くした彼は、*Belt of Suspicion*（一九三六年）、*Hostess of Death*（一九三八年）とさらに二作の推理小説を発表しています。

そして一九四〇年、ウェイクフィールドは四冊めのオリジナル怪奇小説集 *The Clock Strikes Twelve*（『時計が十二時を告げる』）を上梓します。本書ではここから「通路《アレイ》」「最初の一束」を紹介しています。しかし時代は風雲急を告げていました。この年、ナチス・ドイツがパリを陥落させ、フランスを全面降伏させたのです。ドーヴァー海峡上空にはドイツ空軍機が迫っていました。結局この短篇集は、生前ウェイクフィールドが母国で出版した最後の書物となってしまいます。

第二次世界大戦では、ウェイクフィールドは服役して空襲警報の発令部門で働きました。「一九四〇年の八月から一九四五年の七月まで、ロンドンで発令されたすべての警報に立ち合った」と彼は後に述懐しています。だが皮肉にも、彼の家は戦争の終結する直前にドイツ軍の爆撃で破壊されてしまいました。戦後彼は公務員の職を得る傍ら、ＢＢＣのフリーランス・ライターとして脚本を書き、時おりラジオのトークショーに出演したりしました。ちなみに彼の死去した数年後、ＢＢＣは彼の作品「死の勝利」をテレビ・ドラマ化しております。

ウェイクフィールドは戦後もゴースト・ストーリーに対する創作意欲を失ったわけではありませんでした。だが、如何《いかん》せんイギリスでは発表の場を得ることができず、海を隔てたアメリカに理解者を得たことはむしろ僥倖《ぎょうこう》と呼ぶべきでしょう。終戦後間もない一九四六年、アーカム・ハウスの社主オーガスト・ダーレスが短篇集『時計が十二時を告げる』のアメリカ版の版権を買って出版してくれたのです。だが自国では相変わらず活躍の場に恵まれず、ウィアード・テールズ誌を始めとするアメリカのパルプ雑誌や、これもダーレスの編集したアーカム・サンプラー誌等にぽつりぽつりと新作を発表するだけでした。こうして書きためた作品を集めて一九六一年にやはりアーカム・ハウスから上梓したのが、ウェイクフィールド最後の短篇集 *Strayers from Sheol*（『冥界より彷徨《さまよ》い出でし者』）です。

これはゴースト・ストーリーにかける老作家の情念の残り火のような傑作集であり、その目次には近代ゴースト・ストーリーのひとつの到達点を示す「チャレルの谷」を筆頭に、「不死鳥」「悲哀の湖《うみ》」「ゴースト・ハント」「死の勝利」等の名作、佳作が並んでいます。また同時期の作品として本書に収録した「暗黒の場所」は一九五一年にウィアード・テールズ誌に発表されたものです。

晩年のウェイクフィールドは世捨て人同然の暮らしぶりだったといいます。母国イギリスで作家活動の道を閉ざされ、病魔に冒されて若い頃から慣れ親しんできた戸外のレクリエーションも儘《まま》ならないとあっては無理からぬことだったかもしれません。彼は死の直前、こんな物に興味を示す者などいないと言って、日記や書簡、原稿類をすべて破棄してしまいました。写真、肖像画の類もほとんど残っておらず、彼の死後『アーカム・ハウスの三十年』という小冊子を発行する際に、オーガスト・ダーレスの求めに応じて未亡人が送ったパスポート用の写真ほか僅か数葉が知られているだけであります。だが、今回訳出した「蜂の死」、"Appointment with Fire" 等の未発表作品が見つかったのは不幸中の幸いで、それらはアーカム版のアンソロジーに順次発表されていきました。

一九六四年八月二日、ウェイクフィールドはロンドンの自宅で愛妻のジェシカに看取られながら息を引き取りました。享年七十六歳、死因は癌でした。その死を報ずる新聞は一紙もなかったといいます。彼はとうに忘れ去られた作家だったのです。

以上がハーバート・ラッセル・ウェイクフィールドの生涯とその作家活動の概略であります。

次に物語作者としてのウェイクフィールドの技法に目を向けてみましょう。本書には概《おおむ》ね発表年代順に合計十八篇の短篇小説が収録されています。これらの作品を通読していただければ明らかなように、物語の多くは読者を欺くかのように一見穏やかに幕を開け、抑制のきいた文体で随処《ずいしょ》に機知《ウイット》を織り交ぜながら展開し、次第に緊張感を高め、クライマックスを迎えた途端幕を閉じます。大詰めは極めて簡潔であり、最小限に凝縮された物語の展開から最大限の恐怖効果を演出しようとするものです。

こうした小説作法はM・R・ジェイムズから受け継いだもので、けだしウェイクフィールドがジェイムズの後継者と評された所以《ゆえん》でもありましょう。ただし、往古からの民間伝承、古代の廃墟と謎といった題材にこだわった好古家ジェイムズとは違って、ウェイクフィールドは様々な舞台設定で趣向に富んだ物語を展開しました。要するに、ジェイムズ流の小説作法にのっとった上で、より多様なテーマと自由な視点から、ゴースト・ストーリーを現代的な一つの完成の域に高めたと言って過言ではないでしょう。

しかし、ウェイクフィールドには小説作法以前に先輩ジェイムズとは決定的に異なる点がありました。それについて、最後の短篇集『冥界より彷徨い出でし者』に収録されたエッセイ、「さらばゴースト・ストーリー！」の中で自ら語っておりますので、少し長くなりますが引用してみましょう。

『ジェイムズは私の著書のひとつに寄せた好意的な書評の中で、ゴースト・ストーリーの作者は彼自身熱心な幽霊信者である必要はないと半ば仄《ほの》めかすように述べていたと思う。私はこの言に断固として反対する。たとえ一時的にせよ自分自身で恐怖を感じなかったとしたら、作家は誰も恐怖に陥れることができないだろう。(中略)

私がこの家を訪れたのは一九一七年のことだった。この家ではそれ以前の三十年間に五人の自殺者がでていた——庭師の爺さんがほろ酔い機嫌で口止めされていたのをすっかり忘れ、この不気味な記録について口を滑らせたのだ。一人は化粧部屋で首を吊った。一人は道具小屋で発砲自殺した。残りの三人は百ヤードほど離れた川で入水《じゅすい》自殺を遂げた。決まって明け方のことだったそうだ。さて、次の話にご注目あれ！　私がその家を訪問してから約一年後、高名な貴族の使用人が同じように未明に入水自殺したのだ。彼が小径を駆け下りていく姿が目撃されている。まるで、恐ろしい悪鬼にでも追い立てられたように水に飛び込んで死んだと言う。

（中略）

私自身が［この家で］特別に悩まされたのは頑固な不眠症だった。名状し難い恐怖に胸苦しさを覚え、明け方まで横になったままで一睡もできないのだ。お望みならたかが幽霊が怖いくらいでと言うがいい。私は自分を臆病で情けない人間だと感じた。だが、文字通り恐怖心で瞬きひとつできなかったのだ。この気持ちは似たような経験をした人にしか判っていただけないだろう。視覚で悩まされたのは一回だけだった。ある日の午後、庭の桑の木の下に腰を降ろしていて、たまたま二階の窓をちらりと見上げたときのことだ。窓のひとつに顔がぼーっと浮かんでいた。それは男の顔だったが、家の中に男はいないのだった。私はこの家を題材にして最初の小説を書き上げ、「赤い館」と名づけた。』

つまりウェイクフィールドは実際に幽霊と出合っていたのであります。そして自身の幽霊体験をもとにしてゴースト・ストーリーに筆を染め、最後まで幽霊の存在を信ずる者の立場から執筆し続けたのです。

このエッセイは文字通りウェイクフィールドのゴースト・ストーリーへの訣別の辞でした。彼は次のようにこのジャンルの作家としての限界を漏らしています。

『こうしたぞくぞくするような恐怖を体験して他人に伝えるのはいよいよ増して困難になりつつある。何故なら、心霊現象も今日では科学的に取り扱われており（そうした取り扱いに屈するかどうかは別問題としても）、もはや小説の題材ではないし、幽霊物語の作者に至っては他人事に立ち入って人心を攪乱する輩であると一般の人々が思い込んでいるからだ』『こうした次第で私はゴースト・ストーリーを書くのをやめた。思うに、科学が小説の機能を奪い、小説を陳腐なものにしてしまったのだ。』

そして彼は次のように結論づけています。『ゴースト・ストーリーの創作は滅びゆく芸術だと信じている。いつの日か新たなるモンタギュー・ローズ・ジェイムズが登場する可能性もないではないが、私は極めて疑わしく思う。』

本書の最後に収録した「蜂の死」は傑作ですが、ゴースト・ストーリーの範疇には収まりきらない作品です。三十年以上の長きに亘る創作活動の末に、作家として更に新たな方向性を模索するウェイクフィールドの真摯な姿勢が伝わってまいります。

これで筆者がこの文章に付けた題名の意図をご理解いただけたと思います。幽霊の存在を信ずる者の立場で執筆し、その小説形態を現代的なものに完成すると同時に自ら限界を自覚して筆を絶ったウェイクフィールドは、まさに「最後のゴースト・ストーリー作家」なのであります。

皆さん、滅びゆく伝統に殉じたウェイクフィールドの小説を心ゆくまでご堪能ください。

ウェイクフィールドが生前自らの日記や書簡類を処分してしまったこと、晩年は作家として不遇であったことなどが原因して、彼について伝える資料は極めて入手困難であります。末尾となりましたが、筆者の依頼に応じて資料を快く送ってくださったイギリスの研究家、リチャード・ダルビー氏にこの場を借りて厚く御礼申し上げます。

また、私事にわたり恐縮ですが、是非とも一言申し添えたいことがあります。筆者がこうした分野《ジャンル》の小説にのめり込むようになった契機《きっかけ》は、かれこれ四十数年前、まだ中学生だった時分に創元推理文庫の『怪奇小説傑作集』全五巻に出合ったことでした。平井呈一氏の名解説もあって、それまで知らなかった怪奇幻想小説の世界にすっかり魅了されてしまったのです。今回、名のみ高くして全貌の知られることのなかったウェイクフィールドの傑作集が同じ文庫に加わり、自分もその出版の一端に関われたことは誠に嬉しくまた感慨深いものがあります。『怪奇小説傑作集』にウェイクフィールド作品は収録されておりませんが、平井氏は解説の中で、ウェイクフィールドについて恐怖・怪奇の孤塁を敢然と守り続けている現代作家として高く評価し、繰り返し言及されております。本書の刊行を故平井呈一氏も草葉の陰で喜んでくれているものと思います。

H・ラッセル・ウェイクフィールド短篇集リスト

1 *They Return at Evening: A Book of Ghost Stories* （1928）
2 *Old Man's Beard: Fifteen Disturbing Tales* （1929） ※米題 *Others Who Returned*
3 *Imagine a Man in a Box* （1931）
4 *Ghost Stories* （1932）
5 *A Ghostly Company: A Book of Ghost Stories* （1935）
6 *The Clock Strikes Twelve: Tales of the Supernatural* （1940） ※米増補版（1946）／アブリッジ版 *Stories from The Clock Strikes Twelve* （1961）
7 *Strayers from Sheol* （1961）
8 *The Best Ghost Stories of H. Russell Wakefield* （ed. Richard Dalby） （1978）
9 *Reunion at Dawn and Other Uncollected Ghost Stories* （2000）

本書収録作品（数字は初収録短篇集）

赤い館　The Red Lodge（西崎憲訳）①
ポーナル教授の見損じ　Professor Pownall's Oversight（倉阪鬼一郎訳）①
ケルン　The Cairn（西崎憲訳）②
ゴースト・ハント　Ghost Hunt（西崎憲訳）⑦
湿ったシーツ　Damp Sheets（倉阪鬼一郎訳）③

〝彼の者現れて後去るべし〟 "He Cometh and He Passeth By!"（鈴木克昌訳）①
〝彼の者、詩人《うたびと》なれば……〟 "And He Shall Sing..."（倉阪鬼一郎訳）①
目隠し遊び Blind Man's Buff（南條竹則訳）②
見上げてごらん "Look Up There!"（南條竹則訳）②
中心人物 The Central Figure（倉阪鬼一郎訳）③
通路《アレイ》 The Alley（鈴木克昌訳）⑥
最初の一束 The First Sheaf（西崎憲訳）⑥
暗黒の場所 A Black Solitude（今本渉訳）※初出 *Weird Tales*, March, 1951
死の勝利 The Triumph of Death（倉阪鬼一郎訳）⑦
悲哀の湖《うみ》 Woe Water（西崎憲訳）⑦
チャレルの谷 The Gorge of the Churels（西崎憲訳）⑦
不死鳥 'Immortal Bird'（倉阪鬼一郎訳）⑦
蜂の死 Death of a Bumble-Bee（今本渉訳）※初出 *Travellers by Night* (ed. August Derleth, 1967)

その他の邦訳作品

闇なる支配 Monstrous Regiment（矢沢真訳。『幻想と怪奇』一九七三年七月号掲載、歳月社／『幻想と怪奇傑作選』、新紀元社、二〇一九、所収）

防人（さきもり）The Frontier Guards（平井呈一訳。『恐怖の愉しみ』上巻、創元推理文庫、一九八五、所収）
幸運の木立ち Lucky's Grove（田中誠訳。『クリスマス・ファンタジー』、ちくま文庫、一九九二、所収）
ダンカスターの十七番ホール The Seventeenth Hole at Duncaster（南條竹則訳。『怪談の悦び』、創元推理文庫、一九九二、所収）
中古車 Used Car（野村芳夫訳。『死のドライブ』、文春文庫、二〇〇一、所収／『幻想と怪奇10』、新紀元社、二〇二二、所収）
ばあやの話 Nurse's Tale（吉村満美子訳。『怪奇礼讃』、創元推理文庫、二〇〇四、所収）
動物たち The Animals in the Case（三浦玲子訳。『漆黒の霊魂』、論創社、二〇〇七、所収）
真ん中のひきだし The Middle Drawer（西崎憲訳。『怪奇小説日和』、ちくま文庫、二〇一三、所収）
釣りの話 A Fishing Story（西崎憲訳。『怪奇文学大山脈Ⅱ』、東京創元社、二〇一四、所収）
ある探検家の死 Death of a Poacher（植草昌実訳。『幻想と怪奇2』、新紀元社、二〇二〇、所収）
アッシュ氏の画室《アトリエ》 Mr. Ash's Studio（渦巻栗訳。『幻想と怪奇14』、新紀元社、二〇二三、所収）

収録作品出典

「赤い館」「ポーナル教授の見損じ」「ゴースト・ハント」「〝彼の者現れて後去るべし〟」「中心人物」「最初の一束」「死の勝利」「悲哀の湖《うみ》」「不死鳥」……『赤い館』（国書刊行会、一九九六）
「湿ったシーツ」……『怪奇小説の世紀』第一巻（国書刊行会、一九九二）
「チャレルの谷」……『怪奇小説の世紀』第二巻（国書刊行会、一九九三）
「目隠し遊び」……『イギリス恐怖小説傑作選』（筑摩書房、二〇〇五）
「ケルン」「〝彼の者、詩人《うたびと》なれば……〟」「見上げてごらん」「通路《アレイ》」「暗黒の場所」「蜂の死」は本書のための新訳です。

企画編集＝藤原編集室

検印
廃止

ゴースト・ハント

2012年6月29日 初版
2024年6月7日 3版

著者 H・ラッセル・ウェイクフィールド
訳者 鈴《すず》木《き》克《かつ》昌《まさ》他

発行所 (株)東京創元社
代表者 渋谷健太郎

162-0814/東京都新宿区新小川町1-5
電話 03・3268・8231-営業部
03・3268・8204-編集部
URL http://www.tsogen.co.jp
暁印刷・本間製本

乱丁・落丁本は、ご面倒ですが小社までご送付ください。送料小社負担にてお取替えいたします。

ISBN978-4-488-57803-9 C0197

巨匠・平井呈一の名訳が光る短編集

A HAUNTED ISLAND and Other Horror Stories

幽霊島

平井呈一怪談翻訳集成

A・ブラックウッド他
平井呈一 訳
創元推理文庫

◆

『吸血鬼ドラキュラ』『怪奇小説傑作集』に代表される西洋怪奇小説の紹介と翻訳、洒脱な語り口のエッセーに至るまで、その多才を以て本邦における怪奇翻訳の礎を築いた巨匠・平井呈一。

名訳として知られるラヴクラフト「アウトサイダー」、ブラックウッド「幽霊島」、ポリドリ「吸血鬼」、ベリスフォード「のど斬り農場」、ワイルド「カンタヴィルの幽霊」等この分野のマスターピースたる13篇に、生田耕作とのゴシック小説対談やエッセー・書評を付して贈る、怪奇小説読者必携の一冊。